LUZIFER
VERLAG

JAKE BIBLE

SALVAGE MERC ONE

Deutsche Übersetzung von
Kalle Max Hofmann

IMPRESSUM

Deutsche Erstausgabe
Originaltitel: SALVAGE MERC ONE

Cover: Michael Schubert
Übersetzung: Kalle Max Hofmann

Dieses Buch wurde nach Dudenempfehlung (Stand 2016) lektoriert.

ISBN: 978-3-95835-206-3

Bibliografische Information der Deutschen Nationalbibliothek:
Die Deutsche Nationalbibliothek verzeichnet diese Publikation in der Deutschen Nationalbibliografie; detaillierte bibliografische Daten sind im Internet über http://dnb.d-nb.de abrufbar.

EINS

Wenn du bei den Marines bist, lernst du ganz schnell, dass du im Kampf nur zwei Verbündete hast: Dein H16 Plasma-Sturmgewehr und den Soldaten, der direkt neben dir steht.

Alles andere kann zur Hölle fahren. Schon allein deswegen, weil es dein verdammter Job ist, alles dorthin zu schicken!

Eine wirklich passende Philosophie, wenn man dreckige Skrang und ihre noch viel schlimmeren Verbündeten, die B'clo'no, bekämpft.

Das Dumme ist nur, in der Sekunde, in welcher der Krieg vorbei war, hatte ich diese beiden Freunde verloren. Mein H16 vermisste ich wirklich. Es war die beste Multiwaffe, die sich ein stahlharter Marine wünschen konnte, wenn er mal in die Enge getrieben wurde. Ich habe mit diesem Baby einen ganzen Haufen Skrangs erledigt. Aber ich sehe natürlich ein, dass man am Ende seiner Dienstzeit die Waffe abgeben muss. So läuft das eben bei der Galaktischen Flotte.

Wie ich meinen zweiten Freund verloren habe? Den Marine, der in all diesen Feuergefechten gegen muskelbepackte Reptilien und Schleimmonster nicht von meiner Seite gewichen ist? Okay, den habe ich nicht wirklich verloren. Crawford ist bei der Flotte geblieben. Ihn haben sie nicht gebeten, zu gehen, denn er war immer noch im Vollbesitz all seiner Organe und Gliedmaßen. Er musste nie einen einzigen Chit für Implantate ausgeben. Er war zu hundert Prozent menschlich.

Oder anders gesagt: Bei ihm mussten sie nicht draufzahlen.

Ich dagegen habe die mir zustehenden Repchits im zweiten Dienstjahr gleich beide auf einmal einlösen müssen, denn ich war dummerweise in eine B'clo'no Paarungsfalle getreten, und das hat mich beide Beine gekostet, bis knapp unter die Knie. Ich weiß nicht mal, ob es ein Männchen oder ein Weibchen war, das da in der Grube auf mich gelauert hat, denn das ist bei diesen Schleimwesen schwer zu sagen. Ich weiß nur, dass nicht mehr viel von dem Viech übrig blieb, als ich damit fertig war. Ist mir auch egal, ob es eine Milliarde Eier enthalten hat, so wie die Weibchen, oder nur eine Million, so wie die Männchen. Ich habe diesen Riesenhaufen Schnodder komplett in Stücke geschossen, als er mir die Beine weggefressen hat. Ein doppeltes Hurra auf mein H16!

Nachdem ich meine beiden Repchits also ausgegeben hatte und dann auch noch die Wartungskosten für meine schönen neuen Cyborg-Beine aufgelaufen waren, haben die Oberen entschieden, dass ich nicht gerade wirtschaftlich war. Nachdem der Krieg zu Ende ging, war die Galaktische Flotte wirklich ganz schön knauserig geworden. Nun musste das Geld für den Frieden ausgegeben werden, statt für die Vernichtung von Skrang und diesen verdammten, klebrigen B'clo'nos.

Crawford durfte bleiben … und mich haben sie rausgekickt.

Ist mir aber egal. Also, inzwischen ist es das. Am Anfang hat es mich tierisch gekränkt, aber so ist das im Leben. Ich habe mich einfach ein paar Monate um Sinn und Verstand gesoffen, bis ich in eine Wubloov-Kneipe auf diesem einen Planeten gestolpert bin … wie hieß er noch … ach ja, auf Xippeee war das.

Ich weiß, ich weiß… ich frage mich selbst immer, wer sich diese bescheuerten Namen für Planeten ausdenkt! Xippeee mit drei *e*? So ein Quatsch treibt mich in den Wahnsinn!

Wo war ich stehengeblieben?

Ach ja, bei Xippeee.

Da hing ich also volltrunken in dieser Bar, als eine Frau hereinkam. Sie war eine Halferin, eines dieser seltenen Mischlingswesen, die es in der Galaxis gibt. Sie war halb Mensch, halb Gwreq. Von denen hatte sie die Steinhaut abbekommen, aber sie besaß nur zwei Arme statt vier. Und sie war *heiß*. Damit meine ich, dass jeder in dieser Kaschemme sofort alles stehen und liegen ließ. Männer, Frauen und Asexer aller Rassen bekamen den Mund nicht mehr zu und starrten sie einfach nur an.

Ich für meinen Teil trank auch noch Wubloov, und das Zeug hat nach dem sechsten Pitcher ernsthafte halluzinogene Effekte. Deswegen bin ich erst mal davon ausgegangen, dass sie nur ein Hirngespinst war. Ohne Scheiß. Aber diese Halferin kam auf mich zu, ignorierte die Blicke aller Anwesenden, und setzte sich an meinen Tisch. Genau in diesem Moment bestellte ich einen weiteren Pitcher Wubloov, weil ich nicht wollte, dass dieser Trip jemals endete.

Als sie jedoch eine KL09-Blasterpistole aus einem Holster zog und sie auf den Tisch legte, dämmerte mir, dass sie vielleicht mehr als ein Produkt meiner Fantasie sein könnte. Was irgendwie ziemlich ätzend war, denn in meiner Fantasie hätte ich ihr bestimmt an die Wäsche gehen können. Aber im wirklichen Leben würde sich eine Traumfrau wie sie garantiert nicht mit einem vernarbten, abgehalfterten und sehr betrunkenen Ex-Marine einlassen. Egal, wie sexy meine Cyborg-Beine auch waren.

»Sergeant Joe Laribeau?«, fragte sie, nachdem die Kellnerin meinen zweiten Pitcher Wubloov auf den Tisch gestellt hatte. Mein Gegenüber wartete, bis die Bedienung verschwunden war, dann goss sie sich ein Glas ein, schüttete es sich in den Rachen und deutete mit dem leeren Glas in meine Richtung. »Ich spreche Common, von daher weiß ich, dass Sie mich verstehen. Sind Sie Sergeant Joe Laribeau oder nicht?«

Sie sagte den letzten Satz wirklich sehr, sehr langsam, als wäre ich ein Zurückgebliebener, der nicht mehr als drei Worte pro Minute verarbeiten konnte. Und da ich gerade im Begriff war, meinen siebten Pitcher Wubloov zu leeren, hatte sie damit vermutlich gar nicht so unrecht.

Allerdings habe ich eine Gabe. Keine Ahnung, woher ich sie habe. Die Ärzte der Flotte dachten, dass es ein Alien-Virus sein könnte, den ich mir auf einem unserer Einsätze eingefangen habe, aber natürlich wollte sich keiner darauf festlegen. Denn dann wäre das ja im Dienst passiert, ein Arbeitsunfall sozusagen, und die Flotte müsste für die Folgen aufkommen.

Und was ist diese Gabe? Eine Form der absoluten Klarheit.

Vereinfacht gesagt, egal wie betrunken, krank, verletzt oder was auch immer ich bin, im Bruchteil einer Sekunde kann mein Verstand zu rasiermesserscharfer Konzentration zurückkehren. Das Grundrauschen des Lebens ist dann einfach verschwunden und ich kann kristallklar jedes noch so feine Detail wahrnehmen. Das hat aus mir einen Soldaten gemacht, der nicht danebenschießen kann. In diesen Momenten kommt es mir immer vor, als würden sich meine Gegner nur in Zeitlupe bewegen, sodass ich auf einzelne Moleküle zielen könnte, wenn ich wollte.

Jetzt würde man denken, dass die Flotte so einen Mann wie mich doch um jeden Preis behalten wollen müsste, aber wie gesagt, das Budget wurde zusammengestrichen und sie wollten nicht für mich verantwortlich sein, falls meine Gabe auf einmal verschwände und mir stattdessen acht Zehen aus der Stirn wüchsen. Denn genau das habe ich auch schon persönlich miterlebt. Es ist alles andere als schön anzusehen!

Dazu kommt, dass ich mich auf meine Gabe nicht verlassen kann. Ich kann sie nicht bewusst aktivieren, das passiert einfach von selbst – oder auch nicht. Aber bei dieser Halferin klappte es, und deswegen passte ich ganz genau auf. Eine fremde Person kennt meinen Namen und gießt sich ein Glas aus meinem Pitcher ein, ohne vorher zu fragen. Scheißegal, wie gut sie aussieht, da werde ich doch gleich misstrauisch.

»Wer?«, frage ich also.

»Sie sind es«, stellte sie fest und setzte dazu an, ihr Glas noch einmal zu füllen, aber ich packte ihre Hand und schüttelte meinen Kopf. Sie zog eine Augenbraue hoch, und da ihre Haut aus Stein bestand, sah das aus, als würde ein Haufen Kiesel einen Steinbogen über ihrem Auge bilden. Sie starrte böse auf meine Hand.

»Wer zur Hölle bist du?«, fragte ich, und verstärkte meinen Griff. Sie starrte immer noch auf meine Hand, ich starrte ihr ins Gesicht, und der ganze Laden war auf einmal stumm wie ein toter Nuft.

»Nimm bitte deine Hand weg«, sagte sie.

Ich warf einen Blick auf ihre KL09 und sie verlagerte ebenfalls ihre Aufmerksamkeit auf die Handfeuerwaffe.

»Ich habe sie extra auf den Tisch gelegt, damit du weißt, dass ich sie nicht heimlich auf deine Eier richte«, sagte die Frau. Sie seufzte und schob die Waffe mit ihrer freien Hand weiter in meine Richtung. »Du kannst sie ruhig behalten. Ich habe noch ein dutzend andere auf meinem Schiff. Du musst nur bestätigen, dass du Sergeant Joe Laribeau bist und mir dann für fünf Minuten zuhören.«

»Fünf *galaktische* Minuten oder Sterli-Minuten? Ich war nämlich mal auf Sterli gewesen, und die ziehen sich wirklich ewig hin«, antwortete ich.

»Echte Minuten«, sagte die Frau. Dann seufzte sie wieder. »Bitte, lass meine Hand los.«

Das tat ich. War ja nur fair, nachdem sie mir ihre Pistole rübergeschoben hatte. Sie ließ den Pitcher los und lehnte sich in ihrem Stuhl zurück. Die nackte Haut ihrer Oberarme rieb sich an der Lehne und der halbe Laden zuckte bei dem Geräusch zusammen. Es klang nicht ganz so wie Fingernägel auf einer Tafel, war aber verdammt nah dran.

»Muss ich noch einmal fragen?«, sagte sie, fast flehend.

Dieser Tonfall änderte alles. Warum sollte eine Halferin mich anflehen, meinen Namen zu bestätigen? Das machte keinen

Sinn. Vor allem, weil sie wahrscheinlich nur über den Tisch langen musste, um meinen Schädel mit ihren bloßen Händen zu zerquetschen, falls ihr der Sinn danach stand. Jedenfalls, wenn sie zusammen mit der Haut der Gwreq auch deren Stärke geerbt hatte. Wenn sie mich tot gewollt hätte, wäre ich das längst. Ich meine, die Hälfte der Leute in der Kneipe hätte zu viel Schiss, sie zu melden, und die anderen waren so heiß auf sie, dass sie das Ganze garantiert für ein sexy Lächeln vergessen hätten. Ich wäre dann nur noch ein Haufen Blut und Knochen mit zwei Cyborg-Beinen in der Mitte, und sie bräuchte keinerlei Konsequenzen zu fürchten.

»Ja, ich bin Joe Laribeau«, antwortete ich also wahrheitsgemäß.

Der erleichterte Ausdruck in ihrem Gesicht war unbezahlbar. An ihrem Gürtel piepte etwas und sie zog einen kleinen Scanner hervor. Den hielt sie für zwei Sekunden an ihr Auge, bis er zu piepsen aufhörte. Dann entspannte sie sich, clippte den Scanner wieder an ihren Gürtel und seufzte ein drittes Mal. Dieser Seufzer wurde von einem Lächeln begleitet, der die Außenhaut einer Sternenfregatte zum Schmelzen hätte bringen können.

»Ich bin Hopsheer Balai«, sagte sie und reichte mir ihre Hand.

Ich schlug ein und schob die Pistole zurück auf ihre Seite.

»Ich habe selbst eine«, sagte ich und tätschelte die Kanone, die an meine Wade geschnallt war. »Ich brauche keine Zweite.«

»Man braucht immer eine Zweite«, entgegnete Hopsheer und schob die Waffe wieder in meine Richtung. »In unserer Zunft verbrauchen wir Schusswaffen wie Toilettenpapier.«

»Wir? Zunft?«, fragte ich. »Erkläre mir mal bitte, worum es überhaupt geht, bevor mein Wubloov wieder seine Wirkung entfaltet.«

»*Wieder* seine Wirkung entfaltet?« Hopsheer lachte. »Deine Pupillen sind größer als die Monde von Venti. Ehrlich gesagt wundert es mich sogar, dass du dein Sprachzentrum noch ansteuern kannst. Wie viele Gläser hast du denn schon getrunken?«

»Gläser? Keine Ahnung«, sagte ich, während ich mir erneut einschenkte. »Aber dies ist Pitcher Nummer sieben. Nimm dir ruhig auch noch einen Schluck, wenn du willst. Aber nur, wenn du mir sagst, was zur abgefohten Hölle hier los ist!«

»Danke«, sagte Hopsheer und bediente sich. Sie deutete kurz mit dem Glas in meine Richtung und schüttete es dann wieder auf Ex in sich hinein. »Oh Mann, das ist gut. Der einzige Stoff in der Galaxis, der meinen Metabolismus durchdringen kann. Wenn man zur Hälfte Gwreq ist, macht das einem den Spaß an so ziemlich allen halb- und illegalen Substanzen kaputt.«

»Das ist die traurigste Geschichte, die ich je gehört habe«, antwortete ich. »Ich hatte keine Ahnung, dass das überhaupt möglich ist!«

»Nur für Halfer wie mich«, sagte sie, als sie wieder nach dem Pitcher griff und plötzlich innehielt. Ich nickte ihr zu, und sie goss ihr Glas voll.

»Ich bin kein Rassist, aber das wäre mal ein Argument gegen artenübergreifende Fortpflanzung.« Ich lächelte, damit sie auch ganz sicher verstand, dass das ein Witz sein sollte.

»Das brauchst du mir nicht erzählen«, sagte sie und nippte diesmal nur an ihrem Drink. »Ich habe mal sechs Schüsse in den Bauch bekommen und musste daraufhin siebzehn Stunden operiert werden … und die Narkose hat nichts gebracht, außer ein bisschen zu kitzeln.«

»Foh«, sagte ich, wartete ein paar Sekunden ab und schaute sie einfach nur an, denn wer würde das nicht tun wollen? Doch sie sagte nichts weiter.

»Okay, aber insgesamt ist das schon ein bisschen gruselig«, meinte ich dann. »Du bist wirklich heiß, aber ich stehe nicht auf verrückte Weiber. Tut mir leid. Habe schon meinen Anteil von denen durchgefoht. Diese eine Nemorianerin bin ich erst nach drei Wochen wieder losgeworden. Die hat doch glatt ihren Wassertank in einen GF-Frachter geladen, um mir zu folgen. Nur, um mir zu sagen, dass sie mich liebt, hat sie ihren Wasserplaneten verlassen!«

»Nemorianer sind eine Nymphenrasse«, erklärte Hopsheer, »Die gehen eine permanente emotionale Verbindung ein, wenn sie Sex haben. Hättest dir also denken können, dass das kompliziert wird.«

»Tja, bei dem Teil hat mir meine Gabe leider nicht weitergeholfen«, sagte ich.

»Deine Gabe«, schrie Hopsheer förmlich.

Einige der Gäste, die uns bis zu diesem Punkt beobachtet hatten, drehten sich nun weg. Denn niemand würde gerne von einem aufgeregten Gwreq dabei erwischt werden, dass man ihn anstarrte – selbst wenn es nur ein Halfer war. Denn auf diese Art konnte man leicht einen bis zwei Arme verlieren.

»Genau deswegen bin ich hier«, sagte Hopsheer. »Deine Akte ist in die Hände der SMC gelangt und meine Bosse haben die Notiz über deine Gabe gelesen: Perfekte Wahrnehmung unter Stress.« Sie deutete auf den Pitcher. »Das erklärt, warum du trotz Wubloov noch sprechen kannst.«

»Und …?«, fragte ich. »Moment, sagtest du SMC? So wie in *Salvage Merc Corporation*?«

»Genau die«, sagte sie und warf mir wieder dieses Lächeln zu, während sie an ihrem Drink nippte. Dann stellte sie das Glas ab und lehnte sich nach vorn.

»Die SMC sucht nach neuen Rekruten. Wir hatten in letzter Zeit einige bedauernswerte Verluste, vor allem durch diese Edger-Rebellen, die durch die Galaxis ziehen und Probleme machen. Sobald die einen Salvage Merc ankommen sehen, werden sie nervös und denken, dass die Nummer ein Ticket für sie hat.«

»Wollen sie das denn nicht?«, fragte ich. »Übrigens, was ist eine Nummer?«

»Häh?«, fragte sie und beobachtete über ihre Schulter zwei Männer, die gerade hereingekommen waren.

»Was meinst du mit *Nummer*?«, fragte ich noch einmal. »Ich weiß, dass ein *Ticket* ein Auftrag für einen Söldner ist. Aber ich habe keine Ahnung, was eine *Nummer* in dem Zusammenhang ist.«

»Ich bin die Nummer«, sagte Hopsheer, die Augen immer noch auf die beiden Fremden gerichtet, die vom Eingang aus zur Bar gingen. »Wir Mercs sind die Nummern. Jeder von uns hat eine Nummer. Ich bin Salvage Merc Acht. Und deswegen nennen wir uns untereinander Nummern. Das ist so ein Insider, weißt du?«

Sie richtete ihre Aufmerksamkeit wieder auf mich und ihre Hand glitt ganz unauffällig zu der Pistole, die immer noch auf dem Tisch lag. »Das wirst du alles in unserem Hauptquartier lernen.«

»Ich habe nie gesagt, dass ich mit dir in euer Hauptquartier komme«, antwortete ich.

Die zwei Neuankömmlinge bestellten an der Bar, dann drehten sie sich um und starrten direkt zu unserem Tisch. Sie hatten abgesägte Scatterblaster über die Schultern geschnallt. Rostige Dinger, die so aussahen, als würden sie höchstens in ihren Händen explodieren, wenn sie den Abzug drückten. Aber meine Vermutung war, dass das nur ein Trick war, um potenzielle Gegner in Sicherheit zu wiegen. Wahrscheinlich funktionierten sie in Wahrheit tadellos und würden meinen Kopf mit einem einzigen Schuss abtrennen.

»Das solltest du aber«, sagte Hopsheer und deutete mit dem Kopf in Richtung Bar. »Siehst du diese Jungs? Die sind nicht hier, um zu trinken.«

»Habe ich mir schon gedacht«, stimmte ich zu.

»Der Grund, warum meine Bosse deine Akte gesehen haben, ist, dass jemand sämtliche Daten von hochdekorierten Marines ins Grid kopiert hat«, sagte sie. »Für den durchschnittlichen Weltraumcowboy ist das kein Problem, aber für jemanden wie dich, der so eine Gabe und dazu noch Cyborg-Beine hat, könnte es brenzlig werden.«

»Wieso das denn«, fragte ich. »Ich habe die Flotte doch schon vor zwei Jahren verlassen.«

»Das ist egal« entgegnete Hopsheer und ihr Griff um die Waffe verengte sich. »Diese Typen sind Kopfgeldjäger. Sie sind von jemandem geschickt worden, um dich in die Gewalt desjenigen zu bringen, der am meisten bezahlt. Die müssen dir nur einen KI-Chip in den Kopf implantieren und schon bist du eine fernsteuerbare Mordmaschine!«

»KI-Chips sind aber illegal, und das in der gesamten Galaxis«, sagte ich. »Darauf steht lebenslange Haft.«

»Ein heißes Indiz dafür, dass die Organisation, die diese Freaks geschickt hat, nicht gerade gesetzestreu ist«, sagte Hopsheer. »Sieht so aus, als hätte ich dich in allerletzter Sekunde gefunden!«

»Galaktische oder Sterli-Sekunde?«, fragte ich mit einem Lächeln. Ich lockerte den Verschluss um meine KL09 und zog sie langsam aus dem Holster. »Das war ein Scherz.«

»Und ein witziger noch dazu«, stellte Hopsheer nüchtern fest. Dann verhärtete sich ihr Blick. Und zwar buchstäblich, denn ihre Augen wurden zu Stein. »Ich muss jetzt wissen, ob du daran Interesse hast, ein Salvage Merc zu werden.«

»Warum?«

»Weil mein Ticket nur beinhaltet, dich zu finden – nicht, dich mitzunehmen«, sagte Hopsheer. »Du musst aus freien Stücken mitkommen. Das bedeutet, ich darf dich nicht mit Waffengewalt verteidigen, es sei denn, du äußerst spezifisch den Wunsch, ein Salvage Merc zu werden. In der Sekunde, wo du das tust, stehst du unter dem Schutz der SMC und diese beiden Männer sind für mich Freiwild.«

»Ich wäre ziemlich bescheuert, wenn ich dich zurückweisen würde«, sagte ich. »Das meine ich auch auf erotische Art.«

»Jetzt sei kein Terpig«, knurrte sie und verzog das Gesicht. »Wir sind doch gut miteinander ausgekommen, bis du das gesagt hast.«

»Sorry«, sagte ich und trank mein Glas leer. Dann schlug ich es auf die Tischplatte und stand auf. »Ich bin ganz offiziell daran interessiert, ein Salvage Merc zu werden. Wann geht's los?«

»Sofort«, meinte Hopsheer, stand auf und drehte sich in Richtung der beiden Männer, die sich gerade von ihren Barhockern erhoben und langsam auf uns zukamen. »Bleib hinter mir.«

»Ich kann gut auf mich selbst aufpassen«, sagte ich.

»Nicht bei diesen abgefohten Jirks«, entgegnete sie.

»Jirks?«, schluckte ich. »Hauträuber? Okay, ja, dann geh du lieber voran!«

Ich konnte sehen, wie ihre Haut sich unter ihrer Kleidung verhärtete. Der Stoff spannte sich und ihre Bewegungen wurden kantiger. Nicht holperig oder ungelenk, sondern eher kraftvoller. Sie war bereit, zu kämpfen.

»Kein Kopfgeld für ihn«, sagte einer der Jirks.

Die Haut, die er trug, hatte einen hellen Lilafarbton, was bedeutete, dass er vor Kurzem jemandem aus dem Tersch-System getötet haben musste, wo sie diese helle, rote Sonne hatten. Seine Augen glänzten golden und als er lächelte, zeigten sich zu Spitzen gefeilte Zähne. Das bedeutete, dass er einer niedrigen Jirk-Kaste angehörte. Denn die Zähne verrieten die unteren Ränge der Hauträuber. Sie eigneten sich jeden Aspekt ihres Opfers an, bis auf die Zähne. Höhergestellte Jirks konnten hingegen auch ihr Gebiss anpassen. Und leider stammten die meisten Jirk-Assassinen aus gutem Hause, sodass es verdammt schwer war, die Bastarde zu fangen und zu verurteilen. Sie standen unter dem Schutz der Familien.

Aber das galt nicht für diese Jungs. Die stammten definitiv aus der Arbeiterklasse. Fußvolk, das geschickt wurde, um die Drecksarbeit zu erledigen.

»Er ist ein freier Mann«, sagte Hopsheer. »Er hat keine Gesetze gebrochen, weder lokale noch galaktische, und deswegen gibt es in der Tat kein Kopfgeld für ihn.«

»Ich bin sowieso allergisch gegen Kopfgeld«, sagte ich. Da machte sich wieder der Wubloov bemerkbar. Ich hätte lieber gar nichts sagen sollen, aber wenn ich betrunken war, wurde ich immer vorlaut. Denn meine Gabe wirkte sich leider nicht auf meinen Mund aus. »Sorry, ignoriert mich«, fügte ich schuldbewusst hinzu.

»Wir gehen«, sagte Hopsheer, doch der zweite Mann, der ebenfalls lilafarbene Haut hatte, stellte sich neben seinen Kompagnon, sodass der Weg versperrt war.

»Jetzt kommt schon, Jungs«, sagte Hopsheer. »Ich will euch nicht töten, und ich schätze mal, ihr wollt mich auch nicht töten. Jirks hassen es doch, Halfer zu sein, oder? Wenn ihr mich tötet, nehmt ihr meine Gestalt an, wenn ihr nicht Unmengen Energie darauf verschwendet, es nicht zu tun.«

»Ich würde deine Gestalt lieber durchnehmen, statt sie anzunehmen«, sagte der zweite Jirk. »Das bedeutet, ich würde dich gerne fohen wie eine …«

»Ja, ich weiß, was das bedeutet«, unterbrach Hopsheer ihn. Ich konnte ihre steinernen Augen zwar nicht sehen, da sie mir den Rücken zugewendet hatte, aber ich war ziemlich sicher, dass sie sie in diesem Moment verdrehte.

»Du hast dein Ticket abgehakt«, sagte der erste Jirk. »Dein Job ist erledigt. Du hast den Kerl gefunden, jetzt mach dich aus dem Staub. Wir übernehmen ab hier.«

»Ihr müsst euch doch nicht um mich streiten«, sagte ich. »Es ist genug für alle da. Was haltet ihr davon, wenn ich dieser wunderschönen Frau ins SMC-Hauptquartier folge, mir anhöre, was die zu sagen haben, anschließend zu eurer Organisation komme, mir dort die Arbeitsbedingungen erklären lasse, meine Optionen abwäge und mich dann entscheide. Wenn die Leute, die euch angeheuert haben, ein besseres Angebot machen, steige ich gern bei denen ein. Aber deswegen muss doch niemand kämpfen, niemand muss sterben, seine Haut verlieren oder irgendwelche hässlichen Dinge sagen.«

»Warum hast du mich wunderschön genannt?«, fragte Hopsheer, ohne sich umzudrehen. Ihr Fokus ruhte immer noch auf den Jirks. »Du hättest mich eine Frau nennen können, aber du hast mich eine wunderschöne Frau genannt. Vollkommen unnötig, mein Aussehen ins Spiel zu bringen. Meine Attraktivität macht mich nicht zu dem Menschen, der ich bin.«

»Okay, dann entschuldige?«, sagte ich ziemlich verwirrt. Bisher war es für mich noch nie nach hinten losgegangen, wenn ich eine Frau wunderschön genannt hatte. »Du hast recht? Ich hätte dich einfach nur Frau nennen sollen?«

»Warum klingen deine Sätze alle wie Fragen?«, schnauzte sie mich an.

Die beiden Jirks schauten zwischen uns hin und her und lachten. Doch das hörte abrupt auf, als Hopsheer beiden mitten in die Brust schoss. Ich hatte nicht einmal wahrgenommen, dass sie ihre Pistole gehoben hatte. Die beiden Typen fielen in sich zusammen, es blieben nur zwei Häufchen aus Klamotten und leerer, toter Haut übrig. Anschließend verwandelte sich die Kneipe in ein schreiendes Chaos, und alle Gäste versuchten, so schnell wie möglich nach draußen zu kommen.

Hopsheer zeigte dem Barkeeper ihren SMC-Ausweis. Er nickte und zeigte auf eine Videokamera in der Ecke.

»SMC oder nicht, die Behörden werden darüber entscheiden«, sagte er.

:

»Ich weiß«, entgegnete Hopsheer. »Aber ich würde mich freuen, wenn Ihre Aussage zu meinen Gunsten ausfallen würde. Wir wissen doch alle, worauf dieses Gespräch hinausgelaufen wäre.«

»Ich möchte bitte zu Protokoll geben, dass ich mich bedroht fühlte und Angst um mein Leben hatte, sodass Salvage Merc Acht hier in meinen Augen genau das richtige gemacht und die Gefahr neutralisiert hat«, sagte ich direkt in die Kamera. »Wenn sie diese Jirks nicht erschossen hätte, wäre ich höchstwahrscheinlich gekidnapped und an eine sehr böse, kriminelle Organisation ausgeliefert worden! Mögen die acht Millionen Götter meine Zeugen sein!«

»Was machst du denn da?«, fragte Hopsheer. »Das Ding nimmt keinen Ton auf!«

Dann schaute sie schweigend und unterschwellig bedrohlich den Barkeeper so lange an, bis er ihr zunickte.

»Danke«, sagte sie, »ich werde mich persönlich darum kümmern, dass meine Bosse Ihr Entgegenkommen zur Kenntnis nehmen. Das wird für Sie und Ihren Betrieb von Vorteil sein.«

»Das will ich doch hoffen«, antwortete der Barmann.

Hopsheer packte mich an der Schulter und zog mich in Richtung Tür.

»Warte doch mal«, sagte ich und versuchte, mich loszureißen. Es blieb bei dem Versuch. »Hey, lass doch mal los! Ich muss noch meine Rechnung begleichen!«

»Das geht auf's Haus«, sagte der Barkeeper, »Zischt endlich ab.«

»Auf keinen Fall«, sagte ich, als Hopsheer mich endlich losließ.

Ich ging zu dem Terminal an der Bar und hielt mein Handgelenk daran. Es zeigte meine Rechnung an und zog die Summe von meinem Konto ab.

»In Kneipen mache ich nie Schulden«, sagte ich. »Die Zeche zu prellen bringt Unglück!«

»Wenn du meinst«, erwiderte der Barmann, den Blick fest auf die Überreste der Kopfgeldjäger gerichtet. »Könnt ihr jetzt bitte gehen? Ich muss hier noch aufräumen und den Laden für heute dichtmachen, dann rufe ich die Behörden.«

»Wir gehen«, sagte Hopsheer. »Vielen Dank noch mal.«

»Stimmt, danke«, sagte ich, als ich Hopsheer in das schwache gelbliche Licht folgte, das noch vom Tage übrig war.

Mein Blick wanderte nach oben zu den zwei überlappenden Sonnen, die an Xippeees Himmel prangten, und ich schüttelte den Kopf. Ich war in eine Kneipe gegangen, um ein paar Pitcher psychoaktiven Biers zu trinken, und war als Gast eines Salvage Mercs wieder herausgekommen – mit der Aussicht auf ein Vorstellungsgespräch im SMC-Hauptquartier.

Die Galaxis war schon verrückt.

ZWEI

Sechs Monate später stand ich vor einer Höhle auf dem kleineren der beiden Kontinente des Planeten Hepnug. Ich hielt die SMC-Version des H16 Plasma-Karabiners in einer Hand und die Anweisungen für mein Ticket in der anderen. Zu meiner Linken saß mein leforianischer Assistent Mgurn und putzte sich. Seine Rasse erinnerte an eine Mischung aus gepanzerten Käfern und Dänischen Doggen. Sie waren höchst loyal, konnten schneller graben als ein Gump auf Steroiden, konnten meilenweit mit perfekter Schärfe sehen und noch viele andere tolle Dinge. Wirklich tolle Gehilfen, wenn man über dieses ständige Lecken hinwegsah.

»Hörst du bald mal auf?«, zischte ich ihn an. »Warum musst du dich immer putzen, wenn wir gerade kurz davor sind, ein Ticket abzuhaken?«

»Ich werde eben nervös«, entgegnete Mgurn und ließ seine geteilten Kiefer zuschnappen, wobei seine dehnbare Zunge in der dunklen Mundhöhle verschwand. »Das weißt du doch.«

»Deswegen kriegt ihr Leforianer nie im Leben eine Nummer«, sagte ich. »Im Einsatz könnt ihr euch einfach nicht zusammenreißen.«

»Warum gibst du dich dann überhaupt mit mir ab«, ätzte Mgurn. »Wieso fragst du nicht nach einem Assistenten von Ichterra oder Klav?«

»Ichterraner treiben mich mit dem Wasser in den Wahnsinn, das ihnen die ganze Zeit aus den Kiemen läuft«, sagte ich. »Und Klavs bestehen ja quasi nur aus Augen. Okay, sie sind superschlau, aber ich weiß nie, wo ich hingucken soll, wenn ich mit ihnen rede.«

Mgurn fing mit seinem üblichen Schnauben an, das immer ertönte, wenn er sich über mich ärgerte, aber ich ignorierte das und konzentrierte mich auf mein Ticket.

Salvage Ticket #4867345231: Finden Sie ein Team aus Wissenschaftlern, das auf dem Planeten Hepnug im Brgeete-System im Einsatz war. Die Daten, die das Team gesammelt hat, sind Ihr Primärziel. Die Rettung der Wissenschaftler ist nebensächlich. Für jedes überlebende Teammitglied gibt es einen Bonus von 200 Chits. Der Zeitfaktor ist kritisch, die Mission muss innerhalb einer Woche erledigt sein.

Dieser letzte Punkt war das Schwierige daran. Vom SMC-Hauptquartier brauchte man schon einen ganzen Tag zum Brgeete-System. Dann drei Tage, um den Planeten zu durchsuchen, denn das verdammte Ding war voller Höhlen. Und die Rückreise dauerte sogar zwei Tage, wegen des starken Energieausstoßes der Sonnen von Brgeete. Der brachte die Antriebe sämtlicher Schiffe durcheinander, außer vielleicht von Fregatten der Behemoth-Klasse oder noch größeren Dingern. Kurz gesagt hatten wir keine Zeit zu verlieren.

Inzwischen war schon der vierte Tag meiner Suche angebrochen, da es zu allem Überfluss auch gerade noch Lava-Saison auf dem Planeten war. Es gab nicht mal Vulkanausbrüche, sondern nur fiese Lavaschauer, die einfach so vom Himmel regneten, und das zu allen Tages- und Nachtzeiten. Klar, ich hatte mein persönliches Schutzschild gegen Naturgewalten dabei, genau wie Mgurn, aber das war nicht der Punkt. Der Punkt war, dass abgefohte Lava vom Himmel fiel! Das machte das Ganze kompliziert.

»Meine Sensoren zeigen an, dass das Team mit seinem Equipment in dieser Höhle ist«, sagte Mgurn. Er schaute hinauf zum Himmel und blinzelte. »Ich vermute, wir haben drei bis fünf Stunden Zeit, bevor der nächste Schauer runterkommt. Wir müssen zusehen, dass wir es bis dahin geschafft haben und in Sicherheit sind, sonst verlieren wir noch einen weiteren Tag.«

Er sagte »einen weiteren Tag«, als wäre das mein Fehler. Was eigentlich auch total passte, da ich seine Vorschläge ignoriert hatte und auf der abgewandten Seite des Planeten gelandet war. Leforianer hatten wirklich ein erstaunliches Talent, die richtigen Landeplätze vorauszusagen, das richtige Equipment für jede Mission einzupacken, die besten Plätze für ein Nachtlager zu finden und so ziemlich jedes Essen im bekannten Universum zuzubereiten. Mercs nannten ihre leforianischen Assistenten deswegen gern »Mutti«, aber natürlich sagten sie ihnen das nie ins Gesicht. Denn dann wurden sie unglaublich zickig!

»Irgendwelche Lebenszeichen?«, fragte ich, als ich das Salvage-Ticket aus der Projektionsfläche meines Holo-Armbandes wischte und stattdessen die Liste der Gegenstände aufrief, die nötig waren, um das Ticket erfolgreich abzuschließen. »Obwohl es mir eigentlich egal ist.«

»Wirklich?«, fragte Mgurn. »Ich würde die Wissenschaftler nämlich lieber lebendig vorfinden, damit wir auch die Bonus-Chits einstreichen können. Ich muss dich ja hoffentlich nicht daran erinnern, dass ich als Assistent nur einen Bruchteil der Chits bekomme, die dir zustehen.«

»Nein, das musst du nicht«, entgegnete ich, während ich auf den Höhleneingang zuging. »Aus den Chits machst du schließlich jedes Mal ein Riesenthema, seit dem ersten Tag unserer Zusammenarbeit!«

»Meine Schwester bekommt gerade ihren zweiten Wurf kleiner Welpen, Joe«, sagte Mgurn. »Den zweiten Wurf! Und wo ist der Vater? Wenn ich das nur wüsste! Der faule Sohn eines Gumps hat sie in dem Moment sitzen lassen, als er von der Schwangerschaft erfuhr! Ein Wurf war okay für ihn, aber zwei? Nein, damit kommt er nicht klar!«

»Ich weiß, Mgurn, ich weiß«, sagte ich. »Ich kann dir ein paar von meinen Chits abgeben, wenn es sein muss.«

»Ein Almosen? Pah!« Mgurn verzog das Gesicht. »Ich arbeite, um zu überleben, Joe. Ich arbeite mir meinen Sitzpanzer ab, herzlichen Dank! Ich brauche keine milden Gaben von dir!«

»Mann, ich wollte doch nur meine Hilfe anbieten! Kein Grund, mir gleich den Kopf abzureißen«, sagte ich am Eingang der Höhle, wobei ich mein H16 in die Dunkelheit gerichtet ließ, während seine Scanfunktion auf Hochtouren arbeitete. »Kriegst du die gleichen Werte? Ich empfange überhaupt keine Anzeichen von Leben. Nicht mal irgendwelches Kriechzeug. Die Höhle ist komplett tot!«

»Komplett tot?«, fragte Mgurn, nachdem er sich abgeregt hatte. Das konnte ich daran erkennen, dass sich sein viergeteilter Kiefer wieder zusammengelegt hatte und seine Nervosität zurückgekehrt war. »Wir mögen keine komplett toten Höhlen!«

»Nein, das tun wir nicht«, bekräftigte ich.

Ich richtete mein H16 auf einige Felsen am Höhleneingang und ging richtig nah ran, um auch die feinsten Sensoren mit einzubeziehen. Doch da waren nicht mal Schimmelsporen. Und jeder Planet hatte Schimmelsporen. Ich wette, selbst im Zentrum der heißesten Sonnen gab es Schimmelsporen. Das Zeug wurde man einfach nicht los.

»Es gibt verschiedene Erklärungen für diese Abwesenheit von Lebensformen«, dozierte Mgurn. »Und keine davon verheißt Gutes.«

»Da ist nicht mal Schimmel«, sagte ich.

»Ja, das rieche ich«, antwortete Mgurn.

»Das kannst du? Warum hast du nichts gesagt?«, herrschte ich ihn an.

»Weil ich es erst mit Messwerten verifizieren wollte«, erwiderte er und klopfte mit seinem Scanner gegen seinen gepanzerten Unterarm.

Leforianer haben wegen ihres insektenartigen Kreislaufs keine Cyber-Implantate, denn die funktionieren bei den ständigen

Interferenzen nicht. Ja, sie haben Fell und sehen aus, wie große Hundekäfer, aber ihr Blut und ihre inneren Säfte sind einfach nicht kompatibel mit Tech-Implantaten.

Mgurn schlug seinen Scanner noch einmal gegen seinen Panzer und ich betrachtete diesen Vorgang mit steigender Sorge.

»Ist etwas nicht in Ordnung?«

»Die Werte ergeben keinen Sinn«, sagte er. »Selbst mit meinem externen Scanner.«

Er kniete sich auf den Boden, öffnete seinen Rucksack und zog einen zweiten Scanner hervor. Mit diesem erstellte er ein komplettes Protokoll der Höhle.

»So sparen wir jedenfalls keine Zeit«, nörgelte ich.

»Aber so bewahren wir unsere Hintern davor, gefressen zu werden«, antwortete er.

»Gefressen?«

»Gefressen.« Er nickte und zeigte mir den Scanner.

»Oh, Scheiße!«, murmelte ich.

»Allerdings«, stimmte Mgurn zu.

»B'flo'dos«, sagten wir gleichzeitig.

B'flo'dos sind eine unzähmbare Rasse von Wesen, die ihrer Umgebung sämtliche Energie entziehen. Sie kommen aus demselben Sonnensystem wie die B'clo'nos, sind aber eine andere Spezies. Sie bestehen zwar auch aus Schleim, sind aber komplett schwarz und kaum zu sehen, wenn man nicht direkt vor ihnen steht, da sie sogar Lichtenergie absorbieren. Diesen Dingern will man auf keinen Fall über den Weg laufen, nicht mal als Merc. In meiner Zeit bei den Marines musste ich mich notgedrungen mit ihnen auseinandersetzen, da die B'clo'nos sie als Kanonenfutter für Kamikaze-Angriffe einsetzen.

»Wenn es uns berührt, sind wir tot«, sagte Mgurn.

»Ich weiß.«

»Hast du schon mal gesehen, wie ein B'flo'do eine Person leersaugt?«, fragte er.

»Das weißt du ganz genau.«

»Und wie ist dein Plan?«

»Ich habe keinen«, sagte ich. »Vielleicht können wir es herauslocken? Einer spielt den Köder, während der andere sich das Equipment schnappt?«

»Ich bin stärker als du und kann mehr tragen«, sagte Mgurn. »Und du hast deine Cyborg-Beine, wodurch du schneller rennen kannst. Normalerweise würde ich das nicht über einen Menschen sagen, da wir Leforianer ziemlich flott unterwegs sind, aber du bist offensichtlich eine Ausnahme.«

»Ja, das habe ich mir auch schon gedacht, als ich den Plan vorgeschlagen habe«, sagte ich. »Super.«

»Dann locke das Ding am besten in Richtung Osten«, sagte Mgurn, während er seine Gliedmaßen dehnte und den Torso zur Auflockerung hin und her rotieren ließ. »Ich brauche etwa … mal überlegen … fünfzehn Minuten? In der Zeit müsste ich das Equipment in unser Schiff geladen haben.«

»Und was dann?«, fragte ich. »Das Ding wird unseren ganzen Sprit absaugen, wenn es mir zum Schiff folgt!«

»Dann musst du es abschütteln«, sagte Mgurn und deutet auf die Wüstenregion östlich von uns. »Da draußen gibt es praktisch kein Leben. B'flo'dos ermüden schnell. Wenn du es in die Dünen führst, wird es da nichts finden, um seinen Energiebedarf zu decken. Dadurch wird es langsam genug werden, dass du zum Schiff zurückkommen kannst. Wenige Sekunden nachdem du an Bord bist, werden wir den Planeten auch schon verlassen haben.«

»Es gibt allerdings ein paar zweifelhafte Schwachstellen in dem Plan«, gab ich zu bedenken. Mgurn zuckte mit den Schultern, was bei Leforianern immer komisch aussah, weil sich dabei ihr Rückenpanzer in die Luft hob. »Es ist schließlich *dein* Plan«, sagte er. »Dann musst du die Schwachstellen wohl unterwegs ausbügeln.«

»Na toll«, entgegnete ich und deutete auf einen kleinen Felsvorsprung unweit des Höhleneingangs. »Verstecke dich dort. Lass dich nicht blicken, bis wir weit genug weg sind. Dann schwing deinen Käferarsch in die Höhle und schnapp dir das Equipment!«

»Ich bin der Meinung, wir sollten bei diesem Ticket über eine Fifty-Fifty-Aufteilung der Chits nachdenken«, meinte Mgurn. »Schließlich leiste ich die gesamte Bergungsarbeit. Ich will ja gar nicht mehr haben als du, aber die Hälfte wäre angemessen.«

»Ich könnte die Mission auch einfach abbrechen, die Strafzahlung leisten und dann nichts kriegen. Wie wäre es dann mit fifty-fifty? Ich bin mir ziemlich sicher, dass die Hälfte von null ebenfalls null ist.«

»Deine mathematischen Kenntnisse sind beeindruckend«, grummelte Mgurn. »Dann vielleicht zehn Prozent extra?«

»Von mir aus«, sagte ich. Dann zielte ich auf den Boden direkt vor der Höhle. »Versteck dich. Wir müssen die Sache hinter uns bringen.«

Mgurn leistete keine Widerworte und beeilte sich, zu dem Felsvorsprung zu kommen. Dort angelangt drehte er seinen Rückenpanzer nach außen, um zusätzlichen Schutz zu erhalten. Ich hatte im Gegensatz zu ihm nur meine SMC-Uniform, um mich zu schützen. Wie der letzte Idiot hatte ich keine Kampfpanzerung angezogen, sondern nur meinen Umwelt-Schutzschirm mitgenommen. Schließlich war Hepnug ein ruhiger Planet ohne Gefahren – zumindest hatte ich das gedacht. Andererseits war es auch egal, denn der B‘flo‘do hätte einer Kampfpanzerung wahrscheinlich sowieso als erstes den Saft abgesaugt und sie damit zu einem Haufen schweren Ballasts reduziert.

Ich betätigte den Abzug meines H16 und ein kräftiger Energiestrahl ließ die Erde vor der Höhle aufspritzen. Ich hatte einen

Gleitstrahl ausgewählt, der hatte deutlich weniger Kraft als ein Plasmaprojektil, war aber sehr effektiv, wenn man sich durch Hindernisse schneiden musste. Und in diesem Moment musste ich ja eigentlich sowieso nur den Appetit des B'flo'dos anregen – so einen Happen würde er sich bestimmt nicht entgehen lassen!

Oder etwa doch?

Ich war mindestens fünf Minuten so zugange und machte mir langsam Sorgen, dass mein H16 leer sein würde, bevor der verdammte B'flo'do sich zeigte.

»Gibt es ein Problem«, erklang Mgurns gedämpfte Stimme aus Richtung der Felswand.

»Er kommt nicht«, stellte ich fest.

»Möglicherweise hat er so viel gefressen, dass er sich im Schlafzustand befindet«, vermutete Mgurn. »Das soll durchaus vorkommen.«

»Aber nur, nachdem sie einen ganzen Kampfkreuzer leergesaugt haben«, sagte ich. »Von ein paar Wissenschaftlern und ihren Geräten kann er ganz sicher nicht satt sein. Vielleicht hat er unseren Plan durchschaut.«

»Das kann ich mir nicht vorstellen – B'flo'dos sind dumm wie Steine«, sagte Mgurn.

»Wo zur Hölle bleibt er dann?«, fragte ich.

Und die Antwort bekam ich eine halbe Sekunde später.

Ein Tentakel aus Dunkelheit sprang meinem H16 entgegen. Ich hechtete zurück und schaffte es geradeso, dem Angriff auszuweichen.

»Er kommt«, flüsterte ich und ging schnell rückwärts und schoss alle paar Meter in den Boden, um das Viech aus seinem Versteck zu locken. Das Tentakel folgte mir, aber der Rest des B'flo'dos blieb versteckt. Das Ding war verdammt noch mal zu vorsichtig, das passte überhaupt nicht zu einem B'flo'do. Mgurn hatte schon recht, sie waren dumm wie Steine und jagten normalerweise jedem noch so kleinen Quäntchen Energie hinterher. Aber dieses Exemplar spielte auf Nummer sicher. Und das machte mich nervöser, als wenn es mit dem Kopf voran auf mich zustürmen würde. Also, nicht dass B'flo'dos Köpfe hätten. Sie waren Schleimkreaturen, genau wie ihre entfernten Verwandten, die B'clo'nos.

Nach einigen Metern stoppte das Tentakel. Es dehnte sich die beinahe zwanzig Meter vom Höhleneingang bis zu mir aus, was bedeutete, dass es zu einem verdammt großen B'flo'do gehören musste. Bei diesen Proportionen könnte es mich in einem Sekundenbruchteil schnappen. Von daher machte sein Verhalten überhaupt keinen Sinn. Der einzige Grund, warum es so vorsichtig sein könnte, war, dass sich in der Nähe ein noch gefährlicheres Raubtier befand.

Aber Hepnug war ein toter Planet. Es gab überhaupt keine Raubtiere, weil es überhaupt kein Leben auf diesem gottverdammten Felsbrocken gab. Außer Schimmelsporen natürlich, denn wie ich schon sagte, gab es überall Schimmelsporen.

Das Tentakel stoppte also, schüttelte sich ein paarmal und schnellte dann zurück in die Höhle. Dabei knallte es wie eine Peitsche, und ich bemerkte, wie Mgurn in seinem Versteck zusammenzuckte.

»Was war das?«, rief er.

»Der B'flo'do«, antwortete ich, wobei ich den Lauf meines H16 anhob und ihn gegen meine Schulter lehnte. »Er hat Schiss bekommen und ist zurück in die Höhle abgehauen.«

»Nein, ich meine dieses tiefe Grollen«, sagte Mgurn und drehte sich um. »Kannst du dieses Rumpeln nicht hören?«

»Nein, kann ich nicht«, antwortete ich. »Ich bin ja kein Hundekäfer.«

»Muss das sein?«, platzte es aus Mgurn heraus. »Du bist manchmal so ein ekelhafter Rassist!«

»Ich habe nur Spaß gemacht«, sagte ich, »beruhige dich!«

Seine vier Augen weiteten sich und er richtete sich zu seiner vollen Größe von zwei Metern auf. Ich konnte sehen, wie sich die Muskeln unter seiner Panzerung verkrampften, und wusste, dass etwas sehr, sehr Schlimmes im Anmarsch war.

»Ist es hinter mir?«, fragte ich.

Mgurn nickte.

»Ist es sehr, sehr groß?«

Mgurn nickte wieder.

»B'flo'do?«, fragte ich.

»Allerdings«, sagte Mgurn, »B'flo'do.«

Ich atmete tief durch und drehte mich langsam um. Ja. Es war ein wirklich sehr, sehr großer B'flo'do. Jetzt wusste ich, warum der in der Höhle nicht herauskommen wollte, egal mit wie viel Energie ich ihn lockte. B'flo'dos sind nicht immer kannibalisch veranlagt, aber diese Masse schwarzen Schleims vor mir war fast so groß wie mein Schiff, von daher konnte ich verstehen, dass der kleinere gezögert hatte. Exemplare dieser Größe waren dafür bekannt, sich über kleinere Artgenossen herzumachen, wenn sie besonders hungrig waren.

Und ich wäre bereit gewesen zu wetten, dass dieser Riesenhaufen Schleim besonders hungrig war, da er sich auf einem toten Planeten befand.

»Okay«, sagte ich, »wir haben ein Problem.«

Das Erste, was ich tat, war das Notsignal an meinem Handgelenk zu betätigen. Das Implantat würde ein Trans-Raum-Signal direkt ans SMC Hauptquartier schicken. Normalerweise sendete keine Nummer freiwillig so einen Hilferuf, da es als ein Zeichen von Schwäche angesehen wurde. Andererseits hatten schon einige Kollegen auf die harte Tour gelernt, dass das eigene Überleben wichtiger ist als gekränkter Stolz. Von daher nahm ich ein bisschen Spott gern in Kauf, wenn im Gegenzug sofort eine Rettungsmission gestartet würde.

Hinter meinem Rücken erklang ein spitzer Schrei und ich wirbelte herum, um gerade noch zu sehen, wie Mgurn von dem kleineren B'flo'do in die Höhle gezogen wurde. Problem Nummer zwei.

Genau in diesem Moment wünschte ich mal wieder, dass ich meine Gabe willentlich benutzen könnte, denn ein bisschen Über-Fokus und Klarheit hätte ich ganz gut gebrauchen können. Wenn sich die Zeit ein wenig verlangsamen würde, hätte ich vielleicht diesen zusätzlichen Sekundenbruchteil, um alle meine Optionen abzuwägen – um die Dinge in Relation zu setzen und die beste Entscheidung zu treffen, bevor ich wieder einmal eine *nicht-ganz-so-gute* Entscheidung treffen würde, wie ich das mit beeindruckender Regelmäßigkeit immer mal wieder tat.

Okay. Okay, okay, okay. Mgurn brauchte Hilfe. Er würde innerhalb weniger Minuten nur noch ein Haufen Exo-Panzerung und Endo-Knochen sein, wenn ich mich nicht um B'flo'do Junior kümmern würde.

Ich setzte zu einem großen Schritt an, und den riesigen B'flo'do durchzuckte sofort eine Vibration, als würde er sich darauf vorbereiten, seine Masse in meine Richtung zu wuchten.

Ich stoppte meine Bewegung abrupt, behielt sogar den Fuß mitten in der Luft und verharrte so, da ich Angst hatte, das Monster würde mich schnappen, sobald ich ihn auf den Boden setzte. Andererseits war es nicht gerade die ideale Pose, auf einem Bein zu stehen, wenn es um Leben oder Tod ging – Cyborg-Beine hin oder her!

Mgurn quiekte noch einmal, dann schrie er aus voller Kehle.

»JOE!«

»Warte!«, rief ich.

»JOE!!!«

»Ich weiß, ich weiß!«, antwortete ich. »Ich mache gerade einen Plan!«

Und das tat ich. Mein Gehirn schaltete den Turbo ein und ich erstellte eine gedankliche Liste meiner Optionen. Die ersten zehn Punkte auf dieser Liste lauteten *sterben*, also setzte ich gleich bei Nummer elf an und schaute hinunter auf mein H16.

Man muss dazu sagen, obwohl die Galaxis ziemlich gesetzlos erschien, erst recht in dem Chaos nach dem Krieg, bekam man Waffen nicht gerade hinterher geschmissen. Ich musste mein SMC H16 aus eigener Tasche bezahlen. Genau wie die Upgrades für mein Schiff, die Sachen, die ich trug sowie das gesamte Equipment, das nötig war, um ein Ticket erfolgreich zu erledigen. Von daher ging mir die Entscheidung nicht leicht übers Herz.

Ganz langsam öffnete ich die Energiekupplung unter dem Lauf des Karabiners. Selbst diese kleine Bewegung macht den großen B'flo'do ganz hibbelig. Seine schleimige Masse glitt langsam auf mich zu, und ich musste meine gesamte Willenskraft aufwenden, um nicht schreiend wegzurennen.

Meine Finger ertasteten den Regulator innerhalb der Kupplung und ich zog vorsichtig daran, bis er herausploppte. Ich achtete darauf, den Regulator nicht zu verlieren, weil er fast so viel kostete, wie die gesamte Waffe, und stopfte ihn in meine Tasche. Dann warf ich einen letzten Blick auf mein treues Gewehr, sprach ein kurzes Gebet an die Acht Millionen Götter und betätigte den Abzug.

Jetzt wurde das Glibbermonster komplett fickerig.

Ohne den Regulator würde die Energiekupplung innerhalb weniger Sekunden überhitzen. Schließlich war dieses kleine Teil dazu da, den Energieausstoß zu begrenzen und eine zuverlässige Feuertemperatur für die Waffe aufrecht zu erhalten. Im Gegensatz dazu würde jetzt das genaue Gegenteil passieren und mein gutes, altes H16 einen schmerzhaften Tod sterben.

Und ich würde einen ebenso schmerzhaften Tod sterben, wenn ich mich nicht schleunigst entfernte.

In so einem Moment war man dankbar dafür, Cyborg-Beine zu haben.

Mein überhitzendes H16 immer noch in der Hand, drehte ich mich um und rannte so schnell meine qualitätsgefertigten Beine mich trugen. Mgurn hörte auf zu schreien und B'flo'do Junior kam aus seiner Höhle geschossen, da das rapide ansteigende Energieniveau seine Vorsicht offensichtlich verpuffen ließ. Ich rannte direkt auf das Wesen zu, in dem Wissen, dass ich vielleicht noch eine Sekunde Zeit hatte, um das zu tun, was getan werden musste.

Und genau das war die Art von Druck, die nötig war, um meine Gabe auszulösen. Während ich auf einen tödlichen Außerirdischen zurannte und von einem noch viel, viel, viel größeren und tödlicherem Außerirdischen verfolgt wurde, die beide das wollten, was ich in den Händen hielt, begann die Welt sich zu verlangsamen. Meine Gedanken wurden kristallklar und messerscharf und sämtlicher mentaler Ballast wurde aus meinem Bewusstsein verdrängt.

Ich warf das H16 in die Luft und schmiss mich zu Boden. Junior sprang aus seiner Position vor der Höhle auf die Waffe zu und ich wusste, dass Mister Big genau das Gleiche tun würde. Ich spürte den Luftzug seiner entfesselten Masse an meinem Rücken, als ich mich über die Schulter abrollte und unter dem Kleinen hindurchrutschte.

Ich tauchte direkt vor der Höhle auf und rannte in die relative Sicherheit ihrer Dunkelheit. Während ich durch diese Finsternis stolperte, zählte ich im Kopf die Sekunden.

»Joe!«, schrie Mgurn, als ich um eine Ecke in der Höhle geschossen kam. Er sah ziemlich mitgenommen aus. Die Hälfte seiner Rüstung war zu Asche ergraut und seine beiden Unterkiefer baumelten kraftlos gegen seinen Brustpanzer. »Wo ist es? Was ist los?«

Ich rannte zu ihm hinüber, packte ihn bei den struppigen Haaren seines Exoskelettes und beeilte mich, seinen Hundekäferarsch tiefer in die Höhle zu zerren. Als wir um eine weitere Ecke kamen, konnte ich geradeso die Umrisse von wissenschaftlichem Equipment sowie die leergesaugten sterblichen Überreste einiger Humanoiden erkennen, als die Welt draußen im thermonuklearen Feuer verdampfte.

Okay, technisch gesehen war es nicht wirklich eine thermonukleare Explosion, aber es fühlte sich verdammt noch mal so an. Jeder, der sich in einer halben Meile Umkreis der Höhle befand, war ernsthaft gefoht.

Mgurn kreischte noch ein bisschen weiter, weil das einfach sein Ding war, und ich drückte uns beide zu Boden, während Felsbrocken und Dreck um uns herumspritzten. Ich hatte schon Steinchen in meiner Nase und eine gute Ladung Hepnug-Erde in meiner Lunge, bevor ich auch nur dazu kam, mir die Hand vors Gesicht zu halten. Wenigstens brach die Höhlendecke nicht über uns zusammen, denn sonst hätte mich eine Hand vor dem Gesicht auch nicht vor einem schmerzvollen Tod bewahrt.

»Joe?«, hustete Mgurn, als er sich auf den Rücken wälzte und mehrfach hustete. »Was hast du getan?«

»Ich habe mein H16 in die Luft gejagt«, sagte ich. »Es hat Junior und Mister Big total aufgegeilt. Kein B'flo'do der Galaxis könnte der Versuchung widerstehen, sich eine überladende Multiwaffe einzuverleiben!«

»Da hast du recht«, sagte Mgurn. »Das war wirklich eine rettende Idee. Sehr teuer zwar, aber rettend. Deine Gabe scheint tatsächlich nützlich zu sein.«

»Das habe ich mir sogar ohne die Hilfe meiner Gabe ausgedacht«, entgegnete ich, während ich mich mit dem aussichtslosen Versuch beschäftigte, den Staub aus meiner Uniform zu klopfen.

»Meine Gabe hat sich erst bemerkbar gemacht, als ich weggerannt bin.«

»Oh«, sagte Mgurn.

Obwohl ich uns beiden das Leben gerettet hatte, kam es mir so vor, als wäre er immer noch nicht zufrieden.

»Was?«, fragte ich. »Was habe ich falsch gemacht?«

»Es geht gar nicht um richtig oder falsch«, sagte Mgurn, »denn du hast vielleicht gar keinen Fehler gemacht. Aber deine Gabe erlaubt dir, alle Optionen und ihre Konsequenzen gleichzeitig zu betrachten.«

»Danke, ich weiß selbst, wie sie funktioniert«, erwiderte ich, während ich mir an die Schläfe klopfte. »Es ist *meine* Gabe in *meinem* Kopf. Wo ist das Problem? Wir hatten zwei B'flo'dos am Arsch und ich habe sie erledigt. Wo sind da die Optionen und Konsequenzen?«

»Da hast du recht, und es ist auch wirklich ganz wundervoll«, sagte Mgurn, während er aufstand. Er machte ein paar Dehnübungen, atmete tief durch und deutete dann in Richtung des Höhlenausgangs. »Ich habe mich nur gefragt, was wäre, wenn diese beiden nicht die einzigen B'flo'dos in der Gegend waren? Denn eine energetische Entladung dieser Größenordnung würde sicherlich auch noch jedes andere Exemplar auf dieser Seite des Planeten hierher locken.«

»Häh«, sagte ich, während ich versuchte, seiner Argumentation zu folgen. »So ein Schwachsinn!«

»Hast du dein Rettungssignal aktiviert?«, fragte er.

»Ja, das habe ich als Erstes gemacht«, antwortete ich.

»Oh, gut … das ist gut«, sagte Mgurn und schenkte mir das typische Lächeln seiner Doppelkiefer. »Dann sollten wir bald Unterstützung haben, denn ich bin sicher, dass in diesem System auch noch andere Salvage Mercs unterwegs sind. Es ist natürlich suboptimal, dass wir unser Ticket dann teilen müssen, aber das ist bei Weitem besser als der Tod.«

»Genau das dachte ich mir auch, als ich das Signal aktiviert habe«, sagte ich. »Ich bin niemals zu stolz, um einen Erfolg zu teilen.«

Von draußen erklang ein lautes Geräusch und Mgurn krallte sich in meinen Arm.

»Hey, das ist kein Cyborg-Arm«, schnauzte ich ihn an, während ich meinen geschundenen Bizeps aus seinem Klammergriff befreite. »Entspann dich! Selbst wenn da draußen noch mehr B'flo'dos unterwegs sind, werden die mit den Energierückständen der Explosion beschäftigt sein, bis Hilfe eintrifft.«

»Ich hoffe es«, sagte Mgurn.

»Komm schon«, sagte ich und klopfte ihm auf die Schulter. »Lass uns mal einen kurzen Blick nach draußen werfen, damit wir wissen, womit wir es zu tun haben!«

»Auf keinen Fall, das halte ich für gar keine gute Idee«, entgegnete Mgurn, wobei er so heftig den Kopf schüttelte, dass ihm schwindelig wurde und er schließlich auf seinen gepanzerten Hintern fiel. »Ich bleibe einfach hier sitzen. Du kannst gucken, wenn du willst. Versuche bitte, nicht zu sterben.«

»So eine negative Stimmung könnte ich mir ersparen, wenn ich einen Klav als Assistenten genommen hätte«, murmelte ich, als ich wegging.

»Die sind zu schlau«, rief mir Mgurn hinterher, »die würden niemals für dich arbeiten!«

Damit hatte er wahrscheinlich recht.

Ich musste mich durch ein paar Einsturzstellen quetschen, um zum Ausgang zu kommen, aber das war kein Problem. Ein paar mehr Kratzer und blaue Flecken machten den Kohl jetzt auch nicht mehr fett.

Doch als ich den ersten Blick nach draußen werfen konnte, wünschte ich mir insgeheim, ich wäre bei Mgurn geblieben: Die ganze Landschaft war voller B'flo'dos. Es waren Hunderte, in allen Größen. Einige von ihnen waren sogar noch größer, als Mister Big es gewesen war.

Zwei Dinge kamen mir sofort in den Sinn.

Erstens: Wieso gab es auf einem toten Planeten so viele B'flo'dos? Zwei waren ja schon komisch, aber Hunderte? Das war schon ein komischer Zufall.

Zweitens: OH GOTT! ICH WAR SO WAS VON GEFOHT!!!

Hier muss ich allerdings hinzufügen, dass ich einigermaßen die Fassung bewahrt habe, ohne mich mit dem unwillkürlichen Austritt von Körperflüssigkeiten zu blamieren. So langsam und leise wie ich konnte, zog ich mich wieder in die Dunkelheit der Höhle zurück. Die B'flo'dos waren völlig hin und weg von den reichhaltigen Energierückständen, sodass sie meine vergleichsweise winzige Lebensenergie gar nicht wahrnahmen. Trotzdem achtete ich darauf, meine Atmung ruhigzuhalten und meinen Puls zu senken, damit sie sich nicht doch fragten, was sich in dieser Höhle befand, die nun zu meiner Gruft zu werden drohte.

»Was hast du gesehen?«, fragte Mgurn, als ich bei ihm ankam.

»Nicht viel«, sagte ich und setzte mich neben ihn.

»Ach herrje«, flüsterte er und fing an, mit seinen Kiefern die klickenden Geräusche seiner Muttersprache zu machen. Ich war mir ziemlich sicher, dass auch er in diesem Moment zu den Acht Millionen Göttern betete.

»Wir sollten hier drinnen bleiben und auf Hilfe warten«, sagte ich. »Draußen ist es langweilig.«

Mgurn betete nun noch inbrünstiger.

Ich beschloss, einfach die Klappe zu halten, um ihn noch nicht mehr aufzuregen. Ja, so ein verständnisvoller Boss war ich!

DREI

Das Bier schwappte über den Rand meines Kruges, doch das war mir egal. Ich war mitten drin in meiner Geschichte und jedes Auge von jedem Merc am Tisch war auf mich gerichtet.

»Hunderte! Ich spreche hier von Hunderten!«, rief ich.

»Das wissen wir.« Hopsheer lachte und stieß Salvage Merc Fünfunddreißig, einem hässlichen Vogel namens Tarr Holenbeak, in die Rippen. Der Typ hatte mehr Narbengewebe als gesunde Haut am Körper.

»Schon klar, Laribeau, wir wissen, wovon du redest«, sagte Tarr. »Wir haben diese ganzen B'flo'dos selbst gesehen, als wir gelandet sind, um deinen Arsch zu retten. Eine klitzekleine Warnung wäre echt nett gewesen.«

»Ich war beschäftigt«, sagte ich, woraufhin ich einen Schluck Bier nahm. »Und Mgurn auch. Er musste diese typischen leforianischen Angstgase ausstoßen, und glaubt mir, ich habe noch nie so einen fauligen Geruch erlebt. Kein Wunder, dass keiner der B'flo'dos in die Höhle gekommen ist. Diese fiese Brise hat dafür gesorgt, dass die ihre schleimigen Hintern so schnell wie möglich in Sicherheit gebracht haben.«

»Es war nur eine einzige, kleine Wolke, und sie sind auch nicht geflohen«, rief Mgurn von seinem Sitzplatz am anderen Ende der Kantine des SMC-Hauptquartiers. Er saß dort bei den anderen Assistenten, hörte aber trotzdem aufmerksam zu. »Sie wurden von den landenden Schiffen angelockt!«

»Rede du dir das nur selbst ein, wenn du dich dann besser fühlst«, lachte ich und trank mein Bier aus. Ich rammte den Krug auf die Tischplatte und schnippte mit den Fingern, um ein neues zu bestellen.

»Du bist in der Kantine, Joe«, sagte Hopsheer. »Du musst dir dein Bier selbst holen.«

»Verdammt«, sagte ich und nahm das Gefäß wieder an mich. »Bewegt euch nicht vom Fleck! Die Geschichte geht noch weiter.«

»Wir waren dabei«, sagte Tarr.

»Waren wir nicht«, meinte Ig Vrtnig. Sie war Salvage Merc Fünfzehn und eine Groshnel. Das ist eine Rasse, die keine Knochen, aber acht Arme hat und alle paar Minuten Luft herunterschlucken muss, damit der Körper sich nicht verflüssigt. Sie waren bekannt für ihre hervorragenden Gesangsstimmen und das völlige Unvermögen, Essen im richtigen Maße zu salzen. »Komm zurück und erzähl die Geschichte zu Ende! Hier ist es in letzter Zeit höllisch langweilig.«

»Ich bin gleich wieder da«, sagte ich, wobei ich Ig kurz zunickte und meinen Krug anhob, bevor ich die Zapfhähne an der gegenüberliegenden Wand ansteuerte.

Diese Hähne boten fast jede Form von Getränk, das es in der Galaxis gab. Das SMC-Hauptquartier war ein weitläufiger und verworrener Komplex, der in den Jahrzehnten seit der Gründung der SMC immer weiter ausgebaut worden war. Manche Bereiche hatten sogar für Menschen untaugliche Umweltbedingungen, aber das war für mich vollkommen okay, solange die Kantine im Zentrum blieb und sie dort den Sauerstoff nicht abstellten.

Eine Besonderheit der SMC war, dass sie in der Geschichte der Galaxis eine ziemlich junge Macht darstellte. Der Krieg hatte vor etwa zweieinhalb Jahrhunderten angefangen und Generationen von Kämpfern überspannt. Es sah lange gar nicht aus, als ob ein Ende in Sicht wäre, da die Skrang sich geweigert hatten, zu verhandeln. Als sie dann die B'clo'nos ins Spiel brachten, war die Hoffnung, dass der Krieg bald enden würde, erst einmal erloschen.

Doch dann wurden irgendwann die Ressourcen knapp, und das trotz der Tatsache, dass Millionen von Planeten, Asteroidenfeldern, Kometen und anderen Himmelskörpern beteiligt waren. Als unsere Seite, die Galaktische Flotte, feststellte, dass ihnen bald das Material ausgehen würde, baten sie um Vorschläge.

Ein geschäftstüchtiger Ex-General der Flotte entschloss sich daraufhin, einige Ex-Marines um sich zu versammeln, um schwer erreichbare Ressourcen zu bergen, und das war die Geburtsstunde der Salvage Merc Corporation. Dieser ehemalige General, ein gewisser Bon Chattslan, besaß die Weitsicht, darauf zu bestehen, dass die SMC eine neutrale Einrichtung bleiben sollte, um mit allen Parteien verhandeln zu können, sogar mit den Führern der Skrang-Allianz.

Wenn ein Salvage Merc ein Ticket zu erfüllen hatte, würde er oder sie dadurch freies Geleit erhalten, ohne von irgendeiner Seite Ärger zu bekommen. Auf die von den Mercs beschafften Materialien konnten dann beide Seiten Gebote abgeben – das hatte Chattslan zu einem sehr reichen Mann gemacht.

Aber man muss dem Typen zugutehalten, dass er es sich nicht einfach mit seinem Geld bequem gemacht hat. Er hat das SMC-Hauptquartier aufgebaut und das Geschäftsfeld darauf erweitert, sämtliche Aufträge anzunehmen, solange sie im Voraus bezahlt wurden. Mercs suchten nach Menschen, Kreaturen, verlorenem Gepäck, es war vollkommen egal. Solange die SMC neutral blieb, waren alle Tickets auch neutral.

Salvage Mercs spielten sich nicht als Moralapostel auf, sie lehnten keine Jobs ab, auch wenn sie manchem vielleicht unethisch vorkamen. Um Moral hatte sich die Galaktische Flotte zu kümmern, genauso wie die Skrang. *Tickets sind Tickets*, das war das inoffizielle Motto der Salvage Mercs. Eigentlich hatten wir einen ganzen Haufen Mottos, aber wenn man so wollte, war dieses eine eben das wichtigste.

Jetzt könnte man natürlich denken, dass es nach Kriegsende weniger Bedarf an den Leistungen der SMC gegeben hätte.

Aber dann hätte man überhaupt keine Ahnung. Denn tausende bewohnter Planeten brauchten dringende Reparaturarbeiten. Dadurch waren die Ressourcen nach dem Krieg fast noch spärlicher als währenddessen, und die SMC rekrutierte ganze Schiffsladungen neuer Mercs.

Unglücklicherweise bedeutete *neu* auch *unerfahren*. Es gab damals jede Woche fast mehr Tote als Neuankömmlinge. Es ging schon der Witz um, dass es bald Tickets dafür geben würde, neue Rekruten ausfindig zu machen.

Obwohl ich zugeben muss, dass ich ja tatsächlich auf diese Art zur SMC gekommen war. Die meisten von Hopsheers Tickets schienen sich darum zu drehen, Personen aufzugabeln, an denen die Bosse interessiert waren. Also, nicht dass sie viel darüber redete, aber wie gesagt, ich hatte es ja selbst erlebt.

»Willst du diesen Zapfhahn nur befummeln, oder holst du dir auch ein Bier?«, fragte einer Stimme von links neben mir.

Ich schüttelte verwundert den Kopf und stellte fest, dass ich die ganze Zeit nur dagestanden und nachgedacht hatte.

»Hey, Scott«, sagte ich und warf einen Blick nach unten, auf dieses Zwischending aus einem Mann und einer riesigen Bowlingkugel.

Im Krieg war Scott Sanitäter gewesen. Er hatte Typen wie mich gerettet, wenn ihnen Gliedmaßen abgeschossen worden waren oder ihnen die Innereien über den Gürtel hingen. Dummerweise hatte sich das Glück irgendwann gegen ihn gewendet und er ist selbst unter den Kriegsversehrten gelandet. Wobei sein Pech nicht einmal die Tatsache war, dass ihm eine Explosion den gesamten Unterkörper weggerissen hatte, sondern dass der Sanitäter, der die Erstversorgung machen musste, erst eine Woche im Einsatz war und den Job eiskalt versemmelt hat.

Im Gegensatz zu mir standen Scott auch keine Cyborg-Implantate zu, beziehungsweise war gar nicht genug von seinem

Körper übrig geblieben, woran man sie hätte befestigen können. Nun hatte er da also diese Gyroskopkugel, die ihn nicht nur von A nach B bewegte, sondern auch seine Körperflüssigkeiten filterte und was man sonst so alles brauchte, um am Leben zu bleiben. Außerdem enthielt die Kugel genug Diagnoseequipment, um Scott zu einem Krankenhaus auf Rädern zu machen. Oder auf einer Kugel. Oder wie auch immer man es nennen wollte.

»Vielleicht solltest du es mal etwas ruhiger angehen lassen«, sagte Scott und beäugte mich argwöhnisch. »Dein Adrenalinpegel wird nach dieser Mission immer noch auf Anschlag sein, und mit diesem Alkohol, selbst wenn er nach der zahmen menschlichen Art gebraut ist, machst du deinem Körper nur noch mehr Stress.«

»Wenn du jetzt Doktorspiele mit mir machen willst, brauche ich noch ein paar Bierchen mehr«, lachte ich ihn an. Er bewegte keinen Mundwinkel. Scott war ein netter Typ, aber dieses Gesundheitsding nahm er für meinen Geschmack ein wenig zu ernst. Ich räusperte mich, füllte mein Glas und tätschelte es mit der freien Hand. »Das ist das Letzte. Ich verspreche es dir. Ich muss nur noch meine Geschichte zu Ende erzählen und dann werde ich mich ein paar Tage schlafen legen, damit mein Körper sich erholen kann. Ist das okay für dich, Herr Doktor?«

»Ich bin kein Arzt, Joe«, sagte Scott. »Jedenfalls nicht offiziell.«

»Klar, sonst müsste die SMC dir ja auch mehr zahlen«, entgegnete ich und nippte an meinem Drink.

Er deutete auf seine Oberlippe. Ich verstand den Wink mit dem Zaunpfahl und wischte mir den Schaum von der Nase.

»Da hast du wohl recht«, sagte er. »Komm doch in meinem Büro vorbei, wenn du ausgeschlafen hast. Wenn ich innerhalb von zwei Tagen nichts von dir höre, werde ich dich suchen gehen. Und sei so nett, Joe; tu mir das nicht an. Ich habe echt viel zu tun, vor allem mit diesen ganzen neuen Rekruten, die jeden Freitag hier aufschlagen.«

»Welcher Tag ist heute?«, fragte ich verdutzt und sah, wie seine Mundwinkel nach unten schossen. »Nein ernsthaft, ich bin gerade durch zwei Wurmlöcher geflogen und bin mir wirklich nicht sicher!«

»Es ist Dienstag«, sagte Scott.

»Cool«, rief ich und nahm einen weiteren Schluck. »Dann sehe ich dich spätestens am Donnerstag, okay?«

»Okay« sagte Scott und deutete dann auf die Zapfhähne. »Könntest du mir vielleicht ein Helles zapfen? Meine nächste Schicht ist erst in acht Stunden, und ich dachte, vorher lasse ich mich mal ein bisschen gehen … denn als Nächstes stehen wieder Rektaluntersuchungen auf dem Programm.«

»Rektaluntersuchungen? Igitt!«, sagte ich, als ich ihm sein Glas abnahm und ein frisches Bier zapfte. »Du hättest es eigentlich verdient, dass sie dir einen Getränkehalter in deine Kugel einbauen!«

»Das habe ich mir für meine Pensionszeit in ein paar Jahrzehnten fest vorgenommen«, erwiderte er und nahm das Getränk entgegen. »Vielen Dank.«

»Es war mir ein Vergnügen«, sagte ich und nickte in Richtung des Tisches voller Mercs, die meiner Rückkehr entgegenfieberten. Okay, vielleicht fieberten sie nicht so sehr, wie ich dachte – es sah so aus, als hätte Hopsheer inzwischen mit einer eigenen Geschichte angefangen. »Ich muss wieder los. Bis Donnerstag!«

»Donnerstag«, sagte Scott, als er davonrollte. »Ich verlasse mich darauf!«

Als ich an dem Tisch ankam, brachen gerade alle in schallendes Gelächter aus, und ich bedachte sie mit dem enttäuschtesten Gesichtsausdruck, den ich auf Lager hatte.

»Habe ich etwas verpasst?«, fragte ich, als ich mich auf meinen Stuhl fallen ließ und die Lachtränen beobachtete, die Hoppys steinerne Wangen herunterliefen. Verdammt, sie war wirklich wunderschön.

»Hoppy hat uns gerade erzählt, wie sie dich trainiert hat, und du in dieses Nest voller Baby-Gumps gefallen bist«, erklärte Ig. »Hattest du wirklich sechs von den Biestern in deiner Uniform?«

»Ach foh, das hatte ich schon fast vergessen«, sagte ich und lächelte in die Runde. »Aber es waren nicht sechs, sondern zehn, die sich unter meine Klamotten vorgearbeitet hatten und sich dann an Orten festsaugten, wo wirklich niemand einen angesaugten Gump haben will.«

»Das waren doch keine zehn«, sagte Hopsheer kopfschüttelnd, »Es waren sechs.«

»Jetzt warte mal eine Sekunde«, meinte ich und hob eine Hand. »Ihr könnt mir ruhig glauben, dass es zehn waren. Ich kann mich an jede einzelne Klaue erinnern, die sich in mein Fleisch gebohrt hat.«

Ich nahm einen großen Zug aus meinem Glas und machte es mir bequem. »Wie mir scheint, hat Hoppy eine großartige Geschichte versaut. Wie wäre es, wenn ich sie noch mal von vorn erzähle, damit ihr wirklich wisst, was da los war?«

Es gab zwar einiges Stöhnen zu hören, doch ich wusste, dass im Prinzip alle bereit waren, sich meine Version anzuhören. Sogar Hopsheer signalisierte das mit ihrem typischen, schiefen Grinsen.

Also habe ich die Baby-Gump-Geschichte erzählt, gefolgt von einer Wiederholung der letzten Mission – ich musste noch einmal von vorn anfangen, weil inzwischen einige der neuen Rekruten dazugekommen waren – und dann kam diese verrückte Story aus meiner Kindheit dran, in der mein älterer Cousin die Idee hatte, auszuprobieren, ob ich in die Kocheinheit hineinpasste, und ob ich noch atmen könnte, wenn er sie anschaltete. Die eine Hälfte des Tisches bog sich daraufhin vor Lachen, während die anderen geschockt war und sich fragte, wie ich das überleben konnte und wieso mein Cousin nicht auf einen Umerziehungs-Planeten geschickt worden war.

Es war schon vier Uhr morgens, als ich es endlich geschafft hatte, zurück in mein Quartier zu torkeln, das sich am anderen Ende des SMC-Hauptquartiers befand. Dort fiel ich sofort volltrunken ins Bett – allein, wie ich hinzufügen möchte. Immer allein.

Wobei das heißt, nicht völlig allein, da Mercs wegen der Platzprobleme mit den ganzen neuen Rekruten ihre Zimmer mit ihren Assistenten teilen mussten. Wir mussten nicht in einem Bett schlafen, gesegnet seien die Acht Millionen Götter, aber ich war schon nicht gerade klein für einen Menschen, und Mgurn war ein abgefohter Leforianer, der über zwei Meter maß. Deswegen wirkte unsere Bude extrem klein, wenn wir beide gleichzeitig Zuhause waren.

»Ich habe mit Scott gesprochen«, sagte Mgurn, während ich versuchte, mir die Stiefel von meinen Cyborg-Füßen zu ziehen.

»Hast du das?«, fragte ich.

Rein technisch gesehen hätte ich meine Füße verhärten lassen können, dann bräuchte ich jetzt überhaupt keine Stiefel mehr. Aber die Ladys in der Galaxis finden weiches Kunstfleisch in der Regel attraktiver als kalten Stahl, deswegen hatte ich mich für die romantischere Variante entschieden. Außerdem konnte man viel Zeug in Kampfstiefeln verstecken. Zum Beispiel ein paar Messer, einen Schockstreifen, zwei Tuben Gleitcreme sowie eine Packung Kondome. Das alles regnete jedenfalls in dem Moment zu Boden, als ich es endlich schaffte, meine Stiefel wegzutreten.

»Deine Uniform hat auch Taschen, das ist dir schon klar, oder?«, fragte Mgurn.

»Ich weiß«, sagte ich. »Ist so eine alte Angewohnheit von den Marines. Wenn der kommandierende Offizier dich anbrüllt, dass du deine Taschen leer machen sollst, dann willst du nicht mit Gleitcreme und Alien-Pornos erwischt werden. Da kannst du dich auch gleich für eine Rektaluntersuchung anmelden.«

»Ich bin froh, dass ich mich nie bei den Marines verpflichtet habe«, sagte Mgurn. »Aber wo wir gerade davon sprechen: Scott hat mich gebeten, darauf zu achten, dass du dich nicht übernimmst.«

»Das mache ich nicht.«

»Das habe ich ihm auch gesagt, aber er hat schon nicht unrecht«, sagte Mgurn.

Der große Leforianer rollte sich in seinem Bett herum, das gleich gegenüber von meinem stand, und starrte mich mit allen vier Augen an. In diesem Moment wusste ich, dass er die ganze Zeit darauf gewartet hatte, dass ich nach Hause kam und er mit mir reden konnte. Den Spitznamen »Mutti« hatten die Leforianer nicht ohne Grund bekommen.

»Du hast vor sechs Monaten hier unterschrieben. Seit fünf Monaten bin ich dir zugeteilt. In dieser Zeit hast du absolut jedes Ticket angenommen, ohne Pause. Natürlich gefällt mir, wie sich die Chits auf meinem Konto anhäufen. Aber ich bin Leforianer, ich komme mit der Anstrengung und der durchgängigen Arbeit gut klar. Du aber bist ein Mensch, du bist nicht dafür geschaffen.«

»Ich habe Cyborg-Beine«, rief ich und schlug mir auf die Waden. »Sechs Nuklearzellen pro Seite! Die werden nie müde!«

»Der Rest von deinem Körper aber schon«, sagte Mgurn. »Deswegen habe ich bei den Bossen die Bitte eingereicht, dass wir die nächsten Wochen nur trainieren und keine Tickets annehmen.«

»Du hast was?!?«, bellte ich und setze mich auf, mein Gesicht war direkt ganz heiß vor Wut. Die Welt drehte sich um mich, als der Alkohol in meinem Blutkreislauf durch mein Hirn schwappte. Ich streckte eine Hand aus, um mich zu stabilisieren, griff aber ins Leere. Bevor ich überhaupt wusste, was los war, lag ich auf dem Boden.

»Genau davon rede ich«, stellte Mgurn fest.

»Ich bin besoffen, nicht erschöpft!« Das war eine Lüge. Ich war ziemlich erschöpft. Aber es war ja auch vier Uhr morgens! Ich war keinesfalls zu erschöpft, um zu arbeiten. Marines gaben nie auf, selbst wenn sie aus dem Dienst entlassen wurden.

»Ich weiß genau, was du denkst«, sagte Mgurn.

»Nein, weißt du nicht«, antwortete ich.

»Du denkst an den Spruch, dass Marines nie aufgeben«, sagte Mgurn. »Du denkst, dass du dich nur genug in der SMC beweisen musst, damit die Flotte dich wieder aufnimmt.«

»Falsch!«, grölte ich. »Zumindest, was den zweiten Teil angeht. Und zum ersten Teil sage ich nur: Schnauze!«

»Sie werden dich nicht zurücknehmen«, bekräftigte Mgurn. »Die Flotte braucht keine weiteren Marines – sie brauchen weniger, denn der Krieg ist vorbei. Also, warum sollten sie dich zurücknehmen?«

»Ich will gar nicht zurück«, schrie ich, »warum reitest du darauf herum? Ich liebe es, ein Merc zu sein und für die SMC zu arbeiten. Die Bezahlung ist besser und ich habe deutlich mehr persönlichen Freiraum!«

»Gut«, sagte Mgurn. »Ich hatte gehofft, dass du das sagen würdest. Ich hatte befürchtet, die Ankündigung würde dich umstimmen.«

»Die Ankündigung?«, fragte ich. »Was für eine Ankündigung?« Ich schaffte es, mich vom Boden zu erheben und wieder in mein Bett zu wuchten.

»Mgurn? Was für eine Ankündigung?«, wiederholte ich.

»Hast du es nicht gehört?«, fragte er und seine Augen weiteten sich. »Verdammt. Ich hätte meine Kiefer halten sollen!«

»Spuck es aus, verdammt noch mal!«, herrschte ich ihn an.

»Es gab kurz vor Mitternacht eine Ankündigung auf dem galaktischen Vid. Du weißt schon, das machen sie wegen der Zeitverschiebungen zwischen den verschiedenen Systemen.«

»Ja, ich weiß, dass sie das wegen der Zeitverschiebungen zwischen den Systemen machen«, äffte ich ihn nach. »Heraus damit!«

»Die Flotte hat bekannt gegeben, dass Admiral Xvltndg abtritt und sein Nachfolger bereits feststeht«, sagte Mgurn.

»Xvltndg tritt ab?«, fragte ich schockiert. »Ich bin immer davon ausgegangen, dass sie ihn in seinem Admiralssessel beerdigen würden!«

»Der Krieg ist vorbei«, sagte Mgurn. »Zwei Jahre Übergangszeit sind genug. Jetzt ist es Zeit für jemanden, der die Flotte im Frieden anführt.«

»Ja, ich schätze, das macht Sinn«, antwortete ich. »Trotzdem kann ich mir kaum vorstellen, dass Xvltndg in Rente geht.«

Ich dachte an all die Begebenheiten zurück, wo ich sein wütendes, vernarbtes, schuppenbedecktes Gesicht vor großen Schlachten auf den Vidscreens hatte geifern sehen. Der Typ hat mir jedes Mal eine Scheißangst eingejagt, aber er hatte es einfach unglaublich gut drauf, seine Truppen anzustacheln.

»Warte mal eine Minute«, sagte ich, als mir plötzlich etwas bewusst wurde. »Was hat denn Xvltndgs Rücktritt damit zu tun, dass ich wieder in die Flotte zurückkehren wollen sollte? Ich sehe da gar keine Verbindung?«

»Das wirst du schon noch«, meinte Mgurn lakonisch. »Schau doch mal in den Nachrichtenkanal.«

Ich schielte ihn müde an, dann tippte ich ein paarmal auf mein Handgelenk, bis die Holo der galaktischen Neuigkeiten an meinen Augen vorbeilief. Ich scrollte an ein paar Spartenberichten vorbei, die sich überwiegend um Waisen und Witwen und anderen Schnulzenkram drehten, bis ich endlich zu der Berichterstattung über Xvltndgs Rücktritt kam.

Der Boden wurde mir förmlich unter den Füßen weggezogen, als ich sah, wer sein Nachfolger sein würde. Es war ein Mensch, das war schon erstaunlich genug, da wir nicht einmal zehn Prozent der Bevölkerung der Flotte ausmachten. Aber das war es nicht, was mich so traf – es war der Name des Mannes der der neue Admiral der Flotte werden würde: Crawford Helms. Mein alter Kampfgenosse bei den Marines.

»Crawford«, sagte ich laut. »Wie ist das möglich?«

»Das fragen sich diverse andere Organisationen auch«, entgegnete Mgurn. »Er ist nicht einmal der jüngste Admiral aller Zeiten, aber nahe dran. Ich finde es auch eine merkwürdige Wahl.«

»Crawford?« Ich grübelte. »Als ich entlassen wurde war er Sergeant. Er hat immer betont, dass er gar kein Interesse daran hätte, Offizier zu werden … und jetzt ist er Admiral? Er liebte es, Sergeant zu sein – immer mitten im Herzen der Action!«

»Nur gibt es ohne Krieg auch nicht mehr viel Action« meinte Mgurn. »Vielleicht interessiert er sich jetzt für galaktische Politik. Admiral der Flotte ist ein idealer Startpunkt für eine politische Karriere.«

»Crawford hasst Politik«, sagte ich. »Er hasst einfach alles daran. Ich habe noch nie einen Mann gekannt, der mehr darauf versessen war, Skrang und B'clo'nos kalt zu machen, als er. Ich hätte eher gedacht, dass ihn die Flotte in dem Moment langweilt, wo er keine Feinde mehr in Stücke schießen kann.«

»Sieht aber so aus, als hätte er sich entschieden zu bleiben«, sagte Mgurn. »Ich hoffe, das bedeutet nicht, dass du zurück zur Flotte willst. Denn jetzt hättest du einen direkten Kontakt zu ihrem Oberbefehlshaber. Ich wette, du könntest einen Gefallen bei ihm einfordern und wärst innerhalb einer Woche wieder im Dienst.«

»Tja, da hast du wohl recht.«

Und in diesem Moment wurde mir erst so richtig bewusst, wovon Mgurn redete. Ich liebte es, eine Nummer zu sein und das Leben eines Salvage Mercs zu leben. Die Bezahlung war super, die Arbeit war super und ich durfte wieder ein H16 haben. Ich flog durch die Galaxis und tötete Sachen oder ich rettete Sachen. Manchmal musste ich beides tun.

Aber hier war eine Chance, von der ich nie gedacht hätte, dass ich sie erhalten würde. Mgurn hatte vollkommen recht. Ich könnte Crawford anrufen und es stand völlig außer Frage, dass er mich sofort wieder zum Marine machen würde.

»Jetzt denkst du gerade darüber nach«, seufzte Mgurn und drehte sich wieder in Richtung der Wand, wobei er mir seinen Rückenpanzer zuwandte. »Super. Großartig. Einfach wunderbar. Sei aber bitte so nett und sag mir vorher bescheid, wenn du die SMC verlässt, okay? Ich möchte es nicht aus dem wöchentlichen Newsletter erfahren! Das wäre echt nicht cool, Joe.«

»Stimmt, das wäre ganz und gar nicht cool«, sagte ich geistesabwesend. »Kein Newsletter, das verspreche ich dir.«

»Das muss dann wohl reichen«, sagte Mgurn. »Versuche, ein bisschen zu schlafen.«

Er klatschte in die Hände und das Licht ging aus.

Ich lag noch mindestens eine Stunde wach, mit weit geöffneten Augen starrte ich in die pechschwarze Dunkelheit des Raumes. All die Möglichkeiten rasten durch meinen Kopf, bis ich endlich wegdämmerte. Doch bevor der Schlaf mich umfing, hatte ich einen merkwürdigen Moment von Klarheit. Es war weniger ein Gedanke, eher eine Erinnerung.

Das letzte Mal, als ich mit Crawford gesprochen hatte, direkt bevor ich ein Merc wurde, hatte er komisch geklungen. Genau so vorlaut wie immer, doch sein Humor hatte sich irgendwie bemüht angefühlt. Ich dachte, er wusste vielleicht einfach nicht, wie er mit mir reden sollte, da ich nur noch ein einfacher Zivilist war. Aber in dem Moment, wo ich so daran zurückdachte, kam es mir fast so vor, als hätte er mir etwas sagen wollen, was er nicht sagen konnte. Das ist auf eine Art nichts Ungewöhnliches, wenn es um Belange der Flotte geht, aber wir reden hier von Crawford! Wir hatten niemals Geheimnisse voreinander.

Ich nahm mir vor, ihn gleich am nächsten Morgen anzurufen. Ich würde ihm einfach mal gratulieren und so weiter. Und dann ganz genau hinhören, ob er sich immer noch so merkwürdig benehmen würde.

VIER

Ich hing fast eine Stunde in der Warteschleife, bis ich ins Büro des Flottenkommandos durchgestellt wurde.

»Admiral Helms Büro, bitte warten Sie«, sagte die niedliche brünette Slinghasp auf meinem Holo. Sie hatte wie alle Slinghasps diese selbstleuchtenden Schuppen, und da dieser Effekt durch das künstliche Licht der Übertragung noch verstärkt wurde, war ich durch ihren Anblick wie geblendet.

»Moment bitte!«, rief ich. »Ich hänge schon seit einer Stunde in der Warteschleife! Können Sie Crawford sagen, dass Joe Laribeau dran ist? Ich verspreche auch, nicht zu viel von seiner Zeit in Anspruch zu nehmen!«

»Der *Admiral* ist heute sehr beschäftigt, Mister Laribeau«, antwortete die Slinghasp. Ihr schlitzförmiger Mund lächelte, doch ihre Reptilienaugen blieben kalt. »Ich werde ihm sagen, dass Sie in der Leitung sind, aber es kann trotzdem etwas dauern, bis er Zeit hat.«

»Das verstehe ich voll und ganz«, sagte ich. »Vielen Dank.«

»Das macht doch keine Umstände«, entgegnete sie, womit sie mir wahrscheinlich mitteilen wollte, dass ich eine absolute Nervensäge war.

Ich wischte die Propaganda der Galaktischen Flotte auf meinem Holo beiseite und surfte stattdessen auf meinem Wandprojektor durch das Grid, um die Zeit totzuschlagen, bis Crawford sich melden würde.

Mgurn hatte unser Zimmer verlassen, direkt nachdem er aufgewacht war, und etwas von Training gemurmelt, aber ich hatte ihm gar nicht zugehört. An den Gedanken, dass sich Crawford Helms innerhalb von zweieinhalb Jahren vom Sergeant zum Admiral gemausert hatte, konnte ich mich einfach nicht gewöhnen. Ich war mir ziemlich sicher, dass Mgurn das direkt aus meinem Gesichtsausdruck hatte herauslesen können und sich deswegen aus dem Staub gemacht hatte.

Ich hätte es an seiner Stelle genauso gemacht.

Endlich hatte ich einen interessanten Artikel gefunden – es ging um eine Minenkolonie, in der eine seltene Krankheit ausgebrochen war, die normalerweise nur Gumps kriegen – als ein langgezogener Warnton aus Richtung meines Handgelenks ertönte und Crawfords Gesicht erschien.

»Joe«, sagte er mit einem Lächeln, das in etwa genauso unecht wirkte, wie das seiner Sekretärin. »Mann, es ist echt lange her! Ich habe gehört, dass du jetzt bei der Salvage Merc Corporation bist! Gratuliere! Schön zu hören, dass du deine Fähigkeiten immer noch voll einsetzen kannst und nicht in irgendeinem Außenposten Wache schiebst oder in einer Kneipe auf Xippeee als Rausschmeißer arbeiten musst!«

»Ich glaube, auf Xippeee hätten sie mich nicht genommen«, winkte ich ab. »Aber genug von mir, Bruder, lass uns über dich reden!«

»Tja, das hat sich alles ganz schön schnell entwickelt«, kicherte Crawford. »Vielleicht *zu* schnell!«

Seine Miene wurde ernster und er schaute sich um. Dann hustete er und versuchte, wieder ein Grinsen aufzunehmen, aber seine Wangen schienen ihm nicht zu gehorchen.

Er war ein durchschnittlich aussehender Typ. Braune Haare, braune Augen, ein nettes Lächeln, dunkelrote Haut. Er war so menschlich wie alle anderen von uns, die noch etwas Menschliches an sich hatten. Er war wirklich absoluter Durchschnitt; auf einem überfüllten Markt oder auf einer Shuttle-Plattform hätte man direkt an ihm vorbeigehen oder neben ihm stehen können, ohne ihn wahrzunehmen.

Doch ich nahm ihn sehr wohl wahr. Mir fiel auf, wie die Haut in seinen Augenwinkeln zuckte und gespannt aussah. Ich bemerkte, wie sein Haaransatz langsam zurückgegangen war. Ich nahm sogar wahr, dass er Make-up trug, um die dunklen Schatten unter seinen Augen zu verbergen. Make-up! Das fiel mir auf.

»Schnell? Das ist ja die Untertreibung des Jahres«, sagte ich und lachte. Es war mein nervöses Lachen, das normalerweise nur unmittelbar vor Einsätzen gegen die Skrang-Allianz durchbrach. »Hör mal zu, Bruder, ich will deine Zeit nicht unnötig beanspruchen, wo doch heute bestimmt jeder Politiker und Planetenführer etwas von dir will.«

»Du hast gar keine Vorstellung«, erwiderte er und schenkte mir ein besorgtes, aber dankbares Lächeln.

»Können wir uns trotzdem bald mal zum Essen oder auf ein paar Pitcher Bier treffen?«, fragte ich. »Nur als zwei Freunde, die ein bisschen den Erinnerungen an die gute, alte Zeit frönen … Und ich würde natürlich auch gerne live und in Farbe erfahren, wie du diesen Job gekriegt hast, und nicht über das olle Holo!«

»Ich … ähm … okay«, antwortete er. »Gib Sssssgerfnsssss einfach ein paar Daten, die für dich passen, und dann taktet sie das irgendwie ein. Ich rufe dich zurück, sobald ich kann, damit du sicher sein kannst, dass ich dich nicht verarsche. Cool?«

»Cool, Bruder«, sagte ich. »Pass auf dich auf, okay?«

»Mach ich«, sagte er. »Ich muss los. Die sind hier alle irre und ich muss irgendwie zusehen, dass ich einen klaren Kopf bewahre!«

»Du schaffst das schon, Marine«, bellte ich. »Hooah!«

»Hooah!« Er lachte und zwinkerte mir zu. Der Kampfruf der Marines galt eben für alle Lebenslagen.

Das Holo flackerte und dann erschien Sssssgerfnsssss wieder.

»Welche Termine würden Ihnen passen, Mister Laribeau?«, fragte sie. »Geben Sie mir am besten mehrere zur Auswahl, nur für alle Fälle.«

»Was für Fälle?«, fragte ich.

»Einfach nur so«, antwortete sie. »Der Admiral ist sehr beschäftigt.«

Ich hatte noch kein neues Ticket bekommen, also sagte ich ihr, dass ich eigentlich immer Zeit hätte, und dass sie etwas aussuchen solle. Wir machten daraufhin einen Termin in etwa einer Woche aus, in einer netten, kleinen Station, die den brennenden Planeten Caga im Relic-System umkreiste. Ich hatte dort schon mal im Bordcafé gegessen und die Aussicht war wirklich höllisch beeindruckend. Höllisch im buchstäblichen Sinne, denn genau so sah es auf Caga aus.

Nachdem ich den Anruf beendet hatte, duschte ich schnell und entschied mich dazu, die Untersuchung bei Scott hinter mich zu bringen. Als ich ihn auf dem Holo anpiepste, fiel mir ein, dass ich keine Ahnung hatte, wie sein Nachname lautete. Oder war Scott sein Nachname? Das würde ich ihn während der Untersuchung mal fragen müssen.

Natürlich vergaß ich das in dem Moment, als die Untersuchung losging, da ich wirklich panische Angst vor Nadeln hatte. Ich meine, wir lebten im zweiunddreißigsten Jahrtausend und brauchten immer noch Nadeln? Warum hat noch niemand etwas Besseres erfunden? Selbst die Injektorpistolen funktionierten mit Nadeln. Die schossen zwar so schnell heraus, dass man sie praktisch gar nicht spürte, aber es waren immer noch verdammte Nadeln!

»Entspann dich«, sagte Scott zum achten Mal. »Wir haben die Spritzen doch schon hinter uns!«

»Ja nee, ist klar, du Lügner«, sagte ich, während ich auf dem kalten Stahl der Untersuchungsbahre in seinem Büro saß. Alle paar Sekunden ging unter mir eine Welle elektrostatischer Energie los, die jede Bazille und Mikrobe röstete, die sich möglicherweise noch in meinem Arsch versteckt hatte. »Du hebst dir doch immer extra eine Spritze bis ganz zum Schluss auf, um mich zu ärgern!«

»Wann soll das denn gewesen sein?«, fragte Scott.

»Vielleicht warst es nicht du, aber Ärzte machen das doch immer«, antwortete ich.

»Ich bin kein Arzt, Joe«, seufzte Scott. »Ich bin nur ein medizinischer Dienstleister, der von der SMC wegen seines besonderen Zustandes und seiner Erfahrung in der Behandlung von Schusswunden eingestellt wurde.«

»Du sagst, du bist kein Arzt und bist trotzdem einer«, antwortete ich, woraufhin er die Zähne zusammenbiss und in die entlegenste Ecke seines Büros rollte. Dann kehrte er mit einem langen Metallrohr zurück, das im Schein der Behandlungsleuchte bedrohlich funkelte. »Was ist das? Das ist doch eine Spritze! Hab ich's doch gewusst, Scott, du mieses Schwein!«

»Das ist keine Spritze«, knurrte er, als er die Spitze des Stabes auf meinen Fuß aufsetzte.

Sämtliches Gefühl entschwand aus meinem Bein und die synthetische Haut an meinem Fuß wich beiseite, um glatt poliertes, glänzendes Metall freizulegen. Scott tippte das Material mit dem Stab an, und sofort öffnete es sich genauso schnell, wie es die Haut getan hatte. Es war abgefahren, das Innenleben meines Fußes sehen zu können – lauter Glasfaserkabel und surrende Nanomaschinen, die sich synchron bewegten.

»Hast du irgendwelche Probleme mit deiner Beweglichkeit? Tempo? Antrittsgeschwindigkeit?«, fragte er.

»Antrittsgeschwindigkeit? Was meinst du damit?«

»Verhalten sich deine Beine wie Beine?«, präzisierte er, während er den Stab tief in meinen Fuß stieß. »Reagieren sie sofort oder ist da manchmal eine Pause? Vielleicht nur für einen Sekundenbruchteil, aber lange genug, dass es dir auffällt?«

»Nein«, sagte ich. »Meine Beine funktionieren immer absolut perfekt. Ich habe sogar eher das Gefühl, sie reagieren manchmal zu schnell, so als ob sie meine Gedanken lesen könnten.«

»Das ist wahrscheinlich ein Nebeneffekt deiner Gabe«, meinte Scott, als er den Stab herauszog und mehrfach auf meinen Fuß tippte, bis Metall und Haut wieder geschlossen waren. »Dein Gehirn verarbeitet deine Gedanken schneller als dein Bewusstsein. Das fällt den meisten von uns niemals auf, aber durch deine Klarheit bist du wahrscheinlich ein Sonderfall.«

Er wiederholte die Prozedur mit dem rechten Fuß, anschließend tippte er mir anerkennend mit dem Stab aufs Knie. »Du bist bei bester Gesundheit«, sagte er. »Sogar deine toxischen Werte sind im grünen Bereich. Du bist genauso fit, wie du es gestern Nacht gesagt hast.«

»Vielleicht musst du deinen Patienten mehr vertrauen«, entgegnete ich grinsend.

»Das lassen wir mal lieber bleiben«, antwortete er nüchtern.

Ich rutschte von der Bahre und schnappte mir meine Uniform von einem Haken an der Wand. Ich hatte mich gerade angezogen und wollte das Büro verlassen, als mir noch etwas einfiel.

»Hey, Scott? Wenn die Haut in den Augenwinkeln zuckt, ist das bestimmt ein Anzeichen von Stress, oder?«, fragte ich.

»Höchstwahrscheinlich«, antwortete er, als er meine Untersuchungsergebnisse in ein Terminal an der Wand eingab. Er schaute zu mir herüber und verzog das Gesicht. »Warum fragst du?«

»Einfach nur so. Es geht um einen Freund, um den ich mir ein bisschen Sorgen mache. Ich möchte nicht, dass er einen Herzkasper kriegt, bevor wir uns das nächste Mal treffen.«

»Dann würde man schon schwerere Anzeichen sehen«, sagte Scott. »Aber die Person, die du meinst, ist nicht zufällig Admiral Crawford Helms, oder?«

Bevor ich antworten konnte, lachte er und tippte wieder an seinem Terminal herum.

»Ich habe deinen gesamten Lebenslauf hier gespeichert, von der Schule bis zu den Marines«, erklärte er. »Und der Name Helms wird immer wieder erwähnt. Ich bin sicher, dass das Zucken, was du da siehst, an seinem neuerlichen Stress liegt. Oder hat er irgendwelche Vorbelastungen im Herzbereich?«

»Nein, überhaupt nicht«, antwortete ich. »Das ist nur so ein komisches Gefühl.«

»Nun ja«, sagte er und schaute mich ernst an. »Ich habe im medizinischen Bereich der Flotte nicht viel zu melden, aber ich habe noch ein paar Kontakte aus meiner Militärzeit. Ich könnte denen mal durchfunken, dass Admiral Helms sich vielleicht einem kompletten Gesundheitscheck unterziehen sollte, falls nicht sowieso schon einer gemacht wurde in letzter Zeit.«

»Könntest du das tun?«, fragte ich.

»Ich versuche es einfach.«

»Das wäre total super. Ich kenne Crawford und er geht nie freiwillig zum Arzt!«

»Tja, dieses Verhalten kenne ich von vielen Personen«, sagte er vorwurfsvoll und wandte sich wieder seinem Terminal zu. »Ich schicke dir eine Nachricht, wenn ich etwas von meinen Kontakten höre.«

»Danke.« Ich verließ sein Büro deutlich erleichtert, was Crawford anging.

Die Kantine wirkte wie ausgestorben, als ich durch die Schwingtüren trat und mich umschaute. Ein paar Techniker und sehr wenige Mercs saßen an verschiedenen Tischen verteilt, aber es war niemand dabei, mit dem ich normalerweise klönte. Ich schnappte mir ein Tablett und lud mir einen wahren Berg von Essen als Frühstück auf. Der Koch am Ende des Tresens scannte mein Handgelenk und schüttelte den Kopf.

»Davon schmeißt du doch die Hälfte weg«, sagte er. »Was für eine Verschwendung.«

»Die Reste werden doch am Ende der Frühstückszeit sowieso weggeworfen.«

»Nein«, sagte er, »Wir recyceln das.«

»Will ich das wissen?«, fragte ich, wobei ich skeptisch das Essen auf meinem Tablett beäugte.

»Wahrscheinlich nicht«, antwortete der Koch lachend. »Bon Appetit!«

»Besten Dank.«

Ich ließ ihn stehen und suchte mir mein Plätzchen an der gegenüberliegenden Wand, das ich ziemlich früh auserkoren hatte, nachdem ich der SMC beigetreten war. Von dort hatte ich alle Eingänge zur Kantine im Blick und außerdem eine Wand hinter mir, an die ich meinen Rücken lehnen konnte. Es war nicht wirklich so, dass ich Angst hatte, das Hauptquartier könnte angegriffen werden, aber ich war eben gern auf der sicheren Seite. Das hatte schon meine Mutter immer gesagt, und sie war dafür bekannt, niemandem den Rücken zuzuwenden.

Meine Eltern hatten sich auf einem harten Planeten niedergelassen. Es war eine kleine Kolonie in einer Sumpflandschaft. Sie hatten den Job dort angenommen, da der Lohn dreimal so hoch war wie üblich. Der Krieg hatte die ganze Galaxis erfasst, aber manche Orte waren sicherer als andere. Bax gehörte allerdings nicht dazu, denn Sumpfplaneten hatten ihre ganz eigenen Gefahren. Gastaschen, Bog-Fallen, die Flora und Fauna, die dich innerhalb einer Sekunde verschlingen konnte … und dazu noch üble Wetterbedingungen.

Das wahre Problem aber waren die Siedler. Sie waren alle nur wegen der Chits dort. Sie bekamen ihren Lohn und dazu noch eine Beteiligung an allen Rohstoffen, die sie gewinnen konnten. Das waren im Falle von Bax weniger Mineralien, aber es war ein gasreicher Planet und außerdem gab es eine Fülle an organischem Material. So gesehen ging es meinen Eltern ziemlich gut.

Zumindest bis zu dem Punkt, an dem sie im Schlaf aufgeschlitzt wurden, während ich mit ein paar Freunden in einem unserer

Baumhäuser campte. Ihre Leichen waren das Erste, was ich sah, als ich nach Hause kam. Denn man hatte sie vor unserem Haus aufgeknüpft – die Reste ihrer Haut wehten im Wind, während ihre Körper bereits in der feuchten Luft verrotteten.

Die Handschrift der Jirks.

Sie hatten schon ein Dutzend anderer Siedler ermordet, bis endlich jemand begriff, dass sie es mit Hauträubern zu tun hatten. Ich war zu spät dran, um meine Rache zu üben – ein wütender Mob hatte sie bereits gehängt und anschließend ihre Körper verbrannt. Ich kam gerade noch rechtzeitig, um zu sehen, wie die Gesichter meiner Eltern auf den Körpern von zwei Jirk-Leichen dahinschmolzen.

Ich bin seitdem kein großer Fan von Jirks, falls das noch unklar sein sollte.

»Ist hier noch frei?«, fragte Hopsheer und hielt ihr Tablett über den Tisch, bereits im Begriff, sich hinzusetzen. »Joe?«

»Häh? Oh ja, klar, setz dich«, stammelte ich. »Sorry. Ich habe heute mit einem alten Freund gesprochen, und das hat einige Erinnerungen aufleben lassen, von denen ich dachte, dass ich sie für immer begraben hätte.«

»Willst du darüber reden?«, fragte sie, als sie begann, den Essensberg auf ihrem Tablett, der locker so groß war wie meiner, in sich hinein zu schaufeln. »Ich bin ein guter Zuhörer.«

»Das weiß ich«, antwortete ich mit einem Lächeln. »Aber ich würde diese Erlebnisse lieber ruhen lassen. Vielleicht ein andermal.«

Sie zuckte mit den Schultern und ließ eine prall gefüllte Gabel in ihrem Mund verschwinden.

So saßen wir für ein paar Minuten schweigend da, bis sie sich zurücklehnte und laut genug rülpste, dass eine der Küchenhilfen zusammenzuckte.

»Sorry«, sagte sie und lachte.

Nach ein paar weiteren Minuten des Essens spürte ich, dass sie unbedingt etwas sagen wollte. Gwreqs sind unglaublich schlechte Lügner. Trotz ihrer steinernen Körper tragen sie ihre Gefühle direkt im Gesicht. Wenn man dazu noch menschliches Verhalten addierte, kam quasi ein offenes Buch heraus.

»Komm schon, spuck es aus«, sagte ich, wobei ich meine Gabel fallen ließ und mir mein Getränk schnappte. Es war ein gekühlter Tee, aber ich konnte nicht mal sagen, welche Geschmacksrichtung es sein sollte. Es war fruchtig, aber nicht süß. »Entweder willst du mir etwas sagen oder mich etwas fragen.«

»Ist das so offensichtlich?«

»Allerdings«, antwortete ich. »Und?«

»Der neue Admiral, Crawford Helms, ist das wirklich dein alter Waffenbruder von den Marines?«

»So sieht's aus«, sagte ich. »Wir haben uns Seite an Seite durch acht Missionen in sechs Sonnensystemen geschossen. Wir haben uns gegenseitig öfter das Leben gerettet, als ich zählen kann. Grott, ich hätte weitaus mehr als nur meine Beine verloren, wenn er nicht gewesen wäre.«

»Also vertraust du ihm?«

»War das jetzt irgendwie unklar?«, polterte ich. »Ich würde ihm jederzeit mein Leben anvertrauen!«

»Das ist gut zu wissen«, sagte sie.

Ich wartete, aber es kam nichts mehr.

»Du musst schon etwas deutlicher werden, Hoppy. Warum willst du wissen, ob ich Crawford vertraue?«

»Er ist der neue Oberbefehlshaber der Flotte«, sagte sie mit einem Schulterzucken. »Damit hat er die Macht, den Krieg wieder aufleben zu lassen, wenn er will.«

»Das will er nicht.«

»Wie kannst du da so sicher sein?«

»Weil er den Krieg gehasst hat«, sagte ich. »Dabei war er ein großartiger Soldat. Voll bei der Sache, gut ausgebildet, zu allem entschlossen. Er wäre für die Flotte gestorben, aber das heißt nicht, dass er auch gern für sie tötete. Er kommt aus einer Kultur von Pazifisten.«

»Stimmt, die rote Haut ist mir aufgefallen«, sagte Hopsheer. »Die Saldt-Sekte?«

»Genau. Er hat Schande über seine Familie gebracht, da er seine Einberufung nicht unter Angabe religiöser Gründe abgelehnt hat. Dafür hatten Saldts quasi einen Freibrief. Aber er wollte für die Flotte kämpfen, um seinen Wert zu beweisen.«

»Und dann ist er ausgerechnet zu den Marines gegangen?«, kicherte Hopsheer. »Es gibt auch deutlich gewaltfreiere Möglichkeiten, um seinen Wert zu beweisen.«

»Damit habe ich ihn auch ständig aufgezogen, vor allem, wenn es auf die Urlaube zuging!«

»Meinst du, er wurde genau aus dem Grund, dass er von den Saldt kommt, in sein neues Amt erhoben? Um ihn sozusagen als Galionsfigur einer Friedenspolitik zu nutzen?«

»Das könnte schon sein. Aber ich bezweifle es. Da steckt mehr dahinter. Jedenfalls kann Crawford definitiv nicht die Qualifikation besitzen, die Flotte zu leiten. Er war doch vor drei Jahren gerade einmal Sergeant!«

»Hört sich an, als würdest du an einer Verschwörungstheorie arbeiten«, sagte Hopsheer und schenkte mir ihr warmes Grinsen. »Willst du sie mit mir teilen?«

»Nee, ich habe keine Theorien. Aber nächste Woche treffe ich mich mit Crawford zum Lunch. Bis dahin werde ich mir kein Urteil bilden. Wenn ich ihm gegenüber sitze, werde ich sofort wissen, was los ist.«

»Mmm-hmm«, antwortete sie.

»Was zum Henker soll denn ›mmm-hmm‹ heißen?«, fuhr ich sie an. »Du weißt doch mehr und spielst nur mit mir!«

»Hä? Was? Nein, nein, ich weiß gar nichts.«

»Du bist Salvage Merc Acht. Du hast doch garantiert Zugriff auf mehr Informationen als ich! Was hast du herausbekommen?«

»Die Nummer ist kein Dienstgrad«, sagte sie und zitierte damit direkt aus dem SMC-Manifest. Denn in der SMC ist eine Nummer nur eine Zahl. Der Dienstgrad hängt davon ab, wie lange man schon dabei ist, nicht, was für eine Nummer man besitzt. Es sterben dauernd Mercs und die Nummern werden dann neu vergeben. Allerdings war Hopsheer erst der dritte Salvage Merc Acht, den es je gab. Somit stand ihre Nummer schon irgendwie in Zusammenhang mit ihrem Rang.

»Du willst mich doch verarschen«, knurrte ich. »Du weiß etwas und willst es mir unbedingt sagen, sonst würdest du nicht hier sitzen. Also rück raus damit oder verzieh dich!«

»Heilige Scheiße«, seufzte sie. »Du bist aber heute schlecht drauf!«

»Ich habe vorhin Spritzen bekommen«, sagte ich. »Und mein bester Freund sieht aus, als würde er an einem stressinduzierten Herzinfarkt sterben, bevor ich ihn nächste Woche besuchen kann! Außerdem bringt dein Lächeln mich immer total durcheinander, also raus mit der Sprache!«

»Mein Lächeln«, sagte sie verblüfft.

Grott. Foh. Verdammt. Das wollte ich eigentlich gar nicht laut sagen!

»Du weißt schon, äh, du hast da dieses … öhm, Geheimnislächeln«, stammelte ich auf der Suche nach einem Ausweg. »Das hat dich total verraten!«

Sie warf mir einen kritischen Blick zu und schüttelte dann den Kopf. »Was auch immer, Joe. Lächeln oder nicht, was ich dir jetzt sagen werde, bleibt zwischen uns, okay?«

»Natürlich«, sagte ich schnell.

Sie schob ihr Tablett beiseite und lehnte sich über den Tisch. Ich tat es ihr gleich und lauschte aufmerksam.

»Die Bosse haben Wind davon bekommen, dass etwas Großes passieren wird«, sagte sie. »Sie wissen zwar noch nicht was, aber sie sind sich Hundertprozent sicher, dass es etwas mit der Admiralität zu tun hat. Quellen aus der Flotte und sogar Informanten, die der Skrang-Allianz nahe stehen, sind der Meinung, dass Admiral Xvltndgs Rücktritt nicht unbedingt freiwillig war. Vielleicht wird dein Freund nur als Strohmann missbraucht.«

»Strohmann? Wofür?«

»Was denkst du denn?«

»Ich weiß es nicht, sag du's mir doch!« Dabei wusste ich es. Ich hatte in dem Gespräch mit Crawford einen kurzen Moment der Klarheit gehabt. In dieser Situation hatte ich noch geglaubt, er wäre nur nervös, weil er urplötzlich zu einem der mächtigsten Männer der Galaxis aufgestiegen war. Doch mein Bauchgefühl sagte mir, dass Crawford nicht mehr lange leben würde. Nur wollten das mein Kopf und mein Herz nicht glauben.

»Ich sehe an deinem Gesichtsausdruck, dass du haargenau weißt, wovon ich rede«, legte Hopsheer nach.

»Krieg«, flüsterte ich. »Jemand will, dass der Krieg wieder anfängt!«

»Sehr viele Jemande wollen das«, sagte Hopsheer und lehnte sich mit einem Schulterzucken zurück. »Das war schon immer so. Aber die Galaxis ist erschöpft, also wird es einen großen Knall brauchen, um beide Seiten wieder zum Kampf zu zwingen.«

Ich sank ebenfalls in meinen Stuhl zurück und beobachtete sie genau. Sie schenkte mir wieder dieses Lächeln. Meine Eingeweide verkrampften sich.

»Die Bosse haben meinen Holo abgehört, oder?«, fragte ich. »Dann haben sie dich losgeschickt, um mich auszuhorchen, weil sie genau wissen, dass ich … äh … du hast mich mit Absicht so angelächelt!«

Ich sprang auf, und der Stuhl fiel krachend hintenüber. Die wenigen Personen in der Kantine drehten sich zu uns um, kümmerten sich dann aber ganz schnell wieder um ihren eigenen Kram, als sie meinen Gesichtsausdruck sahen. Ich schnappte mir mein Tablett und schüttelte den Kopf.

»Das ist arm«, sagte ich zu Hopsheer. »Du weißt doch, dass ich … ich dachte, wir … es ist einfach nur arm, Hoppy, Du bist zu weit gegangen.«

»Joe, warte«, rief sie, als ich mit langen Schritten zum Müllschlucker eilte.

Ich schob mein Tablett durch den Schlitz und beobachtete den hellen Blitz, der dann immer erschien. Wenigstens recycelten sie das Essen nicht direkt von den Tabletts.

»Joe!«, rief Hopsheer durch den ganzen Raum, aber ich drehte ihr den Rücken zu und verließ die Kantine.

»Joe!«

Ich ballte meine Hände zu Fäusten und ging einfach weiter. Eine Stunde lang, zwei Stunden, drei. Ich schritt durch die Flure des SMC-Hauptquartiers und lief von einer Seite zur anderen, meine Beine auf Autopilot.

Irgendwann fand Mgurn mich und nahm mich mit zum Schießstand. Er wusste, dass es mir guttun würde, ein paar Schüsse aus meinem H16 rauszuballern. Und damit hatte er vollkommen recht. Nach zwei Stunden Zielübungen konnte ich wieder halbwegs klar denken. Ich war immer noch sauer, aber nicht mehr so sehr, dass ich die Kontrolle verlieren und hinter Gittern landen würde.

»Bierchen?«, fragte er, als wir unsere Waffen abgaben und den Schießstand verließen.

»Nee«, antwortete ich. »Ich gehe zurück aufs Zimmer.«

»Also Bierchen«, sagte er, und ich wusste genau, dass er seine leforianische Stärke anwenden würde, falls ich weiterhin widersprach.

»Na gut, Bierchen«, sagte ich. »Aber nicht in der Kantine. Wenn Hoppy da ist, raste ich aus.«

»Wir gehen in die Observationskuppel«, sagte er. »Dort haben sie gerade vierundsechzig Zapfhähne eingebaut!«

»Wirklich?«, fragte ich. »Wann das denn?«

»Letzte Woche. Ich habe es dir verheimlicht, weil ich wusste, dass du dich sonst jeden Abend in der Kuppel bis zur Besinnungslosigkeit betrunken hättest!«

»Da hast du wohl recht«, gab ich zu. »Bierchen mit Aussicht? Das klingt wirklich fantastisch. Geh voran, Mgurn, geh voran!«

FÜNF

Eine Woche später saß ich in meinem Schiff, unterwegs ins Relic-System. Caga war zwar nur ein paar Clicks vom nächsten Wurmloch-Portal entfernt, aber da ich ein paar Stunden zu früh dran war, wollte ich die malerische Route nehmen.

»Warum ändern wir unseren Kurs?«, fragte Mgurn vom Sitz des Co-Piloten aus.

Mein Schiff war ein Hamershacht Whip-Wing 409, das Standardmodell der SMC. Nicht das schnellste seiner Klasse, aber unglaublich agil. Und Manövrierbarkeit war mir bei Weitem wichtiger als Geschwindigkeit. Um es einprägsam zu formulieren: Man wird niemals schneller fliegen können, als die Feuersalve eines Skrang-Zerstörers, aber man konnte ihr ausweichen.

»Joe? Wo fliegen wir hin?«, fragte Mgurn erneut.

»Ich will etwas kontrollieren«, sagte ich und steuerte eine Gruppe von Monden an, die Cagas Schwesterplaneten Gaca umkreisten. Das war ein unbewohnter Wasserplanet. Vielleicht gab es da unten ein paar planktonartige Lebensformen, aber definitiv nichts mit einem Bewusstsein. »Behalte die Scanner im Auge, okay? Ich will sichergehen, dass uns niemand folgt!«

»Wer sollte uns denn folgen?«

»Eines der Schiffe, das in der Raumsprungschlange hinter uns war«, sagte ich. »Ich konnte ein paar Kollegen von der SMC ausmachen, dazu gab es eine Menge ziviler Transporter. Aber mindestens drei von denen sahen verdächtig aus. Das könnten Edger gewesen sein.«

»Edger? Also von den Randbezirken der Galaxis? Was sollten die denn an einem Sprungportal machen, das von der SMC kontrolliert wird?«

»Das weiß ich nicht. Vielleicht irre ich mich auch, aber mein Bauchgefühl sagt etwas anderes.«

»Warum docken wir dann nicht an der Caga-Station an und informieren den Sicherheitsdienst?«, fragte er. »Die werden mit so einer Situation schon umgehen können.«

»Vielleicht können sie das«, antwortete ich. »Aber willst du unsere Sicherheit in die Hände von ein paar Teilzeitkräften legen, die wahrscheinlich gerade mal Mindestlohn kassieren? Ich nicht.«

»Du hast wirklich eine pessimistische Grundhaltung gegenüber unserer galaktischen Gesellschaft, Joe«, erwiderte Mgurn. »Der Krieg ist vorbei. Vielleicht solltest du mal in Betracht ziehen, etwas aufgeschlossener zu sein, statt immer nur …«

»Behalte einfach nur die Scanner im Auge«, herrschte ich ihn an.

Ich wusste gar nicht, warum ich so gereizt war. Vielleicht waren das noch emotionale Überreste des Gefühls, von Hopsheer hintergangen worden zu sein. Oder ich war wegen des Treffens mit Crawford einfach nervös. Vielleicht brachte mich Mgurns Art auch einfach nur auf die Palme, das wäre ja nichts Neues. Ich konnte nur mit Sicherheit sagen, dass ich wohl schon mit dem falschen Fuß aufgestanden war und sich dieses Gefühl im Verlauf des Tages eher verschlimmert hatte.

Nachdem wir uns hinter einem der Monde versteckt hatten, drehte ich das Schiff so, dass wir das Wurmloch-Portal beobachten konnten. Ich wollte sehen, was für ein Schiff nach uns herauskommen würde. Falls es mir wieder nach Edgern aussähe, würde ich im SMC-Hauptquartier anrufen und Verstärkung anfordern. Wahrscheinlich würden sie es dann der Flotte melden, und die würde mein Essen mit Crawford canceln. Aber das war mir immer noch lieber, als in Stücke gesprengt zu werden, während ich eine überteuerte Suppe schlürfte.

Es kamen aber lediglich zwei große Frachtschiffe aus dem Portal. Keine Edger, nicht mal ein oder zwei Buggys auf Sightseeing-Tour!

»Du wirst noch zu spät zu deinem Essen kommen, wenn wir nicht bald weiterfliegen«, sagte Mgurn, als auf seiner Konsole eine Holo-Terminerinnerung aufploppte. »Wir werden auch länger brauchen, um durch die Sicherheit zu kommen, wenn der Admiral auf der Station zugegen ist.«

»Ich weiß«, sagte ich, bewegte das Schiff aber keinen Meter.

»Joe? Wir müssen weiter«, nörgelte Mgurn. »Wenn uns jemand folgen würde, wären sie inzwischen längst hier angekommen!«

»Ich weiß«, sagte ich wieder, weigerte mich aber immer noch, das Schiff in Richtung Caga-Station zu drehen.

Mgurn ließ einen seiner patentierten Stoßseufzer los und verschränkte die Arme über seinem gepanzerten Brustkorb. Dann trommelte er mit den Fingerspitzen auf seinem Oberarm, weil er genau wusste, dass mich dieses Geräusch in den Wahnsinn trieb. Doch ich ignorierte es, ließ meine Augen auf dem Portal und wartete bis zur allerletzten Sekunde.

Als das Holo auf der Konsole anfing, rot zu blinken und nervige Pieptöne auszuspucken, ließ ich das Schiff herumwirbeln und gab Vollgas in Richtung Caga. Als die Station uns erfasste, schickten sie sofort eine Warnung wegen überhöhter Geschwindigkeit. Doch ich hielt direkt auf den Kontrolltower zu und bremste erst ab, kurz bevor sie zu schreien anfingen.

Mgurn war ein nervliches Wrack und sprach kaum ein Wort, während ich das Schiff andockte und ausstieg. Er sollte im Cockpit zurückbleiben und alles im Auge behalten, während ich mich mit Crawford traf. Zögerlich grunzte er mir noch ein paar gute Wünsche hinterher, weil Leforianer einfach nicht anders konnten, aber ich schloss die Luke, ohne mich noch einmal umzudrehen, und begab mich zur Sicherheitskontrolle.

»Er ist sauber«, sagte der diensthabende Wachmann, nachdem er meine Cyborg-Beine gescannt hatte. »Schicke Geräte!

Ist das Gebrauchtware oder haben Sie die direkt von der Flotte bekommen?«

»Von der Flotte hergestellt und von der Flotte eingebaut«, erwiderte ich. »Aber meine Originale haben mir trotzdem besser gefallen. Ich meine die aus Fleisch, mit denen ich geboren wurde.«

Der Sicherheitsmann rollte seinen Ärmel hoch und schob die Haut an seinem Unterarm auseinander. Glänzendes Metall blitzte durch den Spalt.

»Rago Prime«, sagte er. »Mein H16 ist dort in die Luft geflogen, nachdem ein B'clo'no es vollgeschleimt hatte!«

»Das muss das 3184er Modell gewesen sein«, antwortete ich. »Im Jahr darauf haben sie diesen Designfehler ausgemerzt.«

»Tja, ein Jahr zu spät für mich«, sagte er, schüttelte den Kopf und grinste mich an. »Hooah.«

»Hooah.«

Ich ging weiter, als sich eine Tür öffnete und ein Team von Elitesoldaten mich heranwinkte. Sie waren die Garde der Admiralität und sprachen kein Wort, sondern bedeuteten mir nur mit knappen Gesten, ihnen zu folgen. Das tat ich natürlich.

Nach einem kurzen Aufenthalt in einem stickigen Fahrstuhl betrat ich den kuppelförmigen Speisesaal des Cafés von Caga Station. Der Laden war voll mit Gästen, aber man musste kein Genie sein, um zu erraten, dass die meisten von denen wohl von der Flotte dort platziert worden waren. Das war eine Menge Schutz für einen neuen Admiral, vor allem in Friedenszeiten.

Der Planet unter uns verlieh dem Raum mit seinem roten Glimmen einen warmen, jedoch gleichzeitig auch düsteren Touch. Bei meinem letzten Besuch hatte ich von dieser Düsternis nichts gespürt, doch all diese getarnten Agenten der Flotte machten mich nervös. Als ich mich Crawford näherte, wurde dieses Gefühl noch dadurch verstärkt, dass der Stress ihm inzwischen noch weitaus mehr zugesetzt hatte. Die Haut um seine Augen herum war wirklich übel verschrumpelt.

»Joe«, begrüßte er mich, und ich war froh darüber, dass sich ein Lächeln auf seine Lippen legte, als er aufstand und mir die Hand reichte.

Normalerweise hätten wir ein ordentliches Männerkuscheln abgehalten und uns gegenseitig auf den Rücken geklopft. Aber die strengen Blicke der Wachen sagten eindeutig, dass ein Handschlag das Höchste der Gefühle sein würde.

»Craw«, sagte ich, als ich mich ihm gegenübersetzte. »Gibt's irgendwas Neues?«

Er grinste, doch ich konnte spüren, dass keine Freude dahinter stand. Vermutlich hätte ich nicht mit so einer Scherzfrage anfangen sollen.

»Ach nö, nicht wirklich!«, antwortete er. »Ich muss jetzt bloß die Flotte leiten.«

»Das musst du wirklich? Gibt es dafür keinen Verwaltungsapparat?«

»Doch, klar«, seufzte Crawford. »Aber das sind alles ins Amt gewählte Politiker. Die kennen nicht mal den Unterschied zwischen einem Zerstörer und einem Asteroidenbrecher. Ich habe vorgestern einen Bericht abgegeben, indem ich die Bezeichnung ›regimentiertes Baffeln‹ eingebaut habe. Keiner von denen hat auch nur mit der Wimper gezuckt!«

»Was ist denn regimentiertes Baffeln?«

»Nichts, genau darum geht es ja! Ich habe mir das ausgedacht, um zu schauen, ob sie die Berichte überhaupt verstehen. Und es ist keinem aufgefallen! Sicher wird irgend ein Analytiker irgendwann darüber stolpern, aber aus dem Rat ist es wirklich keinem aufgefallen. Die haben alle so getan, als wüssten sie, was das bedeutet.«

»Bei den acht Millionen Göttern«, sagte ich, »das muss ja wirklich zum Kotzen sein, so zu arbeiten.«

»Ach, das ist bei Weitem nicht das Schlimmste«, meinte Crawford und breitete seine Arme aus. »Hier in dieses Café zu kommen, hat mehr Planung erfordert, als einen Bataillonsangriff vorzubereiten!«

»Tut mir leid, Mann. Ich hätte dich auch einfach ins SMC-Hauptquartier einladen können. Das strotzt ja sowieso schon vor Sicherheitskräften der Flotte.«

»Da würde ich nicht drauf wetten«, sagte Crawford leise genug, dass nur ich es hören konnte.

Ich sah ihn prüfend an, doch er schüttelte nur den Kopf und winkte ab.

»Hör nicht auf mich«, sagte er. »Ich habe seit Tagen nicht geschlafen.«

Ich deutete auf meine Augenwinkel.

»Hast du deswegen diese Zuckungen?«, fragte ich.

Er legte eine Fingerspitze an seine linke Augenhöhle und massierte sie für ein paar Sekunden, dann schüttelte er den Kopf.

»Wie läuft es bei der SMC?«, fragte er und wechselte damit abrupt das Thema. »Machst du gute Chits mit deinen Tickets?«

»Ja, in meiner bisherigen Dienstzeit waren schon einige lukrative Aufträge dabei«, sagte ich, »aber ein paar habe ich auch in den Sand gesetzt. Weißt du noch, wie wir einmal geplant haben, ein Nest von B'clo'nos hochzunehmen, und dann feststellen mussten, dass es B'flo'dos waren? Mein letztes Ticket ist ähnlich gelaufen. Ich habe die ganze Sache ziemlich abgefoht und musste mich dann von ein paar anderen Nummern retten lassen.«

»Nummern?«

»Salvage Mercs. So nennen wir uns gegenseitig.«

»Ach so, weil ihr alle Nummern habt, verstehe!« Er nickte. »Wie lautet deine Nummer?«

»Ich bin Einhundertvierundachtzig«, antwortete ich.

»Ist das gut oder schlecht?«, fragte er.

»Das sagt eigentlich gar nichts aus«, erklärte ich großspurig, als wäre ich nicht selbst erst vor Kurzem darüber belehrt worden. »Es ist nur eine Zahl.«

»Oh«, sagte er und schaute zu dem Kellner herüber, der nur ein paar Meter von uns entfernt so tat, als hätte er etwas zu tun. Er versuchte, sich nichts anmerken zu lassen, aber er wirkte so, als würde er am liebsten so schnell wie möglich unsere Bestellung aufnehmen und sich dann aus dem Staub machen. »Wir würden dann bestellen.«

»Würden wir?«, fragte ich und schaute auf die Speisekarte, dich ich noch nicht einmal angerührt hatte. »Komm schon Bruder, gib mir erst mal eine Chance, mir ein Sandwich auszusuchen.«

Ich sah, wie ein gequälter Ausdruck über Crawfords Gesicht huschte und wollte mich sofort für alles entschuldigen, was ich gesagt hatte, aber die Chance dazu sollte ich nicht erhalten. In der Sekunde, in der ich meinen Mund öffnete, gab es in der Küche eine Explosion, die stark genug war, die Tische durchzuschütteln und die ganze Kuppel in Vibration zu versetzen. Schreie erfüllten den Raum, als alle echten Gäste von Panik ergriffen in Richtung der Ausgänge rannten, während alle Agenten der Flotte ihre Waffen zogen und auf unseren Tisch zustürzten.

Die meisten von ihnen schafften aber nicht mehr als ein paar Schritte.

Es stellte sich nämlich heraus, dass der Kellner nicht so nervös ausgesehen hatte, weil er den Admiral der Flotte bedienen musste. Er sah so nervös aus, weil er mit so viel Sprengstoff beklebt war, dass man damit einen Hoverpanzer hätte munitionieren können.

Er zerplatzte in tausend Einzelteile und ich wurde von einer Welle aus Blut und Gedärmen zu Boden gerissen. In meinen Ohren klingelte es, als wäre ein Alarm losgegangen, doch ich tat mein Bestes, mich so schnell wie möglich in eine knieende Haltung aufzurichten. Ich wischte die Körpersäfte des Kellners aus meinen Augen und griff instinktiv an meinen Oberschenkel, doch natürlich war meine Pistole immer noch bei Mgurn auf unserem Schiff, denn Waffen waren mir für mein Treffen mit dem Admiral verboten worden.

Männer und Frauen aller Rassen rannten wild durcheinander. Viele von ihnen standen dabei in Flammen, während die Bewaffneten blind in den Rauch feuerten, der sich inzwischen in dem Speisesaal ausgebreitet hatte. Ein Schuss versengte den Teppich direkt neben mir und ich rollte mich nach rechts, wobei ich einen demolierten Tisch zwischen mich und die Gefahr schob.

Eine Hand packte mich am Bein und ich war schon drauf und dran, dem vermeintlichen Angreifer alle Zähne aus dem Gesicht zu schlagen, als ich feststellte, dass es Crawford war. Sein Anblick ließ sofort sämtliche Kraft aus meinem Körper entweichen. Er war von Kopf bis Fuß mit Blut überdeckt, und es war klar, dass das nicht alles von dem Kellner kam, denn ein Teil seines Gesichtes fehlte. Es war einfach weg. Stattdessen waren an dieser Stelle nur noch zersplitterte Knochen und verbranntes Fleisch zu sehen.

»Craw!«, schrie ich aus vollstem Leib, doch für meine kaputten Ohren klang es nur wie ein gehauchtes Flüstern. »Craw!«

Ich packte ihn und zog seinen Körper in meinen Schoß. Er rang nach Luft, wobei sein Brustkorb mit jedem Einatmen zuckte und sich beim Ausatmen verkrampfte. Ich schaute mich um und suchte etwas, mit dem ich sein Gesicht umwickeln konnte. Das verkohlte Ende einer Tischdecke sprang mir ins Auge und ich zog sie aus den Trümmern. Die sauberste Ecke davon drückte ich anschließend auf Crawfords klaffende Gesichtswunde.

Seine Augen fanden meine, und mir war sofort klar, dass er das geahnt hatte. Es war, als hätte er es sogar willkommen geheißen; als würde er es bevorzugen, eine Hälfte seines Gesichtes weggesprengt zu bekommen, als Admiral der Flotte zu sein. Seine Hand tastete nach meiner und ich gab sie ihm mit sanftem Druck. Er drückte zurück, und ich spürte plötzlich, dass er einen harten Gegenstand in meine Handfläche presste.

Ich zog die Hand zurück und sah, dass er mir einen schwarzen Datenkristall übergeben hatte. Einen Schwarzen! Bei diesem Anblick gefror mir fast das Blut in den Adern. Niemand benutzte schwarze Datenkristalle, es sei denn, man brauchte ein Höchstmaß an Kopierschutz und Verschlüsselung. Denn diese Speicher waren der absolut sicherste Ort für Daten, doch es starben bestimmt ein Dutzend Grubenarbeiter für so ein Ding. Was ich gerade in der Hand hielt, war schon rein vom Material her wertvoller als mein gesamtes Schiff.

Ich verbarg den Kristall in meiner Hand und sah wieder zu Crawford, doch seine Augen waren leer. Er war gestorben, bevor ich überhaupt begriffen hatte, dass er mir etwas überreichen wollte.

Ich wusste nicht, was ich tun sollte. Mein Blick wanderte zwischen dem Datenkristall und meinem toten Freund hin und her. Dann setzte meine Gabe ein, und die Welt um mich herum verlangsamte sich in einem Maße, wie ich es noch nie zuvor erlebt hatte.

Als Erstes verstaute ich den Kristall in einem Geheimversteck in der Sohle meines Stiefels. Es verschloss sich sofort von selbst, nachdem ich den Datenspeicher hineingedrückt hatte, und ich wusste, dass er nun in Sicherheit war. Oder zumindest sicherer als in meiner Hand.

Als Zweites fokussierte ich meine Aufmerksamkeit auf den Pistolengriff, der unter Crawfords Offiziersjacke hervorlugte. Ich zog die Waffe heraus und betete, dass sie nicht auf seine biometrischen Daten programmiert war, denn dann wäre sie für mich wertlos. Doch als das Ding in meiner Hand zu summen anfing, wusste ich, dass ich loslegen konnte.

Ich hatte auch keine Zeit mehr, Crawford sanft auf dem Teppich abzulegen. Es war einfach nicht der richtige Tag dafür. Also wuchtete ich seinen Körper beiseite und sprang auf die Füße, die Waffe im Anschlag. Ich hatte schon fünfmal den Abzug betätigt, bevor mein

Bewusstsein überhaupt mitbekam, was los war. Fünf Gegner fielen getroffen zu Boden und ich machte eine Hechtrolle nach links, um der Feuerbarrage auszuweichen, die auf mich losgelassen wurde.

Ich landete auf den Knien und schoss erneut, diesmal erledigte ich drei Ziele. Um ehrlich zu sein war ich nicht mal sicher, ob ich wirklich die bösen Jungs erwischte oder ob ich gerade versehentlich Mitarbeiter der Flotte umbrachte. Aber ehrlich gesagt war mir das in diesem Moment egal. Wenn jemand eine Waffe auf mich richtete, schaltete ich die Person aus.

Und meine Gabe stellte sicher, dass ich das mit absolut perfekter Präzision tat.

Durch die Flammen und den Rauch sah ich einen Mann am gegenüberliegenden Ende des Raumes stehen. Er trug keine Waffe, sah nicht verletzt aus, und der ganze Albtraum um ihn herum schien ihn überhaupt nicht zu interessieren. Stattdessen war seine Aufmerksamkeit auf mich gerichtet. Seine Augen durchbohrten mich förmlich quer durch den Raum.

Ich zielte auf ihn, denn er jagte mir eine Heidenangst ein. Doch dann musste ich blinzeln, und er war verschwunden. Einfach so. Als hätte ich ihn mir nur eingebildet, aber sein starrer Blick hatte sich förmlich in mein Gehirn eingebrannt. Er war eben noch da gewesen, da war ich mir ganz sicher. Ich zermarterte mir mein Hirn mit der Frage, wie er ausgesehen hatte, aber das Einzige, woran ich mich erinnern konnte, waren diese Augen.

Pechschwarze Augen.

Steinerne Augen.

War er ein Halfer? So wie Hopsheer? Halb Gwreq, halb Mensch? Oder war er ein Vollblut-Gwreq? Vier Arme und Steinhaut waren mir zwar nicht aufgefallen, aber wie ich schon sagte, bis auf seine Augen konnte ich mich eigentlich an gar nichts erinnern.

Und all das passierte in einem Zeitraum, der kürzer war als der Furz eines Terpigs. Zum Glück bewahrte meine Klarheit mich davor, noch länger über den mysteriösen Fremden zu grübeln, und ich duckte mich instinktiv unter einer heransausenden Schwertklinge weg, die genau auf meinen Hals gerichtet gewesen war.

Ich ließ mich fallen und jagte zwei Schüsse in den Bauch des Mannes, der auf mich losgegangen war. Okay, eigentlich war es weniger ein Mann, als vielmehr ein vollvernarbter Jesperianer. Er war auf keinen Fall bei der Flotte, seiner Kleidung nach zu urteilen. Und erst recht nicht seinem Gestank nach. Ich glaube, er dünstete Zwiebelgeruch aus jeder Körperöffnung aus, inklusive den beiden neuen, die ich ihm gerade verpasst hatte. Nicht cool.

Doch selbst mit einer Wagenladung Plasma im Bauch ging er weiter auf mich los. Ich wich erneut seiner Klinge sowie seinen Zwiebelfontänen aus, indem ich mich rückwärts fallen ließ und dabei einen umgekippten Stuhl nach oben riss. Das Schwert schnitt dieses Möbelstück problemlos in zwei Hälften, aber das gab mir genug Zeit, um genau zu zielen und dem Typen eine weitere Salve zu verpassen. Diesmal traf ich direkt zwischen die Augen.

Der Kopf des Jesperianers explodierte. Ich musste fast würgen, als der Zwiebelgeruch sich exponentiell verstärkte. Dieser Kerl war zwiebelgedopt. Kein Wunder, dass ihn die Schüsse in den Bauch überhaupt nicht interessiert hatten.

Ich schnappte mir sein Schwert, denn eine Zusatzwaffe konnte sicher nicht schaden, und bewegte mich weiter auf den Ausgang zu. Die panischen Gäste waren bereits geflohen – zumindest die meisten von ihnen. Ich musste auf dem Weg nach draußen über ein paar Leichen steigen. Als ich die Tür erreichte, warf ich einen Blick zurück auf den Wahnsinn hinter mir.

Das war garantiert das Werk von Edgern. Wie sie angezogen waren, wie viele Spezies und Rassen bei dem Angriff dabei waren, und wie selbstmörderisch sie kämpften, mit einem Fokus auf Töten statt auf Überleben – das alles sprach Bände.

Ein Schuss versengte die Luft über meinem Kopf und ich beendete meine Studie der Kämpfenden, denn es war längst höchste Zeit, die Station zu verlassen.

Ich schaffte es durch drei Korridore, bevor die Welt um mich herum erneut explodierte. Eine Wand wurde weggerissen, wobei überall Metallsplitter herumflogen, und dann stürmten sechs Skrang-Soldaten in den Durchgang. *Skrang-Soldaten!* Keine Edger, sondern Skrang! Als sie mich sahen, richteten sie sofort ihre schweren Sturmgewehre auf mich. Ich riss meine Pistole hoch, doch mir war vollkommen klar, dass ich keine Chance hatte – meine Gabe hin oder her; ich würde die Zeit auf keinen Fall so weit verlangsamen können, dass ich mich gegen eine sechsfache Salve aus diesen Waffen schützen konnte.

Aber zum Glück hatte ich einen wirklich guten Assistenten.

»Granate!«, hörte ich Mgurn hinter den Skrang schreien und ich ging schneller zu Boden als der Schlüpfer einer lipianischen Hure an Flottenfeiertagen.

Wieder explodierte die Welt, wieder klingelten meine Ohren, und wieder wurde ich mit Körperflüssigkeiten vollgespritzt. Das Leben war an diesem Tag echt zum Kotzen.

Ich spürte, wie Hände an mir zogen und war zum Glück genug bei Bewusstsein, um zu wissen, dass das keine feindlichen Hände waren. Feindliche Hände würden nicht ziehen, die würden schlagen oder schießen. Und dann würde ich kein Ziehen spüren, sondern einen heißen, brennenden Schmerz und dann nichts mehr außer dem schwarzen Abgrund, der uns umfängt, nachdem wir diese schnöde Welt verlassen. Oder so ähnlich.

»Joe! Steh auf!«, schrie Mgurn mir ins Gesicht. Ich las es eigentlich mehr von seinen Kiefern ab, als dass ich seine Worte verstehen konnte.

Ich zwang mich auf die Beine und Mgurn stützte mich, als ich den Gang hinunterhumpelte, vorbei an den zerfetzten Körpern der Skrang und auf das Dock zu.

Wir verlangsamten unseren Schritt nicht mal, als wir Menschen um Hilfe schreien hörten und Alarmsignale ertönten. Rein technisch gesehen sollten wir als SMC-Personal Zivilisten in einem Notfall helfen. Aber selbst Mgurn, Mister Regelkonformist Nummer eins, rannte einfach stur weiter in Richtung unseres Schiffes.

Per Fernbedienung öffnete er die Tür, verriegelte sie hinter uns und ließ mich zu Boden gleiten, damit er die Motoren starten konnte. Ich saß einfach nur da, meinen Rücken an die kalte Metallwand gelehnt, die Ereignisse dieses Treffens immer noch im Kopf. Die Klarheit war verschwunden und meine Gedanken waren einfach nur ein völliges Durcheinander.

Erst als ich die Beschleunigung des Schiffs spürte, zwang ich mich aufzustehen und humpelte zu unserer kleinen Kommandostation. Ich kollabierte förmlich in meinem Stuhl und versuchte, an die Steuerung zu kommen, aber Mgurn schlug meine Hände weg und ich lehnte mich einfach zurück, während er uns so schnell wie möglich von der Station wegbrachte.

Warnsignale ertönten. Mgurn sagte etwas davon, dass die Caga-Station explodierte, aber ich hörte gar nicht zu. Meine volle Aufmerksamkeit galt einem Schiff, das soeben im Wurmloch-Portal verschwand.

»Hast du das gesehen?«, fragte ich. »Das waren Edger!«

»Stimmt«, meinte Mgurn, seine Stimme nur ein dumpfes Wispern in meinen Ohren.

»Gut«, sagte ich, lächelte ihn an und schloss dann die Augen, woraufhin mich eine bittersüße Ohnmacht in Empfang nahm.

SECHS

Erschöpfung war keine gute Ausrede, wenn man zu spät zu einem Termin mit den Bossen der SMC kam. Deswegen sagte ich einfach gar nichts, als ich in den Konferenzraum marschierte und ließ mich stattdessen einfach nur in einen Stuhl fallen.

Die Sache mit den SMC-Bossen war, dass niemand wusste, wer sie wirklich sind. Sie verwenden eine praktische Technologie, um anonym zu bleiben. Keine Gesichtserkennung, keine Stimmerkennung, nichts. Sobald man ein Meeting verließ, konnte man sich nur noch an die besprochenen Inhalte erinnern, aber nicht mehr an die Gesprächspartner.

Ich habe Hopsheer mal gefragt, woran das liegt, und sie hat einfach auf ihre unnachahmliche Art mit den Schultern gezuckt. Andere Mercs hatten eine ganze Palette an Theorien, aber keine klang auch nur annähernd überzeugend – bis auf die von Mgurn. »Vielleicht haben sie immer noch aktive Einsätze«, hatte er vermutet. »Und wenn jemand ihre Identitäten herausbekommen würde, stünden sie selbst in der Schusslinie. Dann würden wir Bosse jagen, statt von ihnen Tickets zu bekommen.«

Interessanter Ansatz. Da könnte was dran sein. Aber jetzt, nur wenige Stunden, nachdem ich meinen besten Freund hatte sterben sehen, hätte es mir auch nicht deutlicher am Arsch vorbeigehen können, wer sie waren. Ich wollte einfach nur die Erlaubnis haben, ein paar Edger zu ermorden und Rache zu nehmen.

»Es wird keine Rache geben«, sagte Boss Eins.

Sie gaben auch sich selbst Nummern, genau wie die Mercs. Obwohl das eigentlich gar nichts brachte, da man die Nummern immer wieder neu lernen musste, wenn man sie traf. Immerhin konnte man sie so während eines Meetings auseinanderhalten.

»Wir sind keine militärische Organisation«, sagte Boss Zwei.

»Es gibt andere Söldnertruppen, die sich um solche Angelegenheiten kümmern«, meinte Boss Drei.

»Unser Kerngeschäft sind Ressourcen«, sagte Boss Vier. »So bleiben wir neutral und können dadurch gefahrlos in jedem Teil der Galaxis operieren.«

»Das kann nicht euer grottverdammter Ernst sein!«, platzte es aus mir heraus.

»Wir wissen natürlich, dass der Job für unsere Mitarbeiter alles andere als gefahrlos ist, Personenschäden sind niemals auszuschließen. Doch wir dürfen uns auf keinen Fall in Konflikte zwischen der Flotte und den Skrang einmischen.«

Ich versuchte, mir das Gesicht von diesem Typen zu merken, aber es ging einfach nicht. Sobald ich wegsah, hatte ich alle besonderen Merkmale vergessen.

»Wenn ich nicht wenigstens ein paar Edger jagen und abknallen darf, warum bin ich dann hier?«

»Ihnen wurde etwas gegeben«, sagte Boss Eins.

»Ihr Freund lag im Sterben, trotzdem gelang ihm die Übergabe«, stellte Boss Zwei fest.

»Wir glauben, er hätte es Ihnen so oder so gegeben, auch ohne den Angriff«, meinte Boss Drei.

»Deswegen hat er dem Mittagessen mit Ihnen trotz seines straffen Terminkalenders zugestimmt«, sagte Boss Vier. »Was gab es eigentlich zu essen?«

»Wie bitte?«, fragte ich zurück.

»Der Flottenrat war jedenfalls alles andere als erfreut, dass er sich mit einer Nummer treffen wollte«, sagte Boss Fünf und überging das Thema damit.

»Obwohl Sie alte Freunde waren und gemeinsam bei den Marines gekämpft haben«, sagte Boss Sechs.

»Woher zur Hölle wissen Sie, dass er mir etwas gegeben hat«, fragte ich.

Trotz meines Tonfalles war ich nicht wütend. Im Gegenteil, ich war wirklich neugierig, woher sie wussten, dass Crawford mir den Kristall zugeschoben hatte, der sich in diesem Moment immer noch in meinem Stiefel befand.

Die Wand hinter den SMC-Bossen war normalerweise ein Panorama des Weltalls außerhalb des Hauptquartiers. Ein paar Sternenhaufen, die Nebel Gonal und Golan in der Ferne, dazu Merc-Schiffe, die landeten oder abflogen. Ich hatte immer angenommen, dass das nur eine weitere Ablenkung sein sollte, damit man nicht zu sehr auf die Bosse achtete. Von daher hatte ich dieser Wand nie besondere Bedeutung beigemessen.

Doch plötzlich verwandelte sich diese malerische Aussicht in eine lebensgroße Holo-Projektion meines Treffens mit Crawford, und das hatte sehr wohl eine Bedeutung für mich. Ich lehnte mich nach vorn und fokussierte meine Aufmerksamkeit an den Bossen vorbei und studierte jedes Detail dieser Szene auf der Suche nach potenziellen Hinweisen.

»Sie haben die Sicherheitsfeeds der Station angezapft?«, fragte ich.

»Oh, wir haben sogar noch etwas Besseres getan«, sagte Boss Eins.

»Wir haben einen unserer Agenten in das Café geschleust«, erklärte Boss Zwei.

»So konnten wir die Geschehnisse in Echtzeit über ein Trans-Raum-Signal verfolgen«, sagte Boss Drei.

»Dieser Mann«, sagte ich, »der auf einmal verschwunden war. Der ist einer von uns?«

»Ja«, sagten sie alle fast gleichzeitig.

»Warum zur Hölle hat er mir dann nicht geholfen?«, fragte ich. »Dieser abgefohte Feigling hat sich einfach aus dem Staub gemacht, als die Kacke zu dampfen anfing!«

»Es war nicht seine Aufgabe, Ihnen zu helfen«, sagte Boss Sechs.

»Es war seine Aufgabe, Sie zu beobachten, ohne dass jemand Notiz von ihm nimmt«, sagte Boss Fünf.

»Tja, da ich ihn aber wahrgenommen habe, hat er offensichtlich versagt«, sagte ich.

»Er hat nicht versagt«, meinte Boss Drei.

»Er hat sich zu erkennen gegeben, nachdem der Angriff begonnen hatte«, führte Boss Zwei aus.

»In diesem Moment war seine Aufgabe beendet, da es nichts weiter zu beobachten gab«, sagte Boss Eins.

Es folgte eine lange Pause.

»Ach so, bin ich dran?«, fragte Boss Vier. »Grottverdammt, warum müssen wir immer so albern der Reihe nach reden?«

Das brachte ihm einiges an Zischen und Grunzen von den anderen Bossen ein.

»Unser Mann war sich Ihrer misslichen Situation bewusst«, fuhr Boss Vier fort und räusperte sich. »Er war jedoch vollkommen überzeugt, dass Sie Herr der Lage waren.«

»Dabei ist er ein beträchtliches Risiko eingegangen, wenn man bedenkt, dass Admiral Helms Ihnen einen offensichtlich höchstwichtigen Gegenstand übergeben hat«, sagte Boss Fünf.

»Wir möchten jetzt gern sehen, was es ist«, sagten sie gemeinsam.

»Klar«, antwortete ich, fasste an meinen Stiefel und das Geheimfach öffnete sich. Ich angelte den Kristall heraus und hielt ihn hoch, sodass sie alle ihn sehen konnten. »Ich brauche allerdings einige Zugeständnisse, bevor ich Ihnen das Ding übergebe.«

Der Kristall wurde mir aus der Hand gerissen, bevor ich auch nur blinzeln konnte. Ich schaute mich um, sah aber sonst niemanden in dem Konferenzraum. Obwohl die Bosse wirklich merkwürdige Fähigkeiten hatten, war ich mir absolut sicher, dass sich keiner von ihnen bewegt hatte. Ein mulmiges Gefühl breitete sich in meiner Magengegend aus und ich musste tief durchatmen, um mich zu beruhigen.

»Dieses Meeting ist beendet«, sagte Boss Eins.

»Sie können jetzt gehen, Eins-Vierundachtzig«, sagte Boss Zwei.

»Es ist nur in Ihrem Interesse, nicht zu wissen, was auf diesem Kristall gespeichert ist«, sagte Boss Drei.

»Dadurch würden Sie nur in die Schusslinie geraten«, meinte Boss Fünf.

»Wer war der Kerl mit den schwarzen Augen?«, fragte ich. »Das war doch kein normaler Merc, sagen Sie es mir!«

»Auf Wiedersehen«, sagte Boss Sechs.

Ich bewegte mich nicht vom Fleck. Allerdings hatten sie diese Reaktion anscheinend vorhergesehen, denn das Nächste, an das ich mich erinnern konnte, war, dass ich in meinem Bett aufwachte und mir ein besorgter Mgurn gegenübersaß.

»Du hast zwei Tage durchgeschlafen«, sagte er. »Noch ein paar Stunden mehr, und ich hätte mir wirklich Sorgen gemacht.«

»Diese Bastarde haben mich ausgeknockt, mich rausgeworfen und ausgeschlossen«, sagte ich.

Dann setzte ich mich auf, wobei ich davon ausging, einen üblen Kater zu haben, doch stattdessen fühlte ich mich bestens erholt und irgendwie erfrischt. So gut hatte ich mich lange nicht gefühlt.

»Ich konnte dir noch gar nicht mein Beileid für deinen Freund aussprechen«, sagte Mgurn. »Es tut mir wirklich leid, dass Crawford Helms gestorben ist. Kann ich in dieser Zeit der Trauer irgendetwas für dich tun?«

»Du könntest für mich herausfinden, wann die Beerdigung ist«, sagte ich.

»Die hast du leider verpasst«, sagte Mgurn. »Sie wurde auf allen Kanälen übertragen und die Flotte hat verkündet, dass Edger-Separatisten verantwortlich sind, und dass man bereits als Racheaktion diverse Edger-Außenposten außerhalb des Hoheitsgebietes der Skrang-Allianz angegriffen und zerstört hat.«

»Skrang!«, rief ich. »Da waren doch Skrang auf der Station!«

Mgurn winkte mir hektisch vor dem Gesicht herum und sah sich panisch um.

»Ruhe!«, zischte er. »Das habe ich in meinem offiziellen Bericht extra ausgelassen.«

»Du hast *was* bitteschön?«, fragte ich total geschockt. »Der superpenible Mgurn hat in einem offiziellen Bericht kritische Informationen unterschlagen? Warum zur Hölle solltest du so etwas tun?«

»Weil … nun ja … ich bin mir ehrlich gesagt gar nicht sicher«, antwortete Mgurn. »Die Tatsache, dass die Skrang keine militärischen Uniformen trugen, hat mich vermuten lassen, dass sie auf eigene Rechnung unterwegs waren. Vielleicht gehörten sie einer Splittergruppe an, die mit den Edgern zusammenarbeitet. Ich wollte nicht gleich einen intergalaktischen Konflikt auslösen, solange die Dinge noch so unklar sind.«

»Gute Gründe«, sagte ich.

»Dazu kam noch die Tatsache, dass Hauträuber unter ihnen waren«, fuhr Mgurn fort. »Ich konnte die Jirks sofort riechen, als ich in den Durchgang kam.«

»Bei den acht Millionen Göttern«, knurrte ich. »Mgurn, wir haben doch oft genug diskutiert, in welcher Reihenfolge du mir Informationen zukommen lassen sollst. Bitte fang nächstes Mal mit den Jirks an. Das ist genau der Teil, den ich zuerst wissen muss!«

»Ich weiß«, erklärte Mgurn, »Aber so funktioniert meine Kommunikation eben nicht. Ich muss zuerst loswerden, was mir am dringendsten erscheint, und kann mich dann zum Rest vorarbeiten.«

»Okay, schon gut, scheißegal. Ich will mich jetzt nicht mit dir darüber streiten. Bist du dir wirklich sicher, dass Jirks dabei waren?«

»Ich habe bei zwei Typen gesehen, wie sie zusammengeschrumpelt sind, nachdem ich sie erschossen hatte«, sagte Mgurn.

»Vielleicht waren die anderen auch Jirks. Nur habe ich sie nicht schrumpeln sehen, weil ich damit beschäftigt war, dich zu retten.«

»Danke dafür.«

»Gern geschehen, Joe. Dafür sind Assistenten doch da.«

Mein Magen knurrte deutlich hörbar und ich schaute zur Tür.

»Lass uns etwas essen gehen«, sagte ich. »Danach gehen wir der Sache auf den Grund.«

»Das wird sicher kein Problem sein«, meinte Mgurn, »Denn Geheimnisse haben im SMC-Hauptquartier nicht lange Bestand. Wahrscheinlich weiß inzwischen schon jede andere Nummer genauso viel wie wir.«

»Wohl kaum« entgegnete ich. »Ich weiß noch ein paar Details, die sonst keiner kennt.«

»Zum Beispiel?«

»Erst mal was essen«, sagte ich, als mein Magen mit dem Knurren aufhörte und stattdessen laut schrie. »Und wir werden auch noch Bier brauchen. Eine Menge Bier. Dann versammeln wir einige unserer vertrauenswürdigsten Kollegen und machen einen Plan.«

»Öhm, Joe, das ist, glaube ich, keine gute Idee«, meinte Mgurn.

»Warum denn nicht?«

»Das wirst du schon sehen«, seufzte Mgurn und stand auf. »Aber gut, besorgen wir dir erst mal was zu essen und Bier.«

Die Art, wie sein Panzer mutlos herunterhing, als er die Tür öffnete, gefiel mir gar nicht. Ein herunterhängender Panzer war bei einem Leforianer einfach kein gutes Zeichen. Und es sollte auch nicht lange dauern, bis sich mir der Inhalt seiner Aussage erschloss.

»Wir haben alle strikte Anordnung von den Bossen, dir auf keinen Fall bei irgendeinem Racheplan zu helfen«, sagte Hopsheer, als ich mir einen Gump-Burger in den Rachen schob. Ja, Gumps waren wirklich widerliche Schädlinge, aber auf einem Burger schmeckten sie einfach absolut fantastisch.

»Abbefofe Feife«, sagte ich.

»Mit vollen Mund spricht man nicht«, sagte Tarr. Er zuckte zusammen, als ich den Mund weit öffnete, um ihm meinen halb gekauten Gump zu zeigen.

»Abgefohte Scheiße«, wiederholte ich, nachdem ich heruntergeschluckt hatte. »Mein Kumpel ist von Edgern ermordet worden. Da ist mir scheißegal, ob die Flotte ein paar ihrer Außenposten plattgemacht hat. Ich will die Verantwortlichen ganz persönlich zur Rechenschaft ziehen!«

»Natürlich willst du das«, sagte Ig. »Daraus macht dir niemand einen Vorwurf. Aber wir haben unsere Befehle. Alle Nummern haben diese Befehle: Niemand darf dir helfen, denn sonst droht Ausschluss aus der SMC.«

»Das ist doch Terpigscheiße. Was zum Henker ist denn aus Loyalität unter Kameraden geworden?«

»Die ist mit dem Krieg zu Ende gegangen«, meinte Tarr.

»Dann weiß ich jetzt wohl, wem ich vertrauen kann und wem nicht«, murrte ich.

»Dabei geht es nicht um Vertrauen, Joe«, warf Hopsheer ein. »Denn du kannst jedem Einzelnen von uns vertrauen. Es ist einfach so, dass die Bosse schon etwas in die Wege geleitet haben, und da würden wir nur in die Quere kommen.«

»Was haben sie denn in die Wege geleitet?«

»Wir wissen es nicht«, sagte Tarr. »Es gibt im Moment nur Gerüchte.«

»Na dann erzählt mal … was sind das für Gerüchte?«

Die drei Mercs schauten sich gegenseitig an und dann mich. Ich wartete. Dann räusperte ich mich. Dann wurde ich langsam sauer.

»Sagt es mir endlich, sonst erfahrt ihr gleich, wie es sich anfühlt, einen Cyborg-Fuß in sämtliche Körperöffnungen gerammt zu bekommen«, platzte es aus mir heraus.

Ig saugte hektisch Luft ein und blähte sich zu ihrer vollen Größe auf. »Wir haben gehört, dass sie Nummer Eins einsetzen werden.«

»Die Nummer Eins in was?«, fragte ich.

»Nicht *die* Nummer Eins«, sagte Tarr. »Nummer Eins. *Ihn.*«

»Salvage Merc One«, sagte Hopsheer. »Den Besten von uns.«

»Salvage Merc One?«, schnaubte ich. »Der Typ ist doch bloß eine urbane Legende. Jeder weiß, dass die Nummer Eins nicht mehr vergeben wird, seit Bon Chattslan gestorben ist.«

»Also ich habe das noch nie gehört«, sagte Hopsheer.

»Soll das so sein?«, fragte Ig.

»Ist das nicht so?«, fragte ich zurück. »Ich dachte, es wäre so. Hat mir mal irgendjemand gesagt.«

»Du warst wahrscheinlich betrunken und hast das falsch verstanden«, meinte Tarr.

»Nein, ich bin mir ziemlich sicher, dass ich das richtig verstanden habe«, entgegnete ich und schaute mich in der Kantine um. »Wo zur Hölle ist Mgurn abgeblieben? Der weiß so was doch immer.«

»Der holt neue Pitcher«, sagte Hopsheer und deutete mit dem Kopf in Richtung der Zapfhähne.

Ich schaute hinüber und sah ihn dort mit einer Gruppe anderer Assistenten reden, wobei er acht Pitcher hielt; zwei in jeder Hand. Als ich auf zwei Fingern pfiff, zuckte er zusammen und hätte fast zwei Pitcher fallengelassen. Doch er bekam sie gerade noch unter Kontrolle, verabschiedete sich von den anderen Assistenten und beeilte sich, wieder an unseren Tisch zu kommen.

»Sorry«, wisperte er. »Ich habe nur gerade ein höchst interessantes Gerücht aufgeschnappt, ihr werdet nie erraten, was …«

»Sie haben Salvage Merc One losgeschickt?«, unterbrach ich ihn.

Das war ziemlich gemein, immerhin hatte Mgurn gerade Bier für uns alle geholt und ich war ihm voll in die Parade gefahren. Aber das war mir in diesem Moment egal.

»Salvage Merc One existiert nicht, schlag dir das aus dem Kopf!«, schob ich noch hinterher.

»Oh doch, er existiert«, hielt Mgurn dagegen.

Die anderen Mercs warfen mir daraufhin vielsagende *Siehstdu?*-Blicke zu.

»Was auch immer«, sagte ich, während ich die Getränke über den Tisch schob. »Wenn es die Nummer Eins wirklich gibt, ist das schön für ihn. Aber wo will er hin und was hat er vor? Das ist es, was mich interessiert.«

Darauf erntete ich nur Schulterzucken und keinerlei Antworten.

»Wir müssen das herausfinden«, sagte ich. »Mir ist es nämlich egal, wen die Bosse schicken – solange die Mission nicht lautet, jeden grottverdammten Edger in der ganzen Galaxis auszulöschen, ist die Mission scheiße.«

»Interessante Sichtweise«, meinte Hopsheer. »Aber die Edger sind gar nicht so gut organisiert, dass jeder Einzelne von ihnen schuldig sein könnte.«

»Und dann ist da ja auch noch die Sache mit den Hauträubern«, ergänzte Mgurn. Sein Panzer wurde plötzlich ganz grau und er schaute niedergeschlagen auf den Tisch. »Ach foh, das hätte ich nicht laut sagen sollen!«

»Der war gut«, sagte ich und behielt die Gesichtsausdrücke der anderen Mercs im Blick. Sie waren ganz offensichtlich schwer überrascht. »Jawoll, auf der Caga-Station gab es einige Jirks, die als Skrang getarnt waren. Sie hätten mich fast kaltgemacht, aber Mgurn hat mir den Arsch gerettet.«

»Das hast du den Bossen bereits mitgeteilt, oder?«, fragte Hopsheer.

»Vielleicht«, sagte ich mit einem Schulterzucken.

»Das heißt, dass er es nicht getan hat«, sagte Tarr.

»Es ist ein großes Privileg, dass er überhaupt mit den Bossen reden durfte. Er ist zu absoluter Verschwiegenheit verpflichtet.«

»Sie wissen bereits alles«, sagte ich und stopfte mir den Rest meines Gump-Burgers in den Mund. Dann schüttete ich mir ein komplettes Glas Bier in den Rachen und rülpste herzhaft, bevor ich mich in meinem Stuhl zurücklehnte. »Jeder im Hauptquartier weiß alles. Bis auf den Teil mit den Jirks.«

»Das ändert aber nichts«, meinte Tarr. »Wir können dir nicht helfen.«

»Ihr könnt schon, aber ihr wollt nicht«, stellte ich fest. »Das ist ein großer Unterschied.«

»Jetzt hör mal zu, Joe« sagte Hopsheer. »Wir sind alles professionelle Mercs. Wir spielen das Spielchen mit den Nummern schon eine ganze Weile. Keiner von uns hat mehr Assistenten. Wir brauchen sie nicht. Du aber schon. Und wieso? Weil du eine zusätzliche Stimme brauchst, um die richtige Entscheidung zu treffen. Also höre bitte auf uns, wir spielen jetzt alle deine Assistenten: Lass diesen Racheplan fallen! Du kannst dabei nur verlieren.«

»Mit Rache kann man keine Chits verdienen«, sagte Ig. »Und du müsstest auch all deine Ersparnisse ausgeben, um überhaupt bis zum Havlov-System zu kommen.«

Ich grinste, während alle anderen das Gesicht verzogen.

»Grott«, sagte Ig. »Er wusste es nicht, oder?«

»Jetzt weiß ich es«, sagte ich triumphierend. »Havlov-System? Die Separatisten verstecken sich inmitten von ein paar Gasplaneten? Gute Wahl. Die verwirren die Langstrecken-Scanner und es gibt auch keine eingeborenen Rassen. Außerdem gibt es eine Menge Platz für Verstecke, wenn man die richtige Schutztechnologie besitzt.«

»Joe«, sagte Hopsheer sanft, »höre bitte auf damit. Die Bosse werden dich rausschmeißen. Und uns vielleicht sogar schon allein dafür, dass wir uns dein Gelaber überhaupt anhören.«

»Sie werden auf jeden Fall Ig dafür rausschmeißen, dass sie das mit dem Havlov-System verraten hat«, meinte Tarr.

»Hey, ich habe mich nur versprochen, ganz einfach.« Ig atmete tief ein und blies sich zum Doppelten ihrer normalen Größe auf. »Irgendjemand hätte sich früher oder später sowieso verplappert.

Mercs können keine Geheimnisse für sich behalten, das weiß doch jeder.«

»Ich glaube nicht, dass sie das gelten lassen«, sagte Tarr.

Ich goss mir ein drittes Bier ein, das zweite hatte ich geleert, während Tarr und Ig sich zankten. Dann widmete ich Hopsheer meine volle Aufmerksamkeit.

»Sind Gwreqs die einzige Rasse, die ihre Augen zu Stein machen kann?«, fragte ich.

»Was? Wieso willst du das denn wissen?«, fragte sie.

»Wegen jemandem, den ich auf der Caga-Station gesehen habe. Ich glaube, die Bosse haben ihn geschickt. Jedenfalls vielleicht. Ich kann mich nicht richtig erinnern, was sie zu dem Thema gesagt haben. Aber er könnte ein Halfer wie du gewesen sein, denn seine Augen haben sich in schwarzen Stein verwandelt.«

»Schwarzen Stein?«, wiederholte Hopsheer.

»Genau. Nicht grau wie deine Augen, sondern pechschwarz, und glasig wie Obsidian.«

»Ich habe noch nie gehört, dass ein Gwreq schwarze Augen hat«, sagte Hopsheer. »Es gibt gewisse Abstufungen von Grau, aber ich würde sagen, das Dunkelste ist Anthrazit – auf keinen Fall pechschwarz wie Obsidian.«

Tarr und Ig stritten sich weiter und Hopsheer klatschte beiden eine. »Ruhe!«, rief sie, und ich schüttete mir noch Bier nach. »Hat eines von euch Kindern jemals was von einer Rasse mit pechschwarzen Augen gehört?«

»Die Augen waren aber nicht die ganze Zeit schwarz«, ging ich dazwischen. »Sie haben sich von normal zu schwarz gewandelt, so wie bei Hoppy, wenn sie auf Streit aus ist.«

»Schwarze Augen?«, fragte Ig. »Da fallen mir nur Maglore und Bverns ein. Das sind aber beides primitive Rassen, die wären nicht zum Angriff auf eine Raumstation in der Lage. Die können ja nicht mal ihre Fäkalien richtig zuscharren.«

»Der Typ sah menschlich aus«, sagte ich. »Der war kein Rattentier wie ein Bvern oder ein Affenvogel wie ein Maglor. An ihm war alles vollkommen normal, bis auf die Augen.«

»Hast du ihn aufgenommen? Deine Kamera hätte doch normalerweise laufen sollen.«

»Nein. Ich wollte doch nur mit Crawford zu Mittag essen. Ich trug nicht mal ein Mikrofon. Und selbst wenn, hätten die Sicherheitskräfte der Flotte mir das abgenommen.«

»Aber auf der Station muss es Kameras geben«, sagte Mgurn.

»Ja, die gab es«, sagte ich. »Aber wie du weißt, ist von der Station nichts mehr übrig.«

»Die Aufzeichnungen sind trotzdem noch da«, erklärte Mgurn. »Denn die werden über ein Transraumsignal in eine Datenanlage eingespeist. Genau für den Fall, dass eine solche Katastrophe eintritt.«

»Stimmt, von Edgern in die Luft gejagt zu werden, ist ziemlich katastrophal«, sagte ich und lehnte mich nach vorn. Ich wischte über die Kondensationstropfen an meinem Bierglas und schaute dann zu Mgurn hinüber. »Wo ist diese Datenanlage?«

»Es gibt so einige« sagte er. »Schwer zu sagen, welche die Caga-Station benutzt hat.«

»Können wir das eingrenzen?«, fragte ich.

»Joe!«, warnte Hopsheer.

Ich hielt einen Finger hoch und brauchte sie gar nicht ansehen, um zu wissen, dass sie mich anstarrte. Ich konnte praktisch spüren, wie ihre Augen sich verhärteten. Natürlich nicht zu pechschwarzem Stein, sondern zu diesem frigiden Grau, das sie nun mal hatten.

»Wie können wir es eingrenzen?«, stellte ich meine Frage um.

»Zum Beispiel, indem wir die Entfernung zur Station mit einbeziehen«, sagte Mgurn, dem es sichtliches Unbehagen bereitete, wie sich das Gespräch entwickelte. Doch er war mein Assistent und darauf eingeschworen, mir zu helfen. »Außerdem könnte man die Kapazitäten und den Sicherheitslevel der infragekommenden Anlagen berücksichtigen. Die Caga-Station hatte zwar keine flottentauglichen Sicherheitsansprüche, aber sie wurde von vielen Holo-Stars und galaktischen Würdenträgern besucht. Das bedeutet, die Datenanlage müsste genug Sicherheit bieten, um für diese Gruppen gewährleisten zu können, dass private Aufzeichnungen nicht an Nachrichtenkanäle gelangen.«

»Sag mir einfach, wie viele Anlagen damit übrig bleiben«, grunzte ich.

»Sechs, im schlimmsten Falle sieben oder acht«, sagte Mgurn.

»Ich bin raus«, rief Ig.

»Ich auch«, stimmte Tarr ihr zu und die beiden standen auf. »Solange du kein Ticket in der Hand hast, ist das, was du vorhast, nichts anderes als ein Einbruch. Die SMC wird dich nicht schützen können, wenn du dabei erwischt wirst. Dann landest du im Knast, und wir wissen ja alle, was das bedeutet.«

»Man wird rehabilitiert?«, fragte Mgurn.

»Und zwar von hinten«, sagte Tarr. »Man rehabilitiert die Häftlinge durch den Anus. Oder eine vergleichbare Öffnung.«

Ich schaute quer über den Tisch zu Hopsheer.

»Lässt du mich auch im Stich?«, fragte ich.

»Habe ich noch nicht entschieden«, sagte sie.

»Komm schon, Hoppy!«, rief Tarr. »Wenn du ihm hilfst, fliegst du aus der SMC. Du hast die Befehle der Bosse doch gehört!«

»Sie haben uns befohlen, Joe nicht bei Racheplänen gegen Edger zu helfen«, antwortete Hopsheer. »Sie haben nichts davon gesagt, dass wir ihm nicht helfen dürfen, mysteriöse Personen mit pechschwarzen Augen zu suchen.«

»Da ist was dran«, musste Ig zugeben.

»Also hilfst du mir auch?«, fragte ich.

»Nie im Leben«, antwortete Ig. »Das klingt nach einem schwachsinnigen Risiko ohne große Gewinnchance.«

»Ich würde sogar sagen, da gibt es einfach gar nichts zu gewinnen«, meinte Tarr.

»Außer, du berücksichtigst maßgebliche Informationen zu einer laufenden Untersuchung über den Mord des Admirals der galaktischen Flotte«, wandte Mgurn ein. »Dann hast du nämlich sehr wohl einen moralischen Gewinn.«

»Moral bezahlt aber keinen Flugsprit«, sagte Tarr. »Viel Glück Joe, und versuche bitte, nicht zu sterben, okay?«

»Da schließe ich mich an«, sagte Ig und nickte mir mit ihrem aufgeblähten Kopf zu, bevor sie sich so schnell vom Tisch entfernte, wie ihre acht Beine sie trugen. Tarr blieb derweil kopfschüttelnd stehen.

»Hoppy, du solltest dich ebenfalls heraushalten«, sagte er und klopfte ihr auf die Schulter, bevor er Ig in Richtung Ausgang folgte.

»Das kannst du gern machen«, bekräftigte ich, »denn es geht hier nur um eine Datenbeschaffung, das habe ich schon mal gemacht. Ich glaube nicht, dass ich dabei Hilfe brauche.«

»Du brauchst immer Hilfe«, entgegnete Hopsheer.

»Stimmt doch gar nicht«, sagte ich – und zwar wahrscheinlich mit mehr Aufregung in der Stimme, als ich es mir anmerken lassen wollte.

Hopsheer musterte die Pitcher auf dem Tisch und verzog das Gesicht.

»Da ist ja noch ‚ne ganze Menge Bier übrig«, sagte sie. »Wie wäre es, wenn wir das austrinken, und anschließend entscheide ich, ob ich dir helfen will.«

»Ich hätte das sowieso alles ausgetrunken«, sagte ich schulterzuckend. »Aber du kannst mir natürlich helfen, wenn du willst.«

»Das wollte ich erst nach dem Bier entscheiden.«

»Nein, ich meinte, du kannst mir mit dem Bier helfen.« Ich grinste. »Bei der Mission wirst du mir sowieso helfen, aber lass uns erst das mit dem Bier machen.«

:

»Nenne es bitte keine Mission«, sagte Hopsheer, während sie unsere Gläser auffüllte. »Das ist keine Mission. Das ist eher ein bewaffneter Raubüberfall!«

»Das wollte ich schon immer mal machen«, sagte ich und erhob mein Glas. »Auf den Raubüberfall!«

Hopsheer stieß zwar nicht mit mir an, doch sie erhob ebenfalls ihr Glas.

»Das alles gefällt mir gar nicht«, meinte Mgurn, der neben mir herumhibbelte. »Ich habe überhaupt keine Motivation, einen Raubüberfall zu begehen. Für so etwas bin ich nicht der SMC beigetreten!«

»Mach dir keine Sorgen, Kumpel«, erwiderte ich. »Wir machen das auf die schlaue Art, vom Anfang bis zum Ende.«

Ich leerte mein Glas und holte mir Nachschub, denn ich musste meinen Denkapparat auf Touren bringen.

SIEBEN

Viel Denkarbeit wurde allerdings nicht mehr geleistet, nachdem der fünfzehnte Pitcher geleert war. Das konnte ich mit absoluter Gewissheit sagen, denn ich wachte am nächsten Morgen auf einem sehr bequemen Kissen auf und mein nackter Körper war nur durch eine extrem teure Seidendecke verhüllt.

Erklärt sich wohl von selbst, dass das nicht mein Bett war.

»Oh nein«, hörte ich eine Stimme sagen. »Nein, nein, nein, nein, nein.«

Das spiegelte genau meine Gedanken wieder, als ich die Stimme erkannte.

Ich öffnete ein Auge, was gar kein so leichtes Unterfangen war, da ich das Gefühl hatte, ein ganzer Pitcher voller Bier würde auf dem Augenlid lasten. Das Erste, was ich sah, war eine Zimmerdecke mit einer täuschend echten Holo-Abbildung des Krija-Nebels. Sie war atemberaubend schön und ich hätte sie mir noch eine Weile lang angeschaut, wenn das Bett nicht so furchtbar gewackelt hätte.

»Steh auf und verschwinde«, sagte Hopsheer. »Das hätte nicht passieren dürfen! Nein. Nein, nein, nein! Steh auf, Joe!«

Ich musste jetzt meinen Kopf drehen, auch wenn jede Bewegung unglaublich schmerzte, doch ich zwang mich, die wütende Halferin anzuschauen, die nackt neben ihrem Bett stand, an dem ihre Hände unentwegt rüttelten. Die bebende Matratze war unglaublich dick und flauschig und mir wurde klar, dass eine lange Betriebszugehörigkeit bei der SMC durchaus Vorteile mit sich brachte.

Hopsheer war bereits eine unglaublich schöne Frau, wenn sie ihre SMC-Uniform trug, doch ohne diese war sie jenseits von atemberaubend und ich musste tatsächlich bewusst Luft holen, um nicht zu ersticken.

»Steh auf!«, schrie sie und zerrte stark genug an der Matratze, dass ich auf die andere Seite rollte. Ich schlug hart auf dem Boden auf und schaffte es gerade so, mir nicht den Schädel zu spalten. Ich stützte mich auf die Hände und drückte meinen Oberkörper weit genug hoch, dass ich über die Bettkante einen Blick auf die wutschnaubende Halferin werfen konnte, die ruhelos auf und ab schritt. Der Anblick hatte eine durchaus hypnotische Wirkung.

»Wie konnte das passieren?«, fragte sie sich selbst. »Wir haben doch nur getrunken und geredet. Das war alles. Wir hatten diese Pitcher geleert, dann hast du neue geholt, weil Mgurn schon schlafen gegangen war. Hast du Wubloov geholt? Haben wir das danach getrunken? Grott. Du bist mit den Pitchern wiedergekommen und ... und ...«

»Und wir sind auf dein Zimmer gegangen und haben losgelegt«, sagte ich.

Der Stiefel traf mich mitten zwischen die Augen und ich lag plötzlich wieder auf dem Rücken und starrte den Krija-Nebel an.

»Aua«, rief ich, während ich mein Gesicht rieb. »Wo kam dieser Stiefel her? Du hattest ihn doch nicht mal in der Hand?«

»Ich bin eben schnell«, sagte sie, als sie das Bett umrundete und dann drohend über mir thronte. Ihre Hände hatte sie in die Hüften gestemmt und sie machte keinerlei Anstalten, ihre Weiblichkeit vor mir zu verbergen. »Steh auf. Zisch ab. Das ist dein Stiefel.«

Ich schaute zur Seite und stellte fest, dass sie recht hatte. Ich schnappte mir das Ding und stand langsam auf.

»Darf ich dich was fragen?«

»Nein!«

»Jetzt komm schon!«

»Was?«, herrschte sie mich an. »Was ist deine Frage?«

»Waren wir gut?«, fragte ich und zeigte auf das Bett. »Dabei, meine ich? War es schön für uns beide?«

»Ich habe keine Ahnung«, sagte sie. »Zum Glück erinnere ich mich an gar nichts. Dieses abgefohte Wubloov...«

»Ich erinnere mich auch nicht«, sagte ich wahrheitsgemäß. Ich konnte mich nicht mal daran erinnern, den Getränkenachschub geholt zu haben. »Schade. Wenn wir uns erinnern könnten, wärst du vielleicht nicht so wütend.«

»Ich wäre so oder so wütend«, knurrte sie. »Mercs fohen nicht am Arbeitsplatz! Ich kann es mir überall in der Galaxis besorgen lassen, wann immer ich will. Dadurch bleibt alles einfach und locker. Aber das hier macht alles so kompliziert, dass ich gar nicht an die Folgen denken mag!«

»Folgen?«, fragte ich, während ich nach meinen Klamotten suchte. Ich fand meine Unterhose und schlüpfte hinein, dann entdeckte ich auch meine Hose. Nur mein T-Shirt war nirgends zu sehen. Dafür fiel mir auf, dass Hopsheers Unterwäsche von einer Lampe herunterhing. Daneben war auch eine faustgroße Delle in der metallenen Wand. Eigentlich waren es sogar mehrere. Ich schaute an meinem Körper herunter und stellte fest, dass ich eine ganze Menge Schrammen und blaue Flecken am Körper hatte.

»Verdammt«, sagte ich, als ich endlich mein T-Shirt fand und es überzog. Ich pflückte ihre Unterwäsche von der Lampe und warf ihr die Sachen hin. »Was meinst du mit Folgen?«

Sie machte einen riesigen Satz auf mich zu, immer noch nackt, immer noch atemberaubend, doch ich versuchte, cool zu bleiben. Das gelang mir auch ganz gut, bis sie mein Shirt hochzog und ein paar kalte, steinerne Finger sanft auf den größten blauen Fleck an der linken Seite meines Brustkorbes legte.

»Tut mir leid«, sagte sie. »Bei der Paarung geht es bei den Gwreq ziemlich hart zur Sache.«

»Das werde ich wohl in vollem Umfang spüren, wenn ich nüchtern bin«, entgegnete ich. »Im Moment bin ich noch etwas taub von dem Bier.«

»Die Folgen werden sein, dass ab jetzt eine gewisse Spannung zwischen uns herrschen wird, die möglicherweise unsere Effizienz im Einsatz schwächt«, sagte sie.

»Effizienz im Einsatz?« Ich lachte. »Du musst ja wirklich Panik haben, wenn du dich auf einmal wie ein Flotten-Bürokrat anhörst!«

Ihre Finger strichen immer noch sanft über meinen geschundenen Oberkörper. Ich konnte sehen, wie sich eine lilafarbene Röte auf ihrer Haut ausbreitete, die dem grauen Stein ihrer Haut die Textur einer Rose verlieh. Dieser Anblick ließ meine Knie weich werden. Ein Glück, dass ich bereits meine Hose anhatte, sonst hätte sie noch ganz andere Folgen sehen können.

Hopsheer zog ruckartig ihre Hand weg und trat ein paar Schritte zurück. Sie setzte an, etwas zu sagen, schloss ihren Mund aber wieder und schaute sich im Zimmer um.

»Ich muss duschen und mich anziehen«, sagte sie, während sie sich einen Bademantel schnappte und ihn überwarf. Sie ließ ihn aber offen, was mich zum Lächeln brachte. »Hör auf damit!«

»Womit? Lächeln?«

»Zisch ab, Joe«, sagte sie mit derselben Wut in der Stimme wie zuvor.

»Okay, okay«, sagte ich und griff meine Stiefel. Ich hatte keine Ahnung, wohin meine Socken verschwunden waren. »Ich mach ja schon!«

Als ich gerade an der Tür war, fiel mir etwas ein.

»Hey, hast du dich eigentlich entschieden, ob du mir helfen wirst?« Ich ließ noch einmal meinen Blick durch ihre wirklich schicke Wohnung wandern und hob eine Augenbraue. »Ich weiß, dass es Folgen geben wird, aber ist eine von diesen Folgen zufällig, dass du mir nicht helfen wirst, diese Kameradaten zu bekommen?«

»Lass mich erst mal duschen und etwas essen«, sagte sie, als sie ins Badezimmer entschwand.

Ich wartete, aber es kam nichts mehr.

»Okay, dann bis später, Hoppy«, rief ich und zog dann leise die Tür hinter mir zu. Ich wusste gar nicht, warum ich das leise tat. Es war ja nicht so, als ob ich mich hinausschlich.

Und Schleichen hätte sowieso nicht funktioniert, da ich direkt in drei Mercs hineinlief, die ich vom Sehen her kannte. Obwohl ich versuchte, mir nichts anmerken zu lassen, konnten sie sich bei meinem Anblick – barfuß und mit Stiefeln in der Hand – ein Grinsen nicht verkneifen.

Auf dem Weg in mein Zimmer, das am anderen Ende des Hauptquartiers lag, wurde mein Verstand etwas klarer. Ich erinnerte mich, dass ich mit Hopsheer ein Armdrücken veranstaltet hatte, um ihre Entscheidung voranzutreiben. Ich konnte aber nicht sagen, ob das etwas genutzt hatte, und dem ungewöhnlichen Schmerz in meiner Schulter nach zu urteilen, hatte sie wohl gewonnen.

»Schau mal einer an, wer sich hier schuldbewusst nach Hause schleicht«, sagte Tarr, der im Gang zu meiner Unterkunft an der Wand lehnte. »Wer war denn die Glückliche? Die Sekretärin aus der siebzehnten Etage? Oder das Mädel aus der Snackbar im Hangar? Ja, ich wette, sie war es … die hatte dich doch schon lange im Auge!«

»Ach wirklich?«, fragte ich, als ich mich an ihm vorbeizwängte und meine Tür öffnete. »Moment mal, welche denn? Die Rothaarige oder die Neongrüne?«

»Die Neongrüne natürlich!«, sagte Tarr, wobei er mir hinein folgte. »Die Rothaarige ist irre, von der solltest du dich fernhalten.«

»Klingt, als wüsstest du, wovon du redest«, sagte ich und hielt abrupt inne, als ich sah, dass Ig an meinem Tisch saß und mit Mgurn Karten spielte. »Hey, wie geht's?«

Ich schaute über die Schulter zu Tarr und hob die Augenbrauen.

»Ich weiß nicht genau, warum Blubbi hier ist, aber ich bin hier, weil ich meine Meinung geändert habe«, sagte Tarr. »Nachdem du mir gestern Nacht diese Nachricht geschickt hast, konnte ich dich ja wohl kaum im Stich lassen.«

»Hat er dir auch eine Nachricht hinterlassen?«, fragte Ig. »Mir hat er auch eine geschickt, aber die habe ich ignoriert. Es war die von Hopsheer, die mich überzeugt hat.«

»Was für Nachrichten?«, fragte ich. »Ich kann mich gar nicht dran erinnern.«

»Hopsheer?«, fragte Tarr und musterte mich dann von oben bis unten. »Ach du scheiße, das ist ja irre. Es war nicht die Kleine von der Snackbar, sondern Hoppy!«

»Was war Hoppy?«, fragte Ig.

Mgurn hob den Kopf und schnüffelte.

»Sex«, sagte Mgurn. »Joe und Hopsheer hatten Sex.«

»Ja, das hatten sie«, lachte Tarr.

»Jetzt mal langsam, Leute«, sagte ich. »Es ist nichts passiert. Ich habe nur viel zu viel getrunken und durfte dann bei Hopsheer auf dem Boden schlafen. Mehr ist nicht passiert.«

»Wirklich?«, fragte Tarr und deutete auf meinen Hals. »Hat ihr Teppich dir diese Knutschflecke verpasst?«

Ich warf fluchend meine Schuhe auf den Boden. »Hopsheer und ich haben das Bier ausgetrunken, mit dem ihr uns zurückgelassen habt. Dann haben wir Nachschub geholt. An mehr kann ich mich nicht erinnern.« Ich ließ meine rechte Schulter kreisen. »Und irgendwann haben wir Armdrücken gemacht.«

»Ja, das habt ihr bestimmt«, lachte Tarr wieder. »Ihr habt euch gegenseitig die Arme sonst wo reingedrückt!«

»Diese Konversation lässt respektlose Tendenzen erkennen«, ging Mgurn dazwischen. »Könnten wir vielleicht über etwas anderes reden – menschliche Sexualität ist kein Thema, mit dem ich mich gerne beschäftige.«

»Hopsheer ist eine Halferin«, sagte Tarr. »Also reden wir hier nur über drei Viertel menschliche Sexualität und ein Viertel Gwreq-Sexualität. Und das ist genau der Teil, der mich interessiert. Kann sie alle ihre Körperteile zu Stein werden lassen? Hm?«

»Willst du Schläge?«, fragte ich ihn. »Denn ich habe gerade noch genug Restalkohol, um dich ohne Gewissensbisse zu verprügeln.«

»Als ob du Gewissensbisse hättest, mich nüchtern zu verprügeln«, entgegnete Tarr und erhob beschwichtigend die Hände. »Aber ich höre ja schon auf, das war doch nur Spaß. Ich finde es wirklich gut, dass ihr beide das endlich hinter euch gebracht habt. Es wurde schon langsam peinlich, dass ihr euch die ganze Zeit angeflirtet habt, als würden wir nichts davon merken.«

»Megapeinlich«, sagte Ig und legte ihre Karten offen auf den Tisch. »Gin.«

»Das ist jetzt peinlich für mich«, sagte Mgurn und zeigte seine Karten, die keinen einzigen Treffer aufwiesen.

»Weißt du überhaupt, wie man Gin spielt?«, fragte ich ihn.

»Ach, wir haben Gin gespielt?«, wunderte er sich und sah Ig fragend an. »Ich dachte, wir spielen Klav-Cribbage?«

»Ich sehe nirgends eine Schüssel mit Pudding«, sagte Tarr und ließ sich auf mein Bett fallen. »Klav-Cribbage kann man nur mit einer Schüssel Pudding spielen.«

»Kartenspiele sind wohl nichts für mich«, sagte Mgurn und stand auf. Dann schaute er mich an und legte seine vier Kiefer zu einem Lächeln zusammen. »Sieht so aus, als hättest du jetzt ein Team für deinen Raubüberfall zusammen.«

»Das stimmt.« Dann stand ich einfach für ein paar Sekunden so da. »Und was jetzt?«

»Sag du es uns«, meinte Tarr.

»Das ist doch deine Sache«, sagte Ig. »Du musst uns sagen, was der Plan ist.«

»Ich habe keinen«, entgegnete ich. »Ich bin vor zwanzig Minuten aufgewacht. Wir wissen ja noch nicht mal, in welcher Datenanlage sich die Aufzeichnung befindet!«

»Das ist nicht vollständig korrekt«, meinte Mgurn. »Nachdem ich Hopsheer und dich letzte Nacht verlassen hatte, habe ich mit meinen Recherchen begonnen. Es hat mich zwar den größten Teil der Nacht gekostet, aber ich habe die Möglichkeiten auf zwei eingegrenzt.«

»Das ist super, Mgurn«, sagte ich erfreut. »Gute Arbeit!«

»Nun ja, vielleicht freust du dich nicht mehr so, wenn ich dir die Namen der beiden Einrichtungen genannt habe«, sagte Mgurn. Sein geviertelltes Lächeln kehrte sich schnell von oben nach unten. »Die eine Möglichkeit ist die Mlo-Station. Die untere Hälfte besteht nur aus Datenkristallen. Es sind Trillionen, die direkt vor Ort gewachsen sind und niemals geerntet wurden. Dementsprechend sind sie noch lebendig und können dadurch praktisch unendliche Datenmengen speichern.«

»Mlo? Da ist ein schwarzes Loch in der Nähe, stimmt's?«, fragte ich.

»Genau so sieht es aus«, bestätigte Tarr.

»Die Station befindet sich am Rande der Gravitationszone des schwarzen Loches und muss rund um die Uhr gegensteuern, um ihre Position zu halten.«

»Das kann ich mir vorstellen«, sagte ich. »Wo genau liegt das Problem bei dieser Station?«

»Es gibt kein Wurmloch-Portal«, erklärte Mgurn. »Das nächste liegt zwei Systeme weiter. Das würde bedeuten, dass wir eine Woche brauchen, um dort hinzukommen, und zwei für den Rückweg – wegen der Raumzeitverzerrung durch das schwarze Loch.«

»Und weil sich dort so viele Daten befinden, könnte die Suche so lange dauern, dass wir durch eben diese Raumzeitverzerrung wahnsinnig werden. Mann nennt das die Schwarzlochkrankheit.«

»Aber wie hält dann das Personal der Station das aus?«

»Gar nicht«, sagte Ig. »Dort arbeiten nur Androiden.«

»Oh«, rief ich und schaute Mgurn an. »Dann ist das schwarze Loch gar nicht das Problem, sondern die Androiden, stimmt's?«

»Richtig«, bestätigte Mgurn. »Schon seit Jahrzehnten hat kein einziges Lebewesen einen Fuß auf die Station gesetzt.«

»Das macht es natürlich schwierig.«

»Absolut.« Mgurn verzog das Gesicht noch weiter. Das sah durch seine leforianische Anatomie bedingt extrem gruselig aus.

»Was hast du denn jetzt? Sag mir bitte nicht, dass die zweite Möglichkeit noch schlimmer ist!«

»Ist das ein direkter Befehl?«

»Ist was ein direkter Befehl?«, fragte ich zurück.

»Dass ich dir nicht sagen soll, dass die zweite Möglichkeit noch schlimmer ist.«

»Sag mir einfach den Ort!«, herrschte ich ihn an.

»Planet Erde.«

Tarr und Ig schnappten beide nach Luft. Und das war nicht das Luftschnappen harter Mercs, sondern eher das Luftschnappen eines Baby-Gumps, den man ein bisschen zu fest drückte.

»Ist es zu spät, wieder aus der Nummer auszusteigen?«, fragte Tarr.

»Ich würde meine Unterstützung ebenfalls gerne zurückziehen«, sagte Ig.

»Leute, entspannt euch«, sagte ich. »Vielleicht sind die Daten ja auch auf der Androiden-Station. Kein Grund zur Panik!«

Planet Erde. Igitt.

»Tja, also ich bin echt nicht sicher, wie das Ganze ausgehen wird«, meinte Mgurn. »Meine Ermittlungen deuten schon ein klein wenig mehr in Richtung Erde.«

»Wieso das denn?«

Mgurn wich meinem Blick aus und blieb stumm.

»Mgurn? Warum denkst du, dass die Erde unser Ziel ist?«

»Weil ich einige SMC-Überwachungsdrohnen ausgesandt habe, um einen Blick darauf zu werfen«, gab er schließlich zu. »Und vor weniger als einer Stunde sind zwei Edger-Schiffe im Sol-System angekommen.

»Oha.«

»Ja, das ist schon ein ziemlich starkes Indiz«, meinte Tarr.

»Wie stark gepanzert sind diese Schiffe?«, fragte Ig.

»Sehr schwer gepanzert«, antwortete Mgurn.

»Dann sind die wahrscheinlich hinter den gleichen Informationen her wie wir«, folgerte Ig.

»Oder es sind einfach nur ein paar Edger, die sich entschlossen haben, auf einem radioaktiv verseuchten und von Mutanten bevölkertem Drecksloch von einem Planeten Urlaub zu machen«, warf ich ein. »Das kann man bei Edgern doch nie wissen.«

»Meinst du das ernst?« Tarr lachte.

»Nein«, gab ich zu. Ich dachte kurz nach und schüttelte dann den Kopf. »Wenn es wirklich um die Erde geht, kann ich euch auf keinen Fall bitten, mir zu helfen. Nicht mal die SMC nimmt Tickets an, bei denen die Erde involviert ist.«

»Am besten wäre es, sich den Gedanken, an die Daten zu kommen, einfach komplett abzuschminken«, sagte Mgurn. »Aber ich weiß, dass du das nicht tun wirst.«

»Wir sind immer noch dabei«, meinte Ig. »Stimmt's, Tarr?«

»Klar, ich habe nur Spaß gemacht«, stimmte Tarr zu. »Wir haben schließlich sogar einen Vorteil.«

»Und der wäre?«

»Wir kennen alle jemanden, der tatsächlich mal ein Ticket auf der Erde abgehakt hat, bevor die SMC diesbezüglich ihre Politik änderte«, antwortete er. »Soweit ich weiß, kennst du sie sogar auf ganz intime Weise.«

»Hopsheer? Sie war mal auf der Erde?«, rief ich. »Quatsch!«

»Kein Quatsch«, sagte sie, als wir uns alle zusammen an einen Tisch in ihrer Lounge setzten.

Ja, ihre privaten Gemächer hatten tatsächlich eine Lounge. Ich fragte mich langsam, wie viele lukrative Tickets Hopsheer schon erledigt hatte, bevor ich zur SMC kam. Neben ihrem Schlafzimmer noch eine Lounge zu besitzen war ein fast schon obszöner Luxus.

»Das ist wirklich schon verdammt lange her«, sagte Hopsheer. »Ich war da noch Auszubildende von Salvage Merc Vierzehn. Damals gab es noch die Sache mit den Lehrmeistern und Schülern. Heute bekommen Neulinge einfach einen Assistenten zur Seite gestellt und die SMC drückt die Daumen, dass alles gut geht.«

»Das ist aber schön für dich«, sagte ich. »Und, wie ist es auf der Erde? So schlimm, wie alle sagen?«

»Nein«, sagte Hopsheer kopfschüttelnd.

Ich musste all meine Willenskraft aufbringen, um sie nicht anzustarren, während sie das tat. Natürlich gelang es mir nicht. Sie bemerkte es und warf mir sofort einen bösen Blick zu. Ich versuchte zu lächeln und bekam stattdessen einen Hustenanfall.

»Es ist nicht so schlimm, wie alle sagen«, fuhr Hopsheer fort. »Es ist tausendmal schlimmer. Es gibt Kreaturen auf diesem Planeten, bei deren Anblick ein B'flo'do sich sofort umdrehen und abhauen würde.«

»Das liegt an den unglaublich hohen Strahlungswerten«, erklärte Mgurn, wobei er den dicken, schwarzen Tee schlürfte, den Hopsheer uns angeboten hatte. Es sah aus, als wäre er der Einzige, dem dieses Gesöff tatsächlich schmeckte. »Die B'flo'dos können sich von Energie dieses Spektrums nicht ernähren. Sie würden einfach die Strahlenkrankheit kriegen, genau wie fast alle anderen Spezies. Ihre Schiffe zu verlassen käme einem Todesurteil gleich.«

»Und wie zur Hölle sollen *wir* dann überleben?«, fragte Tarr.

»Da gibt es Möglichkeiten«, sagte Hopsheer. »Wir müssen unsere persönlichen Schilde verdreifachen und zusätzlich noch

Schutzanzüge tragen. Dann müssen wir immer ein Auge auf dem Dosimeter halten, und sobald es gelb wird, zurück aufs Schiff flüchten, um uns zu dekontaminieren. Das bedeutet, dass wir vierundzwanzig Stunden warten müssen, aber so ist das eben mit der Erde. Man kann nur in Schichten arbeiten.«

»Und wie lange dauert es, bis man im gelben Bereich ankommt?«, fragte ich.

»Maximal achtzehn Stunden«, antwortete Mgurn. »Ig könnte etwas mehr aushalten, weil Groshnels eine höhere Toleranz gegenüber Strahlung haben, aber selbst sie müsste nach dreißig Stunden in das Schiff zurückkehren.«

»Wer zur Hölle ist auch so blöd, eine Datenanlage auf der Erde zu installieren?«, grummelte ich.

»Damit kommen wir zum schlimmen Teil«, sagte Mgurn.

»Ach herrje«, kommentierte Tarr und rieb sich mit beiden Händen das Gesicht. »Wer ist der Betreiber?«

»Die Flotte«, antwortete Mgurn. »Die Datenspeicheranlage dort wird von der galaktischen Flotte betrieben.«

Ig hob sechs ihrer acht Arme in die Höhe. »Darf ich fragen, warum es so wichtig ist, dass wir diese Daten finden? Nur um diesen mysteriösen Fremden mit den Obsidian-Augen zu sehen? Denn es gibt so einige Mysterien im Universum, und nicht alle müssen unbedingt gelöst werden.«

»Wie ich schon sagte, ich kann euch nicht guten Gewissens bitten, mitzukommen«, sagte ich. »Aber ich muss das durchziehen, um zu erfahren, warum mein bester Freund ermordet wurde – und warum Jirks und Skrang auf dieser Station waren. Mein Bauchgefühl sagt mir, dass dieser schwarzäugige Hurensohn das beantworten kann.«

»Joe, dir ist schon klar, dass es wahrscheinlich erst richtig losgeht, wenn du die Kameradaten hast, oder? Wahrscheinlich wirft das mehr Fragen als Antworten auf«, sagte Hopsheer. Ihre Stimme war fest, aber freundlich. Sie wusste, dass mein Entschluss feststand, und versuchte trotzdem, mich zur Vernunft zu bewegen, weil ich ihr etwas bedeutete.

»Ich weiß«, entgegnete ich. »Aber Antworten gibt es dort auf jeden Fall, oder warum sollten sonst zwei Edger-Schiffe in dem System aufgetaucht sein?«

»Auf der Erde«, sagte Tarr.

»Auf der *Erde*!«, wiederholte Ig nachdrücklich.

»Ja, auf der Erde«, stimmte Mgurn zu und nickte ausladend.

Meine Augen fanden die von Hopsheer, und sie lachte mich halb verschüchtert an. Die andere Hälfte war ernsthafte Besorgnis. In diesem Moment wurde mir klar, dass die vergangene Nacht kein kompletter Fehler war. Nein, der Fehler war, meine Freunde und Kollegen in meine Privatsache mit hineinzuziehen. Aber sie waren schließlich schon große Mercs und durchaus in der Lage, ihre eigenen Entscheidungen treffen. Ich konnte schließlich nichts dafür, dass diese Entscheidung einen Trip zur Erde bedeutete!

Oder?

ACHT

Nachdem uns Mgurn mit dem Lageplan der Anlage versorgt hatte, war die Planung unseres Überfalls alles andere als schwer. Es gab dort zwar ein dichtes Sicherheitsnetz, doch war es lange nicht so komplex, dass es uns ernsthaft Sorgen machte. Ganz offensichtlich wiegte sich die Flotte in der Sicherheit, dass die Erde als Umgebung bereits ausreichen würde, um Einbrecher oder Hacker fernzuhalten.

Was direkt eine Frage aufwarf.

»Können wir die Anlage nicht einfach aus sicherer Entfernung hacken?«, fragte Tarr. »Wir stellen eine Verbindung her und saugen die Informationen einfach ab.«

»Das geht leider nicht«, erklärte Mgurn. »Es ist eine Einweg-Pipeline. Also, es ist natürlich keine Pipeline im buchstäblichen Sinne, aber die Übertragung kann dort nur empfangen werden. Die Anlage verfügt über keinerlei Möglichkeit, Daten zu senden. Nachdem eine Information dort abgespeichert wurde, kann nur noch von einem lokalen Terminal darauf zugegriffen werden.«

»Das ist ja kein besonders effizientes System«, sagte ich. »Wie soll ein Schiffskapitän so an seine Katzenbilder kommen?«

»Katzenbilder wurden vor dreihundert Jahren verboten, als die Servalrasse entdeckt wurde«, sagte Mgurn.

»Außer, wenn man Servalpornos dazuzählt«, meinte Tarr.

»Tun wir das etwa?«, fragte Ig.

»Ich schon«, sagte Tarr.

»Können wir uns bitte ein bisschen konzentrieren?« Hopsheer seufzte.

»Ich bin voll konzentriert«, entgegnete Tarr und zwinkerte ihr zu. Dann tippe er sich auf die Stirn: »Voll konzentriert auf heiße und schlüpfrige …«

»Ja, wir haben den Witz verstanden«, unterbrach ihn Hopsheer und wischte über ihr Tablet, woraufhin der Lageplan der Anlage erschien. »Wir lassen die Schiffe im Orbit und machen einen Pod-Abwurf direkt an diese Stelle.«

Sie zeigte auf einen Hügelkamm, der etwa einen Kilometer von der Ostseite der Anlage entfernt war.

»Sobald wir auf dem Boden sind, stürmen wir auf die Anlage zu und Mgurn bringt uns rein«, fuhr sie fort.

»Jeder von euch ist in der Lage, uns den Zugang zu ermöglichen«, sagte Mgurn. »Wie gesagt, die Anlage selbst ist nicht besonders komplex gesichert.«

»Richtig, aber wir werden dir den Rücken freihalten, während du dich darum kümmerst«, sagte Hopsheer. »Wir reden hier schließlich über die Erde! Ab dem Moment, wo wir den Boden berühren, werden wir gejagt werden. Sämtliches Leben auf diesem Planeten ist darauf ausgerichtet, zu jagen oder zu töten.«

»Gibt es da einen Unterschied?«, fragte Ig.

»Auf der Erde gibt es einen«, antwortete Hopsheer. »Du hoffst nämlich, dass du gleich getötet wirst, wenn irgendwas dich erwischt. Denn die Spezies, die dort jagen, machen das eher zum Spaß.«

»Oh«, rief Ig und ihr weicher Körper wurde knallblau.

»Ist doch kein Problem«, meinte Tarr. »Du hast aus gutem Grund acht Arme. Und dieser Grund nennt sich H16-Karabiner, meine Beste.«

»Also, wir halten Mgurn den Rücken frei, während er uns hinein bringt«, fuhr Hopsheer fort. »Sobald wir drinnen sind, verschließen wir die Tür wieder und begeben uns so schnell wie möglich zum Zugriffsterminal. Mgurn hackt sich rein, wir kopieren die

Daten. Jeder kriegt eine Kopie, nur so für den Fall der Fälle, und dann sehen wir zu, dass wir von diesem Planeten wegkommen.«

»Es könnte natürlich noch weitere Zwischenschritte in diesem Plan geben«, warf ich ein. »Zum Beispiel Schießereien.«

»Wahrscheinlich, aber das wissen wir erst, wenn wir dort sind«, sagte Hopsheer.

»Was ist mit den Edgern?«, fragte Ig. »Die werden schon dort angekommen sein.«

»Das ist der Teil mit den Schießereien«, antwortete ich.

»Schon klar, in meine Schießkünste habe ich genug Vertrauen«, sagte Ig. »Aber was ist, wenn sie hinter den gleichen Daten her sind wie wir?«

»Das ist der Teil mit den guten Nachrichten«, sagte Mgurn. »Ich habe die Datenspeicheranlage intensiv studiert, und so wie es aussieht, kann man zwar Daten extrahieren, sie aber nicht löschen. Also selbst wenn sie die Daten schon bekommen haben sollten, wird uns das nicht davon abhalten, sie ebenfalls zu kriegen. Sie werden sie nur vor uns haben.«

»Warum sollten sie sich dafür interessieren, wer dieser Typ mit den Obsidian-Augen ist?«, fragte Tarr.

»Vielleicht wollen sie das gar nicht«, vermutete Mgurn. »Die Daten dort kommen von überall aus dem Caga-System. Vielleicht sind sie hinter etwas her, von dem wir gar nichts wissen.«

»Ich schätze, das finden wir heraus«, sagte ich. »Aber konzentrieren wir uns darauf herauszufinden, wer dieser schwarzäugige Bastard ist. Ihr habt ihn nicht gesehen, ich schon. An ihm war etwas sehr, sehr Merkwürdiges dran.«

»Ja, das haben wir schon verstanden«, sagte Tarr. »Sind wir jetzt fertig? Ich würde mich gern noch mal hinlegen, bevor wir zum Wurmloch-Portal aufbrechen.«

»Eine Stunde«, sagte Hopsheer, »dann machen wir uns alle einzeln auf den Weg.«

Denn das SMC-Hauptquartier zu verlassen, ohne dass jemand Lunte roch, war eine knifflige Angelegenheit. Jeder würde das eigene Schiff nehmen müssen, damit es nicht verdächtig aussah. Und wir mussten alle verschiedene Zielorte bei den SMC-Controllern anmelden, um dann über Umwege durch diverse Wurmloch-Portale zur Erde zu gelangen.

Es war schließlich so, dass wir für eine Organisation arbeiteten, die ziemlich gut darin war, Dinge herauszufinden. Wir reden hier über die grottverdammte SMC! Ist ja sogar deren Spezialität, Dinge herauszufinden. Klar, das Hauptziel war die Ressourcenbeschaffung, aber um das zu leisten, musste man quasi ein Puzzle nach dem anderen lösen.

Von daher mussten wir wirklich sehr gut aufpassen, sonst würde die Sache ruckzuck auffliegen.

»Hast du schon mal überlegt, was passiert, wenn man einen Serval und einen Bvern in den gleichen Raum sperren würde?«, fragte ich Mgurn, als wir das Hauptquartier verließen. »Die einen sind feline Kreaturen und die anderen … wie auch immer man diese Rattenwesen nennt.«

»Murin«, antwortete Mgurn.

»Genau das meinte ich«, sagte ich, während ich das Schiff auf einen Kurs zum nächsten Wurmloch brachte. »Das wäre doch mal was, oder? Katze und Ratte in einem Raum.«

»Das wäre nichts anderes als ein Rezept für ein blutiges Massaker«, meinte Mgurn. »Der Bvern würde gewinnen. Die Rasse ist im Schnitt gute fünfzig Kilo schwerer als ein Serval.«

»Aber die Servalen haben dafür extrem scharfen Krallen. Die könnten einen Bvern buchstäblich im Handumdrehen aufschlitzen.«

»Warum?«, wollte Mgurn wissen.

»Was?«, fragte ich zurück.

»Warum denkst du dir so was aus? Welchen Zweck erfüllt das? Warum sollte man Hypothesen über einen tödlichen Kampf zwischen verschiedenen Rassen aufstellen?«

»Weil mein Gehirn so was eben tut«, antwortete ich. »Ich denke mir solche Dinge aus. Wahrscheinlich, weil mir langweilig ist. Es ist öde, dieses Schiff zu fliegen. Geht ja fast alles automatisch.«

»Dann lass mich doch fliegen.«

»Nein, nein, dann wäre mir ja noch langweiliger. Ich bin ein Action-Fan. Ich bin am liebsten im Einsatz. Ich mag den Nervenkitzel der Missionen und den Kampf gegen böse Jungs. Aber den Weg dorthin finde ich immer todlangweilig.«

»Aber der größte Teil des Lebens ist doch ein Weg«, sagte Mgurn. »Dann hasst du also den größten Teil des Lebens.«

»Hmmm.« Irgendwie machte das sogar Sinn. »So habe ich es noch nie betrachtet. Siehst du Mgurn, genau deswegen sind wir so ein gutes Team. Ich wäre wahrscheinlich komplett verloren, wenn die Bosse dich jemals einer neuen Nummer zuteilen. Wahrscheinlich würde ich aus Versehen direkt in eine Sonne fliegen, oder mit zugebundenen Augen durch ein Asteroidenfeld navigieren.«

»Warum, bei den acht Millionen Göttern, solltest du das tun?«, rief Mgurn. »Das wäre doch glatter Selbstmord!«

»Aber nicht langweilig«, erwiderte ich, als wir das Wurmloch-Portal erreichten. Ich wartete darauf, dass die Leitstelle meinem Bordcomputer das Go gab. Und wartete. Und wartete.

»Das ist nicht gut.«

»Es kommt eine Nachricht von der SMC rein«, sagte Mgurn. Ich konnte seine Nervosität fast riechen. »Soll ich darauf antworten, oder willst du den Anruf annehmen?«

»Ich mache das«, sagte ich und aktivierte das Holo-Com.

Boss Vier erschien vor mir. Er war gerade dabei, ein Sandwich zu essen und mit offenem Mund zu kauen. Zumindest glaube ich, dass es ein »Er« war. Das ist bei den Bossen hinterher immer schwer zu sagen.

»Wohin soll es denn gehen, Einhundertvierundachtzig?«, fragte er.

»Wir machen einen kleinen Ausflug. Nur im Hauptquartier herumzusitzen ist mir viel zu langweilig, und ihr Jungs werdet mir ja so bald kein Ticket ausstellen. Also wollte ich mal ins Klatu-System fliegen und mir anschauen, was für neue Albträume sich die Traumrasse dort ausgedacht hat. Mgurn hat die Blaster schon justiert, damit wir Monster abschießen können.«

»Im Klatu-System sind Waffen verboten, Einhundertvierundachzig«, sagte der Boss und zuckte dann mit den Schultern. »Aber mach was du willst, solange du uns und der Flotte keinen Ärger machst. Du willst der Flotte doch keinen Ärger machen, oder?«

»Da können Sie Gift drauf nehmen!«

»Was für eine ekelhafte Redensart«, murmelte Mgurn.

»Ich habe euren Raumsprung genehmigt«, sagte der Boss. »Aber wenn du mich verarschst, Einhundertvierundachtzig, dann landest du direkt in der Hölle.«

»Da bin ich doch schon«, erwiderte ich. »Mit einem toten besten Freund und so.«

»Und das ist auch der einzige Grund, warum ich dich nicht per Traktorstrahl zurück in den Hangar ziehen lasse«, sagte der Boss. Ein großer, gelblicher Klumpen fiel aus dem Sandwich und landete auf seiner Uniform, oder was auch immer er trug. »Verdammt! Das Zeug gibt fiese Flecken, ich muss das sofort auswaschen!«

Das Holo-Bild verschwand.

Ich lächelte Mgurn an. »Lass uns abdüsen und uns ein paar illegale Daten schnappen«, sagte ich, während ich vollen Schub gab und durch das Portal flog.

Meine Geschichte über das Klatu–System war nicht mal gelogen. Wir schauten uns dort ein paar sehr, sehr kranke Sachen an und düsten dann ins nächste Portal, um unseren verworrenen

Weg zur Erde zu nehmen. Das dauerte ein Weilchen, vor allem, weil es im Jarvitz-System einen Verkehrsstau gab, da sich dort unglaublich viele Schiffe bei den zahlreichen Drive-Thru-Planeten etwas zu Essen holen wollten. Doch irgendwann tauchten wir im Sol-System auf.

»Plutorianer«, zitterte Mgurn. »Die machen mir Angst!«

»Sprach der Hundekäfer«, sagte ich. »Was hast du denn gegen Plutorianer?«

»Ich habe nichts gegen sie persönlich, es ist nur die Tatsache, dass sie aus Quecksilber bestehen«, antwortete er. »Das macht wissenschaftlich gesehen überhaupt keinen Sinn. Warum hat deren Quecksilber ein Bewusstsein und anderes nicht?«

»Da kannst du dich auch gleich fragen, warum es Plutorianer aus Quecksilber gibt, aber keine Quecksilberianer aus Pluto.«

»Wenn du so einen Blödsinn redest, kriege ich Kopfschmerzen.«

»Egal«, entgegnete ich, als wir am Saturn vorbeirasten. »In etwa zwanzig Minuten sind wir auf der Erde. Kannst du die Steuerung übernehmen, während ich noch mal unser Equipment checke?«

»Gern«, antwortete Mgurn.

Ich musste unser Zeug nicht wirklich noch mal checken, da ich es bereits im Hauptquartier dreimal überprüft hatte und genau wusste, dass Mgurn es mindestens ebenso oft getan haben würde. Aber ich brauchte einen Moment, um mich zu sammeln. In meinem Inneren kochten die Emotionen und ich musste dafür sorgen, dass sie mich nicht komplett handlungsunfähig machten.

Ich wusste, dass Hopsheer und die anderen sich Sorgen machten, und das mit Recht. Aber als ich noch mal meinen Strahlenschutz checkte und den Batteriestand meines persönlichen Schildes überprüfte, spürte ich tief in mir drin, dass ich das Richtige tat. Crawfords Tod war nicht einfach ein politischer Mord. Es war auch nicht einfach ein Terrorangriff der Edger. Ich war nicht nur zur falschen Zeit am falschen Ort gewesen.

Es gab einfach zu viele Faktoren, die nicht zusammenpassten.

Und einer dieser Faktoren war das Zucken um Crawfords Augen gewesen. Was hatte das zu bedeuten gehabt?

Und dann die Anwesenheit der Jirks, die sich als Killerkommando der Skrang verkleidet hatten.

Natürlich gab es noch mehr, aber das waren für mich die beiden größten Fragen.

Also, warum hatte ich mich so auf den schwarzäugigen Fremden eingeschossen? Warum riskierte ich mein Leben und das meiner Freunde, um Videoaufzeichnungen zu bekommen, die mir möglicherweise nicht mal neue Erkenntnisse bringen würden?

Ganz einfach. Weil mein Bauchgefühl mir sagte, dass es der richtige Schritt war.

Es war zwar noch nicht die kristallklare Eindeutigkeit meiner Gabe, aber es waren diese Schmetterlinge in der Magengrube, die ich immer spürte, kurz bevor meine Gabe ihre Macht entfaltete. So wusste ich, dass die Antworten in Reichweite waren, ich musste nur noch einen kleinen Schritt machen und danach greifen.

Ja, die Erde zu besuchen, konnte man nicht gerade als »kleinen Schritt« bezeichnen. Es war eher ein albtraumhafter Kopfsprung vom höchsten Gebäude, das man finden konnte. Und zwar ohne Fallschirm.

»Joe? Wir sind da«, sagte Mgurn über Funk. »Hopsheer und Ig sind auch schon angekommen. Wir warten noch auf Tarr.«

»Bin gleich da«, sagte ich.

Ich legte mein Zeug zusammen, sodass ich es notfalls mit einem Handgriff packen konnte. Dann schaute ich zur grauen Metalldecke meines Schiffs und schickte ein kurzes Gebet an die acht Millionen Götter. Nicht, dass ich besonders religiös wäre, das war ich noch nie. Aber eines lernte man als Marine ganz schnell: Glück, Hilfe oder auch göttliche Fügung konnte man immer gebrauchen. Nicht umsonst gab es die Redensart: Im Bauche eines Cweatt-Drachen gibt es keine Atheisten.

Als ich die Brücke erreichte, war Tarr auch schon angekommen. Wir gingen den Plan noch mal durch, stellten sicher, dass unsere Landezone frei war und dass sich keine Edger-Schiffe in der Nähe befanden, stellten die Sicherheitssysteme auf maximale Verteidigung und begaben uns dann in unsere Landekapseln.

Mgurn und ich mussten uns eine Kapsel teilen, da wir es uns nicht leisten konnten, beide Kapseln loszuschicken und dann im Notfall gestrandet zu sein. Es war uns allen klar, dass es Notfälle geben würde – denn es ging hier um die Erde. Dort ging immer etwas schief.

Sich in einer Landekapsel aus dem Orbit auf einen Planeten zu schießen, fühlte sich in etwa so an, als würde einem jemand einen Bindfaden um die Eier wickeln und diesen dann mit Gewalt durch die Eingeweide nach oben ziehen – und durch den Brustkorb, die Kehle und schließlich durch die Schädeldecke. Es war nicht gerade das tollste Gefühl, was ich kannte, aber auch nicht das schlimmste. Denn das Schlimmste war, wenn die Kapsel aufschlug und die Anziehungskraft dich voll erwischte. Und die Erdanziehungskraft war eine besonders fiese Nummer, das kann ich euch sagen.

Klar, ich war ein Mensch, von daher könnte man denken, ich wäre genetisch auf die Anziehungskraft der Erde vorbereitet, doch ich war es nicht. Die Luke der Kapsel sprang auf und ich schnellte mit meinem H16 nach oben, doch ich taumelte unkontrolliert hin und her. Die ersten Schritte machte ich ganz vorsichtig, und mein Körper gewöhnte sich ganz langsam an das Gewicht. Es fühlte sich so an, als hätte ich noch sechs weitere Strahlenschutzanzüge an und dazu einen schönen Rucksack voller Blei.

Es gab in der Galaxis eine ganze Menge Planeten mit hoher Schwerkraft. Die betroffenen Rassen entwickelten deswegen Muskeln über Muskeln über Muskeln, sonst könnten sie sich auf ihrer Heimatwelt kaum bewegen. Wenn sie dann auf andere Planeten kamen, konnten sie Stahl mit bloßen Händen auseinanderreißen. Wirklich ein gruseliger Anblick.

Aber die Erde? Hier ging es gar nicht um die reine Anziehungskraft, die einem auf den Schultern lastete, sondern es fühlte sich einfach alles irgendwie schwer an. Ich habe auch schon Umgebungen mit zehnmal so starker Gravitation ausgehalten, aber auf der Erde kroch sie einem richtig in die Knochen. Sie befiel Körper und Geist und alles fühlte sich schwer an.

Die Gedanken, das Licht, das in deine Augen fällt, die Luft, die du atmest – obwohl sie gefiltert wird – und sogar die Worte, die man selbst spricht: Alles war einfach grottverdammt schwer.

»Diese Empfindung bereitet mir kein Vergnügen«, sagte Mgurn. »Es fühlt sich an, als würde mein Inneres nach außen drängen und das Äußere nach innen.«

»Das ist eine verdammt gute Beschreibung«, pflichtete ich ihm bei. »Genauso fühle ich mich auch.«

Wir rannten zu den anderen drei Kapseln und sicherten die Landezone, während sich Hopsheer, Ig und Tarr aus ihren Sitzen quälten und langsam an die Schwere dieses abgefohten Planeten gewöhnten.

»Irgendwelche Anzeichen von Gegnern?«, fragte Hopsheer.

»Bisher nichts«, sagte ich. »Mgurn?«

»Keine Präsenz irgendwelcher Lebensformen in unserer unmittelbaren Umgebung«, sagte Mgurn, »Doch das kann sich jederzeit ändern.«

»Die Datenanlage ist jenseits von dieser Hügelkette«, sagte Hopsheer. »Ich gehe voran. Bleibt dicht hinter mir und haltet die Augen offen!«

Wir erreichten den Bergkamm und schauten in das Tal, das sich vor uns ausbreitete. Wahrscheinlich standen wir dort länger, als es irgendwie sinnvoll gewesen wäre, und doch schien es uns als die beste Option. Keiner von uns wollte auch nur einen Schritt weiter in Richtung der Datenspeicheranlage gehen, die sich genau in der Mitte des Tals befand.

»Was sind diese Viecher?«, fragte Ig mit gesenkter Stimme. »Waren das mal so was wie Nutztiere?«

»Irgendwann ja«, sagte Mgurn, »Aber das muss vor zehn oder zwanzig evolutionären Zyklen gewesen sein.«

Das Tal war klein, vielleicht einen Kilometer breit und zwei lang. Doch es war voll mit Wesen, deren Urahnen einmal Kühe gewesen sein könnten. Aber sie hatten kaum noch Gemeinsamkeiten mit den Rindern, die ich von anderen erdähnlichen Planeten her kannte. Ihre zahlreichen Hörner ringelten sich kreuz und quer um ihre Köpfe, die Enden spitz und glänzend. Über diese Auswüchse konnte man sich schon Sorgen machen, genauso über die massiven Stoßzähne, die aus ihren kraftvollen Unterkiefern ragten. Aber eine andere Sache war noch viel bedrohlicher als diese Schädelmutationen.

»Schießen die da Stacheln aus ihren Schwänzen?«, fragte Tarr. »Das habe ich doch richtig gesehen, oder?«

»Leider«, antwortete ich.

Wir sahen zu, wie eine kleinere Gruppe in der Mitte der Herde sich auf einmal umdrehte und mit ihren Schwänzen in den Himmel schoss. Glitzernde Pfeilspitzen sausten nach oben und schredderten einen Vogelschwarm, der über das Tal geflogen kam. Die Vögel sahen zwar nicht weniger fies mutiert aus als die Kühe, aber ganz offensichtlich hatten sie noch keine Abwehrmaßnahme für die tierischen Geschosse entwickelt.

»Wie wollen wir vorgehen?«, fragte Ig. »Mit rauchenden Colts? Oder wollen wir uns irgendwie anschleichen?«

»Die Anlage liegt doch genau mitten im Tal«, sagte Hopsheer, »Wie sollen wir uns da anschleichen? Wir müssen uns den Weg freischießen und die Viecher so lange auf Abstand halten, bis wir drin sind.«

»Sobald wir am Eingang sind, können wir Lasersperren aufstellen«, sagte ich. »Die werden die Pfeilspitzen nicht stoppen, aber es wird die Kühe davon abhalten, uns zu Tode zu trampeln.«

Wir schauten uns alle gegenseitig an und schüttelten die Köpfe. Keiner von uns hatte das erwartet, was wir im Tal sahen. Riesige mutierte Echsen und ein paar mutierte Humanoidenstämme, das wäre doch bodenständig gewesen. Stattdessen bekamen wir stachelschießende Kühe, die ganz offensichtlich keine Vegetarier mehr waren.

»Mann, die mampfen diese Vögel wirklich weg wie nichts«, sagte Tarr, als wir nach einem gangbaren Pfad hinunter suchten. »Das Schmatzen hört man ja bis hier oben!«

Wir fanden einen Pfad, aber wirklich gangbar war er nicht. Die Felsen bestanden überwiegend aus porösem Schiefer, der bei jedem zweiten Schritt unter unseren Stiefeln wegbrach. Ig hatte es da ein bisschen leichter dank ihrer vielen Gliedmaßen, doch wir anderen hatten wirklich alle Mühe, nicht abzustürzen. Zu allem Überfluss machte der bröckelnde Schiefer eine Menge Lärm, und als wir unten ankamen, waren die meisten Mutantenkühe schon sehr neugierig. Das teilten sie uns mit, indem sie mit weit aufgerissenen Mäulern auf uns zurannten, ihre stachelschießenden Schwänze in Angriffsposition.

»Hier entlang«, schrie Hopsheer und führte uns an einem kleinen Bachlauf entlang, der mit braunem Unkraut verstopft war und bei näherem Hinsehen so aussah, als würde er mehr Kuhscheiße als Wasser enthalten.

Ich war direkt hinter ihr, mir folgte Mgurn, und dann kamen Tarr und Ig, die mit allen Händen Granaten in Richtung der Herde warf. Wir anderen gaben mit unseren H16 Dauerfeuer, und Kühe gingen links und rechts zu Boden, ihre schwarz-weiß gefleckten Felle versengt von unseren Schüssen. Steaks und Schnitzel flogen durch die Luft, als eine Granate nach der anderen explodierte.

Die eine Hälfte der Herde war mächtig wütend auf uns und griff an, während die andere Hälfte die Flucht ergriff, so schnell ihre Hufe sie trugen. Die Flüchtenden machten uns keine Sorgen, die Wütenden schon. Denn sie stürmten auf uns zu wie Dämonen aus der Hölle.

Aus der Nähe betrachtet sahen ihre Hörner noch wesentlich schärfer aus, und mir wurde klar, dass ein einziger Streich genügen würde, um unsere Strahlenschutzanzüge aufzuschlitzen. Der Elektroschock von unseren persönlichen Schutzschilden würde den tierischen Angreifer in diesem Fall zwar wahrscheinlich sofort töten, aber das würde nichts daran ändern, dass die Strahlung der Erde uns sehr schnell rösten würde.

Klar, unsere Schutzanzüge waren stabil, aber nicht stabil genug für eine Herde Dämonenkühe. Wie auch?

Hopsheer führte uns um die dichteste Gruppe der Herde herum und hielt dann direkt auf die Datenanlage zu. Wir kamen an Skeletten verschiedenster Rassen und Größen vorbei. Dann sahen wir ein paar riesige Tanks und Futtertröge – ein eindeutiges Indiz, dass die Kühe nicht zufällig hier waren, sondern den Zweck hatten, die Anlage zu schützen.

Hopsheer deutete nach vorn und anschließend nach links und rechts. Sie rannte weiter geradeaus, während Mgurn und ich uns links hielten und Tarr und Ig nach rechts ausscherten. So hatten wir alle etwas mehr Platz und grillten eine Kuh nach der anderen, wobei wir sie gerade weit genug auf Abstand halten konnten, um regelmäßig unsere Plasma-Magazine zu wechseln. In dieser Hinsicht brauchte man übrigens kein Rechengenie sein, um sich auszurechnen, dass wir für den Rückweg keine Munition mehr haben würden.

Was zum Foh sollten wir machen, wenn wir die Anlage verlassen wollten?

»Da kommt was Schnelles auf drei Uhr!«, schrie Hopsheer.

Ig wirbelte herum und nur die acht Millionen Götter wussten, woher sie auf einmal zwei weitere H16 hervorholte. Sie begann zu feuern und zerfetzte drei Kühe, bevor eine vierte sie beinahe zertrampelt hätte. Zum Glück war das Mädel überwiegend aus Luft und Wasser gemacht und so schaffte sie es, rechtzeitig zur Seite wegzurollen. Sie schlitterte über den Boden, während die Kuh versuchte, sie mit ihren Pfeilen zu erwischen. Jedenfalls solange, bis Tarr drei Schüsse durch den Kopf des Monsters jagte, wodurch sich sein Gehirn über den breiten Rücken verteilte.

Ig sprang auf und kontrollierte kurz ihren Schutzanzug, bevor die nächste Welle uns erreichte. Keines von den Viechern schoss direkt auf uns, was mich auf den Gedanken brachte, dass sie vielleicht darauf konditioniert waren, nicht in Richtung der Anlage zu feuern. Das war eine ziemlich gute Sache. Denn so konnten wir uns darauf konzentrieren, einfach möglichst viele von den Drecksviechern wegzupusten. Schließlich waren sie auch schon ohne Pfeilspitzen furchteinflößend genug.

»Drei!«, schrie Hopsheer. »Von hinten! Grottverdammt, Joe, halte uns den Rücken frei!«

»Ich wusste nicht, dass ich uns den Rücken freihalten soll!«, brüllte ich zurück. »Sag mir nächstes Mal bescheid, wenn du hier den Chef spielen willst!«

»Kein Gejammer im Kampf«, rief sie. »Halt die Klappe und töte Kühe!«

Die Absurdität dieses Befehls blieb mir nicht verborgen.

NEUN

Für jeden Schritt, den wir taten, kamen zehn neue Kühe angerannt. Es schien, als würden sie irgendwo aus dem Boden sprießen. Ich weiß natürlich, dass es nicht so war, aber während wir uns Zentimeter um Zentimeter vorankämpften, fühlte es sich grottverdammt noch mal so an.

Endlich erreichten wir die Seitenwand der Anlage und hatten damit einen Schutzwall im Rücken. Wir verteilten uns an der Mauer und liefen seitlich in Richtung des Eingangs, die H16 immer noch im Dauereinsatz. Ich legte gerade das zehnte Magazin ein und in meiner geistigen Bestandsliste sah ich, dass damit nur noch sechs für den Rückweg übrig waren. Rein mathematisch war das alles andere als beruhigend.

»Mgurn!«, schrie Hopsheer, als sie den Eingang erreichte. »Mach dein Ding!«

Mgurn wich von meiner Seite und kniete sich neben die schwere Panzertür des Eingangs. Er studierte sie ein paar Sekunden lang und zog dann sein Tablet hervor, stemmte das Zahlenfeld an der Tür auf und begann mit dem Hacken des Zugangscodes.

Es dauerte etwa dreißig Kühe, bis er den Code geknackt hatte und die Tür beiseite glitt. Wir stürmten hinein und in dem Moment, als alle drinnen waren, verriegelte Mgurn die Tür sofort wieder. Wir brachen fast zusammen, ließen uns auf den Boden fallen oder lehnten uns gegen Wände, um erst einmal Luft zu schnappen. Leider war keine Zeit für eine Pause, wir machten die Waffen wieder feuerbereit und scannten die Umgebung.

»Die Luft ist rein«, sagte Mgurn. »Keine Strahlung oder Giftstoffe. Wir können die Schutzanzüge also ablegen, wenn wir wollen.«

»Gut zu wissen, aber ich behalte meinen an«, entgegnete Tarr und klopfte sich auf die Brust. »Das Ding ist das einzige, was mich davon abhält, eine Panikattacke zu kriegen und schreiend zu meinem Schiff zurückzurennen. Die Erde ist einfach ein verdammtes Drecksloch.«

»Allerdings«, stimmte Ig zu.

»Dann bleiben die Anzüge an«, sagte Hopsheer. »Macht euch bereit, beim ersten Anzeichen von Problemen das Weite zu suchen. Wir haben keine Munition für eine Schießerei hier drinnen, sonst schaffen wir den Rückweg nicht mehr. Geht sparsam mit dem Plasma um – erst zielen, dann schießen! Macht keine Dummheiten!«

»Beim letzten Punkt hat Joe schon verloren«, sagte Tarr. »Sonst wären wir gar nicht hier!«

»Das würde aber bedeuten, dass wir alle schon beim letzten Punkt verloren haben«, meinte Ig.

»Da ist was dran, gute Frau.«

»Ruhe, ihr beiden«, zischte Hopsheer, während sie sich von der Wand wegbewegte und ein paar Schritte in den dunklen Korridor wagte. »Haltet Augen und Ohren offen! Mgurn, wo lang?«

»Geradeaus. Es geht immer geradeaus. Die Datenbanken sind genau in der Mitte der Anlage, alles andere scheint nur der Abschirmung zu dienen. In erster Linie ist das hier ein Bunker der Klasse A.«

»Ein Bunker?«, fragte ich. »Müssen wir dann jetzt unter die Erde?«

»Das sind wir gleich«, antwortete Mgurn. »Dieser Gang neigt sich um zehn Grad nach unten. Auf diese Art würden die Datenkristalle auch dann überleben, wenn ein Schiff das Feuer aus dem Orbit eröffnen würde.«

»Das ist gut zu wissen«, sagte ich. »Denn das bedeutet, dass uns niemand eine Rakete auf den Pelz brennen kann, während wir nach den Aufzeichnungen aus der Caga-Station suchen.«

»Ich könnte euch jetzt so einiges über brennende Pelze erzählen, aber ich lasse es einfach«, sagte Tarr.

»Vielen Dank.«

»Nichts zu danken.«

»Ruhe!«, zischte Hopsheer.

Wir hielten die Klappe und lauschten. Denn das war nicht ihr *Ich-bin-hier-der-Boss-*Zischen, sondern ihr *Ich-habe-etwas-gehört-und-deswegen-müsst-ihr-ruhig-sein-*Zischen.

Sie ging weiter voran und führte uns tiefer den Gang hinunter. Die Luft war trocken und dünn, es fühlte sich eher an wie auf einem Berggipfel als in einem Tal. Ich konnte hören, dass das Lüftungssystem auf Volldampf lief, um die fiese Feuchtigkeit der Erde draußen zu halten. Der Planet war zwar vielleicht eine toxische Müllhalde, aber er war auch immer noch ein Planet mit riesigen Meeren. Klar, auch diese Meere waren wahrscheinlich Herde unsagbaren Grauens und voll mit widerlichen Kreaturen, die ich niemals in meinem Leben sehen wollte. Trotzdem waren es Ozeane voll feuchten Wassers, das in die Atmosphäre streute, und Datenanlagen waren nicht gerade ein Freund von Feuchtigkeit.

Wir erreichten das Ende des Ganges und standen nun vor einer Doppeltür. Soweit ich sehen konnte, gab es weder Griffe, Knöpfe noch eine Zahlentastatur oder irgendwas, um sie zu öffnen.

»Mgurn?«, fragte Hopsheer. »Das sieht nicht gerade einfach aus!«

»Doch, das ist es«, sagte Mgurn und drückte gegen den rechten Türflügel, der sich quietschend öffnete. Hopsheer drückte gegen den linken Flügel. »Kein Schloss«, sagte sie, als sie die schmale Seite der Tür inspizierte. »Die Flotte muss ja wirklich großes Vertrauen in ihre Kühe haben.«

»Oder sie haben Vertrauen in etwas anderes, das wir noch nicht kennen«, sagte ich.

»Immer musst du uns die Stimmung verderben«, meinte Tarr, aber der Klang seiner Stimme verriet, dass er das Gleiche dachte: Das war alles viel zu einfach.

»Hier entlang«, sagte Mgurn und ging voran. Wir durchquerten zwei weitere Flure, die wieder nur durch einfache Schwingtüren voneinander getrennt waren. »Wir sind fast da.«

In meinen Ohren ploppte es und ich fragte mich, wie tief wir inzwischen waren. Ein Gefälle von zehn Grad war nicht viel, aber es summierte sich, wenn man einen langen Gang hinter den nächsten setzte. Was zusätzlich die Frage aufwarf, ob wir uns überhaupt noch unter dem Tal befanden.

Wir kamen an eine letzte Tür, diesmal war jedoch auf jeder Seite davon ein Zahlenfeld angebracht.

»Warum denn zwei?«, wunderte sich Mgurn.

Niemand von uns antwortete, da wir alle wussten, dass er mit sich selbst sprach. Außerdem konnte sowieso keiner von uns etwas Schlaues dazu beitragen.

»Das war gar nicht in den Plänen vermerkt«, sagte Mgurn und drehte sein Tablet, damit wir sehen konnten, was er sah. »Es sollte hier keine zwei Zahlenfelder geben. Was mich zu der Annahme bringt, dass das eine nur eine Attrappe ist.«

»Was passiert, wenn wir die Attrappe benutzen?«, fragte ich.

»Ich schätze mal, nichts Gutes«, war Mgurns lapidare Antwort. Die Sorge stand ihm regelrecht ins Gesicht geschrieben. Und es war mehr als seine übliche Sorge.

»Sollen wir eine Münze werfen?«, schlug ich vor.

»Das wäre nicht sehr weise«, meinte Mgurn. »Lasst mich noch für ein paar Minuten scannen. Vielleicht finde ich einen Unterschied zwischen den beiden Tastenfeldern.«

»Okay, fünf Minuten«, sagte Hopsheer. »Dann müssen wir uns entscheiden, ob wir es riskieren wollen oder mit leeren Händen umkehren.« Sie überprüfte die Werte auf ihrem Holo-Display.

»Wir haben noch drei Stunden, bis die Sonne untergeht. Ich will wirklich nicht herausfinden, was es hier für nachtaktive Spezies gibt.«

»Die Kühe schienen ganz gut auf sich selbst aufpassen zu können«, sagte Tarr.

»Das stimmt, aber wir haben auch ganz schön viel totes Fleisch in diesem Tal liegen lassen«, meinte Hopsheer. »Buchstäblich ein gefundenes Fressen für jedes Raubtier.«

»Wir haben diese Mission wirklich nicht besonders ausführlich geplant«, warf Ig ein. »Möglicherweise haben wir das alles zu sehr auf die leichte Schulter genommen.«

»Willkommen in meinem Leben, Ig«, sagte ich. »Mgurn? Mach dich mit deinem Käferhintern ans Werk!«

»Ich arbeite doch schon«, entgegnete Mgurn. »Also unterbrich mich bitte nicht!«

Wir warteten, während er die Tastaturen genau unter die Lupe nahm. Offensichtlich war das krude Äußere nur eine Fassade, denn das Innenleben war höchst komplex. Man musste nicht nur den richtigen Zahlencode eingeben, sondern es wurden gleichzeitig biometrische Werte ausgelesen, wie zum Beispiel der Puls und sogar Gehirnströme.

Das bedeutete, Mgurn musste nicht nur den richtigen Code herausfinden, sondern auch vorhersagen, in welchem Bereich die ausgelesenen Parameter liegen mussten, damit wir nicht von den Verteidigungsmechanismen der Anlage in Stücke geschossen wurden. Wir konnten zwar keine Geschütztürme oder Lasergitter sehen, aber wir waren uns alle sicher, dass sie irgendwo versteckt waren und uns sofort in Stücke schreddern würden, wenn wir einen Fehler machten.

»Ich glaube, dass es das rechte Tastenfeld ist«, sagte Mgurn.

»Rechts ist richtig?«, fragte ich.

»Es scheint so«, bekräftigte Mgurn.

»Scheint es so, oder ist es so?«, fragte Hopsheer.

»Das kann ich nicht mit Sicherheit sagen«, antwortete Mgurn. »Dieser Teil des Sicherheitssystems ist um ein vielfaches komplexer als der ganze Rest. Ich finde es merkwürdig, dass alle anderen Pläne auf dem neuesten Stand waren, es aber über diese Türen überhaupt keine Informationen gab.«

»Wahrscheinlich ist das eine relativ neue Erweiterung, die irgendein Bürokrat vergessen hat einzutragen, weil er zu beschäftigt damit war, seine Bleistifte anzuspitzen«, knurrte Tarr.

»Ich hasse Bleistifte«, sagte Ig. »Ich bin allergisch gegen das lebendige Graphit, das sie da heutzutage reinmachen.«

Ich nickte. »Wenn du dir das in die Haut stichst, dann wandert das erst mal durch den ganzen Körper, bevor es sich auflöst. Ich war mal mit einer Lehrerin zusammen, und es war echt faszinierend zu sehen, wo diese Graphitmale sich angesammelt haben …«

»Bitte erspare uns weitere Details!«, sagte Hopsheer etwas schärfer, als es nötig gewesen wäre.

Ig und Tarr schauten mich mit großen Augen an und ich zuckte nur mit den Schultern.

»Den Code herauszubekommen ist ziemlich einfach«, murmelte Mgurn. »Die biometrischen Daten kann ich umgehen, nur an den Theta-Wellen komme ich nicht vorbei.«

»Theta-Wellen?«, fragte Tarr. »Meinst du nicht eher Beta-Wellen?«

»Nein, Theta«, bekräftigte Mgurn. »Dieses Detail hätte ich fast übersehen, aber es ist anscheinend so, dass man die Tür nur öffnen kann, wenn man sich in einem ruhigen, entspannten Zustand befindet.«

»Das macht ja auch Sinn«, sagte Hopsheer. »Auf diese Art kann niemand die Tür öffnen, dem gerade eine Waffe an den Kopf gehalten wird.«

»Und es macht auch das Hacken schwierig«, gab Mgurn zu bedenken. »Ich beschwere mich gar nicht, ich will nur erklären, warum es so lange dauert.«

In der Ferne erklang irgendwo in der Anlage ein dumpfes Krachen und wir drehten uns alle gleichzeitig in diese Richtung.

»Keine Lebensformen auf dem Scanner«, sagte Ig, während sie ihr Holo-Display studierte. »Entweder war das etwas Mechanisches, oder die Edger benutzen Tarntechnologie.«

»Oder keines von beidem«, meinte Tarr. »Das ist doch eine Anlage der Flotte. Vielleicht haben wir einen Trans-All-Alarm ausgelöst. Mgurn ist zwar gut, aber vielleicht hat er etwas übersehen.«

»Ich habe nichts übersehen«, antwortete Mgurn. »Es gibt keinerlei Anzeichen für ein Trans-All-Signal. Deine Anschuldigen helfen nebenbei bemerkt übrigens auch nicht, mich in einen entspannten Zustand zu bringen, damit ich endlich diese Tür öffnen kann.«

»Klammerblues«, sagte ich.

»Was?«, fragte Mgurn. Dann schaute er mich mit großen Augen an und schüttelte den Kopf. »Auf keinen Fall.«

»Komm schon, Mgurn. Klammerblues sind die beste Entspannung!«

»Klammerblues?«, fragte Ig.

»Wirst du gleich sehen.«

Mgurn stellte die Lautsprecher an seinem Tablet an und die lieblichen Klänge von Ella Htzgrbs und den Mood Swingers erklangen.

»Oh yeah, baby« sagte ich und wiegte mich langsam hin und her. Selbst mit dem klobigen Strahlenschutzanzug bekleidet legte ich eine ziemlich heiße Sohle aufs Parkett. »Wow, fühlt sich das sexy an.«

Mgurn schüttelte den Kopf und die anderen starrten mich an, als wäre ich irre. Aber nach einer Minute stieg auch Mgurn in den Groove ein, und nachdem er den Code in die Tasten gehauen hatte, öffnete sich die Tür.

»Oh«, sagte ich leise, als ich die diversen Läufe von Gewehren, Karabinern, Pistolen und anderen Waffen sah, welche die auf der anderen Seite der Tür stehenden Edger in unsere Gesichter hielten. »Guten Tag erst mal.«

»Ist das der Kerl?«, fragte einer der Edger, der über seine Schulter zu einer extrem hochgewachsenen Frau schaute, die pechschwarzes Haar und dunkelblaue Haut hatte. »Der dämlich aussehende Typ, der eben noch getanzt hat?«

»Das ist er«, sagte die große Frau. »Die anderen brauchen wir nicht.«

»Aber wir sind eine Menge wert!«, stieß Tarr hervor. »Die SMC ist jederzeit bereit, Lösegeld für ihre Mercs zu zahlen!«

»Da hat er nicht unrecht, Midnight«, sagte der erste Edger. »Wir könnten mit denen gute Chits machen.«

»Wir sind aber nicht hier, um Chits zu machen«, erwiderte Midnight, und ihre grauen Augen schossen sich auf meine ein. »Wir brauchen den Menschen, mehr nicht.«

»Ach wirklich?«, fragte ich. »Was ist denn an mir so besonders?«

»Das braucht dich nicht zu interessieren«, antwortete Midnight. »Ich bin angeheuert worden, um dich abzuliefern, und genau das mache ich jetzt.«

»Angeheuert? Wer zur Hölle würde denn Geld für Joe bezahlen?«, fragte Tarr. »Der ist doch noch grün hinter den Ohren! Wenn Sie einen richtigen Merc wollen, nehmen Sie lieber mich, gute blaue Frau. Ich habe Fähigkeiten, von denen Sie nicht mal zu träumen wagen.«

»Meine Aufgabe ist eindeutig«, sagte Midnight. »Aber ich werde es meiner Crew überlassen zu entscheiden, ob sie euch mitnehmen, oder eure Körper zum Verrotten hierlassen.«

Wir hörten ein weiteres Geräusch aus den Tiefen der Anlage. Die meisten der Edger zuckten deswegen zusammen, nur Midnight ließ sich keine Regung anmerken und stierte mich weiter an.

»Leute?«

»Ich bin dafür, sie mitzunehmen«, sagte der erste Edger. »Die Bezahlung bei diesem Auftrag ist scheiße. Wir können die Extra-Chits gut brauchen.«

Die anderen Edger stimmten ihm zu und einer deutete mit seinem Karabiner in unsere Richtung. »Stellt euch alle mit dem Gesicht an die Wand, bis auf den Typen da«, sagte er und zeigte auf mich. »Der kommt mit rein.«

»Ich habe aber Trennungsangst«, sagte ich. »Kann nicht wenigstens mein Assistent mich begleiten?«

»Danke für nichts, Kumpel«, flüsterte Tarr.

»Dein Assistent ist ein nichtsnutziger Leforianer«, sagte der erste Edger, der offensichtlich der Sprecher von Midnights Schergen war. »Er ist nur eine Mutti, die uns Probleme machen wird.«

»Ich schätze es nicht besonders, eine Mutti genannt zu werden«, grummelte Mgurn.

»Vielleicht schätzt du es ja mehr, wenn ich das hier mache«, sagte der Edger und betätigte den Abzug seiner Waffe, woraufhin ein glühend greller Plasmastrahl Mgurn genau in die Brust traf.

»Neeeeeeein!«, schrie ich und hechtete in Mgurns Richtung, doch bevor ich auch nur zwei Schritte gemacht hatte, packten mich die Edger und zerrten mich in den Raum mit dem Datenbank-Terminal.

Ich hörte einige Schreie und auch Schläge, aber zum Glück keine weiteren Schüsse. Fünf Edger hielten mich fest, obwohl das eigentlich gar nicht nötig war. Die Gewehrläufe, die auf meiner Stirn aufgesetzt waren, hielten mich schon ziemlich gut in Schach.

»Mgurn«, flüsterte ich. »Komm schon Kumpel, wach auf.«

»Ich bin wach«, murmelte Mgurn, der mit dem Gesicht nach unten auf dem kalten Boden lag. »Ich kann mich nur nicht bewegen. Der Schuss hat mein Nervenzentrum getroffen. Ich bin gelähmt.«

»Ich weiß nicht, was ihr von mir wollt«, sagte ich zu Midnight. »Aber ich schätze, euer Arbeitgeber will mich lebend haben, oder?«

»Kunde, nicht Arbeitgeber. Aber gut geraten«, antwortete sie. »Was hat dich bloß auf die Idee gebracht? Vielleicht die Tatsache, dass du noch lebst?«

»Genau das«, sagte ich. »Aber wenn du meine Freunde nicht freilässt, und damit meine ich wirklich in Freiheit und nicht in die Hände deiner Untergebenen, dann mache ich mich selbst kalt, bevor du mich abliefern kannst. Verstehst du, was ich dir hier anbiete, Schwester?«

»Ich habe schon viele Ziele zu vielen Kunden transportiert«, sagte Midnight. »Ich weiß, wie ich dich davon abhalte, Selbstmord zu begehen.«

»Hast du denn jemals einen wirklich sehr, sehr, *sehr* wütenden Salvage Merc transportiert?«

»Ja«, sagte sie mit einem fiesen Grinsen. Sie kam näher und lehnte sich direkt gegen das Visier meines Schutzanzuges. »Sie haben es alle überlebt.«

»Ach so«, entgegnete ich. »Aber hatten die auch eine Zyanidkapsel statt eines rechten Backenzahns?«

Midnight trat einen Schritt zurück und musterte mich berechnend. Dann schnippte sie mit den Fingern und einer ihrer Handlanger reichte ihr ein Tablet. Sie wischte ein paar Sekunden darauf herum und schüttelte den Kopf.

»Foh«, fluchte sie und gab das Tablet zurück. »Keine zahnmedizinischen Daten.«

»Die wurden aus meiner Akte gelöscht, als sie das Ding installiert haben«, sagte ich. »Aus genau diesem Grund.«

Midnight warf mir einen bitterbösen Blick zu, dann schaute sie in den Nebenraum zu Hopsheer, Tarr und Ig.

»Komm schon, Midnight«, winselte der erste Edger. »Zwinge uns bitte nicht, so eine fette Beute laufen zu lassen.«

»Ich zwinge euch zu gar nichts«, erwiderte sie und zeigte auf mich. »Aber er tut es!«

Ich sah den Angriff nicht kommen. Der erste Edger rammte mir seinen Gewehrlauf direkt in den Solar Plexus und die Luft wich aus meiner Lunge. Ich rutschte auf die Knie, hustend und nach Luft schnappend, und da traf mich der nächste Schlag in den Nacken. Mein Leben bestand plötzlich nur noch aus wirbelnden Sternen und Blitzlichtern. Und natürlich Schmerzen. Jeder Menge Schmerzen.

»Hör auf«, japste ich. »Oder ich beiße zu!«

»Lass ihn in Frieden«, befahl Midnight und mir wurde auf die Füße geholfen.

Es fiel mir schwer, meinen Blick zu lenken, doch ich sah, wie Midnight in Richtung von Mgurn und den anderen nickte.

»Raus«, sagte sie. »Jetzt. Bevor ich es mir anders überlege!«

Hopsheer, Tarr und Ig beeilten sich, Mgurn zu schnappen. Hopsheer setzte an, mir etwas zu sagen, doch ich schüttelte den Kopf. Was nebenbei bemerkt höllisch wehtat. Sie nickte und sicherte ihren Rückzug, während Tarr und Ig Mgurn in den angrenzenden Korridor trugen. Nach einem letzten Blick von Hopsheer waren sie verschwunden und ich war allein mit den Edgern.

»Tja … wohin geht es denn jetzt eigentlich?«, fragte ich.

»Das braucht dich nicht zu interessieren«, sagte Midnight. Ihre grauen Augen bohrten sich in meine. »Jedenfalls nicht, bis wir da sind. Aber dann wird es sehr interessant für dich!«

»Dachte ich mir«, erwiderte ich und sah mir die immensen Datenspeicheranlagen an. »Kann ich dich um einen Gefallen bitten?«

»Hat der Typ ‚nen Knall?«, fragte der erste Edger.

»Den habe ich allerdings«, sagte ich. »Sonst wäre ich nämlich gar nicht hier. Ich weiß auch nicht, wie ihr wissen konntet, dass ich herkommen würde, aber jetzt ist es eben so. Trotzdem brauche ich ganz dringend Daten von der Caga-Station. Ich muss sie unbedingt sehen, bevor du mich deinem Kunden übergibst.«

Sie lachte laut. Und ich meine wirklich sehr, sehr laut.

Das machte mich wütend, aber ich ließ sie lachen und wartete geduldig, bis sie fertig war, wobei sie sich mit den Händen den Bauch hielt. Es musste übrigens ein sehr durchtrainierter Bauch sein, denn ich sah überhaupt nichts wabbeln, obwohl sie bei ihrem Lachanfall zuckte, als bekäme sie Elektroschocks.

Ja, es stimmt, ich habe ihren Körper abgecheckt. Aber sie sah auch wirklich extrem gut aus. Wenn ich raten müsste, würde ich sagen, sie hat erst mal ihr gutes Aussehen benutzt, um in den Rängen der Edger aufzusteigen, bis sie genügend Ansehen hatte, um das Ruder an sich zu reißen.

Wir lebten zwar im zweiunddreißigsten Jahrtausend, aber die Frauen hatten es in der Galaxis immer noch schwer. Es gab einfach immer noch zu viele Macho-Planeten mit Macho-Rassen und Macho-Typen, die der festen Überzeugung waren, ihre Schwänze würden ihnen abfallen, sobald die Frauen gleichberechtigt wären. Natürlich mit Ausnahme der Rassen, die nur aus Weibchen bestanden. Dort wurden die Männchen einfach sofort umgebracht, nachdem sie ihren Zweck erfüllt hatten.

Wie auch immer, vor Midnight musste ich auf jeden Fall Respekt haben. Sie war vor mir in der Anlage angekommen und hatte genau gewusst, wann ich auftauchen würde.

Sie hob ihren Arm und projizierte ein Holo vor mein Gesicht. Es war die Szene in dem Café der Caga-Station, kurz bevor alles den Bach runterging.

»Warum besitzt du das?«, fragte ich.

»Weil mir gesagt wurde, dass du danach suchen würdest«, antwortete sie. »Mein Kunde hat eine äußerst gewissenhafte Recherche betrieben.«

»Aha. Hast du es dir denn angeschaut?«

»Ja.«

»Da kommt so ein Typ drin vor. Mit schwarzen Augen.«

»Schwarz wie Obsidian«, sagte sie. »Ja, den habe ich gesehen. Und deswegen bist du hier? Ich dachte, du wolltest die Aufnahme davon löschen, wie der Admiral dir den Datenkristall übergibt.«

»Das sieht man da auch? Scheiße.«

»Aber deswegen bist du gar nicht gekommen?«, fragte Midnight. »Dich interessiert nur der Mann mit den schwarzen Augen? Das ist lächerlich. Alle Edger kennen ihn. Der stolziert bei uns rum, als wäre er der Boss.«

»Ach, das tut er? Ist er es denn?«, fragte ich. »Ich meine, ist er euer Boss?«

»Was? Nein, er ist natürlich nicht unser Boss«, antwortete Midnight. »Die Edger sind frei, wir haben keinen Boss.«

»Das ist schön. Dann fangt doch vielleicht mal an, euch das Überfallen und Ermorden und Vergewaltigen abzugewöhnen, und versucht mal, wie es sich anfühlt, nicht die Geißel der Galaxis zu sein. Mehr Menschen als Piraten.«

»Ein spitzenmäßiger Rat von einem Savage Merc«, sagte Midnight. »Ein nutzloser und arroganter Rat, aber immerhin unterhaltsam.«

»Manche von uns sind auch ganz gern Piraten«, sagte der erste Edger.

»Schnauze«, herrschte ihn Midnight an.

»Wer ist er?«, fragte ich noch mal. »Der Typ mit den schwarzen Augen. Wie heißt er?«

»Er weiß seinen Namen nicht!«, rief der erste Edger aus. »Was für ein Idiot.«

Ich ignorierte das Gelächter seiner Kumpanen und konzentrierte mich auf Midnight.

»Sag mir seinen Namen, und ich schwöre, dass ich während unserer Reise keinen Ärger mache.

»Warum sollte ich dir glauben, dass du dich daran hältst?«, fragte Midnight. »Außerdem habe ich dir jetzt schon einen Teil der Information gegeben. Wenn du noch irgendeine Chance auf die Beantwortung von weiteren deiner dummen Fragen haben möchtest, solltest du dich sowieso benehmen.«

Bevor ich etwas dazu sagen konnte, hallte der typische Klang von Plasmafeuer durch die Korridore. Midnight knurrte und bedeutete ihren Männern mit einer Handbewegung nachzuschauen, was da los war. Als sie die Tür erreichten, sah ich, wie sie zusammenzuckten. Bevor sie auch nur ihre Waffen heben konnten, kamen Hopsheer, Tarr, Ig und der immer noch etwas wacklige Mgurn in den Raum gestürmt.

»Wie viele von euch gibt es?«, schrie Hopsheer Midnight an. »Du musst den anderen nämlich auch sagen, dass wir einen Deal haben! Pfeif sie zurück, damit wir hier abhauen können!«

»Was?«, rief Midnight. »Alle meine Männer wissen Bescheid! Es kann nicht sein, dass ... ach verdammt! Verdammte Scheiße!«

»Ich schätze mal, dein Auftrag war nicht exklusiv«, sagte ich. »Klingt so, als wäre die Konkurrenz aufgekreuzt.«

»Nein, ganz so einfach ist es nicht«, erwiderte Midnight.

Es fielen weitere Schüsse und die Edger, die noch in der Tür zum Korridor standen, wurden vor unseren Augen vaporisiert.

»Tür zu!«, schrie Midnight. »Fest verriegeln und das Schiff rufen! SOFORT!«

ZEHN

»Das Schiff rufen?«, fragte ich. »Was soll das denn bringen?«

»Das geht dich gar nichts an, Freundchen«, herrschte Midnight mich an.

»Jetzt sind wir schon Freunde? Das wüsste ich aber.«

»Halt die Klappe!«, brüllte sie.

Nach ein paar weiteren Plasmatreffern fing die Tür bereits zu qualmen an.

»Die haben Kanonen«, sagte ich. »Vielleicht solltest du auf das Angebot meiner Freunde zurückkommen, dass sie mitkämpfen.«

»Auf gar keinen Fall«, sagte Midnight und zeigte auf Hopsheer. »Halte deine Leute unter Kontrolle und kommt mir nicht in die Quere, dann überlebt ihr vielleicht!«

»Wenn das da draußen nicht deine Leute sind, dann überlebt ihr vielleicht selbst nicht mal! Die sind absolut in der Überzahl«, entgegnete Hopsheer. »Gebt uns unsere Waffen wieder und wir bringen euch lebend hier raus. Genau dafür sind wir da.«

»Die SMC ist nicht die einzige Organisation in der Galaxis, die was auf dem Kasten hat«, schrie Midnight. »Edger können sich sehr gut um sich selbst kümmern!«

»Mir geht es irgendwie gar nicht gut«, sagte Mgurn und sackte an die Datenspeicher gelehnt zusammen. Die Kristalltürme begannen zu summen, also rutschte er lieber ein Stück von ihnen weg und lag nun auf dem Boden. »Ich glaube, ich mache ein Nickerchen.«

»Wo bleibt das Schiff?«, knurrte Midnight und schob den ersten Edger nach vorne. »Du legst das Sperrfeuer und hältst dich bereit!«

Der erste Edger und Midnights übrige Männer hetzten zur Tür. Sie spähten kurz nach draußen und sprangen dann sofort zurück, als ein schwerer Plasmatreffer neben ihnen einschlug und die halbe Wand an dieser Stelle wegschmolz.

»Es sind mehr als ein Dutzend – und nicht von der Sorte, die wir erwartet hatten!«

»Was zur Hölle haben wir denn erwartet?«, schrie Midnight den ersten Edger an, der prompt zusammenzuckte. »Sag es mir! Denn anscheinend kannst du ja meine Gedanken lesen!«

»Skrang«, sagte der erste Edger. »Es sind Skrang!«

»Genau wie auf der Caga-Station«, murmelte ich, während ich mich neben Mgurn hinkniete. »Hey Kumpel, wie geht es dir?«

»Ich muss mich ausruhen«, sagte Mgurn. »Ich glaube nicht, dass meine Verletzung lebensbedrohlich ist, aber ich kann dir oder den anderen Nummern in nächster Zukunft keine Hilfe sein. Mein Körper wird sich heilen können, aber das braucht Zeit.«

»Wir haben aber keine Zeit«, rief Midnight, schubste mich aus dem Weg und zog Mgurn zu sich hoch. »Doch du wirst uns etwas Zeit verschaffen!«

Sie schob ihn in Richtung der Tür und schubste ihn dann in den Korridor.

»NEIN!«, rief ich und rannte auf die beiden zu, doch zwei Edger rammten mir ihre Gewehre in die Seite, was mich sofort zu Boden brachte. »MGURN!«

Entsetzt sah ich, wie Mgurn versuchte, zurück in den Raum zu gelangen. Doch er schaffte es nicht. Ein Plasmaschuss durchschnitt die Luft, und dann gab es keinen Mgurn mehr.

Meine Klarheit setzte ein und die Welt um mich herum verlangsamte sich.

Ich trat mit meinem linken Fuß zu und brach dem Edger direkt neben mir ein Bein. Dann trat ich mit dem rechten zu und erschuf so ein schön symmetrisches Paar Krüppel. Die beiden Edger stürzten zu Boden und ich machte sie fertig, bevor sie auch nur schreien konnten. Dem einen riss ich mit bloßen Händen die

Kehle raus und schnappte mir dann sein Gewehr, mit dem ich dem anderen seinen Kopf wegpustete.

»Stop!«, schrie Midnight. »Was machst du?«

Ich wirbelte herum und schoss, ohne überhaupt zu zielen. Sie war schnell. Überraschend schnell für eine Frau ihrer Größe. Der Schuss, den ich auf sie abgegeben hatte, zischte knapp an ihrer Schulter vorbei, als sie sich in eine Rolle stürzte und direkt auf mich zukam.

Aus dem Augenwinkel konnte ich sehen, wie Hopsheer und die anderen in den Kampf einstiegen. Die Edger fingen an zu schreien, als sie Schläge und Tritte kassierten. Blut und Speichel flog überall durch den Raum, als wir unsere Trauer und unsere Wut in eine gesunde Dosis gewalttätiger Rache ummünzten.

Midnight verpasste mir einen Schwinger direkt aufs Kinn und ich hätte fast meine Klarheit eingebüßt. In meinen Ohren fing es an zu klingeln. Ich stolperte rückwärts, um dem zweiten Schlag auszuweichen. Midnight schrie wieder etwas, doch ich konnte es nicht verstehen. Stattdessen sprang ich auf die Füße und richtete mein Gewehr direkt auf ihre Brust. Ihr Gesicht strahlte einfach nur geballten blauen Zorn aus, doch auf einmal riss sie die Augen auf und schaute an mir vorbei.

Ich hatte kaum noch Zeit, mich umzudrehen, und fing sofort an zu feuern – denn ich wusste, dass die Skrang schon in der Tür standen. Einer ging zu Boden, sein Kopf nur noch ein qualmender Fleischstumpf, und kurz darauf erwischte es den Zweiten.

Dann machte es *Puff* und ihre Körper fielen in sich zusammen.

»Jirks!«, schrie ich, ohne mein Dauerfeuer zu unterbrechen. So trieb ich die anderen Hauträuber von der Tür weg und nagelte sie im Korridor fest. »Was zum Foh?«

Ich spürte, wie mich eine Hand an der Schulter packte, doch als ich mich herumdrehen wollte, drehte sich stattdessen die ganze Welt – sie wurde zu einem Kaleidoskop aus Formen und Farben.

Dann fand ich mich auf Händen und Knien wieder und kotzte mir die Seele aus dem Leib, da mein Magen sich immer noch drehte, obwohl alles andere stillstand.

Oder zumindest beinahe. Denn ich spürte die Vibration schwerer Motoren und wusste sofort, dass ich auf einem Schiff war, das durchs All jagte. Dann verriet mir das typische *Wump-Wump*, dass wir gerade einen Raumsprung gemacht hatten und uns nicht mehr im Sol-System befanden. Doch ich hatte keine Ahnung, wie das möglich war.

»Steh auf«, knurrte Midnight in der Nähe meiner Ohren. Um ihren Befehl zu unterstreichen, rammte sie mir ihren Stiefel in die Rippen. »Aufstehen, sage ich!«

Ich wischte mir Kotze und Sabber vom Mund und erhob mich langsam, wobei meine Beine immer noch zitterten. Nun sah ich, dass wir uns im modifizierten Lagerraum eines Schiffes befanden. Modifiziert in dem Sinne, dass wir auf einer schweren Plattform standen, die ein so hochfrequentes Summen abgab, dass mir davon die Zähne schmerzten.

»Du bist so ein Idiot«, sagte Midnight, als sie das Gewehr aufhob, das zu meinen Füßen lag. »Es gab überhaupt keinen Grund, meine Männer umzubringen!«

»Keinen Grund?«, hustete ich und überlegte, ihr einen Schwinger zu verpassen, aber ich wollte das kleine bisschen Gleichgewicht, das ich so mühsam zurückerlangt hatte, nicht gleich wieder aufs Spiel setzen. »Du hast meinen Freund ermordet!«

»Das ist nicht ganz zutreffend«, sagte Mgurn von einer Liege in der anderen Ecke des Raumes aus. Er wurde von vier Edgern bewacht, während sich ein Sanitäter um seine Wunden kümmerte. »Es scheint indessen eher so, als hätte Miss Midnight einen sehr seltenen Molekulartransporter in ihrem Besitz, den sie benutzt hat, um mich auf ihr Schiff zu teleportieren.«

»Es sollte so aussehen, als wäre er vaporisiert worden«, sagte Midnight. »Denn dann hätten die Skrang gedacht, sie hätten uns alle auf diese Weise getötet. Dann hätten wir einen deutlichen taktischen Vorteil auf unserem Rückzug zum Rand der Galaxis gehabt.«

»Es waren keine Skrang«, sagte ich. »Das waren Hauträuber. Jirks.«

»Das habe ich selbst gesehen«, entgegnete Midnight. »Aber um so besser wäre es gewesen, wenn sie uns, vor allem dich, für tot gehalten hätten. Jetzt wissen sie nicht nur, dass wir noch leben, sondern auch, dass ich einen MolTrans auf meinem Schiff habe. Das macht auch mich und meine Männer zum Ziel, denn wenn sich das herumspricht, wird mein Schiff fast ein genauso lukrativer Fang sein wie du.«

»Warum sollten Jirks wie Skrang aussehen wollen?«, fragte Hopsheer aus einem Kreis schwer bewaffneter Edger heraus. Tarr und Ig standen neben ihr und sahen beide so aus, als würden sie am liebsten aufgeben und nach Hause fliegen wollen.

Ich nahm es ihnen nicht übel.

»Das ist doch genau wie mit diesen Skrang, die du auf der Caga-Station gesehen hast«, fuhr Hopsheer fort. »Demnach töten Jirks gezielt Skrang, um ihre Körper übernehmen zu können. Sie riskieren also einen Krieg mit den Skrang, um ihr Ziel zu erreichen… das muss ihnen ja wirklich verdammt wichtig sein.«

»Hört ihr eigentlich gar nicht zu?«, fragte Midnight, wobei sie von der Plattform trat und sich eine Flasche schnappte, die ihr einer ihrer Schergen hingehalten hatte. Sie nahm einen großen, langen Schluck und warf die Flasche dann Hopsheer zu. »Wie können Salvage Mercs bloß so ahnungslos sein?«

Hopsheer fing die Flasche ohne Probleme auf, schaute sie skeptisch an und nahm dann einen Schluck. Sie hustete leicht und reichte sie an Tarr weiter. Er nahm einen längeren Schluck, hustete nicht und gab die Flasche nur höchst ungern an Ig weiter. Doch die winkte mit ihren vielen Armen ab.

»Diese Jirks waren also gar nicht auf der Caga-Station, um Admiral Helms zu töten, richtig? Sie wollten sich Joe schnappen!«

»Ohne Brotkrumen findet ihr nie die richtige Spur, oder?«, spottete Midnight. »Es stimmt, Salvage Merc Einhundertvierundachtzig war ihr Ziel. Genau wie er jetzt mein Ziel ist.«

»Ja leck mich doch!«, schrie ich und hielt die Hand auf. Alle schauten mich an, als hätte ich nicht mehr alle. Womit sie wahrscheinlich recht hatten, aber darum ging es nicht. »Trinken! Ich will auch was trinken!«

Hopsheer warf mir die Flasche zu und ich fing sie einigermaßen sauber auf. Ich schüttete mir die Hälfte der Flüssigkeit in den Rachen und sie brannte sich direkt in meine Seele, doch dann riss mir Midnight die Flasche von den Lippen.

»Das Zeug wächst nicht auf Bäumen«, herrschte sie mich an.

»Da muss ich widersprechen. Tatsächlich wird dieses spezifische Destillat aus der Frucht eines – AAAAAH!« Mgurn hatte gerade ein kleines Referat begonnen, doch als der Mediziner anfing, seinen Panzer mit einem Nanobrenner zusammenzuschweißen, konnte er nur noch schreien.

»Joe? Du siehst aus, als wäre dir gerade ein Gedanke gekommen«, sagte Hopsheer.

»Und das kommt selten genug vor«, ergänzte Tarr und schaute mich dann entschuldigend an. »Sorry. Aber die Vorlage konnte ich nicht ungenutzt lassen … außerdem stehe ich gerade enorm unter Stress.«

Ich schaute zu Midnight hinüber und legte den Kopf schief. »Was genau sollst du deinem Auftrag gemäß mit mir machen?«

»Das macht doch keinen Unterschied«, antwortete sie.

»Findest du? Für mich macht es einen ziemlich großen Unterschied, ob ich am Ende dieser Reise noch lebe oder nicht. Wenn du mir sagst, was dein Kunde will, kann ich es vielleicht für uns alle leichter machen.«

»Mein Kunde hat mich für Anonymität und Diskretion bezahlt«, sagte Midnight. »Wenn ich dir irgendetwas über meinen Kunden verrate, würde ich nie wieder einen Job kriegen. Weder am Rand noch im Zentrum dieser beschissenen Galaxis.«

»War es denn ein Exklusivjob?«, fragte ich.

»Ja«, sagte Midnight. »Aber es macht keinen Unterschied. Warum willst du das wissen?«

»Ich bin inzwischen der Meinung, dass es gar nicht mein bester Freund war, den ich damals zum Lunch getroffen habe«, sagte ich. »Diese Falten in seinen Augenwinkeln, die waren wirklich merkwürdig. Da komme ich nicht drüber hinweg. Inzwischen glaube ich, dass er ein Jirk war.«

»Ein Jirk?«, fragte Hopsheer verwundert. »Aber Falten an den Augen sind doch keine Merkmale eines Hauträubers.«

»Eigentlich nicht. Aber ich habe eine Theorie, warum er so komisch aussah.«

»Ist das so?«, fragte Midnight. Sie gab ihren Männern ein Signal und sie schnappten sich Hopsheer, Tarr und Ig. »Sperrt sie in eine Zelle. Ich entscheide später, was wir mit ihnen machen.«

»Jetzt bleib doch mal locker«, sagte ich. »Du hast doch mich. Lass meine Freunde in Ruhe und ich verspreche, dass ich für den Rest der Reise ohne Murren und Knurren kooperiere.«

»Ach wirklich?« Midnight lachte. »Klar, in dem Fall lasse ich doch gern drei Salvage Mercs auf meinem Schiff frei herumlaufen.« Sie nickte ihren Männern noch einmal zu. »In die Zelle.«

»Das ist schon in Ordnung«, sagte Hopsheer an mich gerichtet. »Versuch einfach, sie nicht so sehr zu nerven, dass sie dich umbringt.«

»Wen, mich?«

»Pass einfach auf dich auf.«

»Das mache ich.«

Wir schauten uns so lange in die Augen, bis sie alle drei abgeführt wurden.

»Wir sollten etwas essen«, sagte Midnight. »Ich möchte deine Theorie hören. Die klingt unterhaltsam und wird uns sicher die Zeit verkürzen, bis wir im Morigun-System ankommen.«

»Im Morigun-System? Nicht im Randgebiet?«, fragte ich.

»Warum sollten wir ins Randgebiet fliegen?«, antwortete Midnight. »Da soll ich dich nicht hinbringen, sondern ins Morigun-System. Um genau zu sein, auf den Planeten C.«

»C? Ich hasse C«, sagte ich. »Warst du jemals dort? Der ganze Planet besteht nur aus Wiesen voller Blumen. Da dreht meine Pollenallergie voll durch!«

»Ich war schon mal auf C, aber ich habe nicht vor, lange genug da zu bleiben, als dass ich die Aussicht genießen könnte«, sagte Midnight. »Ich liefere dich ab, kassiere meinen Lohn und dann zische ich wieder ab. Was mein Kunde mit dir macht, ist nicht meine Sache.«

Mgurn stöhnte auf seiner Liege und der Sanitäter kam auf uns zu, um Midnight Bericht zu erstatten. »Ich habe getan, was ich konnte. Er wird es überleben und die Wunden werden verheilen, aber viel mehr kann ich nicht sagen.«

»Leben und Verheilen ist schon in Ordnung«, sagte ich. »Wird er etwa auch in eine Zelle geworfen?«

»So ist es«, sagte Midnight und schnippte mit den Fingern. »Ich werde aber nicht so grausam sein, ihn tatsächlich werfen zu lassen. Er darf sich ganz gemächlich hinsetzen, damit sich seine Genesung nicht weiter verzögert.«

»Und was passiert, nachdem du mich deinem Kunden übergeben hast? Mit meinen Freunden, meine ich. Was wird aus ihnen, wenn ich weg bin?«

»Wir werden sie gegen ein möglichst hohes Lösegeld der SMC ausliefern«, sagte Midnight mit einem Schulterzucken. »Aber lass uns die Details beim Essen besprechen. Ich bin schon am Verhungern, und du?«

»Ich könnte auch was essen.« Ich wollte eigentlich nicht, aber das schien der beste Weg zu sein, Midnight bei guter Laune und vor allem beim Reden zu halten. »Geh voraus.«

Ich studierte das Schiff so gut es ging, während wir mehrere Korridore durchquerten und schließlich in ihren Privatgemächern ankamen, wo eine ansehnliche Auswahl an Speisen und Getränken auf uns wartete. Falls es nötig sein würde, wäre ich vermutlich in der Lage, den Weg zurück in den Lagerraum zu finden und mit der MolTrans-Einheit zu fliehen. Nicht, dass ich wüsste, wie das genau funktionierte, aber wie schwer konnte das schon sein?

»Verschwende gar nicht erst irgendwelche Gedanken an eine Flucht«, sagte Midnight, während sie mir bedeutete, dass ich mich setzen sollte. »Es gibt keinen Weg aus diesem Schiff.«

»Es gibt immer einen Weg aus einem Schiff.«

»Aber nicht aus meinem«, sagte Midnight. »Das habe ich sichergestellt. Du wärst nicht der Erste, der es versucht und dabei scheitert.«

»Vielleicht wäre ich ja der Erste, der es versucht und damit Erfolg hat«, antwortete ich.

»Nein«, sagte sie einfach nur, wobei sie sich hinsetzte und eine Frucht schnappte.

Zumindest glaube ich, dass es eine Frucht war. Vielleicht war es auch ein Gemüse. Kann man ja nie wissen, wenn es nicht dransteht.

»Also, du hattest gesagt, dass es möglicherweise gar nicht dein Freund Crawford war, der gestorben ist?«, fragte Midnight, während sie sich ein paar Happen in den Mund warf und uns Wein einschenkte. »Ich soll wirklich glauben, dass es ein Jirk geschafft hat, deinen Freund so gut nachzuahmen, dass er damit nicht nur die Flotte, sondern auch dich zum Narren gehalten hat?«

»Ich kann nicht verlangen, dass du das glaubst, denn ich kann es ja selbst kaum glauben«, erwiderte ich, während ich an meinem Wein nippte. Es war ein guter Jahrgang, aber mein Magen hatte sich immer noch nicht genug beruhigt, als dass ich es hätte genießen können. Ich stellte das Glas ab und lehnte mich über den Tisch. »Es ist aber der einzige Reim, den ich mir darauf machen kann.«

»Du hast doch mit ihm gesprochen«, sagte Midnight. »Ich habe mir die Holo angesehen. Ihr habt zusammen dagesessen und euch ganz normal unterhalten. Willst du mir wirklich sagen, dass du da nichts gemerkt hast? Hat er denn Dinge gesagt, die nur du und er hätten wissen können?«

»Er wusste auf jeden Fall genug, um mich zu überzeugen. Aber Geschichten und Erinnerungen kann man auswendig lernen. Oder sie können sogar über ein Com-System übertragen werden.«

»Okay, sagen wir mal nur so aus Spaß, dass du recht hast«, sagte Midnight. »Warum sollte dir ein Jirk-Doppelgänger einen Datenkristall geben, wenn doch klar ist, dass der dann direkt bei den SMC-Bossen landen wird?«

»Um eine falsche Fährte zu legen?«, mutmaßte ich. »Ich habe ja nie gesehen, was auf diesem Kristall drauf war. Vielleicht wurde er mir gegeben, um die SMC in eine bestimmte Richtung zu lenken.«

»Wie zum Beispiel?«

»Ich weiß nicht. Das sind alles nur Vermutungen.« Ich deutete auf ihr Handgelenk und ließ meine Finger kreisen. »Kann ich das Sicherheits-Holo aus der Caga-Station noch mal sehen? Vielleicht bringt uns das auf eine heiße Spur.«

»Bedien' dich«, sagte sie und projizierte das Holo über den Tisch. Wir schauten uns die gesamte Aufzeichnung dreimal von vorne bis hinten an, dann sagte ich ihr, sie könne sie abstellen.

»Je öfter ich es sehe, um so klarer wird mir, dass ich hereingelegt wurde. Ich weiß nicht, wie sie es geschafft haben, dass ich geglaubt habe, ich würde mit dem echten Crawford zu Mittag essen. Manche seiner Gesten stimmen, aber der Großteil seiner Körpersprache haut nicht hin. Ich schätze mal, ich habe das einfach nur dem Stress zugeschrieben, den sein neuer Posten ihm beschert hat. Aber ich wäre nicht im Traum auf die Idee gekommen, dass er ein Jirk ist.«

»Trotzdem frage ich mich, warum er dir den Datenkristall gegeben hat.«

»Das ist auch wirklich eine gute Frage. Dann ist auch noch offen, warum die Edger ausgerechnet an diesem Tag und diesem Ort angegriffen haben? Wer hat ihnen den Tipp gegeben?«

»Das waren keine Edger«, sagte Midnight. »Auch das war nur ein Täuschungsmanöver.«

»Wirklich? Woher weißt du das?«

»Ich weiß es einfach.«

»Aber die Jirks, in die ich auf dem Weg nach draußen hineingerannt bin, waren kein Täuschungsmanöver. Also abgesehen von dieser Hauträuber-Sache. Die wollten mich auf jeden Fall umbringen!«

»Meinst du?«

»Auf jeden Fall. Genau wie heute.«

»Wir wissen nicht, ob sie dich heute umbringen wollten«, sagte Midnight. »Vielleicht sollten sie dich auch nur gefangen nehmen und ausliefern, genau wie ich.«

»Aber an wen?«, murmelte ich. »Warum sollten Jirks hinter mir her sein …?«

»Was? Dir ist doch gerade etwas eingefallen!«

»Nicht gerade eben«, sagte ich, fast eher an mich selbst gerichtet. »Es gab da auch schon mal andere Jirks. Früher. Als Hopsheer mich gefunden hat.«

Ich stand auf und deutete auf die geschlossene Tür. »Ich muss meine Freunde sprechen. Vor allem Hopsheer.«

»Sag mir wieso, und ich denke darüber nach.« Midnight nahm einen großen Schluck Wein und starrte mich in Erwartung meiner Antwort an.

»Hopsheer hat mich für die SMC angeworben«, entgegnete ich. »Ich kannte sie damals noch nicht, deswegen fiel mir nicht auf, dass sie sich merkwürdig benahm. Aber jetzt, wo ich schon viel mit ihr gearbeitet habe, ergibt es alles Sinn.«

»Nicht für mich«, meinte Midnight. »Abgelehnt.«

»An dem Tag, an dem mich Hopsheer gefunden hat, sind auch zwei Jirk-Kopfgeldjäger aufgetaucht. Vielleicht gehörte das schon zu den ganzen komischen Sachen, die jetzt passieren. Hopsheer wirkte so, als gäbe es ein regelrechtes Rennen darum, wer mich zuerst finden würde, und sie schien wirklich erleichtert, dass sie es geschafft hatte.« Ich schüttelte meinen Kopf. »Ich weiß nicht. Es gibt einfach so viel, was ich nicht weiß.«

»Ja, da bin ich mir absolut sicher«, erwiderte Midnight. Sie trank ihren Wein aus, seufzte und stand auf. »Ich bringe dich zu deinen Freunden. Du kannst so lange mit ihnen reden, bis wir im Morigun-System sind.«

»Danke.«

»Nicht dafür. Ich mache das nicht aus Nettigkeit, ich gewähre dir nur einen letzten Wunsch.«

»Meinst du, ich werde getötet, wenn du mich abgeliefert hast?«

»Ernsthaft, ich weiß es nicht. Aber meine Kunden bezahlen solche Summen in der Regel nicht, weil sie einen neuen Mitbewohner suchen.«

»Wie dem auch sei … bring mich einfach zu den Zellen.«

»Gern«, sagte Midnight und goss sich noch ein Glas Wein für unterwegs ein.

ELF

Hopsheer verzog das Gesicht, während ich auf ihre Antwort wartete. Die Blicke von Tarr und Ig wanderten immer wieder von ihr zu mir, während Mgurn im Hintergrund leise stöhnte. Er lag an der Wand auf dem Boden, sein Körper in dicke Binden gewickelt. Ich befand mich außerhalb des Energiekäfigs und behielt Hopsheer aufmerksam im Auge, in Erwartung der Lüge, die jetzt ganz sicher kommen würde.

»Ich habe nur die Angaben des Tickets befolgt. Und ich habe sie genau befolgt. Das ist alles, Joe.«

»Ist es nicht«, erwiderte ich. »Warum waren diese Jirks da? Was wollten die von mir? Normalerweise wäre mir dieser kleine Schönheitsfehler sofort aufgefallen, aber nachdem wir im SMC-Hauptquartier ankamen, war alles viel zu schnell gegangen. Ich war eine neue Nummer und in Rekordzeit im Einsatz.«

»Und hast dich verdammt dämlich angestellt«, meinte Tarr. Dann hielt er die Hände hoch. »Hey Mann, ist nicht böse gemeint, aber du bist nicht gerade der beste Merc, den die SMC je gesehen hat!«

»Ja, ich weiß, dass ich nicht der Beste bin. Ich bin noch nicht mal ein Jahr dabei, gib mir doch erst mal eine Chance.«

»Joe, ich habe das Ticket erledigt und der Rest war deine Entscheidung«, sagte Hopsheer.

Das war es. Genau jetzt ging mir ein Licht auf.

»Meine Entscheidung«, rief ich. »Bei den acht Millionen Göttern! Diese Jirks sind angeheuert worden, damit ich Angst kriege und der SMC beitrete!«

»Das ist ganz schön weit hergeholt, Joe«, sagte Ig. »Die Galaxis ist ein gefährlicher Ort. Ich bin sicher, dass die aus irgendeinem anderen Grund da waren.«

»Nein, waren sie nicht«, entgegnete ich und starrte Hopsheer an. »Hoppy? Sag mir, dass ich falsch liege. Sag mir, dass das nicht nur irgendwelche Wichser waren, die die SMC angeheuert hat, um mich zu beeinflussen, damit ich mit dir gehe und unterschreibe.«

»Ich hatte ein Ticket zu stempeln«, sagte Hopsheer. »Ich bin Salvage Merc Acht, Joe. Mit dieser Nummer geht eine große Verantwortung einher.«

»Ich dachte, die Nummern bedeuten nichts.«

»Ja, das sind bloß Zahlen«, bekräftigte Tarr.

»Eine Nummer stirbt und ein neuer Merc nimmt den gleichen Platz ein«, sagte Ig. »Es sind nur Zahlen.«

»Es sind nicht *nur* Zahlen«, berichtigte Hopsheer. »Mit jeder hat es eine besondere Bewandtnis. Vor allem bei …«

»Vor allem bei was?«, rief ich.

»Vor allem bei Salvage Merc One«, sagte Hopsheer nach einer kurzen Pause.

»Ich wusste es doch«, sagte Midnight und lehnte sich gegen die Wand hinter mir, mit den Armen über der Brust verschränkt und einem süffisanten Grinsen auf ihren Lippen. »Dieser grottverdammte Scheiß ist Teil der abgefohten Legende.«

»Legende?«, fragte ich. »Was denn für eine Legende? Können bitte alle mal aufhören, in beknackten Rätseln zu sprechen, und mir sagen, was los ist? Das geht dann um einiges schneller, als wenn ich mir alles alleine zusammenreimen muss.«

»Midnight«, erklang eine Stimme aus dem Intercom. »Wir sind da.«

»Die Zeit ist um, Laribeau«, sagte Midnight. »Ich muss dich bei meinem Kunden abliefern.«

»Warte«, schnauzte ich sie an. »Nur noch ein paar Minuten!«

»Unsere Abmachung war, dass du mit deinen Freunden reden kannst, bis wir im Morigun-System angekommen sind«, sagte Midnight. »Und das sind wir jetzt. Zeit, Adieu zu sagen. Wenn du mir

Schwierigkeiten machst, werden deine Freunde darunter leiden. Wenn du es mir leicht machst, werden auch sie es leicht haben.«

»Du krümmst ihnen kein Haar«, knurrte ich.

»Ich habe dir doch schon gesagt, dass sie lebendig für uns am wertvollsten sind. »Entspann dich.«

»Mach dir keine Sorgen um uns«, sagte Tarr. »Das ist nicht das erste Mal, dass eine blauhäutige Lady mich eingesperrt hat.«

Ich schaute zu Mgurn herunter und er nickte mir schwach zu. Ich hatte einen Kloß im Hals, und der fühlte sich nicht gerade so an, als würde er sich bald lockern. Dummerweise hatte mich auch meine Klarheit die ganze Zeit im Stich gelassen, mal abgesehen von der kurzen Episode auf der Erde. Das machte mich fast genauso nervös wie die Frage, was passieren würde, wenn Midnight mich ihrem Kunden übergab.

»Joe«, sagte Hopsheer. »Vertraue auf dein Bauchgefühl!«

»Anscheinend kann ich ja niemand anderem trauen«, entgegnete ich und schaute sie böse an, woraufhin sie zusammenzuckte. »Abgesehen von Mgurn natürlich. Mgurn vertraue ich blind!«

»Ich fühle mich geehrt«, sagte Mgurn mit schwacher Stimme.

»Du bist wirklich ein Trottel«, sagte Midnight, als sie mich den Korridor hinunterschubste. »Ich bin überrascht, dass du immer noch nicht herausgefunden hast, dass du dich nur in so einer beschissenen Lage befindest, weil du gewissen Leuten vertraust.«

»Es gibt eine Menge Gründe, warum ich mich in einer beschissenen Lage befinde«, antwortete ich. »Darauf kann ich mich auf jeden Fall verlassen.«

Wir erreichten den Lagerraum und damit die MolTrans-Einheit. Midnight bedeutete mir, auf die Plattform zu treten, und das tat ich. Sie folgte mir und packte meinen Arm, während sie mit der anderen Hand dem Mann an der Steuerkonsole einen Daumen nach oben signalisierte. Er tippte auf dem Interface herum und bevor ich etwas sagen konnte, waren wir nicht mehr auf dem Schiff, sondern inmitten einer Wiese voller Wildblumen.

Ich fing sofort an zu niesen.

»Das mit der Allergie war kein Witz?« Midnight lachte. »Lass uns gehen.«

Ich war so sehr mit Niesen beschäftigt, dass mir gar nicht auffiel, dass wir uns nur wenige Meter vor einem wunderschönen Haus materialisiert hatten. Erst als Midnight mich durch ein Tor führte, dass von kampfgestählten Männern und Frauen bewacht wurde, wurde mir klar, dass mir das Haus bekannt vorkam. Die Wachen sahen hart aus, aber das Haus war wunderschön.

»Hier entlang«, sagte Midnight. »Ich muss dir jemanden vorstellen.«

»Ich weiß, deinem Kunden.« Doch weil mir das Haus so bekannt vorkam, fragte ich mich, ob ich den Kunden vielleicht sogar schon kannte. Aber das konnte nicht sein. Außer, wenn …

»Du wirst schon sehen«, sagte Midnight und führte mich in das Haus. In dem Moment, als ich durch die Tür trat, fingen meine allergischen Symptome sofort an, abzuklingen. Nachdem ich ein paarmal tief Luft geholt hatte, war alles wieder normal. Midnight lächelte mich an und zwinkerte mir zu.

»Du bist nicht der Einzige, der eine saubere Umgebung braucht«, kicherte sie. »Das Haus ist komplett versiegelt und die Luft wird gefiltert, damit keine Pollen hereinkommen und auch unerwünschte Mikroben keine Chance haben.«

»Da habe ich aber Glück.«

Sie kicherte schon wieder, was ich äußerst verwirrend fand. Es war so, als wäre sie ein komplett anderer Mensch, seit wir auf dem Planeten angekommen waren.

Im Vorbeigehen sah ich ein ziemlich gut ausgestattetes Lesezimmer mit überbordenden Bücherregalen, was normalerweise ein Ort sein dürfte, in dem größenwahnsinnige Spinner gern ihre Welteroberungspläne erklärten. Doch Midnight führte mich stattdessen in die Küche. Und in dem Moment wusste ich, dass ich wieder hereingelegt worden war. Außerdem hatte ich recht gehabt, was das Haus und seinen Besitzer angeht.

Ein Mann stand an dem großen Herd und rührte einen riesigen Topf voller Gump-Eintopf um. Ich wusste, dass es Gump-Eintopf war, weil ich diesen Geruch immer sofort erkannte. Schließlich hatte Crawford ihn unzählige Male für uns gemacht, während wir auf irgendwelchen Hinterwäldlerplaneten kämpfen mussten. Das Rezept war einfach und Gumps gab es einfach überall. Die Gewürze musste er natürlich immer ein wenig dem anpassen, was er finden konnte, aber meistens schmeckte es einfach perfekt.

Und nach dem Geruch zu urteilen, der sich in der Küche ausbreitete, musste die Mischung auf dem Herd ebenfalls perfekt sein.

»Schickes Haus«, sagte ich. »Ein Freund von mir hat mir immer Holos von genau so einem Haus gezeigt. Ein Haus, dass seinen Großeltern gehörte, als er klein war.«

»Das war wirklich ein tolles Haus. Das hier ist natürlich nur eine Nachbildung«, sagte der Mann mit dem Kochlöffel. »Tut mir leid, dass wir solche Spielchen mit dir spielen mussten, Bruder. Du kannst dir nicht vorstellen, was in den letzten Monaten in meinem Leben los war. Ich hoffe, Midnight hat dich und deine Freunde nicht zu hart rangenommen. Ich hatte ihr gesagt, dass sie ruhig Gas geben soll, damit es schön echt wirkt. Aber manchmal kann sie sich dann nicht mehr bremsen.«

Der Mann drehte sich um, und jedes Fitzelchen Haut, das nicht von seiner Kleidung bedeckt war, war in dicke Bandagen gehüllt. In kurzen Intervallen pulsierte ein elektrischer Schimmer durch den Stoff, was den Mann jedes mal leicht erzittern ließ. Er beobachtete mich mit Augen, die ich nur allzu gut kannte.

»Crawford«, sagte ich. »Du verdammter Hurensohn!«

»Ich wusste, dass du mich erkennen würdest.« Er breitete seine Arme aus. Ich machte einen Schritt nach vorn, doch plötzlich warf sich Midnight an seinen Hals. Crawford drückte sein bandagiertes Gesicht an ihres und die beiden starrten sich ein paar Sekunden einfach nur an, bevor sie sich mir zuwandten.

»Es gibt gar keinen Kunden«, sagte ich.

»Natürlich gibt es den«, widersprach Crawford. »Ich bin es! Auch wenn ich dieser wunderschönen jungen Dame nichts dafür zahlen muss … denn schließlich ist sie meine Ehefrau!«

»Ach so? Dann würde ich sagen … herzlichen Glückwunsch! Und außerdem, äh, was zum Foh ist hier überhaupt los?«

»Er steckt es tatsächlich so gut weg, wie du es vorhergesagt hast«, meinte Midnight. »Du kennst deinen Freund wirklich gut, Schatz.«

»Danke Baby. Joe, hör zu, das alles tut mir schrecklich leid. Es ist alles ein Riesenchaos und ich hätte dich da nicht reinziehen sollen … aber ich hatte keine andere Wahl!«

»Warum zur Hölle bist du eigentlich komplett in Elektro-Bandagen gewickelt? Was ist denn das Problem mit deiner … Haut …? Oh. Grott!«

»Hast du es dir endlich zusammengereimt?«

»Ich habe es irgendwie gespürt, dass das nicht du warst auf der Caga-Station. Der Jirk hat wirklich einen guten Job gemacht, aber er hatte dieses Zucken in den Augenwinkeln.«

»Das ist ein Nebeneffekt davon, dass es echt aussehen sollte«, sagte Crawford. »Normalerweise nimmt ein Jirk die Lebensenergie seines Opfers auf, zieht sich die Haut über und wird so zur perfekten Kopie. Abgesehen von den Zähnen bei den niedrigeren Kasten natürlich.«

»Natürlich«, murmelte ich.

Er deutete auf sich selbst. »Ich konnte Bacca ja nicht meine Lebensenergie überlassen, deswegen mussten wir chemische Stimuli benutzen, um seine Augen wie meine aussehen zu lassen.

Ich wusste, wenn die Augen nicht überzeugend wären, würdest du es merken, bevor wir die Übergabe hinter uns gebracht hätten.«

»Der Datenkristall.«

»Genau«, bestätigte Crawford. »Den musste ich den SMC-Bossen zuspielen, damit sie erfahren, was los ist.«

»Was ist denn los?«, platzte es aus mir heraus.

»Bacca, also der Jirk, mit dem du dich getroffen hast, war Teil der Separatistenbewegung«, sagte Crawford. »Als wir herausfanden, dass ich nur als Marionette ins Amt des Admirals erhoben werden sollte, hat er sich freiwillig gemeldet, meinen Platz zu übernehmen. Das war sehr tapfer von ihm.«

»Ich kann dir nicht folgen«, sagte ich, denn mein Kopf fühlte sich an, als würde darin ein Bienenschwarm toben. Und zwar ein Schwarm aus riesigen, menschenfressenden Bienen. »Bitte etwas langsamer. Und ausführlicher!«

»Ich habe mich den Edger-Separatisten angeschlossen«, sagte Crawford. »Als ich Midnight kennengelernt habe.«

Midnight schenkte mir ein warmes Lächeln. Ernsthaft, ein echtes und wahrhaftiges Lächeln. Nicht diese blutrünstige Grimasse, die ich auf der Erde gesehen hatte.

»Der Flottenrat wollte mich zum Admiral ernennen, damit sie an dich rankommen«, sagte Crawford. »Denn du bist eine sehr wichtige Person. Viel wichtiger, als du es ahnst, Bruder.«

»Das wird mir auch langsam klar. Aber ich weiß nicht wieso.«

»Dazu kommen wir gleich. Du solltest auf jeden Fall wissen, dass Bacca sein Leben dafür geopfert hast, dass du diesen Kristall bekommst. Darauf sind alle Details und Fakten zu dem Plan, dich umzubringen und es aussehen zu lassen, als wären die Skrang darauf aus, einen neuen Krieg zu starten. Doch das wollen sie gar nicht. Nur die Flotte will es.«

»Und das ist alles auf dem Kristall?«, fragte ich.

»So ist es.«

»Bacca hat seine Position in der Flotte benutzt, um die geheimen Datenbanken zu hacken und die Beweise zu kopieren, dass der Flottenrat das alles inszeniert hat«, sagte Midnight. »Er hat sein Leben gegeben, damit du sie bekommst.«

»Damit ich sie den SMC-Bossen geben kann?«

»Ja und nein«, sagte Crawford. »Wir wollten, dass die SMC-Bosse Bescheid wissen, damit sie nicht auf den Plan der Flotte hereinfallen. Denn die Flotte hat sich schon immer an der Neutralität der SMC gestört. Wenn man keine Position bezieht, hat man viel zu viel Macht. Sie wollten, dass die SMC endlich an ihre Seite kommt und mit der Flotte in den Krieg gegen die Skrang zieht.«

»Warum?«

»Um Profit zu machen, warum sonst?«

Es war komisch, mit meinem besten Freund zu reden, der wie eine Mumie in Bandagen gewickelt war und dabei den Arm um eine Frau legte, die bis vor Kurzem noch versucht hatte, meine Freunde zu töten. Mutmaßlich zumindest.

»Davon kriege ich Kopfschmerzen«, sagte ich. »Der Typ, mit dem ich mich zum Mittagessen getroffen habe, war Bacca. Er war ein Jirk, der deine Gestalt angenommen hat, und zwar mithilfe deiner echten Haut, damit er die Flotte infiltrieren konnte, um Beweise zu beschaffen, die er mir in die Hände spielen sollte. Richtig?«

»Richtig«, bestätigte Crawford.

»Wer waren dann die Separatisten, die das Café angegriffen haben?«

»Das waren keine Separatisten«, sagte Midnight. »Wir wissen nicht, wer sie waren. Soweit wir es beurteilen können, waren sie einfach irgendwelche Edger, die angeheuert wurden, um Crawford umzubringen.«

»Aber wer hat sie angeheuert?«

»Wissen wir auch nicht. Hör doch mal zu!«

»Okay, okay, bis hierher habe ich es ja verstanden. Aber was ist mit dem Typen mit den schwarzen Augen? Den ich im Café gesehen habe?«

»Er hatte da nichts zu suchen«, meinte Crawford. »Wir sind nicht wirklich sicher, warum er dort war. Vielleicht sollte er auf dich aufpassen. Auf jeden Fall war das ein merkwürdiger Schachzug der SMC.«

»Die SMC? Wieso? Was hat die denn mit dem Typen zu tun?« Irgendwas kribbelte in den Tiefen meines Hirns, als wäre die Lösung zum Greifen nahe, doch ich kam einfach nicht darauf.

»Er weiß es nicht«, sagte Midnight.

»Ernsthaft?«, fragte Crawford.

»Ernsthaft«, antwortete Midnight. »Ich glaube, keiner von den Salvage Mercs weiß es. Oder sie tun so, als wüssten sie es nicht.«

»Sagt mir jetzt endlich, wer er ist«, japste ich. »Dieser Scheiß wird langsam langweilig! Todlangweilig, um genau zu sein!«

»Der Mann, den du gesehen hast, ist Salvage Merc One«, sagte Crawford. »Oder besser gesagt, diese Version von ihm. Es ist schließlich kaum möglich, dass er das Original ist. Aber er war es. Es ist wirklich komisch, dass die SMC ihn geschickt hat, um auf dich aufzupassen. *Falls* sie das getan haben. Salvage Merc One spielt die meiste Zeit nach seinen eigenen Regeln.«

»Ich bin mir ziemlich sicher, dass die SMC wusste, dass er da war«, sagte ich.

»Wieso das?«

»Weiß nicht«, sagte ich und tätschelte meine Wampe. »Ein Bauchgefühl.«

»Tja, wir wissen beide, dass man sich darauf verlassen kann«, kicherte Crawford. »Hast du immer noch diese Klarheitsschübe?«

»Ja. Aber in letzter Zeit kommen sie ziemlich unregelmäßig. Nur hier und da mal in kurzen Phasen. Auf der Erde hätte es normalerweise direkt losgehen müssen, als Midnight uns angegriffen hat, aber es tat sich gar nichts. Erst als die Jirk-Skrang auftauchten, hatte ich ein paar klare Sekunden.«

Ich rieb mir die Stirn. Die Kopfschmerzen waren nicht allzu schlimm, aber sie gingen mir auf die Nerven. Das war irgendwie alles zu viel.

»Warum waren die eigentlich dort?«, fragte ich. »Wozu musste die Flotte die mir jetzt auf den Hals hetzen?«

»Das hatte nichts mit dir zu tun«, sagte Midnight. »Sie sollten einen Angriff auf die Datenanlage inszenieren, um der Flotte einen weiteren vermeintlichen Beweis zu liefern, dass die Skrang wieder Krieg wollen.«

»Außerdem sollten sie sämtliche Beweise aus den Kameras der Caga-Station vernichten«, sagte Crawford. »So wollten sie zwei Fliegen mit einer Klappe schlagen.«

»Und warum bist du dort gewesen?«, fragte ich in Richtung Midnight. »Nur, um mich hier abzuliefern?«

»Wir waren ebenfalls hinter den Aufzeichnungen her. Dann haben wir herausgefunden, dass du auch auf dem Weg dorthin bist, und haben auf dich gewartet. Auf diese Weise hätte das Ganze wie ein Zufallstreffer ausgesehen und niemand hätte eine Zusammenarbeit zwischen der SMC und den Edger-Separatisten vermutet.«

»Moment mal, gibt es denn so eine Zusammenarbeit?«

»Nein«, sagte Crawford. »Die SMC ist wirklich unglaublich stur, wenn es um ihre Neutralität geht.«

Ich machte ein paar Schritte auf die beiden zu und ließ dann meinen Zeigefinger in Richtung Midnight schnellen.. »Warum zur Hölle hast du Mgurn niedergeschossen?«, herrschte ich sie an. »Du hättest mich doch einfach so schnappen können!«

»Das war unglücklich«, gab Midnight zu. »Aber es musste echt aussehen. Und schließlich wird er es überleben, wie mein Schiffsarzt dir bereits versichert hat.«

»Und die anderen? Sind meine Freunde immer noch auf deinem Schiff?«

»Ist deine Entscheidung, was wir jetzt machen, Bruder«, sagte Crawford. »Ab hier werden die Dinge aber kompliziert. Wir würden sie wirklich sehr gern laufen lassen, aber wir brauchen ein Druckmittel, damit die SMC aufhört, den Edger-Separatisten nachzustellen. Selbst wenn sie jemand dafür bezahlt. Wir haben schon genug mit der Flotte und den Skrang zu tun, da können wir nicht auch noch ein Auge auf die SMC halten, die jederzeit unsere Operationen gefährden könnte.«

»Also haltet ihr meine Freunde als Geiseln, um die SMC unter Kontrolle zu behalten? Das ist wirklich unterste Schublade, Craw«, knurrte ich.

»Nein, wir halten sie als Geiseln, um *dich* unter Kontrolle zu halten«, entgegnete Midnight. »Und du hältst die SMC unter Kontrolle. Es ist also quasi eine Kontrollkette.«

»Ich bin doch aber noch ein Anfänger. Die SMC wird wohl kaum wegen mir ihre Neutralität aufgeben. Ich habe keine Asse im Ärmel, mit denen ich sie überzeugen könnte. Und damit habt auch ihr schlechte Karten.«

»Das siehst du völlig falsch«, sagte Crawford. »Die SMC wird eine ganze Menge opfern, um dich zu retten. Denn du bist ihre Zukunft!«

»Bin ich das? Habt ihr denn nie meine Einsatzberichte gelesen? Ich bin bestenfalls Durchschnitt.«

»Ganz und gar nicht«, erwiderte Crawford. »Um genau zu sein, bist du die zweitwichtigste Person in der SMC. Sie wissen das, und deswegen werden sie alles tun, um dich zu beschützen.«

»Wieso? Jetzt sagt mir doch endlich wieso!«

»Deine Gabe«, sagte Crawford, wobei er seine bandagierten Hände beruhigend in die Luft hob. Doch das beruhigte mich nicht. »Diese dusselige Gabe, die du hast. Die Klarheit ist nur ein

Teil davon. Nur die Spitze des Eisbergs. Der Rest kommt, wenn die Zeit reif ist.«

»Jetzt reicht es mir aber.« Ich ging zur Sitzecke der Küche, ließ mich auf einen Stuhl fallen und vergrub mein Gesicht in meinen Händen. »Ich hätte niemals der SMC beitreten sollen.«

»Sag das nicht, Einsvierundachtzig«, rief eine Stimme aus Richtung der Tür. Der Klang kam mir irgendwie bekannt vor, auch wenn ich gar nicht sagen konnte, woher. »Um genau zu sein, möchte ich, dass du das zurücknimmst!«

Ich schaute auf und mir wurde klar, woher ich die Stimme kannte.

»Boss Vier? Was machen Sie denn hier?«

»Ich bin dir den ganzen Weg gefolgt«, sagte der Boss und machte pantomimisch eine Lenkbewegung. »In meinem eigenen Schiff bin ich durch die ganze Galaxis gedüst.« Er winkte Crawford und Midnight zu. »Bleibt locker. Ich werde euch nichts tun, wenn es nicht sein muss.«

»Wie sind Sie hier hereingekommen? Wie viele von meinen Leuten haben Sie umgebracht?«, fragte Midnight.

»Keinen«, erwiderte Boss Vier. »Man braucht niemanden zu töten, wenn man unsichtbar ist. Ich erlaube nur euch dreien, mich zu sehen. Wenn eure Leute jetzt den Raum betreten würden, könnten sie mich trotzdem nicht wahrnehmen. Hey, ist das da Gump-Eintopf?«

»Öhm, ja«, sagte Crawford.

»Kann ich einen Teller haben? Ich habe heute erst ein Sandwich gegessen«, sagte Boss Vier und schaute mich an. »Ich habe den Fleck übrigens rausbekommen. Es war nicht einfach, aber ich kapituliere doch nicht vor einem Würzmittel!«

Crawford und Midnight schauten mich fragend an, doch ich zuckte nur mit den Schultern.

»Ich weiß auch nicht, was hier los ist. Das Ganze wird einfach immer bizarrer.«

ZWÖLF

Boss Vier füllte sich einen tiefen Teller mit Eintopf, dann lehnte er sich an den Küchentresen und schob sich genüsslich einen Löffel nach dem anderen in den Mund. Niemand sagte ein Wort, bis er fertig war und sein Geschirr auf die Spüle stellte.

»Soll ich den Teller abspülen oder kann der auch so in die Maschine?«, fragte er.

»Sie können ihn einfach da stehen lassen«, antwortete Crawford.

»Sicher? Mir macht es auch nichts aus, ihn in die Spülmaschine zu räumen.«

»Nein, nein, ist schon in Ordnung.«

»Okey Dokey«, sagte Boss Vier und rieb sich die Hände. »Gut, dann kommen wir jetzt zum Geschäftlichen. Ihr müsstet bitte für den Moment alle eure Pläne beiseiteschieben und mir helfen.«

»Wie bitte?«, fragte Midnight.

»Tja, ich habe die SMC so ein bisschen in die Bredouille gebracht«, sagte Boss Vier. »Ich habe Salvage Merc One mit einer Kopie des schwarzen Datenkristalls auf den Heimatplaneten der Skrang geschickt. Damit sollten die Skrang in die Pläne der Flotte eingeweiht werden und gleichzeitig den Beweis erhalten, dass in Wahrheit angeheuerte Jirks die Aggressoren sind.«

»Das klingt aber nicht besonders neutral«, warf ich ein.

»Doch, doch, das ist total neutral«, beteuerte Boss Vier. »Das haben wir im Krieg auch die ganze Zeit gemacht, um eine gewisse Balance aufrecht zu erhalten. Habt ihr euch noch nicht zusammengereimt, dass die SMC der Grund ist, warum der Krieg beendet wurde? Immer, wenn wir an Informationen gekommen sind, die den Konflikt entschärfen konnten, haben wir sie weitergegeben. Irgendwann haben die Flotte und die Skrang eingesehen, dass ein länger anhaltender Krieg nicht mehr kosteneffektiv ist, wenn wir weiterhin geheime Informationen beschaffen und veröffentlichen. Puff, schon war der Friedensvertrag unterzeichnet.«

»Deswegen wollte die Flotte mich umbringen, damit die SMC ihre Neutralität aufgibt und auf die Skrang losgeht«, sagte ich.

»Oh, das habt ihr ihm schon erklärt?«, fragte Boss Vier Crawford und Midnight. Sie nickten. »Super. Dann muss ich nicht ganz von vorn anfangen. Aus dem gleichen Grund haben die Skrang auch den Edger-Angriff auf die Station vorgetäuscht. Damit wollten sie die Flotte dazu bringen, gegen die Edger in den Kampf zu ziehen und die Skrang dabei als Verbündete an Bord zu holen.«

»Für den Fall, dass die SMC sich mit der Flotte verbündet.«

»Was? Ach so, nein, davon hatten sie keinen blassen Schimmer.«

»Gut, also Sie wissen ganz genau über alles bescheid«, sagte Crawford. »Warum brauchen Sie dann die Hilfe der Separatisten?«

»Nein, nein, so habe ich das nicht gemeint«, entgegnete Boss Vier. »Mit den Separatisten will ich nichts zu tun haben. Die Unabhängigkeit der Edger ist eure Sache. Ich möchte ganz spezifisch Sie, Mister Crawford, und Ihre Ehefrau bitten, unserem geschätzten Kollegen Einsvierundachtzig hier dabei zu helfen, Salvage Merc One zu befreien. Denn das war genau unser Problem: Wir haben zu spät herausgefunden, dass die Skrang falsche Edger benutzen und ihren ganz eigenen Plan verfolgen. Das ist uns erst klar geworden, als sie Salvage Merc One als Geisel genommen haben. Upps!«

»Oha«, sagte ich. »Und ich soll jetzt was tun? Salvage Merc One retten?«

»Genau. Mit ein wenig Unterstützung von deinem alten Marinekumpel und seiner hochtalentierten Frau. Und ihren Leuten. Aber wirklich nur ihren Leuten. Es dürfen nicht noch mehr Separatisten mitmachen, sonst sieht es so aus, als hätten wir uns mit denen verbündet, und das wäre schlecht.«

»Warum schicken Sie nicht einfach alle Ihre Nummern hin, um ihn da rauszuboxen?«, fragte Midnight. »Sie haben doch weitaus bessere Leute als Joe.«

»Danke«, sagte ich.

»Das ist nicht böse gemeint«, sagte Boss Vier. »Aber es ist auch kein Geheimnis, dass du nicht gerade unser bester Mann bist.«

»Warum habt ihr mich denn dann angeheuert?«, motzte ich.

»Damit du der neue Salvage Merc One werden kannst. Wir müssen immer Ausschau nach Männern und Frauen mit besonderen Gaben halten. Denn die Nummer Eins wird nicht einfach vergeben wie andere Nummern. Sie muss sozusagen weitergereicht werden. Es wäre jetzt viel zu kompliziert, das genau zu erklären – um ehrlich zu sein verstehe ich es selbst nicht mal richtig, und ich bin immerhin einer der Bosse. Aber deine Freunde haben absolut recht damit, dass die SMC so einiges opfern würde, um dich zu schützen.«

»Also sind Sie hergekommen, um unsere Konditionen zu verhandeln?«, fragte Crawford.

»Was? Nun werd mal nicht albern«, entgegnete Boss Vier. »Eure kleine Freiheitsbewegung ist nicht mal annähernd auf einem Level mit der SMC. Ihr hättet überhaupt keine Chance gegen uns. Was man schon daran sieht, dass ich hier in eurer Küche stehe und mir den Bauch mit Gump-Eintopf vollgeschlagen habe. Der war übrigens sehr lecker, mal nebenbei bemerkt.«

»Außerdem haben wir auch gar keine Forderungen gestellt, Schatz« sagte Midnight.

»Das außerdem«, bestätigte Boss Vier. »Kluge Frau, und genau deswegen brauche ich ihre Hilfe. Wenn sie nicht so sehr an eurem Vorhaben hängen würde, zivilen Ungehorsam in der Galaxis anzuzetteln, würde ich sie in die SMC rekrutieren. Echt wahr.«

»Ich brauche Alkohol! Viel Alkohol«, schnaufte ich, während ich in der Küche auf und ab ging. »Ich brauche den gesamten verdammten Alkohol hier im Haus!«

»Ich weiß, das alles muss erst einmal sacken«, sagte Boss Vier.

»Nein, muss es nicht«, schrie ich. »Es fehlen ja noch die wichtigsten Informationen! Wie zum Foh werde ich der nächste Salvage Merc One! Und warum zum Foh sollte ich das wollen?«

»Warum solltest du es nicht wollen?«, fragte Boss Vier. »Es ist wirklich ziemlich cool, Nummer Eins zu sein! Du hast mehr Macht, als du es dir jemals erträumt hast. Alle Privilegien der Galaxis liegen in deiner Reichweite. Du wirst respektiert und verehrt. Selbst die Edger wissen, dass man mit Salvage Merc One keinen Streit anfangen sollte.«

»Das stimmt«, sagte Crawford. »Das sieht man ja schon an den Augen.«

»Und wie läuft das? Ich rette diesen Typen und er reicht mir seine Dienstmarke? So in etwa?«

»Nein, nein, weit gefehlt«, sagte Boss Vier. »Du musst ihn im Kampf Mann gegen Mann töten. Dann fangen überall Lichter an zu blinken und du wirst vom Blitz getroffen. Davon färben sich dann deine Augen schwarz und du bist die Nummer Eins.«

»Oh Grott«, rief ich. »Das ist ja krank!«

»Ich mache nur Spaß«, lachte Boss Vier. »Tatsächlich gibt er dir seine Dienstmarke und unsere Personalabteilung ändert ein paar Einträge in unserer Datenbank, und dann bist du Salvage Merc One.«

Ich starrte ihn an.

»Was ist denn?«, fragte er. »Na gut, es gehört schon noch ein bisschen mehr dazu. Ein bisschen Training. One sollte eigentlich nach seinem letzten Ticket zurückkommen und mit deinem Unterricht anfangen. Er ist der Meinung, dass du bereit bist – erst recht, seit er dich auf Caga hat kämpfen sehen.«

Ich kotzte quer über den schön gekachelten Boden.

:

»Igitt«, japste Boss Vier. »Wir müssen wohl auch dein Nervenkostüm trainieren.«

Dann reichte er mir ein Glas Wasser.

»Ich verstehe nur immer noch nicht, warum Sie nicht ein paar andere Mercs schicken, um One zu retten«, sagte ich. »Hopsheer zum Beispiel. Sie ist deutlich besser als ich.«

»Das stimmt, aber so läuft das eben nicht. One hat uns extra gesagt, dass du es machen musst, falls er jemals gerettet werden muss. Das ist nämlich bei ihm auch so gewesen, als er das Amt übernommen hat. Ich war damals nicht involviert, Boss Sechs hatte sich darum gekümmert, aber ich habe seinen Bericht gelesen. Ich würde dir auch sagen, was drinsteht, aber menschliche Gehirne sind zu klein, um diese Informationen zu verarbeiten. Die großen Mysterien des Universums und alles, was dazugehört.«

Ich schaute zu Crawford und Midnight hinüber. Sie sahen aus, als müssten sie auch gleich kotzen.

»Seid ihr dabei?«

»Ich bin bei gar nichts dabei«, sagte Crawford. »Ich kann das Haus nicht verlassen, bis meine Haut wieder verheilt ist.«

»Und ich lasse ihn nicht allein, weil die Chance besteht, dass die Flotte schon weiß, was hier los ist«, sagte Midnight. »Tut mir leid, Mister SMC-Boss, aber da müssen Sie eine andere Lösung finden.«

»Du kannst mich einfach Boss Vier nennen, Formalitäten sind doch nicht nötig«, sagte der Boss. »Und ich habe mir auch schon gedacht, dass du das sagen würdest. Deswegen habe ich bereits eine ganze Heerschar von Mercs abgestellt, um nicht nur dieses Haus zu bewachen, sondern den ganzen Planeten. Wir haben das natürlich als Forschungsmission deklariert, aber es werden auf jeden Fall zwei Dutzend SMC-Schiffe im Orbit sein. Damit ist die Gefahr, dass die Flotte oder die Skrang auf dumme Gedanken kommen, so ziemlich gleich null. Ist das ein Deal?«

»Wir können auf uns selbst aufpassen«, antwortete Midnight trotzig.

»Ihr macht es mir aber auch echt nicht leicht, oder?« Boss Vier lachte. »Wie wäre es damit: Wenn das hier alles vorbei und One wieder in Sicherheit ist, behandeln wir Crawford in unseren Hautwachstumstanks im SMC-Hauptquartier. Dann dauert die Heilung statt ein paar Monaten nur noch wenige Stunden. Wie klingt das?«

»Wieso habe ich das Gefühl, dass ich mich auf einen Handel mit den Sieben Teufeln einlasse?«

»Dieses Gefühl hat man immer, wenn man mit den Bossen redet«, sagte ich.

»Wir haben unsere Posten ja nicht bekommen, weil wir Schlappnasen sind und ein Nein als Antwort hinnehmen«, sagte Boss Vier. »Und wo wir gerade davon reden, wie lautet eure Entscheidung?«

»Wenn wir noch einmal Nein sagen, töten Sie uns dann?«, fragte Crawford.

»Igitt, warum sollte ich das tun?«, fragte Boss Vier. »Wenn ihr Nein sagt, nehme ich Einsvierundachtzig einfach mit und ihr beide vergesst, dass dieses Treffen jemals stattgefunden hat. Ihr werdet denken, dass euer Freund abgehauen ist, und dass ihr mit eurem Plan wieder bei null anfangen müsst. Ach ja, und dazu habt ihr vielleicht auch noch ein paar Flottenzerstörer oder Skrang-Schlachtschiffe im Vorgarten. Das ist vielleicht nicht ganz so schlimm wie sterben, aber trotzdem verdammt stressig.«

»Was meinst du, Baby?«, sagte Crawford zu Midnight. »Damit würdest du deinen Arsch für einen Grund riskieren, der nichts mit unserem eigentlichen Ziel zu tun hat.«

»Aber es hilft, die SMC neutral zu halten«, antwortete Midnight. »Und wenn man sich das mal überlegt, sind sie als Einzige mächtig genug, um sowohl die Flotte als auch die Skrang davon abzuhalten, die ganze Galaxis zu unterjochen. Von daher hilft es uns jetzt nicht direkt, wichtig ist es aber allemal.« Sie schaute Boss

Vier an und kniff die Augen zusammen. »Wenn ich mit einsteige, habe ich allerdings eine Bedingung.«

»Oh, nur eine? Was denn?«, fragte Boss Vier amüsiert.

»Wenn die SMC von jetzt an irgendwelche externe Hilfe braucht, müssen sie mich und meine Leute anheuern«, antwortete Midnight. »Auf diese Art können wir unsere Bewegung finanzieren, und die SMC kann gewisse Operationen durchführen, ohne ihre Neutralität zu riskieren. Mit anderen Worten, wenn ich diesen Job jetzt umsonst mache, dann erwarte ich in Zukunft Aufträge, die Geld bringen!«

»Abgemacht«, sagte Boss Vier und durchquerte in einem Sekundenbruchteil die Küche, um ihr die Hand zu geben. Er bewegte sich so schnell, dass Crawford und Midnight zusammenzuckten, was den Boss zum Lachen brachte. »Sorry, tut mir leid, ich bin immer so aufgeregt, wenn Vertragsverhandlungen zum Abschluss kommen!«

Midnight nahm seine Hand und schüttelte sie, Crawford tat es ihr gleich.

»Gut, damit sind meine Pflichten wohl erledigt und ich kann ins Hauptquartier zurückkehren, um mir ein heißes Bad und ein Glas Sherry zu gönnen«, sagte Boss Vier. »Es war ein langer und anstrengender Tag.«

»Was, Sie gehen?«, fragte ich. »Was ist denn mit der Planung? Wir brauchen noch die Daten, wo Salvage Merc One festgehalten wird, wie wir dorthin und wieder wegkommen, und all dieses Zeug!«

»Was meinst du denn, wofür ich *sie* angeheuert habe?«, fragte Boss Vier und deutete mit dem Daumen über seine Schulter auf Midnight. »Mit solchen Sachen beschäftige ich mich nicht. Denn dann wird alles kompliziert und die Neutralität geht ruckzuck über Bord. Gib dir Mühe, Einsvierundachtzig, ich will meine Entscheidung nicht bereuen müssen!«

Dazu fiel mir wirklich nichts mehr ein.

»Sind wir dann soweit durch?«, fragte er. »Gut. Dann habe ich zum Abschied noch eine gute Nachricht für euch. Alle Geheiminformationen, die wir über diese Angelegenheit haben, werden Mgurn zur Verfügung gestellt. Er ist ja dein Assistent, deshalb gehe ich davon aus, dass er dabei sein wird.«

»Was? Der ist doch im Moment ein Invalide«, sagte ich.

»Ist das so? Hm, ist mir gar nicht aufgefallen«, sagte Boss Vier.

Und dann war er verschwunden. Zapp. Einfach so.

An seiner Stelle stand ein sehr verwirrt dreinblickender Mgurn.

»Ich bin versucht nachzufragen, was hier eigentlich los ist, aber an euren Gesichtsausdrücken kann ich erkennen, dass keiner von euch zu einer qualifizierten Antwort in der Lage wäre«, sagte er, schaute an seinem Körper herunter und tätschelte seinen Panzer. »Nanu, anscheinend bin ich vollständig geheilt! Wie ist das denn passiert?«

»Wer war das?«, fragte Crawford.

»Was? Das war Boss Vier«, sagte ich und mir wurde klar, dass ich mich an alles erinnern konnte, was der Boss gesagt hatte. Ich schaute Midnight an. »An was erinnerst du dich?«

»Wir werden Salvage Merc One retten«, sagte sie.

»Tun wir das?«, fragte Mgurn.

»Tun wir das?«, echote Crawford.

»Also *du* machst gar nichts«, sagte Midnight.

»Stimmt, stimmt, das war mir irgendwie schon fast klar«, sagte Crawford. »Glaube ich zumindest …«

»Mir dröhnt der Schädel«, sagte Midnight. »Ist das immer so, wenn man mit denen gesprochen hat?«

»Ja«, antwortete ich. »Aber man gewöhnt sich daran. Kannst du dich zufällig erinnern, wie er ausgesehen hat?«

»Nein«, gab sie zu.

»Ich auch nicht. Ich weiß noch, was er gesagt hat, aber nicht, wie er aussah. Total frustrierend.«

»Entschuldigt bitte, aber ich scheine wichtige Informationen bekommen zu haben«, sagte Mgurn und klopfte sich mit einer seiner vier Hände auf die Stirn. »Ich kann zwar nicht sagen, wie ich an diese Daten gekommen bin, aber sie sind fest in meinem aktiven Bewusstsein verankert. Ich kann an nichts anderes mehr denken!«

»Bosse sind komisch«, sagte ich.

»Das sind sie«, stimmte Mgurn zu. »Damit ich nicht wahnsinnig werde, würde ich nun gern so schnell wie möglich unsere Mission planen, in der Hoffnung, dass diese Informationen dann verschwinden.«

»Schatz, würdest du bitte auf meinem Schiff Bescheid sagen, dass die alles zum Abflug vorbereiten?«, fragte Midnight Crawford. »Das wäre nett. In der Zwischenzeit werde ich mit Joe und Mgurn einen Plan machen.«

»Klar doch«, sagte Crawford. Seine Augen wirkten etwas glasig. »Falls ihr mich braucht, ich bin im Kommunikationsraum.«

»Danke, Liebling«, erwiderte Midnight und gab ihm einen flüchtigen Kuss auf seine bandagierten Lippen. Nachdem er den Raum verlassen hatte, deutete Midnight auf Mgurn: »Sag uns, was du weißt!«

»Darf ich Sie noch um etwas bitten? Falls ich wieder etwas sage, das in Ihnen ein Verlangen weckt, mich zu erschießen, teilen Sie es mir bitte vorher mit. Dann werde ich mich sofort entschuldigen!«

»Hier wird niemand mehr erschossen«, sagte ich und warf Midnight einen kritischen Seitenblick zu. »Alls allererstes solltest du dich bei Mgurn entschuldigen, wenn wir vernünftig zusammenarbeiten wollen.«

»Das ist wirklich nicht nötig«, beschwichtigte Mgurn.

»Ich finde schon«, entgegnete ich. »Midnight? Das würde wirklich ein Signal senden, dass wir dir vertrauen können.«

Sie fing an zu widersprechen und Mgurn gab ihr recht, aber ich hielt warnend meinen Zeigefinger in die Höhe.

»Es tut mir leid, dass ich auf dich geschossen habe«, sagte Midnight. »Ich hatte aber nicht die Absicht, dich zu töten, falls das hilft.«

»Das tut es«, sagte Mgurn. »Und vielen Dank für die Entschuldigung. Ich hatte sie zwar nicht für nötig gehalten, aber es zeigt, dass Sie eine Person von Charakter sind, und das bedeutet mir viel.«

»Mgurn mag Personen von Charakter«, warf ich ein. »Er mag auch Songs von Johnny Cash.«

»Ich habe ihn erst kürzlich entdeckt. Forscher sind der Meinung, dass jegliche Musik auf ihn zurückgeht. Kennen Sie seine Werke?«

»Nein«, gab Midnight zu. »Ich höre keine Musik.«

»Oh, nun, jedem das Seine.« Mgurn hustete, dann aktivierte er die Holos auf seinem Tablet. »Schaut euch das an! Ein Großteil der Informationen wurde bereits digitalisiert. Das dürfte die Skrang-Heimatwelt sein, wenn ich nicht irre?«

»Das ist sie«, sagte ich. »Der gute, alte Planet Skrang.«

»Nicht besonders kreativ«, meinte Mgurn. »Aber so sind Skrang eben.«

»Schaut mal«, rief Midnight und zeigte auf einen Punkt weit weg von dem Planeten. »Der Fleck da. Kannst du da mal heranzoomen?«

»Sicherlich«, sagte Mgurn und bediente die virtuelle Kamera.

Der Fleck wurde größer und größer, bis wir alle drei auf etwas starrten, das wir wirklich nicht sehen wollten.

»Ein B'clo'no-Kriegsschiff«, sagte ich.

»Um genau zu sein, ist es eine Gruppierung von acht Schiffen«, sagte Mgurn und zoomte noch weiter heran. »Sie haben sich zu einer Superstruktur kombiniert. Welchem Zweck das dienen soll, kann ich nicht sagen. Während des Krieges haben sie das nur im Angriff gemacht.«

»Meinst du etwa, die Skrang und die B'clo'no haben sich zerstritten?«, fragte Midnight.

»Nicht, dass ich wüsste«, sagte ich. »Mgurn?«

»Es tut mir leid Joe, aber ich kann zur Zeit an nichts anderes denken, als die Informationen der SMC«, sagte Mgurn. »Dafür entschuldige ich mich.«

»Kein Problem, Kumpel.« Ich schlug ihm freundschaftlich auf die Schulter. »Das heben wir uns für später auf, wenn du wieder klar im Kopf bist. Sobald du etwas zu dem B'clo'no Supercluster sagen kannst, mach es bitte sofort. Du musst nicht warten, bis wir dich danach fragen.«

»Das werde ich tun. Nach meiner ersten Einschätzung sollten wir uns dem Planeten auf jeden Fall von der anderen Seite aus nähern.« Er drehte die Kamera und der Planet wirbelte herum. »Diese Stelle hier wäre am sichersten. Dank der MolTrans-Technologie auf Ihrem Schiff, Miss Midnight, können wir hier im Orbit bleiben und uns dann auf die Planetenoberfläche transportieren lassen, ohne entdeckt zu werden.«

»Bist du sicher?«, fragte ich. »Die müssen doch davon ausgehen, dass irgendwann ein Schiff kommen wird. Warum sollten sie uns nicht sehen?«

»Das kann ich nicht beantworten«, entgegnete Mgurn. Er verzog das Gesicht und stöhnte leise. »Nein. Egal wie sehr ich mich anstrenge, ich kann nicht sagen, warum ich das glaube.«

»Fragst du dich manchmal, ob die Bosse einfach die ganze Galaxis an der Nase herumführen, nur so zum Spaß?«

»Falls dem so ist, finde ich diesen Spaß nicht lustig. Genauso wenig wie meine aktuelle Situation. Können wir von daher bitte fortfahren?«

»Natürlich«, sagte ich und ließ mich in die Details einweihen, wie wir eine Rasse von blutrünstigen Kriegern angreifen würden, um einen Typen zu befreien, der irgendwo auf dem Heimatplaneten besagter Rasse versteckt war.

Mgurns Kopf fühlte sich danach wahrscheinlich besser an, dafür dröhnte meiner ganz gewaltig.

:

»Schlafenszeit«, sagte Midnight, als wir die Küche verließen. »Ich zeige euch das Gästezimmer.«

»Danke«, antwortete ich. »Ich bin so müde, dass ich mich auch einfach auf dem Boden zusammenrollen und ein Jahr lang schlafen könnte.«

»Mach das nicht. Sonst tritt nachts noch jemand auf dich drauf.«

Ich schaute sie an und sah, dass sie lächelte. Es war leicht nachzuvollziehen, wieso Crawford sich in sie verliebt hatte.

»Danke. Das ist wirklich ein guter Rat.«

Sie zeigte mir mein Zimmer und ich war von der Größe des Bettes angenehm überrascht.

»Das letzte Mal, als ich in so einem Riesenbett geschlafen habe, war bei meinem Puffbesuch, nachdem ich von den Marines entlassen worden war«, sagte ich. »Die Frau musste mich wirklich aus dem Bett treten, um mich loszuwerden. Ich hätte am liebsten für immer dort weitergeschlafen!«

»Ich bin sicher, gegen ein entsprechendes Entgelt hättest du da bleiben können.«

»Wahrscheinlich. Aber zu dem Zeitpunkt war meine finanzielle Zukunft alles andere als gesichert. Sie hatte meine Sachen gefilzt und wusste, dass ich sie gerade so für die eine Nacht bezahlen konnte.«

»Doch dann hast du deinen lukrativen Job bei der SMC angetreten.« Midnight lachte.

»Nicht ganz, es hat noch über ein Jahr gedauert, bis Hopsheer mich gefunden hat. Ich habe eine ganze Weile damit verbracht, von Planet zu Planet zu trampen, um meine Rente nicht gleich komplett aufzubrauchen. Da habe ich auch ein paar Jobs angenommen, auf die ich nicht gerade stolz bin.«

»Durch so eine Phase mussten wir doch alle mal durch«, sagte Midnight. »Hau dich mal aufs Ohr, Joe. Um fünf Uhr geht es los!«

»Ich bin nicht sicher, ob ich wirklich schlafen kann, selbst in diesem tollen Bett. Ich bin irgendwie noch auf hundertachtzig.«

»Willst du ein Schlafmittel? Crawford hat kistenweise Spritzen hier, wegen seiner Haut.«

»Nein.« Ich quälte mir ein Grinsen heraus, obwohl sie Spritzen erwähnt hatte. »Passt schon.«

»Na dann, gute Nacht«, sagte sie und drehte sich weg, wobei sie plötzlich innehielt. »Was ist eigentlich mit Mgurn?«

»Der wird schon herkommen, nachdem er den Plan noch einige dutzend Mal durchgecheckt hat. Er findet mich immer. Und das Sofa sieht auch echt bequem aus, das wird ihm gefallen.«

»Er kann aber auch gern ein eigenes Zimmer haben.«

»Er ist mein Assistent. Er wird hier drin schlafen, weil das die Richtlinien der SMC vorschreiben, selbst wenn wir nicht im Hauptquartier sind.«

»Leforianer«, kicherte sie.

»Leforianer. Immer die absoluten Muttis.«

»Das sind sie«, stimmte Midnight zu. »Gute Nacht noch mal.«

»Gute Nacht«, antwortete ich und schloss die Tür.

Dann presste ich ein Ohr an das Holz und wartete ein paar Minuten. Als ich sicher war, dass ich nichts mehr hörte, zerrte ich einen Stuhl heran und rammte ihn unter die Türklinke. Nun würde Mgurn klopfen müssen, um hereinzukommen, aber das war mir egal. Ich würde lieber noch mal aufstehen, als die halbe Nacht mit einem offenen Auge zu schlafen.

Obwohl, ehrlich gesagt würde ich das sowieso tun. Alte Gewohnheiten sind eben schwer abzulegen!

DREIZEHN

Irgendwie war ich nicht mal überrascht, mein eigenes Schiff im Orbit von Planet C kreisen zu sehen, als ich auf die Brücke von Midnights Schiff kam.

»Anscheinend hat dein Boss gleich alle Merc-Schiffe mitgebracht, als er uns gestern besucht hat«, sagte Midnight und ließ sich in ihren Kapitänssessel fallen, wo sie aufmerksam eine Anzeige auf dem Holo-Display studierte. »Deine Freunde sind schon vor ein paar Stunden aufgebrochen, aber dein Schiff ist noch hier. Das hatten wir nicht auf dem Zettel, als wir den Plan gemacht haben.«

»Wenn du willst, kann ich es nach Skrang fliegen«, bot Mgurn an. »Es könnte sich als Vorteil erweisen, ein weiteres Schiff dabei zu haben.«

»Nein«, sagte ich. »Es ist besser, wenn überhaupt kein SMC-Schiff in ihrem System auftaucht.«

»Stimmt, ich wollte es nur angeboten haben.«

»Willst du es etwa hierlassen?«, fragte Midnight. »Ich möchte ja keine Spaßbremse sein, aber es sieht wirklich nicht gut aus, wenn hier ein SMC-Schiff im …«

Die Worte blieben ihr im Hals stecken, als ein gutes Dutzend weiterer SMC-Schiffe vor uns aufploppte, sie mussten gerade durch das Wurmloch-Portal gekommen sein. Sie hatten ein unglaubliches Tempo drauf und ich zuckte mehrfach innerlich zusammen, weil ich sicher war, dass sie zusammenstoßen würden. Aber hey, das waren Mercs und sie konnten fliegen.

»Dein Boss hat es ernst gemeint, als er sagte, dass er uns beschützen würde«, stellte Midnight fest. »Ich schätze, dein Schiff fällt jetzt hier nicht mehr sonderlich auf.«

»Ja, sieht eher aus wie ein Teil der Schutzflotte. Wollen wir los? Die SMC-Schiffe halten extra einen Korridor für uns offen.«

»Dann lasst uns abdüsen.«

Midnight begann ihrer Crew Befehle zuzubrüllen, und sie beeilten sich, alles sofort in die Tat umzusetzen. Nicht einmal aus Angst, sondern aus sorgfältig erarbeitetem Respekt. Ich hatte keine Zweifel daran, dass jeder einzelne für sie sterben würde, wenn es nötig wäre.

Ihr Schiff war etwa fünf mal so groß wie die Schiffe, welche die SMC ihren Nummern zuteilte. Es war gut bewaffnet, schnell, manövrierfähig und mit allerlei interessanten Gadgets und Spielereien ausgestattet, um es zu einem ernst zu nehmenden Gegner zu machen. Es war selbstgebaut, aber handwerklich auf höchstem Niveau, und es sah absolut tödlich aus. Selbst ein Flottenzerstörer würde es sich zweimal überlegen, einen Angriff zu wagen.

»Durch das Portal brauchen wir eine halbe Stunde«, sagte Midnight. »Dann dreißig Minuten, um nach Skrang zu kommen. Damit haben wir eine Stunde Zeit, um alles noch einmal durchzugehen. Seid ihr bereit?«

»Das bin ich«, bestätigte ich. »Mgurn?«

»Mein Verstand wünscht sich nichts anderes«, sagte er. »Ich hoffe, wenn wir Skrang erreichen, werde ich endlich wieder in der Lage sein, an etwas anderes zu denken, als diese taktischen Daten!«

»Das hoffe ich auch, Kumpel. Du bist nämlich schon ein bisschen grün um die Kiemen!«

»Ich habe keine Kiemen«, meckerte Mgurn. »Und ein wenig grün schimmere ich immer, das habe ich von meiner Mutter!«

»Verstehe«, sagte ich und lächelte Midnight an. »Diesen Kerl muss man einfach lieben!«

»Wenn du meinst«, erwiderte Midnight. »Wir fliegen jetzt in das Portal!«

Ich setzte mich, als das Schiff das Wurmloch erreichte und uns für ein paar Sekunden die übliche Desorientiertheit überkam. Dann klärte sich alles wieder und ich sah mich auf der Brücke um.

»Hat dein Schiff einen Namen?«, fragte ich.

»Gratuity«, antwortete Midnight.

»Meinst du das ernst?« Ich lachte. »Gratuity? Im Sinne von Ehrensold, oder wie? Was für ein Name ist das denn?«

»Ein äußerst passender Name, wenn man auch nur die kleinste Kleinigkeit über mich weiß«, grummelte Midnight und ihre Körpersprache machte deutlich, dass das Thema damit abgeschlossen war.

»Die SMC erlaubt uns nicht, unseren Schiffen Namen zu geben«, sagte Mgurn. »Denn das würde einen Besitz implizieren, doch die Schiffe sind nur Leihgaben zum Zwecke der uneingeschränkten Mobilität. Dadurch können Schiffe auch mal getauscht werden, ohne dass man irgendwelche Besitzurkunden bearbeiten muss. Und dann ist da noch die Sache mit den Steuern. Ich glaube, zusätzliche Steuern zu vermeiden, könnte sogar der Hauptgrund sein. Jedes System hat seine eigenen Steuergesetze und man müsste ständig …«

»Ich glaube, dein Hirn hat jetzt wieder Kapazitäten, sich mit anderen Dingen zu beschäftigen«, unterbrach ich ihn. »Ein dreifaches Hoch auf Mgurns Verstand! Und jetzt halt die Klappe, Kumpel. Hier möchte niemand ein Referat über galaktische Steuermodelle hören.«

»Stimmt, ich kann wieder freier denken«, sagte Mgurn. »Und ich entschuldige mich für die pedantische Art meines Vortrages. Steuern scheinen ein Thema zu sein, das momentan von höchstem Interesse für mich ist. Dabei kann ich nicht mal sagen, wieso, weil ich nie …«

»Mgurn? Klappe!«

»Ich bitte erneut um Entschuldigung.«

:

Er blieb stumm, doch ich konnte ganz genau sehen, dass ihn das in den Wahnsinn trieb.

»Es tut mir leid, Leute«, sagte ich. Einige Köpfe drehten sich in meine Richtung und schauten mich fragend an. »Ich muss mich um meinen Assistenten kümmern. Bringt uns ja nichts, wenn sein Gehirn auf einmal aus seinem Kopf herausquillt.«

Ich schaute Mgurn an. »Dein Gehirn ist doch in deinem Kopf, oder?«

»Faszinierend, dass du mich das genau in diesem Moment fragst, Joe«, antwortete Mgurn. »Denn das führt direkt zu einem interessanten Fakt, den ich erst vor Kurzem über die Hoocahna-Schlangen vom Planeten Rylia Fünf gelernt habe.«

»Warum ermutigst du ihn denn noch?«, fragte Midnight und warf mir einen bösen Blick zu.

»Er muss bei klarem Verstand sein, wenn wir ankommen«, sagte ich. »So ein kleiner Laberflash wird ihn konzentriert werden lassen.«

»Ich würde eher sagen, er wird *mich* mordlustig machen!«, knurrte Midnight.

»Dann unterdrücke dieses Gefühl bitte«, erwiderte ich. »Es ist doch gar nicht so schlimm. Nach ein paar Minuten nimmst du ihn überhaupt nicht mehr wahr.«

»… nachdem sie sich zum fünften Mal gehäutet haben, vollführen die Hoocahnas eine Reihe von Tänzen«, fuhr Mgurn unbeirrt fort. »Keine Paarungstänze, sondern ganz normale Tänze, einfach zum Spaß. Sie sind die einzige primitive reptiloide Spezies in der Galaxis, bei der dieses Verhalten nachgewiesen werden konnte. Alle anderen Arten tanzen höchstens wie gesagt zur Paarungszeit, oder als Teil ihres Jagdverhaltens.«

»Welche Schlangen benutzen denn Tänze auf der Jagd?«, fragte ich schnell.

»Oh, das ist noch so eine andere faszinierende Geschichte, die ich erfahren habe. Lass mich nur schnell die Hoocahna-Schlangen abhandeln, dann kommen wir zu den Disco-Echsen von Egthak. Also, wo war ich?«

Er machte den gesamten Rest der Reise so weiter. Innerhalb der ersten fünf Minuten zogen einige Crewmitglieder ihre Waffen, aber Midnight beruhigte ihre Leute und es wurden keine Schüsse abgegeben. Ich war aber ziemlich sicher, mehrere Schwüre gehört zu haben, Mgurn nach Ende der Mission zu erschießen. Und Midnight gab auch keinerlei Befehl, dass dies zu unterlassen sei. Das war zwar leicht beunruhigend, aber nichts im Vergleich zu dem, was als Nächstes vor uns lag.

»Wir sind im Skrang-System angekommen«, ließ der Navigationsoffizier verlauten, nachdem wir das Portal verlassen hatten. »Setze Kurs auf Skrang!«

»Wir müssen einen weiten Bogen um diesen B'clo'no-Verbund machen«, befahl Midnight. »Die dürfen uns auf keinen Fall am Auspuff schnüffeln!«

»Wenn Ihr Schiff olfaktorisch wahrnehmbare Stoffe ausstößt, stimmt etwas mit dem Treibstoffsystem nicht«, sagte Mgurn. Als Midnight herumwirbelte, um ihn böse anzustarren, setzte er dieses schräge leforianische Grinsen auf. »Das war nur ein Scherz.«

»Er lächelt übrigens gerade«, sagte ich. »Das kannst du mir glauben.«

»Ich erkenne ein leforianisches Lächeln«, entgegnete Midnight. »Ich kann nur gerade keine schlechten leforianischen Witze gebrauchen.«

»Verstehe«, sagte Mgurn. »Ich wollte nicht stören.«

Keiner von uns konnte sich daraufhin ein verächtliches Schnauben verkneifen.

»Was ist denn?«, fragte Mgurn verletzt.

»Nichts, Kumpel«, sagte ich. »Wir sollten uns auf unsere Reise mit dem MolTrans-Express vorbereiten. Ist das Equipment gecheckt und bereit?«

»Ich habe alles mehrfach überprüft«, sagte Mgurn.

»Lass uns trotzdem noch einmal einen Blick darauf werfen, okay?«

»Ooookay«, sagte Mgurn skeptisch.

Midnight schaute mich fragend an, ich lächelte einfach und zwinkerte ihr zu. Dann zog ich Mgurn von der Brücke in den angrenzenden Korridor. Als wir weit genug weg waren, hielt ich an und tippte ihm auf die gepanzerte Brust.

»Was hat Boss Vier noch in deinen Schädel gepflanzt?«

»Wie bitte? Ich bin nicht sicher, auf was du dich beziehst.«

»Denk nach!«, sagte ich und tippte ihm diesmal auf die verhornte Stirn. »Die müssen doch mehr als diese simplen Eckdaten in deinen Denkapparat geschossen haben. Ist da irgendwas über Salvage Merc One drin, oder wie ich da ins Bild passe? Irgendeine grobe Idee, was passieren wird, wenn wir ihn retten und er damit anfängt, mich zu trainieren? Irgendwas?«

»Nein Joe, tut mir leid« antwortete Mgurn. Er schaute dabei ziemlich bedröppelt aus der Wäsche, sodass ich sicher war, dass er mir die Wahrheit sagte.

»Ich habe nur Informationen bezüglich der Rettungsmission.«

»Okay, Kumpel.« Ich klopfte ihm auf die Schulter. »Lass uns das Equipment noch mal checken, und dann freuen wir uns auf die Sehenswürdigkeiten, die Skrang zu bieten hat.«

»Soweit ich informiert bin, gibt es dort nicht viel zu sehen«, sagte Mgurn. »Nur eine Menge Felsen, auf denen sich die Skrang sonnen, wenn sie keinen Dienst haben. Und dazu unglaublich viele Seen, an denen sie wohnen und in denen sie sich paaren.«

»Sie paaren sich im Wasser?«

»Ja, sie kopulieren und gebären in den Seen. Die Jungen, die es schaffen, sich am Ende ihrer Entwicklungsphase an Land zu ziehen, werden als lebenswürdig betrachtet. Die anderen werden dem Tod überlassen und dienen dann dem noch in der Entwicklung begriffenen Nachwuchs als Nahrung.«

»Bei den acht Millionen Göttern, das ist kaltherzig!«

»Sie sind ja auch eine kaltblütige Rasse«, stellte Mgurn fest.

Wir erreichten den Lagerraum und überprüften unsere Ausrüstung. Midnight und ihre Leute hatten eigene Rucksäcke und Waffen, doch die fasste ich nicht an. Es gehörte sich schließlich nicht, mit fremden Spielsachen herumzumachen.

Mein eigenes Equipment checkte ich hingegen extra gründlich, meine beiden H16 sogar dreifach. Ich nahm diesmal zwei Stück mit, da ich nicht mit heruntergelassenen Hosen erwischt werden wollte. Ich hatte auch zwei KL09-Pistolen, die ich mir um die Hüften schnallte, wobei ich sicherging, dass die Holster schön fest saßen. Die H16 waren natürlich meine Hauptwaffen, aber die Pistolen hatten eine zusätzlich beruhigende Wirkung auf mich.

Mgurn war damit beschäftigt, allen möglichen Krempel auf seinen Panzer zu kleben. Darunter war sein H16, eine KL09, diverse Energieklingen unterschiedlicher Länge, eine Laserpeitsche (die war neu), und einige Gegenstände, die wie Bierdosen aussahen.

»Was ist das?«, fragte ich.

»Bierdosen«, antwortete Mgurn.

»Willst du mich verarschen? Du nimmst Bier mit?«

»Die Skrang hassen Bier«, erklärte Mgurn. »Sie haben eine tief sitzende Abneigung gegen den Geruch und brechen in Panik aus, wenn sie mit der Flüssigkeit in Kontakt kommen.«

»Das habe ich ja noch nie gehört. Hast du das auch von den Bossen erfahren?«

Mgurn dachte kurz nach, dann schüttelte er den Kopf. »Nein, das habe ich aus dem Naturkanal Neuntausend. War eine wirklich interessante Dokumentation.«

»Wir sind da«, kündigte Midnight an, als sie mit ihrem Team aus Edger-Soldaten in den Laderaum kam. Sie hielt an und musterte Mgurn. »Ist das Bier?«

»Ja, ist es«, sagte Mgurn. »Faszinierenderweise …«

»Danke, reicht«, unterbrach ihn Midnight. »Ich habe mir heute schon genug faszinierende Dinge angehört. Aber bitte nicht während der Arbeit trinken!«

»Nein, dafür ist das Bier definitiv nicht gedacht.«

Einige von Midnights Leuten murmelten, was für eine Verschwendung das sei.

»Ich möchte euch gern einige eurer Mitstreiter vorstellen«, sagte Midnight. »Ein paar von ihnen kennt ihr schon von unserem unglücklichen Zusammentreffen auf der Erde.«

»Das nennst du unglücklich?«, herrschte eine Frau sie an. »Diese Mörder haben ...«

»Schnauze«, bellte Midnight und die Angesprochene war sofort ruhig. »Das ist Nammy. Sie ist unser Dietrich, und das meine ich wörtlich. Es ist ihre Gabe. Sie kann jedes Schloss öffnen, egal ob physisch oder elektronisch.«

»Ich bin auch ganz gut mit Schlössern«, sagte Mgurn.

»Super«, schnaubte Nammy. »Dann können wir ja einen Klub gründen und uns gegenseitig Zöpfe flechten!«

Das war reichlich frech, denn sie hatte kein einziges Haar an ihrem Körper, zumindest nicht auf dem Kopf. Sie war hochgewachsen, schlank und ihre Finger sahen im Verhältnis zu ihren Händen viel zu dünn aus. Ihre Haut schimmerte merkwürdig und es war ziemlich klar, dass sie kein Mensch war.

»Juan«, sagte Midnight und deutete auf einen Mann, der zur einen Hälfte braun war und zur anderen kalkweiß – und die Trennung zwischen diesen Hälften verlief genau mittig seinen Körper hinunter, als hätte man sie mit einem Lineal gezogen. »Er ist unser Sprengwaffen-Experte.«

Juan zwinkerte mir zu und schaute Mgurn anschließend böse an.

»Ich mag keine Leforianer«, sagte er. Mehr nicht. Nur, dass er keine Leforianer mochte.

»Nun ja, äh ...«, murmelte Mgurn peinlich berührt.

»Könnte das ein Problem werden?«, fragte ich.

»Für mich nicht«, antwortete Juan.

»Das sind Mak und Kam«, sagte Midnight und deutete in Richtung zweier identisch aussehender Servilen.

Sie waren haarig, hatten spitze Ohren, Schnurrhaare und natürlich fünfzehn Zentimeter lange Krallen, die sie demonstrativ aus ihren Fingern schnellen ließen.

»Lasst mich raten …«, sagte ich. »Nahkampf ist euer Ding!«

Sie ließen ihre Hände herumwirbeln und fauchten mich an, wobei ihre Schnurrhaare bedrohlich bebten.

»Und sie mögen auch keine Leforianer«, sagte Juan.

»Schnauze!«, motzte ich ihn an.

»Juan«, rief Midnight warnend. »Höre auf den Merc! Halt die Schnauze.«

Juan hielt seine Schnauze.

»Hier haben wir Barby und Grue«, sagte Midnight.

Eine Slinghasp verbeugte sich und lächelte mich mit ihren glänzenden Fangzähnen an.

»Angenehm«, sagte Barby. »Ich freue mich darauf, mit dir zu arbeiten, Joe.«

Slinghasps waren immer so hilfsbereit. Und höllisch sexy. Barbys Figur bestand nur aus Kurven, und das lag nicht einmal daran, dass sie einer Schlangenrasse entstammte.

Grue war ein Gwreq. Kein Halfer wie Hopsheer, sondern ein Vollblut-Gwreq. Er war knappe zwei Meter fünfzig groß und seine Haut sah aus wie verwitterter Granitfels.

»Steht mir nicht im Weg«, knurrte Grue, wobei seine Stimme wie rumpelnder Schotter klang.

»Das werde ich auf keinen Fall tun!«, sagte ich und boxte Mgurn in die Seite.

»Ich auch nicht!«, rief Mgurn. »Ich will ja nicht zum zermatschten Käfer werden.«

Midnight rasselte ein paar weitere Namen herunter und die Genannten stellten sich vor. Manche waren einigermaßen freundlich, andere weniger. Sie interessierten sich sowieso nur für Midnight. Sie war ihre Anführerin und sie würden alles für sie tun.

Für Mgurn und mich hatten sie eher wenig übrig.

»Was auch immer ihr für Ausrüstung mitnehmt, vergewissert euch, dass sie gut festgeschnallt ist«, sagte Midnight, als sie auf die MolTrans-Plattform stieg. »Wir schicken so viele Leute auf den Planeten, dass das System an seine Leistungsgrenze kommt. Alles, was lose ist, könnte am Ende in eure Körper integriert werden – entweder komplett oder auch nur teilweise. Verstanden?«

»Verstanden«, bestätigte ich. Mgurn antwortete nicht, er war zu sehr damit beschäftigt, noch einmal zu überprüfen, ob sein Zeug auch wirklich fest saß.

Ich folgte Midnight auf die Plattform und Mgurn trat an meine Seite. Dann wurden wir unsanft beiseitegeschoben, als Midnights Teammitglieder ihre angestammten Plätze annahmen. Midnight schaute nicht mal in unsere Richtung, als wir an den Rand gedrängt wurden.

»Gibt es eine molekulare Pufferzone, die wir beachten müssen?«, fragte Mgurn, während er auf der Kante der Plattform balancierte.

Niemand antwortete, obwohl der Mann an der Konsole bereits sein Holo-Display bearbeitete. Eine Sekunde später sahen wir uns gleißendem Licht gegenüber und japsten nach Atem. Zumindest diejenigen unter uns, deren Rasse keine extreme Hitzeresistenz aufwies. Als Mensch gehörte ich leider zu dieser Gruppe.

»Heilige Hölle ist das heiß«, rief ich und spürte, wie der Schweiß mir in sämtliche Körperfalten floss. »Warum sollte jemand freiwillig auf so einem Planeten leben wollen?«

»Ist doch eine wohltuende Abwechslung zu der eisigen Kälte, die ihr Menschen bevorzugt«, sagte Barby. »Aber so ist es nun mal mit den verschiedenen Spezies.«

»Vollkommen richtig«, pflichtete Nammy bei. Auf ihrer Stirn war kein einziger Schweißtropfen zu sehen, also ging ich davon aus, dass es auf ihrem Heimatplaneten ähnlich heiß war.

Midnight scannte bereits die Gegend, die Holo an ihrem Handgelenk war für uns alle gut sichtbar.

»Keine Gegner in der Nähe«, sagte sie und zeigte nach Westen. »Laut Mgurns Informationen könnte One in einer Einrichtung jenseits dieses Bergkamms festgehalten werden. Also marschieren wir da rauf und machen uns selbst ein Bild der Lage!«

»Vertrauen Sie meinen Quellen nicht?«, fragte Mgurn.

»Ich vertraue nie«, sagte Midnight. »Dadurch bleibe ich am Leben.«

Sie marschierte los und ihr Team fädelte sich hinter ihr ein. Mgurn und mir blieb nichts anderes übrig, als die Nachhut zu bilden.

Skrang war genau der grottverlassene, öde Ort, den ich mir vorgestellt hatte. Es gab nur Felsen. Nichts als Felsen. Felsen auf Felsen auf Felsen. Immerhin gab es auch einige wenige Pflanzen. Manche hatten sogar Blüten, die sich sicher gut in Hopsheers Haaren machen würden.

Ich beugte mich herunter, um eine zu pflücken, doch meine Hand wurde von zwei von Mgurns Händen beiseite geschlagen.

»Aua!« Ich schaute ihn fragend an.

»Giftige Staubgefäße!«, sagte Mgurn. »Alle dieser Blumen mit lilafarbenen oder blauen Anteilen können dich in Sekundenschnelle lähmen! Sie warten auf Insekten, die ihren Nektar konsumieren wollen, damit diese dann bewegungsunfähig auf ihren Blättern verhungern, sodass ihre Nährstoffe schließlich von der Pflanze aufgenommen werden können!«

»Die taugen also nicht für Hochzeiten. Höchstens für Beerdigungen.«

»Das würde auf jeden Fall für aufrichtiges Beileid sorgen.«

Wir gingen weiter, und ich hatte nicht das Gefühl, dass der Bergkamm, der unser Ziel war, überhaupt näher kam. Das konnte aber eigentlich nicht sein, da wir schon über eine Stunde unterwegs waren. Trotzdem war ich mir sicher, dass diese Felsformation immer noch die gleiche relative Höhe zu uns aufwies.

Und für diese optische Täuschung gab es einen ganz bestimmten Grund.

Drei Stunden später kamen wir am Fuß des Berges an, dessen Abschluss der Kamm bildete. Eine schmale Serpentine führte nach oben und sie machte ihrem Namen alle Ehre – denn sie schlängelte sich immer wieder in weiten Bögen von der einen Seite zur anderen. Der Hang ging bestimmt einen Kilometer nach oben, und der Weg hatte vielleicht die siebenfache Länge davon.

»Da sollen wir hoch?«, fragte ich. »Du weißt schon, dass es einen Grund für die Erfindung von Transportvehikeln gibt, oder?«

»Macht euch keine Sorgen«, sagte Midnight. »Wir machen das einfach. Grue?«

Grue grunzte und legte seine Hände auf den Stein. Seine Granithaut veränderte ihr Aussehen und passte sich dem Felsen an, den er berührte. Keine Ahnung, was das für einer war, ich war ja kein galaktischer Geologe. Auf jeden Fall sah Grue jetzt anders aus. Dann holte er tief Luft und drückte seinen Körper in den Stein hinein – er war verschwunden! Ich zuckte zusammen und Midnight warf mir einen vielsagenden Blick zu.

Nach ein paar Minuten tauchte Grue einige Meter weiter oben auf der Serpentine auf. Er ließ uns ein Powerseil hinab und hämmerte ein paar Haken in den Felsen. Dann verschwand er wieder und diese Prozedur wiederholte sich so oft, bis ich ihn hoch oben kaum noch erkennen konnte.

»Es kann losgehen«, meldete seine Stimme über den ComLink in unseren Ohren. »Das Seil ist bereit. Schnappt es und haltet euch gut fest!«

Midnight griff als erste zu und wurde innerhalb von Sekunden den Berg hinaufbefördert. Sie erschien als kleiner, weit entfernter Punkt neben Grue und ließ das Powerseil wieder herunter.

»Hast du so ein Ding schon mal benutzt?«, fragte Barby.

»Nein. Ich wusste gar nicht, dass auch Personen Powerseile benutzen. Ich dachte, damit befördert man Schwerlast aus Minen und so einen Scheiß.«

»Dafür wurden sie ursprünglich entwickelt«, sagte sie, als einer nach dem anderen den Berg hinaufschoss. »Die Edger haben sie ein bisschen umgebaut, damit man sie auch für schnelle Truppenbewegungen nutzen kann.«

»So schwer sieht das ja nicht aus«, sagte ich.

»Ist es auch nicht«, stimmte Barby mir zu, als sie gerade dran war. »Du musst nur sicher gehen, dass du mit beiden Händen zupackst, damit das Seil dich nicht röstet.«

»Moment, was?«, rief ich, als sie auch schon zugriff und nach oben schoss. »Mgurn? Hat sie gesagt, das Seil kann uns rösten?«

»Ja, das hat sie«, bestätigte Mgurn. »Ich nehme an, das Powerseil bildet einen geschlossenen Stromkreis mit unseren Körpern, um uns nach oben zu befördern. Dabei mit einer Hand loszulassen könnte schwere Verbrennungen zur Folge haben.«

»Super«, sagte ich. »Nach dir!«

»Natürlich.« Mgurn trat an das Seil. Der Glückspilz hatte vier Hände, damit war es natürlich leichter, sich festzuhalten.

Nun war ich der Letzte und legte den Kopf in den Nacken, um nach den anderen zu sehen, die gerade die letzte Kurve der Serpentine hinaufgingen. Ich wäre fast lieber gelaufen, als in Gefahr zu laufen, meinen Schniedel abzufackeln, aber die Zeit hatten wir nicht.

»Kommst du, Joe?«, fragte Midnight über den ComLink.

»Ja doch. Das fühlt sich aber ein bisschen an wie Schummeln.«

»Jetzt sei mal kein Gumpschiss und schnapp dir das Powerseil«, bellte sie. »Oder wirst du etwa noch zum Feigling?«

»Ich lasse mir ja vieles vorwerfen, aber nicht, dass ich ein Feigling bin!«, rief ich, als ich das Seil packte. Das fühlte sich so an, wie wenn man sich die Kontakte einer Batterie auf die Zunge drückte. Nur, dass mein ganzer Körper die Zunge war und die Batterie in Höllentempo von links nach rechts peitschte und versuchte, mich abzuwerfen. Okay, total blödsinniger Vergleich, aber ihr wisst, was ich meine.

Als ich oben ankam, landete ich direkt neben Midnight. Sie hielt mich an den Schultern fest, während ich noch darum kämpfte, auf dem dünnen Trampelpfad nicht das Gleichgewicht zu verlieren.

»War doch nicht so schlimm oder?«, fragte Barby, die auf der anderen Seite von Midnight stand.

»War okay. Aber ich habe das Gefühl, dass ich pinkeln muss.«

»Das haben wir alle«, sagte Midnight. »Aber das geht nach ein paar Sekunden weg. Lauf einfach ein paar Meter, dann wirst du schon sehen.«

Und sie hatte recht. Nach ein paar Schritten den Pfad entlang sank der Druck in meiner Blase und ich hatte nicht mehr das Gefühl, dass sie gleich platzen würde. Das war auf jeden Fall eine merkwürdige Nebenwirkung des Powerseils und ich nahm mir vor, das im Hinterkopf zu behalten. Ein Glück, dass ich auf der Gratuity noch kurz vor unserer Abreise auf die Toilette gegangen war.

Wir brauchten nur noch zehn Minuten, bis wir auf dem Bergkamm standen. Mit offenem Mund starrte ich auf die Stadt, die das Tal vor uns ausfüllte. Und ich war nicht der Einzige, der aus dem Staunen nicht mehr herauskam.

»Mgurn, bitte sage mir, dass du eine Adresse oder wenigstens einen Straßennamen bekommen hast, wo wir One finden können«

»Mir wurde der Sektor mitgeteilt«, antwortete Mgurn. Er ließ sein Holo erscheinen und alle schauten zu, wie er auf die richtige Stelle navigierte. »Aha, da ist es. Anscheinend ist dieser Sektor fast genau in der Mitte der Stadt. Mal sehen ... ja, es ist Sektor Einundvierzig.«

»Und die Nummerierung geht von außen nach innen?«, fragte ich.

»So ist es. Jeder Sektor umfasst etwa acht mal acht Häuserblocks, also werden wir unbemerkt dreihundertachtundzwanzig Blocks passieren müssen, um den vermuteten Aufenthaltsort von Salvage Merc One zu erreichen.«

»Mehr nicht? Nur dreihundertachtundzwanzig?«, lachte ich. »Kein Problem, das ist ja nur ein kleiner Verdauungsspaziergang mitten durch die Stadt.«

»Wir müssen ja nicht die Straßen benutzen« sagte Midnight und deutete auf ihr eigenes Holo-Display. Sie wischte nach oben und die Gebäude verschwanden, an ihre Stelle trat ein komplexes Netzwerk aus Tunneln. »Mak und Kam werden uns durch die Kanalisation führen. Auf diese Art werden wir den gesamten Weg unterirdisch zurücklegen können.«

»Super«, sagte ich. Dabei war es gar nicht super. Durch die Kanalisation zu reisen war alles andere als super.

»Wenn Salvage Merc One in der Stadt ist, werden sie aber wahrscheinlich selbst dort unten Patrouillen haben«, meinte Juan. »Das wird nicht einfach.«

»Wir schaffen das«, entgegnete Midnight. »Sind alle bereit?«

»Bereit!«, antworteten ihre Leute synchron.

»Barby, zeige uns den Weg nach unten«, befahl Midnight.

Barby nickte und ihr gesamter Körper kam in Bewegung. Nun war sie auf einmal keine sexy Schlangenfrau mehr, sondern eher eine richtige Schlange. Sie ließ sich auf den Boden hinunter und schlängelte sich über die heißen Felsen. Dabei kundschaftete sie für uns den einfachsten Weg zwischen den vielen Steinbrocken, Felsspalten und Abgründen aus.

»Früher war das hier ein Vulkan«, erklärte Mgurn.

»Keine Geografiestunde bitte«, sagte ich, während ich Midnights Team folgte. »Ich muss aufpassen. Das Letzte, was ich gebrauchen kann, ist, dass ich auf meinen Arsch falle und jeder mitkriegt, dass ich ein totaler Versager bin!«

»Du bist doch kein totaler Versager«, erwiderte Mgurn. »Eher ein fünfprozentiger Versager. Zehn, wenn du einen schlechten Tag hast.«

»Witzig, Kumpel. Zum Totlachen!«

»Ich lerne langsam etwas über Humor. Vorsicht, da ist loser Schotter!«

»Danke«, sagte ich, als ich vorsichtig auf den Haufen Schotter vor meiner Nase trat. Doch meine Vorsicht nützte offensichtlich nichts. Es fühlte sich an, als würden mir die Beine unter dem Hintern weggezogen und bevor ich wusste, was los war, purzelte ich Hals über Kopf den Berg hinunter, vorbei an den anderen Teammitgliedern, die aus dem Weg springen mussten, um nicht mitgerissen zu werden.

Einmal, als ich klein war – und damit meine ich wirklich klein; drei oder vier Jahre alt – nahm mich meine Oma mit auf einen Planeten namens Ballyway. Dort gab es nichts außer Spielhallen und Rummelplätzen. Damit gehörte ich zu den letzten, die das Vergnügen dort hatten, denn nicht einmal ein Jahr später fielen die Skrangs über den Planeten her und ließen nur verbrannte Erde zurück.

Aber als ich dort war, durfte ich ein Spiel namens Flipper spielen. Eine silberne Kugel jagte dabei in einer Metallkiste hin und her, machte einen Höllenlärm und ließ alle möglichen bunten Lichter aufblinken.

Jetzt war ich die Flipperkugel, und ich nahm auf dem Weg nach unten immer mehr Fahrt auf. Das Problem war; dort waren keine Flipperarme, die mich aufhalten würden. Ich würde einfach schnurstracks in dieses schwarze Loch purzeln, das speziell für Versager wie mich da war.

Als ich endlich anhielt, war ich mir ziemlich sicher, dass jeder Knochen in meinem Körper pulverisiert war und ich mich in der Hölle befand. In blinzelte ein paar Mal und erwartete, dass die Sieben Teufel über mir stehen und lachen würden, doch da war nur ein kleiner, weit entfernter Lichtpunkt.

Dann verschwand dieser Punkt und eine dunkle, schreiende Silhouette raste auf mich zu. Als ich zur Seite wegrollte, stellte ich fest, dass meine Knochen nicht pulverisiert waren, und so schaffte ich es, nicht von der fallenden Masse erschlagen zu werden. Diese Masse war übrigens Mgurn.

»Bist du auch ausgerutscht?«, fragte ich, als ich mich aufsetzte und meinen geschockten Assistenten betrachtete.

»Nein.« Mgurn hustete.

Er richtete sich ebenfalls auf und tastete seinen Körper ab. Jede einzelne Bierdose an seinem Körper war aufgeplatzt und in der Höhle, in der wir uns befanden, roch es dadurch wie in einer Bar. Er wandte sich mir zur und schaute mich mit einem ernsten Ausdruck auf seinem Hundekäfergesicht an.

»Ich bin dir absichtlich gefolgt«, sagte Mgurn. »Ich muss dorthin gehen, wo du hingehst. Ich darf meine Nummer nicht unbeaufsichtigt lassen!«

»Willst du mir damit sagen, dass du deinen gepanzerten Arsch mit Absicht zur Flipperkugel gemacht hast, um mir hier runter zu folgen?«

»Ich verstehe die Analogie nicht.«

»Vergiss es.« Ich verzog das Gesicht. Mir tat alles weh. »Du bist ein Idiot.«

»Das hast du bereits öfters erwähnt«, sagte Mgurn. »Aber ich habe die richtige Entscheidung getroffen. Midnight wird in der Lage sein, uns aus diesem Loch zu befreien und dann werden wir die Mission fortsetzen können. Wärst du hingegen verletzt worden, würde das bedeuten, dass …«

Er schrie auf, als ihn eine Pulswelle roten Lichtes direkt in die Brust traf und ihn gegen die Höhlenwand schleuderte.

Ich versuchte, mein H16 zu ziehen, während ich in die Ursprungsrichtung der Salve herumwirbelte, doch ich schaffte es nicht einmal, den Verschluss zu öffnen, bevor ich ebenfalls getroffen wurde und schreiend durch die Luft flog. Ich hatte ja gedacht, mein Flipper-Trip wäre schon schlimm gewesen, aber dieser rotleuchtende Schuss war noch viel schlimmer. Jedes einzelne Nervenende in meinem Körper beschloss, laut schreiend nach Aufmerksamkeit zu verlangen.

Ich lehnte mich gegen Mgurn und krümmte mich vor Schmerzen. Das Letzte, was ich sah, war eine Gruppe Skrang, die sich uns mit gezogenen Waffen näherten. Einer von ihnen blieb stehen und feuerte sein seltsam aussehendes Gewehr ab. Ein Gewehr, aus dem rote Pulswellen kamen.

Das gab noch mehr Schmerzen und dann hieß es gute Nacht.

VIERZEHN

Aufzuwachen war fast genauso schmerzhaft, wie von diesen Schüssen niedergestreckt zu werden. Auf meiner Skala der Schmerzen für diesen Tag war der Sturz den Abhang hinunter eher noch im unteren Bereich anzusiedeln.

»Die stinken«, sagte Mgurn an meiner Seite.

Ich öffnete meine Augen, verzog vor Schmerzen das Gesicht und sah ihn dann an.

Alle seine Handgelenke waren mit leuchtenden Schellen gefesselt, genau wie seine Beine. Zwei sehr große Skrang hielten ihn aufrecht. Mir wurde klar, dass ich mich in derselben Lage befand, allerdings hatte ich nur eine Schelle an den Händen, denn ich hatte ja nur zwei davon.

»Sie stinken wie die Pisse des Teufels«, sagte Mgurn.

»Wovon zum Henker redest du?«, fragte ich, wobei meine Stimme nur ein kratziges Flüstern war.

»Ich übersetze für dich«, sagte Mgurn. »Die Skrang reden kein Common, sondern in ihrer Muttersprache.«

Erst jetzt wurde ich mir der anderen Stimmen bewusst und schaute mich in dem Raum um – es war eher ein Saal.

Es gab unzählige Sitzreihen, die sich bis zur gegenüberliegenden Wand erstreckten. Auf der anderen Seite befand sich eine sehr breite Bühne mit einem Podest darauf. Verstand sich von selbst, dass auf diesem Podest ein Thron stand, oder? Und auf diesem Thron saß ein äußerst übellaunig dreinblickender Skrang.

Eigentlich wollte ich den Thronsitzer im Auge behalten, aber die zahlreichen Skrang in den Sitzreihen lenkten mich ab. Die meisten von ihnen waren aufgesprungen, deckten uns mit Flüchen ein und bespuckten uns, denn wir wurden nun durch den

Mittelgang geschleift, auf die Bühne zu. Selbst diejenigen, die nicht schrien und spuckten, starrten uns mit dermaßen hasserfüllten Blicken an, dass es fast wehtat. Und um genau zu sein, fingen einige von denen auch an zu spucken, als wir erst einmal nahe genug an sie herankamen.

»Ihre Körperöffnungen sollen mit Gump-Krallen gefüllt werden«, sagte Mgurn. »Ich bete für ihre brutale Vergewaltigung durch riesige …«

»Hör auf. Das ist nicht besonders hilfreich.«

»Willst du nicht wissen, was sie über uns sagen?«

»Die generelle Richtung habe ich schon verstanden«, sagte ich, als ein üppiger Klumpen Skrang-Rotze quer über meine Wange pladderte. »Ist ja auch nicht besonders subtil.«

Der Skrang zu meiner Rechten bellte mir einen Befehl zu.

»Was hat er gesagt?«, fragte ich.

Mein ohnehin schmerzendes Gesicht bekam einen Faustschlag direkt unter mein rechtes Auge und ich schrie auf: »Bei den acht Millionen Göttern! Wofür war das jetzt?«

Die Antwort war ein Hieb unter mein anderes Auge.

»Sie hat gesagt, dass du ruhig sein sollst«, meinte Mgurn. »Das hätte ich dir auch gesagt, aber du wolltest ja, dass ich nicht weiter übersetze.«

»Manchmal bist du wirklich ein Arschloch«, entgegnete ich und wartete auf den dritten Schlag, doch der kam nicht. Stattdessen wurden wir vor dem Podest auf unsere Knie geworfen. Ich wurde am Nacken gepackt und mein Blick mit Gewalt auf den Thron gerichtet. Der Skrang, der dort saß, trug weder edle Roben noch eine Krone. Stattdessen war er von vielen Kampfnarben verziert, deren Umrisse durch leuchtendes Make-up noch betont wurden.

»Du bist aber hübsch«, sagte ich, bevor ich mich selbst bremsen konnte.

Doch schon wurde mein Nacken noch weiter überdehnt und der schlagfreudige Skrang verpasste mir einen richtig guten Treffer, der mein bereits stark mitgenommenes Auge so stark anschwellen ließ, dass es praktisch geschlossen war.

»Au«, murmelte ich, wobei mein Kopf wieder in Richtung des bemalten Skrang gedreht wurde.

»Sei ruhig«, zischte der Skrang in Common. »Deine spitze Zunge wird dich nicht retten. Dein Dasein wird schon bald nicht mehr durch Heiterkeit erheitert werden.«

Ich wollte gerade etwas sagen, weil es ziemlich doof klang, Heiterkeit und erheitern in einem Satz und dann auch noch direkt hintereinander zu verwenden, aber Mgurn bellte auf diese vorwurfsvolle Art, wie Leforianer es manchmal tun, und ich hielt die Klappe.

»Das war eine weise Entscheidung«, sagte der Skrang. »Wenn du das nächste Mal sprichst, lasse ich dir die Zunge herausreißen.«

Ich grinste ihn einfach nur schwach an.

»Fordere dein Glück nicht heraus!«, fauchte der Skrang.

Er stand von seinem Thron auf und ging dann ein paar Schritte auf dem Podest hin und her.

»Weißt du, wer ich bin?«, fragte er. »Du darfst nun antworten, ohne deine Zunge zu verlieren.«

»Ich schätze, dass du hier in der Gegend der Oberboss bist«, sagte ich. »Aber um ehrlich zu sein, sehen alle Skrang für mich gleich aus.«

Mgurn verzog das Gesicht, doch der Skrang vor mir lächelte nur über diese Beleidigung.

»Ja, das tun wir, nicht wahr?« Er deutete auf sein Gesicht. »Wenn ihr genug Zeit mit uns verbringen würdet, könntet ihr die Unterschiede sicher erkennen. Aber das hat noch kein Mensch geschafft – wir töten sie einfach zu schnell!«

Aus den Reihen hinter uns drang schallendes Gelächter an unsere Ohren. Ich kicherte milde, um bei diesem schlechten Scherz mitzumachen.

»Findest du das witzig?«, fragte er.

»Ich finde viele Dinge witzig«, sagte ich und verzog dann sofort das Gesicht. »Kacke. Durfte ich jetzt überhaupt antworten?«

»Wir führen jetzt eine Unterhaltung, von daher lautet die Antwort: Ja, du durftest antworten«, sagte er. »Wie ist dein Name?«

»Mein Name? Weißt du den nicht?«

»Warum sollte ich?«, fragte er. »Alle Menschen sehen für mich gleich aus.«

»Der war gut. Ich bin Steve. Steve Nicholas. Ein ganz normaler Typ, der auf der Suche nach Liebe und Abenteuern durch die Galaxis reist und Menschen in Not hilft.«

»Hältst du mich für dumm?«, fragte der Skrang.

»Da du auf dem Thron sitzt, würde ich sagen … nein.«

»Wir empfangen hier auch die Sendungen des galaktischen Netzwerks«, sagte er. »Wir wissen, wer Steve Nicholas ist: Der Held des menschlichen Dramas mit dem Titel *Galactic Steve.*«

Aus den Sitzreihen drang aufgeregtes Gemurmel, die meisten wiederholten einfach nur den Namen einer der beliebtesten Serien unter den Vids. Sie sagten wieder und wieder *Galactic Steve*, bis der Ober-Skrang seine Hände hob, um für Ruhe zu sorgen.

»Die Sendung ist auf unserem Planeten überraschend populär«, erklärte der Skrang. »Gut, wie lautet nun dein richtiger Name?«

»Kyle?«

»Ist das der Name, mit dem du sterben willst?«

»Nein, eigentlich nicht.«

»Das wird er aber sein, wenn du mir nicht deinen richtigen Namen nennst!«, schrie der Skrang.

Speichel spritzte aus seinem Mund und landete auf meinem Gesicht, doch meine gefesselten Hände waren nicht in der Lage, es wegzuwischen. Es schüttelte mich fast, als ich spürte, wie einige der kleinen Tropfen sich zu einem großen verbanden, der langsam meine Wange hinunterrutschte und dann an meinem Kinn hängenblieb, wo er sich anscheinend nicht entscheiden konnte, ob er auf den Boden tropfen sollte oder nicht.

»Kann mir vielleicht jemand helfen?«, fragte ich. »Ich habe ein bisschen von deinem Sabber auf meinem Gesicht.«

»Tötet ihn«, sagte der Skrang.

Ich wurde in den Stand gehoben und spürte eine Klinge an meinem Nacken.

»Joe! Mein Name ist Joe Laribeau! Ich wurde auf Bax geboren, bin aber kein großer Fan davon! Zu viele Sümpfe! Viel zu viele Sümpfe! Versteht mich nicht falsch, ich mag feuchte Planeten, wer tut das nicht, aber da sind einfach zu viele Sümpfe!«

»Du magst feuchte Planeten?« Der Skrang schaute in die Runde. »Was soll das bedeuten? Ist das so bei den Menschen? Mögen Menschen feuchte Planeten?«

Es entbrannte eine lebhafte Diskussion über das Thema unter den Zuschauern, bis es dem Skrang reichte und er mir ins Gesicht trat. Dabei erwischte er nicht mal den Sabber. Der blieb kleben und erhielt sogar noch Gesellschaft von einer nicht unerheblichen Menge Blut.

»Ich bin Lord Messermeen«, sagte er. »Hast du von mir gehört?«

»Ich habe von Ihnen gehört«, murmelte ich, als eine Wache mich wieder auf meine Knie hob. »Jeder Marine in der Flotte hat von Ihnen gehört. Sie haben die Schlacht von Heg gewonnen und im Kampf um Daas beinahe General Gossle besiegt.«

»Gossle war ein guter General«, sagte Lord Messermeen. »Aber nicht besser als ich. Er hatte Glück, dass genau in dem Moment Verstärkung eintraf, als ich meinen letzten Sturmangriff befahl. Wenn es dazu nicht gekommen wäre, hätte ich gewonnen.«

»Genau das steht in allen Lehrbüchern«, antwortete ich.

»Ist das so? Werde ich in den Lehren der Flotte erwähnt?«

»Ja, absolut. Direkt vor dem Kapitel, wie man sich richtig den Arsch abwischt und nach dem Kapitel, wie man beim Verkehr mit inkompatiblen Rassen Geschlechtskrankheiten vermeidet.«

»Du bist nicht lustig«, sagte Lord Messermeen. »Das habe ich dir schon gesagt. Wenn du mit den schlechten Witzen nicht aufhörst, muss ich wohl zu der Regel ›Schweigen oder Verlust der Zunge‹ zurückkehren.«

»Verstehe.« Ich nickte. Und ich würde ja gern sagen, dass dieses Nicken höllisch wehgetan hat, aber inzwischen schmerzte mein ganzer Körper so sehr, dass es unmöglich war, zwischen einzelnen Schmerzquellen zu unterscheiden.

»Warum bist du hier, Joe Laribeau?«, fragte Lord Messermeen.

»Das ist geheim. Wenn ich es Ihnen sagen würde, müsste ich …«

»Joe!«, bellte Mgurn. »Aufhören!«

»Da spricht die Stimme der Vernunft«, stellte Lord Messermeen fest. »Du bist sein Assistent?«

Mgurn blieb stumm.

»Du musst nicht antworten«, sagte Lord Messermeen. »Ich weiß es bereits. Wenn das Joe Laribeau ist, musst du Mgurn sein. Ich weiß alles über dich, Mgurn. Und ich weiß auch alles über Salvage Merc Einsvierundachtzig. Ich habe nämlich das Privileg genossen, mit …«

Sein Blick wanderte ins Leere und er räusperte sich mehrfach. Dann setzte er wieder an, etwas zu sagen, würgte aber nur einen gelben Batzen Schnodder hervor, den er vor mir auf den Boden rotzte.

»Scheiß auf dieses hochgestochene Gerede«, knurrte Lord Messermeen. »Ich brauche mich nicht anhören, wie ein grottverdammter Edelmann. Skrang reden nicht so! Skrang reden mit Autorität! Laut! Selbstbewusst! Schöne Worte sind nur etwas für schwachbrüstige Kreaturen wie Menschen, Groshnels und Klavs! Ich bin ein Skrang! Ich bin ein Lord! Ich bin stark, nicht schwach!«

Er schlug sich fest auf die Brust und jeder Skrang im Saal antwortete mit der gleichen Geste. Er wiederholte sie und seine Untertanen ebenso. Auf diese Art ging es bestimmt fünf Minuten so weiter. Auf jeden Fall lange genug, dass ich über die Frage nachdenken konnte, was er mit schönen Worten gemeint haben könnte. Der Kerl klang für mein Befinden auch schon vorher wie ein grunzendes Terpig.

»Es ist Zeit, jemanden kennenzulernen«, sagte Lord Messermeen, wobei er mich am Hals packte und mich hochzog, als ob ich federleicht wäre. Meine Füße hingen ein paar Zentimeter über dem Boden, als er mich über die Bühne trug und vor einer versteckten Tür fallen ließ. »Komm heraus! Sofort!«

Die Tür öffnete sich und ein Mann trat heraus, der ungefähr so aussah, wie ich mich fühlte. Sein Gesicht war mit blauen Flecken und Platzwunden übersät und er konnte nur noch ein Auge öffnen. Das andere war so schlimm angeschwollen, dass ich mir sicher war, dass es bei der leichtesten Berührung platzen würde. An seinem Hals waren Hautstreifen herausgerissen worden und ich konnte Elektroden sehen, die überall an seinem geschundenen Körper angebracht waren. Er machte ein paar Schritte auf mich zu, drehte sich dann auf dem Absatz und schaute zu Boden.

»Hallo Joe«, sagte er mit monotoner Stimme. »Schön, dass wir uns endlich mal treffen.«

Sein noch funktionsfähiges Auge war blutunterlaufen und die Iris hatte eine blaugraue Farbe. Ich hatte keine Ahnung, wer der Kerl war. Er sah jedenfalls nicht aus wie der Gesuchte aus dem Caga-Café. Und wie ein Salvage Merc sah er schon gar nicht aus. Das konnte doch nicht Salvage Merc One sein!

»Du scheinst verletzt zu sein«, sagte der Mann. »Brauchst du Hilfe?«

»Er braucht keine Hilfe!«, schrie Lord Messermeen. »Er braucht eine gute Tracht Prügel! Eine, nach der er in noch schlechterem

Zustand ist als du! Eine, nach der er etwas empfänglicher für meine Ansprüche ist!«

»Wer bist du?«, grunzte ich, während ich versuchte, auf die Beine zu kommen.

Der fremde Mann trat mir heftig in die Rippen und ich fiel hintenüber, wonach ich mich nur noch wie ein Knäuel aus Schmerzen fühlte. Ich bekam nicht mal eine Sekunde Zeit, um wieder Luft zu holen, da war er auch schon wieder an meiner Seite und bearbeitete mich mit seiner Stiefelspitze. Ein Tritt nach dem anderen prasselte auf meinen Körper ein und ich hatte längst keine Kraft mehr, mich zum Schutz irgendwie einzuigeln.

Mit dem einen Auge, das ich noch öffnen konnte, sah ich Mgurn wie eingefroren auf seinem Platz vor Lord Messermeen knien. Er hatte den Blick zu Boden gesenkt und konnte nicht einmal zusehen, wie die Scheiße buchstäblich aus mir herausgeprügelt wurde. Wie gesagt, buchstäblich. Ich konnte nichts mehr einhalten, als die Stiefel des Irren meinen Verdauungstrakt fast zum Platzen brachten. Ernsthaft, nach zwei Minuten der pausenlosen Prügel verließen mich sämtliche Lebensgeister.

Wahrscheinlich habe ich sogar geweint, ich weiß es nicht mal. Vermutlich habe ich ihn angefleht, aufzuhören – auch das kann ich nicht mit Sicherheit sagen. Diese Gewaltorgie verschwamm einfach zu einer unscharfen Masse. Mein Bewusstsein muss sich ungefähr in dem Moment in die zweite Reihe verabschiedet haben, als ich mir in die Hose schiss.

Trotzdem wurde ich nicht bewusstlos. Dabei betete ich dafür, endlich ohnmächtig zu werden, das weiß ich noch. In der Vergangenheit bin ich auch schon wesentlich unspektakulärer verkloppt worden und war sofort K.o. Einmal bin ich sogar ohnmächtig geworden, als ich gesehen habe, wie ein junger Typ einfach so gestolpert ist und sich jeden einzelnen Zahn ausgeschlagen hat, als sein Gesicht ungebremst auf dem Gehweg aufschlug. Wenn ihr dieses Blutbad live miterlebt hättet, wärt ihr auch umgekippt, da bin ich mir sicher.

Klar, ich war ein Marine, ich habe schon Gräueltaten miterlebt, die kein lebendes Wesen miterleben sollte. Ich musste mit ansehen, wie Kameraden direkt neben mir vaporisiert wurden. Ich habe gesehen, wie ein aufgepumpter Skrang jemandem beide Arme herausgerissen hat. Und ich musste den Verlust meiner eigenen Beine mit ansehen.

Aber es gab Gelegenheiten, in denen sollte sich der Verstand lieber ausschalten. Leider gehörte die Abreibung, die mir Mister Gnadenlos verpasste, offensichtlich nicht dazu.

Als er fertig war, oder besser gesagt, als ihm gesagt wurde, dass er fertig sei, trat er einen Schritt zurück und schaute mich ganz lässig an, so wie ein Kind ein schönes buntes Bild betrachtet, dass es gerade für seine Eltern gemalt hat. Er lächelte mit seinen aufgeplatzten Lippen, und sein funktionierendes Auge fokussierte sich auf mich. Irgendwie hatte ich das Gefühl, als ob sein Blick sich direkt in meine Seele brannte.

»Halt durch, Joe«, sagte eine Stimme in meinem Kopf. Sie klang warm und weich und war mit Vertrauen und Hoffnung erfüllt. Ich war sofort verliebt in diese Stimme. »Blinzle, wenn du mich hören kannst.«

Ich blinzelte und Mister Gnadenlos tat es mir nach.

»Gut gemacht, Joe«, sagte die innere Stimme. »Bleib tapfer, und nimm mir die Misshandlung nicht übel. Das liegt an dem Scheiß, den sie an mein Rückenmark angeschlossen haben, damit können sie mich sozusagen fernsteuern. Aber zum Glück nur meine motorischen Fähigkeiten. Über alles andere habe ich selbst die Kontrolle. Habe Geduld, dann kommen wir lebend hier raus.«

»Ist das so?«, fragte ich. »Gut zu wissen.«

»Was hat er gesagt?«, knurrte Lord Messermeen und schob den Gnadenlosen beiseite. »Er wagt es, nach dieser Lektion noch zu sprechen! Fang noch mal von vorne an!«

»Sorry«, sagte die Stimme in meinem Kopf. »Ich will das nicht tun, aber ich muss, sonst würde ich verraten, wozu ich noch fähig bin. An diesem Punkt sind wir noch nicht. Also bleib tapfer und …«

»Halte durch«, beendete ich den Satz für ihn. »Ich weiß.«

»Bring ihn zum Schweigen!«, schrie Lord Messermeen wütend. Mir platzten fast die Trommelfelle. »Tritt ihm die Zähne ein! Brich ihm den Kiefer! SOFORT!«

Mister Gnadenlos nahm Anlauf, und das Letzte, was sich sah, war sein Stiefel, der auf mein Gesicht zuraste. Das Letzte, was ich hörte, war der Klang meiner brechenden Zähne und im Hintergrund das Schluchzen von Mgurn.

Doch dann umfing mich endlich die bittersüße Ohnmacht. Wie hatte ich sie vermisst.

FÜNFZEHN

Ich war durch Schmerzen bewusstlos geworden und ich kam durch Schmerzen wieder zu Sinnen.

»Bei den acht Millionen Göttern«, japste ich, als ich mein funktionierendes Auge öffnete.

Das Licht schien meine Netzhaut zu verbrennen und ich schrie einige Minuten lang, bevor die Welt um mich herum endlich erkennbar wurde. Also, nicht so wirklich erkennbar, aber zumindest erahnbar.

»Joe«, flüsterte Mgurn und legte mir einen feuchten Lappen auf die Lippen, die auf ihre ungefähr zehnfache Größe angeschwollen waren und sich anfühlten, als wären sie zwischenzeitlich in Brand gesetzt worden.

»Versuche, etwas zu trinken«, sagte er, während er mir Wasser in den Mund laufen ließ.

Die Schmerzen nahmen wieder zu und ich wollte am liebsten sterben, aber ich ließ das Wasser an den Trümmern vorbeigleiten, die einst meine Zähne gewesen waren. Mgurn machte weiter, immer wieder befeuchtete er den Lappen und wrang ihn in meinen Mund aus, wobei der Großteil des Wassers jedoch nur an meinem Gesicht herunterlief. Dann tropfte es auf den harten Boden, auf dem ich lag. Zumindest war ich der Meinung, dass es ein harter Boden war, aber selbst wenn es ein superbequemes Federbett gewesen wäre, hätten die Schmerzen mich dazu gebracht, wie ein Baby zu heulen.

Als meine Mundhöhle endlich feucht genug war, löste sich meine klebrige Zunge vom Gaumen und ich wagte es, mit ihrer Hilfe meine Zähne zu betasten. Nicht ein Einziger von ihnen hatte überlebt. Einige waren direkt aus dem Kiefer gerissen worden, doch die meisten waren nur noch zerklüftete Spitzen aus Knochen und Zahnschmelz.

»Kannst du dich aufsetzen?«, fragte Mgurn.

»Kannst du mir einen blasen?«, fragte ich zurück.

Zumindest wollte ich das sagen. Heraus kam allerdings nur ein vernuscheltes, murmelndes Grunzen, aber Mgurn verstand die Richtung.

»Du kannst nicht ewig nur herumliegen, Joe«, sagte die Stimme in meinem Kopf. »Du musst deine Gabe anwenden und deinem Körper deinen Willen aufzwingen.«

»So wie es dir aufgezwungen wurde, mir alle Zähne herauszutreten?«, fragte ich, diesmal ebenfalls mit meiner inneren Stimme.

»Das ist jetzt vorbei«, sagte er. »Es liegt in der Vergangenheit. Konzentriere dich auf die Gegenwart, damit wir die Zukunft planen können.«

»Ich soll die Zukunft planen?«, lachte ich innerlich. »Meinst du damit Pläne für meine Krankenkasse und Frührente? Ha, ha, ha, verdammt!«

»Konzentrier dich!«, schrie die Stimme und ich zuckte zusammen.

»Joe? Was ist los?«, fragte Mgurn.

Ich schüttelte den Kopf, so gut ich es konnte, ohne zu sterben, und Mgurn verzog das Gesicht.

»Was passiert mit dir?«, fragte Mgurn. »Ich spüre ein elektrisches Pulsieren um dich herum, aber ich kann die Quelle nicht orten.«

»Du hast einen wirklich aufmerksamen Assistenten« sagte die Stimme. »Leforianer hatten schon immer ein stärkeres Gespür für unsere Fähigkeiten als alle anderen Rassen. Deswegen wurde Mgurn für dich ausgewählt.«

»Ein Prosit auf Mgurn und mich«, dachte ich. »Und bitte schreie mich nicht mehr an. Damit pulverisierst du mein Gehirn.«

»Dieser Schrei war noch nicht mal nahe dran«, sagte die Stimme. »Um dein Hirn wirklich zu pulverisieren, müsste ich viel mehr mentale Kraft einsetzen.«

»Ich meinte das nicht ernst«, dachte ich.

»Ich schon«, antwortete die Stimme. »Diese Technik musste ich schon mehrmals anwenden. Es ist wirklich kein schöner Anblick, wenn die Gehirnmasse anfängt, aus den Ohren zu tropfen. Und das Geschrei dazu! Ich hoffe für dich, dass du das niemals erleben musst, Joe.«

»Okay, das werde ich mir merken«, dachte ich. »Du bist es also wirklich? Du bist Salvage Merc One?«

»So ist es. Ich wünschte mir, wir hätten uns unter anderen Umständen kennengelernt, aber nun ist es eben so. Schön, dass wir endlich miteinander reden können.«

»Schön ist jetzt nicht das Wort, das ich benutzen würde, aber im Moment bin ich auch nicht in der Lage, mir Synonyme zu überlegen. Also bleiben wir bei schön«, dachte ich. »Hast du auch einen Namen, Salvage Merc One?«

»Den hatte ich mal« antwortete er. »Aber du solltest mich One nennen. Denn ich denke nicht gern daran, wer ich war, bevor ich diese Nummer bekam und mit ihr die damit verbundenen, zusätzlichen Gaben.«

»Zusätzliche Gaben? Was denn zum Beispiel?«

»Ich spreche mit dir vom anderen Ende des Palastes aus. Das wäre schon mal eine.«

»Das ist wirklich ein netter Trick. Wie ist die Reichweite?«

»Joe? Was ist los? Kannst du mich hören, Joe?«, fragte Mgurn.

Ich öffnete mein Auge, das ich anscheinend unbewusst geschlossen hatte. Ich zwinkerte ihm zu, dann versuchte ich, zu nicken. Da das Nicken nicht funktionierte, weinte ich stattdessen ein bisschen und holte anschließend tief und schmerzhaft Luft, um schließlich »Alles … okay …« zu krächzen.

»Ich höre eine Wache kommen, Joe«, sagte Mgurn. »Du musst dich aufsetzen. Beim letzten Mal hat er gesagt, er würde dich töten, wenn er wieder vorbei kommt und du immer noch nicht wach bist. Ein schlafender Mensch ist nur ein fauler Mensch, der sich weigert zu sterben, sagte er.«

»Mach besser, was er sagt, Joe«, meinte One. »Du bist wichtig, aber nicht so wichtig, dass dir eine Skrang-Wache nicht den Kopf abreißt, wenn er darauf Lust hat.«

»Super«, dachte ich.

»Okay«, sagte ich durch meine zersplitterten Zähne und die aufgeplatzten Lippen.

»Gut, gut«, sagte Mgurn erleichtert. Dann half er mir, mich aufzurichten. Und es war tatsächlich ein harter, metallener Boden, auf dem ich mich befand, kein Federbett.

»Hör mir gut zu, Joe«, sagte One. »Ich arbeite daran, dich wieder in meine Nähe zu kriegen. Ich habe Lord Messermeen fast davon überzeugt, dass es ihm deutlich mehr bringen würde, uns beide als Team zusammenarbeiten zu lassen, als einfach deine Leiche als Warnung zur SMC zu schicken.«

»Will Lord Menstruation das wirklich machen?«, dachte ich.

Ones mentales Lachen schmerzte höllisch in meinem Kopf.

»Stopp, stopp«, flehte ich ihn an. »Du bringst mich um!«

»Sorry«, sagte er. »Meine Telepathie-Künste sind etwas eingerostet. Ich hatte vergessen, wie kraftvoll übertragene Emotionen wirken können.«

»Auf jeden Fall *ziemlich* kraftvoll«, dachte ich.

»Du!«, schrie ein Skrang-Wachmann, als er sich unserer Zelle näherte. Es war eine richtige Zelle mit Gittern und allem. Kein Energiekäfig oder anderer neumodischer Schnickschnack. »Steh auf!«

Mgurn entfernte sich von meiner Seite und stand auf.

»Nein! Er! Er muss stehen, oder er stirbt!«, schrie die Wache. Seine Knurrlaute waren fast genauso schmerzhaft wie Ones telepathisches Kichern.

»Tu es, Joe«, sagte One. »Heb deinen Hintern in die Luft und mach alles andere, was sie von dir wollen. Wenn wir Glück haben, wirst du zu Lord Messermeen gebracht. Da bin ich nämlich gerade. Er wird dann von dir verlangen, zu beweisen, dass du ähnliche Kräfte hast wie ich. Dem kannst du entspannt entgegenblicken. Ich werde das meiste davon übernehmen können.«

»Also kann ich noch nicht das, was du kannst?«, dachte ich.

Mgurn beugte sich zu mir herunter und packte mich vorsichtig mit seinen vier Armen.

»Natürlich nicht!«, antwortete One. »Du bist meilenweit entfernt von meinen Fähigkeiten. Du wirst noch jahrelang trainieren müssen, bis du auch nur die Hälfte von dem kannst, was ich kann.«

»Dann freue ich mich darauf, noch ein paar Tage deine Stimme in meinem Kopf zu hören«, dachte ich.

»Ich werde natürlich meine normale Stimme benutzen«, sagte One. »Sei nicht albern.«

»Lass ihn los!«, schrie die Wache Mgurn an. »Er läuft allein, oder er stirbt!«

»Muss denn die Konsequenz jedes Mal sein, dass er stirbt?«, fragte Mgurn und bekam für seine Frechheit einen Schockstab in die Brust gerammt.

Er sackte auf die Knie und hätte mich fast mit nach unten gerissen, doch ich blieb aufrecht stehen und wandte mich dem Wachmann zu.

»Ich stehe. Alleine«, grunzte ich.

Und ich stand wirklich. So ein Paar hervorragend konstruierte Cyborg-Beine musste man einfach lieben. Die Haut, die sie bedeckte, brannte wie Feuer, doch die Mechanismen darunter waren so kühl wie eine Weltraumgurke. Und die waren wirklich kalt, wegen dem Vakuum im All und so. Richtig schön kalte Gurken, Junge. Echt jetzt.

»Mgurn?«, fragte ich, ohne meinen Blick von der Wache abzuwenden.

»Ich bin okay, Joe«, sagte er und rappelte sich wieder auf. Instinktiv versuchte er, nach mir zu greifen, hielt seine Bewegung aber in letzter Sekunde zurück. »Bei mir ist alles okay.«

Die Wache öffnete die vergitterte Tür und deutete mit dem Schockstab abwechselnd auf mich, dann auf Mgurn.

»Der Leforianer bleibt hier!«, schrie er. Eine andere Lautstärke schien er nicht im Repertoire zu haben. »Du kommst mit! Versuche zu fliehen, und du stirbst! Schau irgendwo anders hin als geradeaus, und du stirbst! Bewege dich zu langsam, und du stirbst! Sprich, und du stirbst!«

»Verstanden«, sagte ich und trat dann aus der Zelle heraus, Mgurn blieb zurück.

Ich hätte gern noch ein paar letzte Worte mit meinem treuen Assistenten gewechselt, aber ich hatte Angst, dass mich dies das Leben kosten würde. Mgurn hatte wahrscheinlich recht mit seiner Aussage gehabt, dass bei diesem Skrang der Tod die Antwort auf alles war.

»Bist du noch da, One?«, dachte ich, als langsam, aber nicht *zu* langsam, den Gang hinunterschritt.

Es kam keine Antwort. Na toll.

Der Korridor bestand aus lauter weiteren Zellen, aber ich wagte es nicht, einen Blick hinein zu werfen, um zu schauen, ob darin Gefangene waren. Es gab genügend Fäkalgerüche, die auf die Anwesenheit organischer Bewohner hindeuteten, doch es waren keinerlei Geräusche zu hören. Vermutlich hatte die Wache ihnen auch schon den *Mach-irgendwas-und-du-stirbst!*-Vortrag gehalten.

Ich stolperte ein paarmal aus Erschöpfung und wartete schon darauf, von hinten einen tödlichen Schlag auf den Kopf zu bekommen. Aber die Wache schubste mich immer nur voran und ich schaffte es, lange genug auf den Beinen zu bleiben, um das Ende des Ganges zu erreichen.

Er legte seine Hand auf einen Scanner und eine dicke Tür schob sich in die Wand hinein. Auf der anderen Seite wiederholte er das Scannen an einem anderen Terminal, um die Tür wieder zu schließen.

»Weiter!«, schrie er anschließend.

Und ich machte weiter. Ich tat alles, was er von mir wollte. Zu meinem Glück wollte er nichts anderes, als dass ich weiterlief. Und so liefen wir weiter und weiter. Der Palast war riesig. Er musste die halbe Skrang-Stadt ausfüllen. Wahrscheinlich nicht wirklich, aber es fühlte sich so an. Der Wachmann schubste mich durch abgelegene Flure, wo andere Wächter abhingen, sich unterhielten oder Diener zusammenschlugen und Gefangene unterschiedlichster Rassen folterten. Mit manchen veranstalteten sie auch schmutzige Dinge mit ihren schmutzigeren Körperregionen, alles in allem hatten sie einfach eine typische Skrang-Party am Laufen.

Kreuzungen und Kurven, Abzweigungen und Knicke. So langsam kam mir der Gedanke, dass der Palast gar nicht so groß war, wie es den Anschein hatte. Manche der Folteropfer kamen mir schon bekannt vor, als hätten wir sie bereits einige Male passiert. Wahrscheinlich ging es dem Wachmann nur darum, dass ich komplett die Orientierung verlieren sollte. Wenn dem so war, machte er das wirklich verdammt gut.

Als wir endlich ankamen, hatte ich meine Beine kaum noch unter Kontrolle. Selbst Cyborg-Beine konnten schon mal den Dienst versagen, und wir hatten wirklich eine heftige Wanderung durch den Palast hinter uns. Normalerweise feierte man so einen Marathon ja mit einem Bier und einem Energieriegel, aber ich fühlte mich irgendwie nicht danach, Lord Messermeen jetzt nach einem Power-Nussbarren mit Waldbeeren zu fragen. Und Skrang trinken kein Bier, also fiel auch das flach.

»Laribeau« zischte Lord Messermeen, als ich in den Thronsaal geschoben wurde. Da seine Fans inzwischen das Feld geräumt hatten, hallte seine Stimme aus allen Richtungen wider. Das war mehr als nur ein bisschen gruselig. »Hinsetzen. Sofort.«

Er saß mir gegenüber auf seinem Thron, einen Kelch mit irgendwas in seiner rechten Hand und eine meiner KL09-Pistolen in der anderen. Zumindest dachte ich im ersten Moment, dass es eine von meinen sei. Sie könnte natürlich auch One gehören. Oder einem anderen unglücklichen Bastard, der in diese Skrang-Hölle geraten war. Oder vielleicht gehörte sie sogar Lord Messermeen selbst. Der Grund, warum ich mich damit so beschäftigte, war, dass sie in meine Richtung zeigte – nicht besonders aufdringlich, aber deutlich genug, um eine klare Botschaft an mich zu senden.

»Meine Quellen berichten mir, dass du sehr, sehr wichtig für die SMC bist«, sagte Lord Messermeen. »Du sollst sozusagen ihr Thronerbe werden. Das verstehe ich nicht. Schau dich doch mal an. Du bist ein trauriges, trauriges Menschlein, inzwischen nur noch ein Haufen schwacher Muskeln und gebrochener Knochen.«

»Ich glaube nicht, dass da etwas gebrochen ist«, erwiderte ich.

»Ach so?« Er lächelte. »Bist du sicher?«

Scheiße…

Der Schlag auf meinen linken Oberarm kam so plötzlich und stark, dass ich für die ersten paar Sekunden überhaupt nichts spürte. Mein Arm wurde einfach taub. Ich blinzelte ein paarmal und drehte meinen Kopf, wenig überrascht, One an meiner Seite zu sehen – mit einer dicken Metallstange in seinen Händen.

Dann kamen die Schmerzen.

»Oh, foh!«, schrie ich und fiel auf die Knie, wobei mein rechter Arm instinktiv nach dem linken griff. Auch das tat wieder höllisch weh. »FOH!«

Schon die leiseste Bewegung jagte Schmerzwellen durch meinen Körper. Mein linker Arm hing einfach schlaff herunter, ein taubes, nutzloses Anhängsel. Allein die leichten Vibrationen beim Atmen hätte mich fast ohnmächtig werden lassen. Das war wirklich nicht lustig.

»Es gibt viele Dinge, die ich gern mit dir machen würde, Laribeau«, sagte Lord Messermeen. »Einige davon drehen sich um Feuer und dein Mannesding.«

»Mein … Mannesding?«, japste ich. »Du … meinst … meinen Pimpi? Stehst du … etwa auf mich … Messermeen?«

»Ich weiß bereits, dass Marines den Weg zu ihrem Tod gern mit Witzen pflastern«, sagte Lord Messermeen. »Sie weigern sich einfach, ernst zu sein und mit Würde zu sterben. Ein Witz nach dem anderen. Und keinen davon habe ich je verstanden, vermutlich aufgrund der kulturellen Barriere zwischen unseren Völkern. Eure Art von Humor bringt mich einfach nicht zum Lachen.«

Er stand auf und nickte One zu.

Das bedeutete noch mehr Schmerz.

Meine Schulter wurde vernichtet, als One seine Stange darauf niedersausen ließ. Ab diesem Punkt hätte man mit einem stumpfen Buttermesser meinen Arm einfach abschneiden können, so wenig Widerstand bot er. Er hatte noch weniger definierte Kontur als Igs Arme. Ig. Tarr. Hopsheer. Deren Hilfe hätte ich in diesem Moment wirklich brauchen können. Als Nächstes kam mir der Gedanke, was aus Midnight und ihrer Crew geworden war.

»Mach dir keine Sorgen, Joe«, sagte One in meinem Kopf. »Du wirst sie wiedersehen. Du wirst sie alle wiedersehen. Ich hole dich hier raus.«

»Eigentlich soll ich dich doch hier rausholen«, sagte ich. Und zwar laut.

»Was? Was war das?«, bellte Lord Messermeen. »Du glaubst, dass du mich entführen und gefangen nehmen kannst? Du bist wahnsinnig. Alle Salvage Mercs sind irre. Ihr seid irre, weil ihr glaubt, dass ihr neutral sein könnt, und ihr seid irre, weil ihr glaubt, dass die Skrang-Allianz euch das gestatten wird. Morgen um diese Zeit wird die SMC bereits den Krieg erklärt haben, und die Galaxis wird nie mehr dieselbe sein.«

»Warum so wütend, Messi-Mann?«, fragte ich durch meine zerstörten Zahnreihen. Der peinigende Schmerz in meinem Arm hatte mich zumindest von der Tatsache abgelenkt, dass ich kaum noch Zähne hatte.

Lord Messermeen deutete auf sein Gesicht und machte mit seinen Fingern eine kreisende Bewegung. »Ich kann nicht mal die Hälfte von dem verstehen, was du sagst, Merc«, grunzte er. »Ich habe dich herbringen lassen, um dich zu verhören, aber dein Maul ist total hinüber und damit bist du für mich wertlos.«

Uh-oh. Wertlos bedeutet, ich bin tot.

»Keine Panik«, sagte One telepathisch. »Er wird dich nicht hier töten. Er wird dich in einen der Bruttümpel werfen, wo du dann von den Jungen gefressen wirst.«

»Ach, na dann ist es ja kein Problem!«, schrie ich in Gedanken und hatte das Gefühl, spüren zu können, wie One zusammenzuckte. »Ich würde liebend gern in einem Skrang-Bruttümpel enden! Nichts lieber als das!«

»Beruhige dich«, schnauzte One zurück. Das tat er so laut, dass mein Kopf nach hinten geworfen wurde und ich leise stöhnte. Anschließend stöhnte ich ziemlich laut.

»Sorry«, sagte One.

»Was hat er denn jetzt?«, fragte Lord Messermeen.

»Er stirbt, mein Gebieter«, sagte One laut. »Darf ich ihn zu den Tümpeln bringen, auf dass sein Körper der nächsten Generation von Skrang-Führern nützlich sein kann.«

»Mach das«, meinte Lord Messermeen. »Ich werde dir in Kürze folgen. Ich habe ein Meeting mit den Generälen, und dann muss ich noch meine sechzig Konkubinen befriedigen, bevor ich mich der Unterhaltung widmen kann.«

»So lange wird er wahrscheinlich nicht leben«, sagte One. »Ihr sagtet doch, dass Ihr mit ansehen wollt, wie er bei lebendigem Leibe gefressen wird.«

»Das ist wahr«, antwortete Lord Messermeen. »Sehr wahr sogar. Ich kann jeden Tag zusehen, wie totes Fleisch in den Tümpel geworfen wird, sogar rund um die Uhr. Aber mitzuerleben, wie ein lebendiger Salvage Merc von meinem Nachwuchs verschlungen wird, das ist tatsächlich etwas besonderes. Ich würde es nicht missen wollen.«

»Dann werde ich ihn jetzt dort hinbringen, mein Gebieter!«

»In Ordnung.« Lord Messermeen wandte sich an eine Gruppe von Wachen, die am Rand des Thronsaales Spalier standen und deutete auf zwei von ihnen. »Ihr beide werdet helfen, diesen Merc seinem Schicksal zuzuführen. Die anderen sollen die Kunde verbreiten, dass das heutige Unterhaltungsprogramm vorverlegt wurde. Jeder, der den Tod dieses Feindes der Skrang miterleben will, soll sich innerhalb von zehn Minuten am Königlichen Bruttümpel einfinden.«

Die Wachen salutierten zackig und kümmerten sich dann darum, ihre Befehle auszuführen. Und einer von diesen Befehlen war, mich zu packen und meinen zerschundenen Hintern aus dem Thronsaal zu schleifen. Den größten Teil dieser Reise war ich ohnmächtig, da einer von ihnen meinen linken Arm mit seiner klauenbewehrten Hand gepackt hatte – und dabei reichte schon ein leichter Windhauch auf diesen Arm, um mich vor Schmerzen bewusstlos werden zu lassen.

Als ich wieder zu mir kam, befand ich mich draußen in gnadenloser Hitze und mein Körper war in so etwas wie Plastikfolie gehüllt, das allerdings wie die Eingeweide eines Terpigs stank. Als meine Augen sich endlich fokussieren konnten, erkannte ich Venen und Sehnen, die das Material durchsetzten. Ich war also tatsächlich in die extrem gedehnten Eingeweide eines Terpigs gehüllt. Das war mal was Neues.

Ich konnte meinen Kopf kaum bewegen, aber ich ignorierte die quälenden Schmerzen, um einen Eindruck von meiner Umgebung zu erhalten.

Ein großer, dunkler und trüber Tümpel lag direkt vor mir. Ich wurde auf einer steinernen Plattform festgehalten, die über den Rand des Wassers ragte. Am Ufer standen die ganzen Skrang herum, die ich schon von gestern kannte. Vermutlich war das der Hofstaat. Überall waren Wachen, die die Gäste beschützten und umringten.

»Joe? Kannst du mich hören?«, fragte One.

»Jawohl«, dachte ich.

»Ich habe gute und schlechte Nachrichten.«

»Die schlechten zuerst!«, dachte ich.

»Bringt den Leforianer, damit der Merc die Macht meines Nachwuchses kennenlernen kann!«, rief Lord Messermeen von der anderen Seite des Tümpels. Ich hatte ihn gar nicht erkannt, weil er nicht in seinem Thron saß. Er stand einfach da, wie ein ganz normaler, psychotischer Skrang. Leicht zu übersehen.

Wächter zerrten Mgurn durch die Reihen der Zuschauer und brachten ihn an den Rand des Wassers. Dann schubsten sie ihn hinein.

»Das war die schlechte Nachricht«, sagte One.

SECHZEHN

»Mgurn!«, schrie ich und bedauerte es direkt. Jeder Zahnstummel in meinem Mund vibrierte durch die Kraft meiner Stimme. Sofort sah ich überall schwarze Flecken und merkte, wie ich mich einer Ohnmacht näherte.

Doch Mgurns Schrei brachte mich wieder zu vollem Bewusstsein und ich zwang mich, meinen Fokus auf ihn zu richten. Das Mindeste, was ich für ihn tun konnte, war bis zum bitteren Ende zuzusehen.

»Joe!«, rief er. »Ich werde das überleben, Joe! Leforianer sind stark! Leforianer sind Kämpfer! Leforianer sind – ah! Sie fressen meine Zehen! Die kleinen Mistviecher fressen meine Zehen! Mach sie weg! MACH SIE WEG!!!«

Dann wurde Mgurn unter die Wasseroberfläche und damit aus meinem Blickfeld gezogen. So viel zu meinem Vorhaben, bis zum bitteren Ende zuzusehen. Ich hoffte einfach, das war noch nicht das Ende. Mgurns letzte Worte konnten unmöglich »MACH SIE WEG!!!« sein. Das war einfach falsch.

»One! Tu etwas!«, schrie ich in meinen Gedanken.

»Ich kann nicht. Noch nicht«, sagte One. »Dein Freund muss für den Moment seinen eigenen Mann stehen.«

»Seinen eigenen Mann stehen? Bist du irre? Der Typ wird in einem abgefohten Tümpel von Skrang-Babys gefressen!«, schrie ich mental. »Unternimm etwas!«

»Ich kann nicht«, wiederholte One, wobei seine telepathische Stimme traurig und mitleidsvoll klang. »Ich stehe unter dem Einfluss des Gebieters. Mein Körper befindet sich nicht unter meiner Kontrolle. Wenn ich Mgurn jetzt helfen würde, ginge das nur unter Zuhilfenahme meiner Gaben, und die darf ich Lord Messermeen zum Wohle der SMC und der ganzen Galaxis nicht zeigen. Noch nicht. Nicht, während ich unter seinem Kommando stehe.«

»Dann entziehe dich dem Kommando, Arschnase!« Dieses Mal schrie ich laut und mein gesamtes Gesicht fühlte sich daraufhin an, als würde es in Flammen stehen.

»Was hat er gesagt?«, fragte Lord Messermeen und schaute fragend zwischen seinen Untertanen und den Wachen hin und her. Dann wandte er sich an One: »Sag mir, was er gesagt hat!«

»Er sagte: Entziehe dich dem Kommando, Arschnase!«, antwortete One.

»Was soll das bedeuten?«, knurrte Lord Messermeen. »Ist das ein Code? Soll es mich in meiner Ehre verletzten? Von welchem Kommando ist die Rede? Ich will Antworten!«

One schüttelte sich. Sein ganzer Körper erbebte, weil er von gegensätzlichen Impulsen durchflutet wurde. »Sag mir, was es bedeutet!«, brüllte Lord Messermeen. »Deine Seele gehört mir, Salvage Merc One! Du wirst mir sofort sagen, was es bedeutet!«

One seufzte. Sein Körper beruhigte sich und es sah so aus, als hätte er einfach aufgegeben. Das hatte ich schon öfter beobachtet – die Körpersprache sagte ganz deutlich, wenn einfach alles zu viel wurde und kein Sinn darin mehr bestand, zu kämpfen. An diesem Punkt war ich selbst schon mehrmals angekommen und es würde mir auch in Zukunft wieder so gehen. So war einfach der armselige Kreislauf im Leben eines Soldaten. Oder im Leben eines Mercs, schätze ich.

One hob seinen Kopf und ich konnte deutlich sehen, wie seine Augen sich verdunkelten. Erst hatten sie ein staubiges Grau, das Stück für Stück zu einem tiefen Schwarz wurde. Die Pupille, die Iris, das Weiße, alles. Er verwandelte sich in etwas, das noch größer war als Salvage Merc One.

»Ich werde dir sagen, was es bedeutet«, seufzte One, wobei in diesen sechs Worten das ganze Gewicht des Universums enthalten schien, das auf seinen Schultern lastete. Nein, Moment, das waren ja sieben Worte. Manchmal war es schwer, zu zählen, wenn man vor Kurzem erst zu Klump geprügelt und in Terpig-Eingeweide gewickelt wurde. Ihr werdet wissen, was ich meine, falls ihr jemals selbst in die Situation kommt.

One bekam jedoch nicht die Chance, Lord Messermeen zu erklären, was das alles bedeutete. Es bedeutete sowieso nichts anderes, als dass ich meinen Freund retten wollte. Doch plötzlich zischten Energiestrahlen durch die Luft und schlugen im Publikum ein. Skrang aller Altersgruppen, Größen und Geschlechter kreischten wie kleine Gumps, als ihre Körper von Plasmafeuer auseinandergerissen wurden. Der Hofstaat brach in komplette Panik aus, alle rannten wild durcheinander und versuchten, der Barrage von Plasma, das um den Tümpel herum einschlug, zu entkommen. Das war der Bereich, in dem auch ich mich befand. Oh Grott …

Ein Plasmaschuss traf den steinernen Vorsprung, auf dem ich so wackelig stand. Meine Umhüllung aus Gedärmen spannte sich, und ich stellte mit Entsetzen fest, dass ich darin überhaupt keinen Bewegungsspielraum hatte. Die Druckwellen von zwei aufeinanderfolgenden Explosionen schoben mich in großen Sätzen näher an die Kante heran und schließlich darüber hinaus – ich stürzte in die dunkelbraune Grütze unter mir.

Es gab ein ohrenbetäubendes Klatschen, dann befand ich mich unter der Wasseroberfläche. Widerliches Brackwasser versuchte in meine Nase hineinzuschießen, doch ich hatte es gerade noch geschafft, tief Luft zu holen, bevor ich in diesen Swimmingpool aus der Hölle eingetaucht war.

Zu meiner Überraschung linderte das Wasser die Schmerzen. Es verringerte das Gewicht von meinem gebrochenen Arm und beruhigte die Schnitte und Schürfwunden, die meine blanke

Haut bedeckten. Viel blanke Haut war das allerdings nicht, da ich ja in Gedärme gewickelt war!

Ich versuchte, mit den Füßen zu strampeln und mich umzudrehen, damit ich mein neues Unterwasserzuhause besser ansehen konnte, aber dazu kam ich gar nicht. Innerhalb von Sekunden stürzten sich Baby-Skrang auf mich. Die kleinen hungrigen Biester kamen wir Torpedos auf mich zugeschossen, ihre stummeligen Arme und Beine beförderten sie schneller durch das Wasser, als man es jemals glauben würde.

Doch dann, gepriesen seien die acht Millionen Götter, verlangsamte sich die Welt in eine extreme Zeitlupe. Meine Klarheit übernahm das Kommando und ich hätte vor Freude jauchzen können. Doch dann fiel mir ein, dass es für Menschen eher ungünstig war, unter Wasser zu schreien. Es gab dabei immer die unschöne Tendenz, all die Luft aus der Lunge zu pressen und anschließend zu ertrinken.

Also benutzte ich stattdessen meine Klarheit zu ihrem vollen Vorteil. Ich drehte mich in aller Ruhe um und konnte nun endlich den Rest des Tümpels sehen. Baby-Skrang kamen in Massen auf mich zu, doch es war, als würden sie durch Wackelpudding schwimmen. Und ich meine damit Sterli-Wackelpudding, das richtig massive Zeug.

Ich schaute mich um und hielt Ausschau nach etwas, an dem ich mich reiben konnte, um die Gedärme loszuwerden. Vermutlich würde ein kleiner Einschnitt reichen, um das Zeug einfach zerreißen zu können, denn es war schließlich ohnehin schon bis zum Platzen gespannt. Wenn ich es mir so überlegte, machte das mit den Gedärmen auch Sinn, denn die würden für die kleinen Monster als Vorspeise dienen, bevor es an das Hauptgericht ging – mich!

Meine Suche nach einem Hilfsmittel war jedoch jäh zu Ende, als ich die dunkle Silhouette von Mgurn ausmachte, der um sein Leben kämpfte. Es war ein Blutbad in Slow Motion. Allerdings war das nicht Mgurns Blut, sondern das der Skrang-Babys. Der Leforianer ließ alle seine vier Arme um sich herumwirbeln, die er irgendwie freibekommen hatte.

Links und rechts packte er die kleinen Biester. Dann schlug er ihre Köpfe fest genug zusammen, dass ich sie beinahe durch das Wasser platzen hören konnte. Ich war mir sogar sicher, dass ich die spitzen Schrei der sterbenden Babys hörte. Da hatte ich fast Mitleid mit den Viechern. Aber nur fast.

Mgurn riss einen Mini-Skrang in der Mitte durch und rammte dann die eine Hälfte so tief ins Maul eines weiteren heranschwimmenden Angreifers, dass es auf der anderen Seite wieder herauskam. Die aufgeplatzte Leiche versank danach in den Tiefen des trüben Wassers.

Und diese Tiefen waren in der Tat tief. Ich warf einen Blick nach unten und war schockiert, dass von dort Heerscharen von Skrang-Babys auf mich zuschwammen. Diejenigen, die Mgurn schon erledigt hatte, waren nur die blutige Spitze des Eisbergs, sozusagen das Sahnehäubchen auf einer gewaltigen Torte aus … okay, schlechte Analogie. Auf jeden Fall waren es sehr viele, und sie sahen sehr, sehr hungrig aus.

»One!«, dachte ich, als ich ein Brennen in meiner Lunge bemerkte. Ich war so fasziniert davon, zuzusehen, wie Mgurn kleine Skrang zerlegte, dass ich ganz vergessen hatte, dass Menschen Luft zum Überleben brauchten. Gute Sache, dass meine Klarheit mir genug Zeit gab, um über die wichtigsten Dinge nachzudenken. »One!«

»Nicht jetzt, Joe«, antwortete er, »ich bin beschäftigt!«

»Scheiß auf beschäftigt! Ich ertrinke hier!«

»Hilfe ist unterwegs«, antwortete One. »Das ist ein Teil der guten Nachrichten.«

»Juchhuuu!«, dachte ich. »Aber ich muss noch am Leben sein, um die guten Nachrichten wirklich genießen zu können.«

Er antwortete nicht. Ich spürte seine Präsenz in meinem Kopf, aber ich fühlte auch andere Dinge. Visionen und Schatten, die er aus seiner Perspektive sah. Obwohl ich schon das Geschehen hier unten für ein Blutbad hielt, war es an der Oberfläche noch hundertmal schlimmer.

Ein halbes Dutzend Skrang-Babys krachten in mich hinein und ich wirbelte herum, damit sie ihre Zähne in meine Darmhülle gruben. Das war ein schwieriges Unterfangen, das perfektes Timing erforderte, aber meine Klarheit erlaubte mir, mich genau auf den Rhythmus ihrer kleinen, schnappenden Kiefer einzustellen.

Die Hülle platzte auf und sank in die Tiefen. Einige der Skrang-Babys steuerten anschließend auf mich zu, um mir den Todesstoß zu versetzen, doch darauf wartete ich nur. Ich konzentrierte mich auf die höllischen Schmerzen in meinem Arm und dem Rest meines Körpers und wandelte sie in Energie um, die ich in meine Cyborg-Beine legte. Denn die waren der einzige Teil von mir, der nicht essbar war, und damit meine einzige Chance, diese kranke Raubtierfütterung zu überleben.

Ich trat mit meinem linken Fuß nach einem der Babys und das Vieh biss sich an der Spitze meiner Stiefel fest. Ich ließ zu, dass es mir das Schuhwerk vom Fuß zog und machte dann eine Grimasse, als mir ein weiteres Skrang-Baby in die nun entblößten Zehen biss. Ich hielt wieder dagegen, sodass die synthetische Haut abgezogen und zerfetzt wurde – das glänzende Metall meiner Cyborg-Beine lag schließlich frei.

Ich ließ mein Bein nun durch das Wasser sausen und formte dabei mit meinem Fuß eine schön harte Kante. Das Metall schnitt sich durch zwei, drei Mini-Skrang und teilte sie in der Mitte. Ihre spitzen Schreie interessierten mich inzwischen nicht mehr die Bohne. Die Frage war einfach: Ich oder die. Und von denen gab es eine Menge.

Ich trat mit meinem anderen Fuß zu und stieß mich mit dem Stiefel von der Tümpelwand ab, sodass ich eine Rückwärtsrolle machte. Wieder winkelte ich meinen Fuß an und erzeugte damit eine tödliche Klinge, die sich durch das Skrang-Fleisch schnetzelte wie ein gigantischer Küchenmixer. Eines nach dem anderen taten die Babys ihren letzten Schrei, ihr ekliges Blut breitete sich in dunklen Wolken aus und machte das trübe Tümpelwasser noch trüber.

Das war der Moment, in dem meine Klarheit schwand und die Realität wie ein fieser Schlag in die Magengrube zurückkam. Ich hatte keine Luft mehr. So sehr ich mich auch freute, die Fütterung überlebt zu haben, so sehr sehnte ich mich nun nach einer Lunge voller frischer Luft.

Ich warf noch einen letzten Blick in die Richtung, in der ich Mgurn vermutete, aber er war nicht mehr zu sehen. Selbst mit dem letzten Rest von Klarheit war ich nicht in der Lage, durch den blutigen Dunst des Wassers zu blicken. Schon gar nicht mit nur einem Auge, in dem immer mehr schwarze Flecken tanzten, die mir sagten, dass ich jetzt dringend auftauchen musste, wenn ich nicht sterben wollte.

Ich benutzte meine Cyborg-Beine für kräftige Paddelbewegungen und schoss mich so in Richtung der Oberfläche des Tümpels. Als ich kurz vor dem Auftauchen war, wurde ich plötzlich zurückgerissen – vier der kleinen Nervensägen hatten sich in meinen metallenen Fuß verbissen. Ich bekam Panik und öffnete meinen Mund, um einen Angstschrei auszustoßen. Das war natürlich ein Fehler; das eklige Brackwasser stürzte sofort meine Kehle hinunter. Husten half auch nichts, machte es sogar noch schlimmer. Ich spürte das Gewicht des Wassers in meiner Lunge und mein Sichtfeld verengte sich, als die Lebensgeister mich verließen.

Die Skrang-Babys zerrten weiter an mir und entführten mich tiefer und tiefer ins Wasser. Sie hatten eine Möglichkeit gefunden, meine einzige effektive Waffe auszuhebeln. Und dass Menschen Luft zum Leben brauchten, schienen sie auch zu wissen. Schlaue kleine Mistviecher.

Mein linker Arm war nutzlos, also konnte ich ihnen keine Backpfeifen verpassen. Mein rechter Arm war schon damit beschäftigt, weitere Neuankömmlinge wegzuboxen, die sich einen leckeren Bissen aus meinem Gesicht reißen wollten. Schließlich spürte ich einen stechenden Schmerz in meiner rechten Schulter und die Bewegungen meines rechten Armes stoppten abrupt.

Ich schaute dorthin und sah ein Skrang-Baby, dessen Zähne sich tief in meine Schulter versenkt hatten. Offensichtlich hatte es nicht nur die Muskeln und Sehnen zertrennt, sondern auch die Nerven, denn nach einem kurzen Aufblitzen von Höllenqualen wurde mein Arm komplett taub. Kein Schmerz, kein Gefühl, gar nichts.

Um also Bilanz zu ziehen; ich konnte keinen meiner Arme mehr benutzen und eines meiner Beine war von einem Schwarm Skrang-Babys umhüllt, die eifrig an dem Metall nagten und ihm beunruhigende Kerben und Dellen verpassten. Ich hatte zwar noch ein zweites Bein unter meiner Kontrolle, aber seien wir mal ehrlich, ich war erledigt. Keine Luft mehr, keine Kraft mehr, gar nichts. Ich war nur noch ein sinkendes Häufchen Elend.

Ich legte meinen Kopf in den Nacken, was überraschenderweise gar nicht wehtat, und schaute nach oben auf das immer schwächer werdende Licht der Oberfläche. Ich spürte, wie ein Mini-Skrang einen Happen Fleisch aus meinem linken Arm riss, und es interessierte mich schon gar nicht mehr, weil der sowieso hinüber war. Doch dann erregte etwas an der Oberfläche meine Aufmerksamkeit: Gegen das Sonnenlicht zeichnete sich eine Silhouette ab. Eine größer werdende Silhouette.

Ein Skrang-Baby nach dem anderen ließ von mir ab und näherte sich stattdessen der Wasseroberfläche. Ich sah fasziniert zu, wie sich der Umriss zu einer konkreten Form entwickelte. Eine Form, die mir bekannt vorkam.

»Ich bin jetzt da«, sagte One in meinem Kopf. »Ich hole sie zu mir. Kannst du an die Oberfläche schwimmen?«

»Auf keinen Fall«, dachte ich. »Mit Joe Laribeau ist es aus.«

»Kämpfe, Joe«, sagte One. »Wühle tief in deiner Seele und finde das letzte bisschen Kraft, das wir alle als eiserne Reserve in uns haben.«

»Tja, das habe ich heute schon zwei– bis dreimal verbraucht«, dachte ich. »Ich bin sozusagen gerade im Minus.«

»Joe! KÄMPFE!«, donnerte One, und mein Kopf explodierte beinahe.

Na gut, na gut, dann würde ich es eben probieren.

Ich konzentrierte mich, legte all meine Kraft in den Gedanken daran, mein verbleibendes Bein zu bewegen. Heraus kam ein kurzes Zucken meines Fußes, gefolgt von einem schwachen Tritt. Das brachte nicht viel, ich drehte mich nur leicht nach links und schon wurde mir schwindelig. Dann noch schwindeliger, denn in diesem Moment platzten die letzten Sauerstoffbläschen in meinem Gehirn und dann war nichts mehr da.

Doch plötzlich schoss ich durch das Wasser in die Höhe und durchbrach die Oberfläche. Sobald ich wieder an der frischen Luft war, schoss eine Hochdruck-Kotzfontäne etwa zwanzig Meter weit aus meinem Mund. Ich hörte einen Aufschrei des Ekels, gefolgt von einem Todesschrei und wusste, dass da gerade irgendein Skrang-Wixer mit meiner Kotze bedeckt sein Ende gefunden hatte. Wie geil!

Ich wurde von dem Tümpel weggezogen und unsanft auf den felsigen Rand geworfen. Hände drückten auf meinen Oberkörper und pumpten den letzten Rest des Tümpelwassers aus meiner Lunge. Dann pressten sich raue Lippen auf meine und ein total fies riechender Atem füllte meinen Mund. Bevor ich wieder kotzen konnte, wurde ich auf die Seite gerollt. Dann schrie ich. Ich schrie den ganzen Schmerz der Galaxis heraus, als mein gesamtes Gewicht auf meinem linken Arm zu liegen kam. Der rechte war immer noch taub, doch der linke hatte nicht das Privileg der durchtrennten Nerven. Er war immer noch mit meinem Gehirn verbunden und versuchte den Schmerz für die andere Seite gleich noch mitzuliefern.

»Runter!«, hustete ich. »Verdammt noch mal runter!«

»Joe! Du lebst!«, rief Mgurn und umschlang mich mit seinen vier Armen.

Ich schrie noch ein bisschen mehr.

»Ach herrje, das tut mir leid!«, entschuldigte er sich und ließ mich langsam zu Boden gleiten. »Du bist verletzt, das hatte ich ganz vergessen.«

»Stimmt, Kumpel, ich bin verletzt«, flüsterte ich.

Um uns herum tobte der Kampf weiter. Ich hörte Skrang Befehle schreien, kreischen, sterben. Und ich hörte auch andere schreien, kreischen und sterben.

»Midnight?«, fragte ich.

»Sie kämpfen tapfer, sind aber deutlich in der Unterzahl«, sagte Mgurn. »Sie werden nicht gewinnen. Wir müssen schnellstens hier raus!«

»Schnell geht bei mir leider nicht mehr, Kumpel. Ich bin total hinüber.«

»Aber nicht mehr lange«, sagte Mgurn und hielt mir einen riesigen Injektor vor die Nase. »Das wird zuerst ein bisschen wehtun, aber dann wirst du aus eigener Kraft von hier fliehen können!«

»Moment mal, was ist da drin? Komm mir bloß nicht zu nahe mit dem Ding!«, schrie ich genau in dem Moment, als er mir die Nadel in den Hals rammte.

Ich hörte den Injektor zischen und spürte, wie eine kochend heiße Flüssigkeit in meine Venen gepumpt wurde. Mein Körper schien innerlich zu brennen, ich schmolz quasi von innen. Jedes einzelne Molekül in mir wollte sterben.

Dann war es vorbei und ich hatte plötzlich ein neues Gefühl in meinem Körper, das kein Schmerz war ... sondern reine Lebensfreude!

Mgurn half mir auf die Beine, und ich stellte schockiert fest, dass ich beide Hände und Arme bewegen konnte.

»Das ist ja großartig!«, rief ich.

»Warte erst mal ab...«, setzte Mgurn an und verstummte dann.

»Das klingt jetzt ein bisschen verdächtig. Was hast du mir gespritzt?«

»Keine Zeit für Erklärungen«, sagte Mgurn und zog mich zur Seite, um einem Haufen Skrang aus dem Weg zu gehen, die etwas in Stücke rissen.

Oder jemanden.

»Ist das einer der Servilen?«, fragte ich, als wir uns beeilten, weiterzukommen. »Mak oder Kam?«

»Mak, glaube ich«, sagte Mgurn. Aber wir können nichts mehr für ihn tun. Wir müssen fliehen und zusehen, dass wir den MolTrans-Punkt erreichen.«

Ich riss mich von ihm los und wirbelte herum, zurück in Richtung des Tümpels. »One!«, rief ich, »Unsere Mission ist es doch, One zu retten!«

»Diese Mission ist nicht mehr aktuell«, zischte Mgurn und zog wieder an mir. »Unsere neue Mission heißt *Überleben*!«

»Und das werdet ihr«, sagte One, als er urplötzlich an meiner Seite erschien. Er war triefend nass und sah aus, als hätte er gerade ein paar Runden mit den Sieben Teufeln persönlich gerungen, doch er stand noch aufrecht und lächelte. Es war nicht gerade das fröhlichste Lächeln, eigentlich war es sogar ein bisschen unheimlich. Irgendwie mochte ich Salvage Merc One nicht so wirklich.

Ich konnte nicht mal sagen wieso, aber irgendwie machte er mich nervös.

Vielleicht lag es an den komplett schwarzen Augen.

»Hey, du hast ja beide Augen offen«, platzte es aus mir heraus.

»Das stimmt«, sagte One. »Jetzt folgt mir. Ich weiß, wie wir herauskommen – mein Schiff wartet auf mich!«

»Was ist mit den anderen?«, fragte ich, ohne eine Diskussion anfangen zu wollen. Stattdessen ließ ich mich gefügig von Mgurn durch das Chaos navigieren.

»Sie werden alleine klarkommen müssen«, sagte One. »Sie kannten das Risiko, hierher zu kommen.«

»Mann, das ist ganz schön gefühlskalt«, entgegnete ich, während Mgurn eine riesige Klinge abwehrte, die mir sonst den Kopf gespalten hätte. Er packte den Skrang im Genick und brach es, dann warf er den Körper auf drei Wachen, die auf uns zurannten.

»Ich kann es nicht ändern«, sagte One, wobei er seine Hand in die Luft hob und dadurch irgendwie die Skrang in Flammen aufgehen ließ. Schreiend rannten sie in Richtung des Tümpels und sprangen hinein. Ich konnte es zwar nicht ganz genau erkennen, aber es schien so, als hätten die Flammen sogar unter Wasser weiter gebrannt. Das nenne ich mal einen netten Trick.

»Hier entlang«, sagte One, als ob es völlig normal wäre, Skrang in wasserfeste Fackeln zu verwandeln.

Wir schafften es zurück zum Palast und One führte uns durch das Labyrinth aus Gängen, bis wir vor einer Toilettentür standen.

»Das wird euch nicht gefallen«, sagte One, als er eine Abdeckung aus ihrer Verankerung riss. Ein übler Gestank wehte uns entgegen und wir wussten, wo die Reise hingehen sollte.

»Die Kanalisation«, sagte ich.

»Die Kanalisation«, echote Mgurn wenig begeistert.

»Mein Schiff ist dort unten versteckt«, sagte One. »Folgt mir!«

Wir duckten uns in die kleine Öffnung und krochen durch eine Röhre, bis wir ein kleines Gitter erreichten. One öffnete es gewaltsam und gewährte uns einen Blick auf die andere Seite, wo es gute zehn Meter in die Tiefe ging. Und dort unten wartete buchstäblich ein Fluss aus Scheiße auf uns.

»Wir haben keine Wahl«, sagte One und sprang.

»Ich würde mir sehnlichst wünschen, es gäbe eine Wahl«, sagte Mgurn und folgte ihm.

Ich sagte nichts. Ich wollte nicht riskieren, mit offenem Mund in diesen Fluss einzutauchen. Mit angehaltenem Atem sprang ich hinein.

SIEBZEHN

Vom Skrang-Bruttümpel in die königliche Kanalisation. Das nenne ich mal vom Regen in die kotgefüllte Traufe.

Wir folgten dem Strom aus Scheiße in Richtung eines immer größer werdenden Lichts. Stücke von *ich-will-es-nicht-wissen* und Brocken aus *sag-jetzt-nichts* prallten andauernd gegen meinen Körper. Streifen klebrigen Toilettenpapiers landeten immer wieder in meinem Gesicht, ich zog sie ab und warf sie so weit weg wie möglich.

»Lass das«, zischte Mgurn und wischte sich den sechsten oder siebten Klumpen Klopapier aus dem Gesicht. »Zielst du etwa absichtlich auf mich?«

Dabei schluckte er eine Ladung Scheiße und ich lachte. Was dazu führte, dass ich selbst eine Ladung Scheiße schluckte. Ich hörte auf zu lachen und begann stattdessen zu kotzen.

»Macht euch bereit«, sagte Ones Stimme in meinem Kopf.

Ich sah, wie Mgurn zusammenzuckte und sich seine Augen weiteten, also hatte er die Nachricht auch empfangen.

»Wofür sollen wir uns bereitmachen?«, dachte ich.

»Wir werden bald zum Ende dieses Tunnels kommen«, antwortete One. »Sobald das geschieht, drückt eure Arme fest an den Körper und presst eure Beine zusammen. Diese Pose müsst ihr für den gesamten Fall einhalten, sonst brecht ihr euch die Gliedmaßen und vielleicht sogar die Wirbelsäule.«

»Das meiste davon ist mir heute schon passiert«, dachte ich. »Da brauche ich keine Zugabe.«

»Joe? Bist du das?«, hörte ich Mgurns Gedanken sagen. »Das ist eine höchst interessante Form der Kommunikation!«

»Arme an den Körper drücken, Beine zusammenhalten, und das für den gesamten Fall«, wiederholte One.

»Das haben wir schon beim ersten Mal verstanden«, dachte ich.

»Das hoffe ich, denn jetzt geht es los«, sagte One.

Im Tunnel wurde es deutlich heller, als wir um eine Kurve gespült wurden. Vor uns klaffte eine riesige Öffnung und ich sah helle Felswände, bevor ich buchstäblich den Boden unter den Füßen verlor.

Ich schrie aus vollem Hals, als ich den Wasserfall aus Scheiße hinunterstürzte. Wie One instruiert hatte, drückte ich meine Extremitäten zusammen und machte mich auf den Aufprall gefasst. Ein riskanter Blick nach unten verriet mir, dass das nicht angenehm werden würde, denn es ging bestimmt siebzig Meter abwärts.

Eines musste man den Skrang lassen. Sie hatten es wirklich drauf, ultragigantische Latrinen zu bauen. Ich wusste nur nicht, wieso. Sie haben die Technologie, um Raumschiffe zu konstruieren, die ganze Planeten zerstören können, aber um ihre Ausscheidungen loszuwerden, fällt ihnen nichts ein, als ein riesiges Loch im Boden zu buddeln?

Jedem Tierchen sein Pläsierchen, dachte ich.

Die Oberfläche näherte sich schneller, als mir lieb war, und ich hatte kaum noch Zeit, tief Luft zu holen, bis ich das zweite Mal an diesem Tag in pure Scheiße eintauchte. So unglaublich eklige, stinkende Skrang-Scheiße.

Als ich sicher sein konnte, dass ich nicht tot oder gelähmt war, strampelte ich kräftig, um an die Oberfläche zu kommen. Mein Kopf brach durch und ich japste nach Luft, dann spuckte ich erst einmal eine ganze Weile im Wechsel mit dem Atmen und sah, dass One und Mgurn das Gleiche machten.

Ich fing an, in Richtung des Ufers zu schwimmen, doch One rief mir zu, ich solle warten.

»Was ist denn?«, rief ich laut und bekam fast wieder Scheiße in den Mund.

»Wir verlassen dieses Becken nicht. Wir müssen hineintauchen.«

»Das ist nicht dein Ernst«, plärrte ich. »Wieso zur Hölle sollten wir das tun?«

»Weil mein Schiff da unten auf uns wartet.«

»Ich glaube es einfach nicht.«

»Ich schon«, sagte Mgurn. »Ich habe die Silhouette des Schiffes unter der Oberfläche sehen können.«

»Wie wäre es damit«, sagte ich zu One. »Du schwimmst runter und holst das Schiff, dann fliegst du aus der Kacke und wir klettern an Bord. Klingt doch super, oder?«

»Da muss ich zustimmen«, pflichtete Mgurn mir bei.

»Das wird nicht funktionieren«, sagte One. »In dem Moment, wo ich die Motoren starte, wird das hier zu einem Becken voller brennender Fäkalien. Die Skrang scheiden nämlich zehn mal mehr Methan aus als wir Menschen.«

»Das ist ein interessantes Detail«, sagte Mgurn. »Leforianer scheiden gar kein Methan aus, sondern eine Kombination aus Gasen wie …«

»Mgurn? Halt die Klappe«, sagte ich. Dann musste ich würgen. »Verdammt, wegen dir habe ich schon wieder Scheiße geschluckt!«

Die Geräusche von Fahrzeugen am oberen Ende der Schlucht echoten zu uns herunter und One wirbelte in unsere Richtung.

»Wir müssen sofort tauchen, bevor sie uns sehen!«, schrie er und war dann verschwunden.

Ich schaute Mgurn an, er schaute mich an. Dann zuckten wir mit den Schultern und tauchten.

Eine Schwimmbrille wäre zumindest nett gewesen. Ehrlich gesagt, ein kompletter Schutzanzug wäre nett gewesen. Aber wir hatten weder noch, also zwang ich mich, nicht in Panik zu geraten, während ich mit offenen Augen durch Skrang-Exkremente tauchte.

Mgurn übernahm die Führung, da er mit vier Armen deutlich besseren Vortrieb erzeugte. Ich hatte das Gefühl, One in der Dunkelheit unter uns erkennen zu können, aber ich war nicht sicher. Meine Hauptsorge war, Mgurn nicht aus dem Blickfeld zu verlieren.

Meine Lunge fing wieder an zu brennen und ich zweifelte schon daran, ob ich es überleben würde, aber dann wurde Mgurn langsamer. Das Schiff lag direkt vor uns. Die Hülle war so dunkel, dass ich es kaum ausmachen konnte. Wahrscheinlich wäre ich einfach daran vorbei geschwommen, oder auch direkt dagegen, wenn Mgurn nicht angehalten hätte.

Unter uns ging ein Licht an und Mgurn tauchte ihm entgegen. Ich folgte ihm und sah eine Luke am Bauch des Schiffes. Von dort fuhr eine Leiter aus, die Mgurn packte, dann streckte er einen weiteren Arm aus, um mir zu helfen. Er hob mich hoch, die Leiter wurde eingefahren und die Luke schloss sich automatisch.

In dem Moment, als sie sich verriegelte, wurden wir unter schweren Beschuss genommen. Es waren unzählige Wasserstrahlen, von denen mindestens die Hälfte in mein Gesicht zu zielen schien. Ich bekam so viel Wasser in die Nase, dass ich selbst bei einem telepathischen Gespräch nur noch ein Gurgeln hätte von mir geben können.

Als die Strahlen abebbten, traf uns als Nächstes ein sehr angenehmer Strom warmer, trockener Luft. Gleichzeitig bemerkte ich, dass die Schiffsmotoren warmliefen.

»Kommt schnell auf die Brücke und schnallt euch an«, sagte One, diesmal über das Interkom und nicht in Gedanken, was erleichternd war. Die anfängliche Begeisterung über die Telepathie war doch relativ schnell verflogen und auf Dauer wurde diese Kommunikationsform etwas belastend.

»Hier entlang«, sagte Mgurn. »Ich kenne diese Art von Schiff und habe mir den Aufbau eingeprägt.«

»Natürlich hast du das«, entgegnete ich und folgte ihm durch eine Luke, dann einen Korridor hinunter, eine Leiter hoch, ein paar weitere Gänge entlang … und schließlich standen wir vor der Tür zur Brücke.

»Wow«, sagte ich, als wir die Kommandozentrale betraten. »Das ist definitiv keine SMC-Standardausstattung. Wie zur Hölle bist du an so ein Schiff gekommen?«

»Einer der Vorteile, Salvage Merc One zu sein«, antwortete One, der auf dem Sitz des Piloten saß, nicht auf dem des Kapitäns. »Einer der wenigen Vorteile, sollte ich vielleicht sagen.«

»Du machst mir den Job wirklich schmackhaft«, erwiderte ich und warf einen Blick auf die Kommunikationskonsole.

Der Blick nach draußen zeigte immer noch überwiegend Fäkalien, aber so langsam fielen sie von dem Schiff ab, als One es zur Seite kippen ließ, um zu wenden. Dann neigte er die Spitze weit genug nach vorn, um uns einen Blick auf die Klärgrube zu gewähren. Mgurn und ich japsten synchron nach Luft, als sie sich entzündete und dreißig Meter hohe Flammen in den Himmel schossen.

One brachte das Schiff in Sicherheit und wir begutachteten aus einer halben Meile Höhe die qualmenden Überbleibsel von Lord Messermeens Palast.

»Super. Sieht so aus als hätten Midnight und ihre Crew einigen Schaden angerichtet.«

»Allerdings«, sagte One. Dann warf er mir einen Blick über die Schulter zu. »Versuch doch mal, ob du sie erreichen kannst.«

»Gute Idee.« Ich benutzte die Kommunikationskonsole, um durch die Kanäle zu schalten. Schließlich fand ich einen, der sich richtig anhörte: Eine Menge Flüche, Schüsse und ein tieffrequentes Grummeln, was ein höchst wütender Grue sein konnte.

»Midnight? Midnight, kannst du mich hören?«, schrie ich ins Mikro, in der Hoffnung, die Kampfgeräusche übertönen zu können.

»Joe?«, antwortete sie sofort. »Wo bist du? Gib uns deine Koordinaten und wir holen dich!«

»Braucht ihr nicht. Ich bin in Sicherheit in Ones Schiff. Wo seid ihr denn? Wir können eure Ärsche retten!«

»Das glaube ich weniger«, sagte One.

Ich schaute ihn fragend an und sah dann das Problem: Ein ganzes Schwadron Skrang-Jäger hob vom anderen Ende der Stadt ab und düste auf uns zu.

»Oha. Hey Midnight? Kannst du vielleicht dein eigenes Schiff rufen und dich moltransen lassen?«

»Was? Wieso?«

»Weil hier ungefähr zwölf …«

»Achtzehn«, verbesserte mich Mgurn.

»Achtzehn Skrang-Jäger in Angriffsformation auf uns zuhalten«, sagte ich. »Wir könnten versuchen, euch abzuholen, aber dann besteht die Gefahr, dass wir entweder aus dem Himmel geschossen werden, oder euch eine ganze Menge Luftangriffe einhandeln. Wahrscheinlich sogar beides.«

»Dann zischt ab«, rief sie. »Wir werden uns schon was einfallen lassen, wie wir hier rauskommen.«

»Ruf dein Schiff. Die können euch doch anpeilen und raustransportieren!«

»Hier ist zuviel Interferenz«, entgegnete sie. »Keine Peilung möglich!«

»Foh«, murmelte ich.

»Was sagst du?«, fragte sie.

»Foh!«, schrie ich auf voller Lautstärke. Dann wandte ich mich an One. »Wir müssen ihnen helfen!«

»Nein.«

»Öhm, doch!«, bekräftigte ich.

»Nein!«, sagte er mit mehr Nachdruck. »Du bist wichtiger als ein Haufen Edger-Separatisten. Meine Mission lautet, dich in Sicherheit zu bringen!«

»Was? Das ist doch meine Mission«, bellte ich. »Also ich meine … nicht mich in Sicherheit zu bringen, sondern dich! Und du bist hier! Deswegen können wir jetzt auch noch Midnight und ihr Team retten!«

»Keiner von uns beiden befindet sich im Moment im SMC-Hauptquartier«, sagte One. »Von daher haben wir beide unsere Mission noch nicht erfüllt. Wir sind Nummern, Joe. Wir haben Tickets bekommen, und wir müssen diese Tickets abhaken.«

»Nicht um den Preis, die Frau meines besten Freundes zu opfern«, knurrte ich und stand auf.

Die Brücke verwandelte sich in gleißendes Licht und lähmenden Schmerz.

»Setz dich wieder hin«, befahl One. Ich hatte keine Wahl. Es war so, als wären die Worte, die er sagte, meine eigenen Gedanken. Deswegen war es sozusagen undenkbar, mich nicht wieder hinzusetzen. Oder zumindest erschien es mir zu diesem Zeitpunkt so.

»Die Jäger werden in dreißig Sekunden in Angriffsreichweite sein«, kündigte Mgurn an, der inzwischen an der Waffenkonsole Platz genommen hatte. »Ich habe Raketen und Plasmakanonen auf sie ausgerichtet, aber wir werden nicht alle achtzehn gleichzeitig zerstören können. Einige von ihnen werden durchkommen und uns vernichten.«

»Und genau deswegen hauen wir auch ab«, sagte One.

»Nein«, erwiderte ich und kämpfte gegen die Schmerzen in meinem Kopf an. »Wir müssen Midnight retten.«

»Kämpfe nicht weiter dagegen an, Joe!«, schrie One. »Grottverdammt! Ich kann nicht gleichzeitig das Schiff fliegen und dich unter Kontrolle halten!«

»Dann hör auf, mich zu kontrollieren.« Ich schubste ihn in meinen Gedanken und One schrie auf. »Verschwinde aus meinem Kopf, One, sonst mach ich es dir echt schwer«, setzte ich nach.

»Hör auf damit, du Volltrottel!«, schrie er. »Du hast keine Ahnung, was du … da tust …«

Der Schmerz, das Licht und der Drang, sitzenzubleiben, verschwand urplötzlich und ich sprang auf die Füße. Fast wäre ich vornübergekippt, jetzt, wo das Gewicht von Ones mentaler Kontrolle von mir abgefallen war.

Obwohl, das war gar nicht der Grund, warum ich fast vornübergekippt wäre – der wahre Grund war viel einfacher.

One hing über dem Steuerpult des Schiffes; er war ohnmächtig und Blut lief ihm aus Nase und Ohren.

»Upps«, sagte ich.

»Was hast du getan, Joe?«, kreischte Mgurn, als sich das Schiff zur Seite neigte und wir rapide an Höhe verloren.

Mgurn sprang im Handumdrehen von seinem Platz und schob One aus dem Pilotensitz, damit er seinen Job übernehmen konnte. Mit zwei Händen packte er die Steuerhebel, mit zwei anderen bediente er Schub- und Bremsdüsen.

Ich hechtete von der Kommunikationskonsole zur Waffensteuerung und schnallte mich an. Mit einem kurzen Seitenblick auf Mgurn überzeugte ich mich davon, dass er ziemlich sauer auf mich war und konzentrierte mich schnell auf die Waffen.

»Die Kanonen fahren hoch«, sagte ich, während ich die Datenströme vor meiner Nase auswertete. »Feuerbereit in …«

Ich kam nicht mehr dazu, den Satz zu beenden, da alles Skrang-Jäger gleichzeitig das Feuer auf uns eröffneten. Unsere Schilde hielten, aber eine zweite Salve von allen achtzehn Jägern würden wir nicht überleben.

»Mgurn!«, schrie ich.

»Ruhe«, sagte Mgurn. »Ich muss mich konzentrieren.«

Oh je. Mgurn hatte seine todernste Stimme ausgepackt. Er hob die Nase des Schiffes und gab Vollgas. Wir wurden beide tief in die Sitze gepresst, bis die Dämpfer ansprangen und die Fliehkräfte abschwächten. Dummerweise hatte sich Ones ohnmächtiger Körper in der Zwischenzeit schon aus dem Staub gemacht und war hart gegen die Wand geprallt. Ich war mir ziemlich sicher, dass ich dabei mindestens zwei Knochen hatte brechen hören. Darüber würden die Bosse nicht gerade erfreut sein. Aber vielleicht hatte Mgurn noch eine von seinen Zauberspritzen. Ich fragte mich immer noch, was dieses Zeug eigentlich machte. Die Wirkung war jedenfalls fantastisch.

»Torpedos abgefeuert«, sagte ich, als ich unser gesamtes Arsenal auf die Skrang-Jäger losließ. »Kontakt in drei, zwei, eins …«

Das Schiff wurde durch die Detonationen der Torpedos durchgeschüttelt und auch einige der Jäger explodierten, aber leider nicht alle.

Ein Alarm fing an zu jaulen, als wir mehrere Plasmatreffer ins Heck kassierten. Ich schaltete zu den Verteidigungssystemen und war nicht begeistert, die Schilde nur noch bei zwanzig Prozent zu sehen.

»Zieh weiter hoch, Mgurn!«, rief ich, als ich sah, wie wir durch die obere Atmosphäre auf die Schwärze des Weltalls zuhielten. »Ich werde die Energie von den vorderen Deflektoren abziehen, um unseren Hintern besser abzupolstern!«

»Was?«, rief Mgurn. »Joe! Nein!«

»Ich habe keine Wahl, sonst werden wir von hinten in Stücke gerissen!«, schrie ich. »Ich weiß ja nicht, wie es dir geht, aber ich will nicht von hinten in Stücke gerissen werden!«

»Joe! Wenn wir im All sind, haben wir ganz andere Gefahren, vor denen wir uns schützen müssen!«, rief Mgurn. »Du musst die Skrang-Jäger abschütteln! Schnapp dir die Waffen und ziele manuell! Du darfst auf keinen Fall Energie von den vorderen Deflektoren abziehen!«

»Zu spät, Kumpel«, sagte ich. »Schon passiert.«

Das Schiff schüttelte sich wieder, aber der Alarm verstummte, als unser Heck die feindlichen Schüsse absorbierte.

Ich warf einen Blick auf die Scanner und sah, dass uns noch sechs Skrang-Jäger verfolgten.

»Dann schnappe ich mir eben die Waffen und schieße zurück«, sagte ich zu mir selbst.

Ein Holo-Display mit dem Blick hinter uns erschien vor meiner Nase und ich packte den Zielknüppel, woraufhin ein grellrotes Fadenkreuz erschien. Ich bewegte es auf den nächstbesten Jäger zu und drückte ab. Plasmasalven schossen aus unserem Schiff und erwischten den Gegner schön mittig. Bei der Explosion wurde er in zwei Hälften gerissen und die Trümmer erledigten gleich noch die beiden Jäger links und rechts von ihm. Drei Fliegen auf einen Streich!

»Bämm!«, rief ich und schwenkte das Fadenkreuz auf den nächsten Gegner. Der Mistkerl war leider etwas schlauer als sein verstorbener Kollege und leitete ein Ausweichmanöver ein. Er tauchte ab und rollte sich dabei nach links weg, sodass meine Plasmaschüsse an ihm vorbeizischten und nutzlos in die Atmosphäre von Skrang eindrangen.

Oder vielleicht waren sie gar nicht so nutzlos, wie ich zuerst dachte, denn auf einmal sah ich einen hellen Blitz an der Planetenoberfläche. Wahrscheinlich wurden Plasmaschüsse nicht weniger tödlich, nur weil sie ihr eigentliches Ziel verfehlten.

Die beiden anderen Jäger schwenkten hinter uns ein und begannen zu feuern, zum Glück hielten die Schilde und ich zielte erneut. Diesmal hielt ich den Abzug fest gedrückt und folgte dem wilde Kapriolen schlagenden Schiff, bis ich es am Flügel erwischte und es hilflos in die Tiefen des Alls trudelte.

»Viel Glück bei dem Versuch, nach Hause zu kommen, bevor deine Atemluft alle ist«, rief ich ihm hinterher. Gefolgt von einem »Ha!«

»Joe! Wir brauchen volle Energie auf den Frontschilden!«, schrie Mgurn.

»Moment, Moment!«, rief ich zurück. »Ich muss noch einen Jäger fertigmachen!«

»Vergiss den Jäger, Joe!«, schrie Mgurn, wobei seine Stimme eine Oktave höher wurde. Das gab mir wirklich zu denken. Ich feuerte noch schnell eine Salve auf den letzten Jäger ab und schaltete dann auf die Sicht nach vorn um.

»Oha … okay, jetzt verstehe ich.«

Der B'clo'no-Zerstörerverbund bewegte sich langsam auf einen Abfangkurs. Wir waren zwar nur ein winziges Schiff mit viel höherer Manövrierfähigkeit, aber das machte in diesem Fall keinen Unterschied. B'clo'no Kriegsschiffe waren darauf ausgelegt, ihren Feinden den Weg abzuschneiden, damit das Kollektiv ihnen einfach die Energie absaugen konnte. In etwa fünfzehn Sekunden würde der Verbund nicht nur nah genug sein, um unserem Schiff die Energie zu stehlen, sondern sie würden auch direkt in der Lage sein, Mgurn und mir unsere Lebenskraft zu rauben.

Waffensysteme brauchten die B'clo'no deswegen nicht, in ihrem Fall war Verteidigung der beste Angriff. Und diese Verteidigung bestand darin, dass sie ihre Kräfte kombinieren konnten, um tierisch einen wegzusaugen.

»Foh«, schrie ich, als alle möglichen Warntöne zu jaulen anfingen. Ich gab sehr schnell auf, mich darum zu kümmern, von welcher Station sie kamen, da sie von so ziemlich allen Seiten losdröhnten.

Stattdessen warf ich noch einmal einen Blick nach hinten und war nicht überrascht, keine Spur mehr von den Skrang-Jägern zu sehen. Die waren schlau genug, sich aus dem Staub zu machen, bevor hier das megamäßige Saugmassaker losgehen würde.

:

»Ich habe unsere gesamte Energie auf die Frontschilde gelegt«, sagte ich. »Das wird sie für ein paar Sekunden aufhalten. Reicht das, um an ihnen vorbeizukommen?«

»Vielleicht«, meinte Mgurn, wobei er den Schubhebel bis zum Anschlag nach vorn knallte. Das Metall begann sogar, sich unter seiner Kraftanwendung zu verbiegen.

Der B'clo'no-Zerstörerverbund kam immer näher von links auf uns zu. Unser Schiff schoss wie der Blitz durchs All, doch es war trotzdem nicht schnell genug. Nicht einmal annähernd schnell genug. Ein paar weitere Alarmsirenen gingen los, und ich sah entsetzt zu, wie die Anzeige der Schildenergie von Grün zu Pink und dann auf Rot abfiel. Wir hatten vielleicht noch zehn, im besten Fall fünfzehn Sekunden Zeit, bis diese B'clo'no-Bastarde uns wie einen Tchalmanischen Cocktail leerschlürfen würden.

»Tja, wir haben es versucht«, sagte ich, als die Schilde aufgaben und ich anfing, mich sehr, sehr müde zu fühlen. »Kann man wenigstens den Alarm abstellen?«

»Klar, kann ich machen«, sagte Mgurn, der sich ebenfalls schon sehr matt anhörte.

Die Geräuschkulisse verstummte und wir sahen einfach schweigend zu, wie der B'clo'no-Verbund weiter vorrückte und schließlich unser gesamtes Blickfeld füllte.

»Es war schön, dich kennengelernt zu haben, Kumpel«, sagte ich.

»Ganz meinerseits, Joe«, antwortete Mgurn.

Die Explosion kam überraschend. Oder zumindest wollte mein Gehirn mir das weismachen. Alles wirkte schon so diffus und weichgespült, dass ich mir kaum eine vernünftige Reaktion darauf abringen konnte, dass vor unseren Augen der gesamte Kriegsschiffkomplex in Stücke gerissen wurde.

»Uff«, presste ich schließlich hervor. »Soooo schön!«

ACHTZEHN

»Joe! Mgurn! Empfangt ihr mich?«, fragte eine liebreizende Stimme über das kaum noch funktionierende Kommunikationssystem. »Joe! Antworte bitte!«

»Hey, hallo schöne Frau«, hauchte ich und verpasste der Empfangseinheit einen kräftigen Schlag. Anscheinend funktionierte dieses Universalrezept, denn ich hörte ein erleichtertes Seufzen.

»Da seid ihr ja«, sagte Hopsheer, »ich hatte mir schon Sorgen gemacht, dass wir zu spät gekommen sind!«

»Nein. Absolut perfektes Timing«, sagte ich, als meine Denkfähigkeit langsam zurückkehrte. Ich hatte immer noch das Gefühl, dass ich dringend ein Nickerchen bräuchte, aber wenigstens konnte ich mir inzwischen zusammenreimen, dass ich nicht tot war. »Was machst du überhaupt hier?«

»Wir konnten euch doch nicht allein den ganzen Spaß lassen«, sagte Tarr. »Also haben wir die Bosse davon überzeugt, dass wir euch helfen müssen.«

»Du bist so ein schlechter Lügner«, entgegnete ich.

»Ja, das stimmt«, gab Tarr zu. »Die Bosse werden uns natürlich rausschmeißen, sobald wir wieder das SMC-Hauptquartier betreten, aber das ist mir egal.«

»Wir könnten uns ja selbst nicht mehr im Spiegel anschauen, wenn wir Mgurn und dich sterben lassen«, meinte Ig. »Hallo, Mgurn.«

»Hallo«, sagte Mgurn mit schläfriger Stimme, »Und danke.«

»Joe, hör zu«, sagte Hopsheer. »Meine Scans zeigen an, dass dein Schiff nicht mal mehr zehn Prozent Energie hat. Damit kommt ihr nicht durch das Wurmloch. Ich werde bei euch andocken und dann etwas von meinem Saft in euer Schiff einspeisen. Das bedeutet, ihr müsst den Kurs stabil halten. Bekommt ihr das hin?«

»Ich weiß nicht«, antwortete ich. »Mgurn? Kriegen wir das hin?«

»Das schaffe ich«, meinte Mgurn und fummelte ungeschickt an der Steuerkonsole herum. »Vielleicht auch nicht. Ich glaube, ich brauche Hilfe.«

»Bin schon unterwegs, Kumpel«, sagte ich, stand auf und fiel direkt auf die Fresse. »Au.«

»Joe? Alles in Ordnung?«

»Baby, es ist immer alles in Ordnung, wenn du mir ins Ohr flüsterst.«

»Alter Charmeur«, lachte Tarr. »Aber heb dir das lieber für später auf und kümmere dich um euren Kurs! Wir haben euch nicht gerettet, damit ihr in Hoppys Schiff reinkracht. Wach um Himmels willen auf, Joe!«

»Ich bin wach, ich bin wach«, murmelte ich, als ich mich auf die Knie hochstemmte und dann zum Pilotensitz krabbelte. »Mach Platz, Mgurn! Jetzt bin ich dran!«

»Ich mache Platz«, keuchte Mgurn und ließ sich kraftlos auf den Boden fallen. Ich kletterte über ihn drüber und kämpfte mich dann in den Sitz. Dann starrte ich für einige Sekunden ratlos auf die Flugparameter und packte schließlich den Steuerknüppel.

»Ich hab ‚nen fetten Knüppel zwischen den Beinen und mache mich beidhändig daran zu schaffen«, hechelte ich.

»Das ist jetzt ziemlich pubertär, Joe«, sagte Hopsheer.

»Charmant wolltet ihr ja nicht mehr.«

»Okay, halte einfach die Position und ich docke an – drei … zwei … eins …«

Von über uns erklang ein lautes, metallisches Geräusch und ich hätte vor Schreck fast den Knüppel losgelassen. Wahrscheinlich hätte ich auch einfach den Autopiloten benutzen können, aber mein Verstand war nicht in der Lage, ihn zu bedienen. Eigentlich musste man nur einen Knopf drücken, aber das war zu kompliziert. Vieeel zu kompliziert, Mann.

Ich war gerade dabei, wegzudösen, als sich hinter mir der Brückenzugang öffnete. Ich drehte mich mit dem Sitz um und schenkte Hopsheer mein schönstes Lächeln. Ihr grauhäutiges Gesicht wandelte seinen Ausdruck innerhalb eines Sekundenbruchteiles von erfreut zu entsetzt.

»Was?«, fragte ich. »Was ist los?«

»Joe, dein Gesicht!«, sagte sie. »Dein Körper!«

Sie machte einen Satz auf mich zu und ihre Hände schwebten zögerlich vor mir hin und her. Sie wollte mich berühren, fand aber anscheinend keine Stelle, wo sie sich traute.

»Wieso, ist doch alles okay«, sagte ich. »Mgurn hat mir diese Wunderinjektion verpasst, die meine Knochen geheilt hat und alles. Sogar meine Zähne habe ich wiederbekommen, siehst du?«

Ich öffnete meinen Mund und ließ meine Zunge über die obere Zahnreihe gleiten. Der kupferähnliche Geruch von Blut füllte daraufhin meine Nasenlöcher und der Geschmack meinen Mund.

»Hör auf!«, schrie Hopsheer. »Du schlitzt dir die Zunge auf!«

»Ich mache bitte was?«, fragte ich fassungslos. »Das kann nicht sein. Ich bin doch komplett geheilt. Mgurn? Erkläre es ihr!«

»Er denkt, er wäre komplett geheilt«, sagte Mgurn. »Ich hatte keine andere Möglichkeit, ihn da raus zu bringen.«

»Hä? Wovon zur Hölle redest du?«, frage ich. »Ich fühle mich doch total super! Sieh mal, sogar mein linker Arm ist wieder topfit!«

Ich schaute an mir herab und bewegte meinen Arm. Er reagierte prima und wirbelte herum wie ein Gartenschlauch unter vollem Wasserdruck.

»Alles super«, sagte ich lächelnd.

»Hör auf«, sagte Hopsheer und schüttelte den Kopf. »Da ist gar nichts super. Wir müssen dich sofort in die Heiltanks vom SMC-Hauptquartier schaffen, sonst stirbst du!«

»Sterben? Ich? Auf keinen Fall!«, rief ich aus. »Mgurn, alter Kumpel, erkläre ihr doch mal, was in dieser Injektion war, die du mir verabreicht hast – das Zeug, was mich geheilt hat!«

»Tut mir leid, Joe«, murmelte Mgurn, wobei er sich langsam aufsetzte. »Du bist nicht geheilt.«

»Bin ich nicht?« Ich warf einen genaueren Blick auf meinen schlaffen linken Arm und wunderte mich. »Seht doch, so gut wie neu!« Dann ließ ich einen Holo-Spiegel erscheinen und schaute mir mein zertrümmertes Gesicht an, das mit Wunden und Schnitten übersät war. Ich lächelte mein Spiegelbild an und musterte jede abgebrochene Kante und jedes Loch in meinen Zahnreihen. »Ich sehe das Problem nicht, Leute, sondern nur den – wie immer – sehr attraktiven Joe Laribeau!«

»Mgurn? Was hast du ihm verabreicht?«, fragte Hopsheer und berührte mich vorsichtig an den Schultern, um mich aus dem Pilotensitz zu dirigieren.

»Mein Blut«, sagte Mgurn. »Wenn man es in die menschliche Blutbahn einleitet, bekommt der Empfänger ein unglaubliches Hochgefühl und ist der Überzeugung, alle Herausforderungen meistern zu können. Er hat die letzten Stunden nur durch reine Willenskraft überlebt.«

»Er wird sterben, oder?«, fragte Hopsheer besorgt.

»Noch nicht«, sagte Mgurn. »Ich werde ihn auf die Krankenstation bringen und ihn betäuben, bevor die Wirkung meines Blutes nachlässt. Dadurch sollte er stabil genug werden, um den Weg bis ins SMC-Hauptquartier zu überstehen.«

»Das geht nicht«, sagte One, der immer noch als zusammengerolltes Häufchen Elend auf dem Boden lag. »Wir können nicht zur SMC zurückkehren. Jetzt nicht mehr, denn es haben gerade drei SMC-Schiffe einen B'clo'no-Zerstörerverband vernichtet. Wir müssen fliehen und die SMC-Bosse auf abhörsicherem Wege kontaktieren. Zurückkehren können wir erst, wenn die Sache durchgestanden ist.«

»Wer ist denn *der* Kerl?«, fragte Hopsheer. »Der sieht ja fast so schlimm aus wie du, Joe!«

»Dann muss er ja verdammt gut aussehen«, sagte ich und deutete mit beiden Daumen auf mein Gesicht. Der Linke zeigte zwar in einem ungesunden Winkel zur Seite, doch das störte mich nicht.

»Das ist Salvage Merc One«, sagte Mgurn. »Mister One, darf ich Ihnen Hopsheer Balai vorstellen?«

»Ich weiß, wer Salvage Merc Acht ist«, antwortete One. »Schön, Sie mal persönlich zu treffen, Nummer Acht.«

»Du bist One? Der echte Salvage Merc One?«, fragte sie.

»Der bin ich.«

»Hey, ich kriege Spasmen«, sagte ich, als ich bemerkte, dass ich mich unkontrolliert schüttelte. Mein Rücken bog sich durch und mein Körper hopste quer über die Brücke, bevor Hopsheer mich packen konnte. »Was ein Spaß!«, jauchzte ich.

»Bringe ihn auf die Krankenstation«, befahl One. »Ich werde mit Mgurns Hilfe das Schiff steuern. Stabilisiere ihn und mach eine Schnelldiagnose.«

»Warum denn keine volle Diagnose?«, fragte Hopsheer.

»Keine Zeit«, antwortete One.

Er setzte sich auf den Pilotensessel und begann, Pilotenkram zu machen. Ich konnte nicht mal genau sagen was, denn ein komisches Gefühl breitete sich langsam in meinem Geiste aus. Es war so etwas Ähnliches wie Schmerz, aber kein richtiger Schmerz. Eher eine Erinnerung an Schmerz. Und diese Erinnerung gefiel mir gar nicht.

»Beeil' dich, wir müssen aus diesem System abhauen«, drängte One. »Aber vorher musst du ihn festschnallen, denn das wird ein wilder Ritt.«

:

Ich hörte ein paar fremde Stimmen über das Comm-System herumschreien und bemerkte, dass Mgurn aufstand und sich an den Reglern zu schaffen machte.

»Wer ist das?«, fragte ich. »Wer spricht da?«

»Mach dir keine Gedanken«, sagte Hopsheer, während sie mich packte und von der Brücke schleifte. »Entspann dich einfach. Ich bringe dich auf die Krankenstation, um eine Diagnose zu machen.«

»Aber nur eine Schnelldiagnose«, erinnerte ich sie.

»Ja, eine Schnelldiagnose«, stimmte Hopsheer zu. »Das wird reichen.«

»Das wird reichen«, plapperte ich ihr matt nach und verzog das Gesicht. »Aua.«

Ein komischer Gedanke überkam mich. »Hey, Hoppy?«

»Ja, Joe?«

»Ist bei mir ein Zahn locker?«, fragte ich, wobei ich den Mund öffnete. »Es fühlt sich an, als hätte ich einen lockeren Zahn.«

»Ja, Joe, du hast einen lockeren Zahn«, antwortete Hopsheer. Sie weinte.

»Oh nein, was ist los? Was ist denn passiert? Du weinst doch sonst nicht, das muss ja etwas Schlimmes sein!«

»Nein, nein, alles in Ordnung«, antwortete sie. »Entspann dich einfach, wir sind ja schon unterwegs auf die Krankenstation.«

»Um meinen wackelnden Zahn zu reparieren«, sagte ich.

»Genau, um deinen wackelnden Zahn zu reparieren«, bestätigte sie. Eine ihrer Tränen fiel auf mein Gesicht. Es brannte höllisch. Ich musste einen Kratzer auf der Wange haben oder so etwas.

Es war natürlich ein klein wenig mehr, als nur ein Kratzer, wie ihr alle wisst.

Auf der Krankenstation schob mich Hopsheer in eine Behandlungsröhre und zuerst wurden alle Fremdkörper aus meinem Blutkreislauf gefiltert. Und damit auch Mgurns Blut. Also verschwand die Illusion, dass sich mein Körper in astreinem Zustand befand, und die Erkenntnis absoluter physischer Zerstörung prasselte auf mich ein wie ein Haufen Weltraumziegel. Und Weltraumziegel waren viel schwerer als normale Ziegel, damit sie im Weltall funktionieren können. Das war einfach die Logik der Ziegelsteine.

»Hey«, sagte Hopsheer und legte eine Hand auf das Sichtfenster der Röhre. »Geht es dir da drinnen schon besser?«

»Darauf muss ich mit einem ganz klaren Nein antworten.« Da war ich einfach mal ganz ehrlich. Ich warf einen Blick auf das Anzeigepanel und sah, dass ich bereits zehn Stunden dort drin war. Zehn Stunden reiner Folter.

»Es wird bestimmt bald besser«, sagte Hopsheer. »One hatte eine gute Idee, wo wir uns mit den anderen treffen können, und das wird gut für dich sein.«

»Ja, damit kennt One sich gut aus. Hast du meine Zähne gesehen? Das war er, jawoll. Der Typ hat die beste Zertrümmerungstechnik auf Lager!«

»Er hat uns erklärt, was auf Skrang passiert ist. Er musste bei diesem üblen Spiel mitmachen, damit Lord Messermeen ihn nicht umbringen ließ. Abgesehen davon kam er wirklich kaum gegen die Wirbelsäulenimplantate und Nervengifte an, mit denen sie seinen Körper steuerten.«

»Ist das so?«, fragte ich. »Warum haben die Skrang dieses Gift dann nicht im Krieg eingesetzt?«

»Es funktioniert nur auf Skrang«, erklärte Hopsheer. »Das hat wohl etwas mit bestimmten Elementen in der Atmosphäre zu tun. Mgurn konnte das bestätigen. Anscheinend sind Leforianer absolute Nerds, wenn es um Gifte geht.«

»Mgurn ist bei jedem Thema ein absoluter Nerd.« Dann schüttelte ich den Kopf, was großes Aua machte. »Sorry, das war gemein. Wie geht es ihm? Hat er sich von dem B'clo'no-Angriff erholt?«

»Er hat es fast überstanden«, sagte Hopsheer. »Im Moment ist er noch müde genug, um die Flugsteuerung nicht an sich reißen zu wollen. Er ist zu dem Schluss gekommen, dass er noch so erschöpft ist, dass One im Moment der bessere Pilot ist.«

»Wow, dann muss er wirklich noch sehr müde sein.«

»Das ist er. Schöne Grüße übrigens von Tarr und Ig. Sie haben sich über die Com gemeldet, kurz bevor ich dich besuchen gekommen bin.«

»Begleiten sie uns noch?«, fragte ich.

»Sie haben ja gar keine andere Möglichkeit«, sagte Hopsheer. »Bevor wir das nicht mit den Bossen geklärt haben, gelten wir alle als fahnenflüchtig.«

»Autsch.« Ich zog eine Grimasse. Noch mehr Aua. »Fahnenflüchtig, das klingt echt hart.«

»So ist es aber«, meinte Hopsheer. »Ich könnte wetten, nicht mal die Edger-Separatisten wollen jetzt noch was mit uns zu tun haben.«

»Schon allein deswegen, weil wir die Aufgabe, One zu befreien, ohne einen galaktischen Eklat heraufzubeschwören, schön vermasselt haben«, sagte ich. »Haben wir etwas von Midnight gehört? Lebt sie noch?«

»Ja, sie lebt. Und ist inzwischen auf dem Weg zurück zu Crawford. Die SMC-Schiffe sind immer noch dort, aber wahrscheinlich werden sie bald abgezogen. Sie werden sich bald ein neues Versteck suchen müssen.«

»Das ist ja wirklich kräftig in die Hose gegangen«, sagte ich. Dann fiel mir etwas ein. »Wissen wir eigentlich schon, warum sich ein B'clo'no-Kriegsschiffverband im Orbit von Skrang befand?«

»Mgurn sagte mir, dass die schon dort gewartet haben, als ihr in das System gesprungen seid. Er hatte eine Menge Theorien, aber One hat uns über die Wahrheit aufgeklärt.«

Ich wartete. Sie sagte nichts mehr. Das fühlte sich reichlich merkwürdig an. »Wird das jetzt ein Ratespiel? Wie viele Fragen habe ich? Ist es größer als ein Gump?«

»One hat gesagt, dass die B'clo'no in letzter Zeit anfangen, sich zu sammeln, wenn er zu lange an einem Ort bleibt«, sagte Hopsheer schließlich. »Er hat ungefähr vierundzwanzig Stunden Zeit, bevor sie ihn gefunden haben.«

»Hm, das ist definitiv nicht normal. Hat er auch gesagt, warum sie das tun? Oder noch besser, wie sie ihn finden?«

»Das Warum ist einfach zu beantworten«, sagte Hopsheer. »Sie wollen seine Lebensenergie. Salvage Merc One strömt eine immense Energiemenge aus. Und die können die B'clo'no irgendwie aufspüren, sogar vom anderen Ende der Galaxis. Sobald er sich einem einzigen B'clo'no bis auf zehn Systeme nähert, wissen alle anderen sofort Bescheid.«

»Gilt das auch für B'flo'dos?«, fragte ich, wobei ich an die Mission auf Hepnug dachte. »Denn mit B'clo'nos kann ich ja noch umgehen, aber B'flo'dos sind eine ganz andere Kiste. Diese Dinger sind einfach krank. Ich verstehe gar nicht, wie sie es schaffen, durchs All zu reisen, wenn sie nicht mal schlau genug sind, Schiffe oder überhaupt irgendwas zu bauen.«

»Ich wünschte, du würdest nicht in dieser Behandlungsröhre festsitzen«, sagte Hopsheer. »Denn genau darüber haben wir gerade auch schon diskutiert. One ist der Meinung, dass die B'clo'nos über eine angeborene Kontrolle der Quantenverschränkung verfügen. Er ist ernsthaft der Meinung, dass sie sich überall hin transportieren können, wo sie wollen.«

»Das ist ja gruselig. Aber das kann nicht sein, denn sonst würden sie ja auf jedem bewohnten Planeten auftauchen und sich da vollfressen.«

»Wie du schon sagtest, sie sind nicht sehr schlau. Sie haben nicht die mentale Leistungsfähigkeit, irgendeine langfristige Strategie zu planen. Sie leben einfach nur für den Moment und hopsen herum, bis sie etwas finden, dessen Energie sie aussaugen können.«

»Ich weiß nicht. Klingt trotzdem komisch.«

:

»Finde ich auch.«

Eine Welle des Schmerzes schoss durch meinen Körper. Ich bog meinen Rücken durch und grunzte, was beides ziemlich dumm war, weil ich dadurch meinen linken Arm bewegte und meine gerade heilenden Zähne in Vibration versetzte.

»Wenn wir unser Ziel erreicht haben, werden wir uns neu organisieren und einen Angriffsplan aufstellen«, sagte Hopsheer. »One ist zuversichtlich, dass unsere neue Umgebung deinen Heilungsprozess beschleunigen wird. Er sagt, das Beste für Leute wie dich ist, sich zu erden und zurück zu den eigenen Wurzeln zu finden. Er selbst besucht auch regelmäßig seinen Heimatplaneten, um nicht zu vergessen, wer er ist und wo er herkommt.«

»Was soll das heißen? Ich war fünf Jahre lang bei den Marines. Ich habe keine Wurzeln mehr.«

»Das kann man so nicht sagen«, meinte Hopsheer. »Wir alle haben Wurzeln. Bei manchen sind sie nur nicht so tief verwachsen wie bei anderen.«

»Ich kann dir nicht folgen, Hoppy. Sprich doch bitte normales Common, damit ich dich verstehe.«

»Ich spreche normales Common, du willst mich nur nicht verstehen«, entgegnete sie und verzog das Gesicht. »Wenn du mal eine Minute darüber nachdenkst, wird dir schon ein Licht aufgehen.«

»Oder, auch wenn das jetzt eine schräge Idee ist, du hörst auf, in Rätseln zu sprechen, und sagst mir ganz einfach, wo wir hinfliegen. Denn die einzigen Wurzeln, die ich vielleicht noch habe, sind im SMC-Hauptquartier, wo wir uns ja deinen Angaben zufolge nicht blicken lassen können. Es sei denn, du redest von … oh … komm schon, das kannst du doch nicht meinen?«

»Bist du endlich drauf gekommen?«

Ich konnte an ihrem Gesichtsausdruck erkennen, dass sie selbst nicht von Ones Plan überzeugt war. Und wenn meine Vermutung richtig lag, tat sie gut daran. Ich war schließlich schon auf einer

Menge Planeten gewesen und habe einige echt schlimme Dinge gesehen, aber nur auf einen Planeten habe ich mir geschworen, nie mehr zurückzukehren.

»Hopsheer, bitte sage mir, dass wir nicht nach Bax fliegen.«

»Tja ... das kann ich leider nicht, Joe. One besteht darauf, dass du nach Hause kommst. Er sagt, das ist nicht nur gut für deinen Körper, sondern auch für deine Seele.«

»One ist ein Vollidiot, der für jede Idee, die er hat, einen auf die Fresse verdient«, sagte ich. »Dumme Gump-Wurst!«

Darüber musste Hopsheer lachen. Es fing mit einem Kichern an, dann hielt sie sich die Hände vor den Mund und schüttelte sich in Lachkrämpfen. Es war ansteckend, aber schmerzte wie sonst was. Bei den acht Millionen Göttern, es tat so schrecklich weh.

»Stopp, stopp« jammerte ich. »Ich kratze hier drin ab, wenn du nicht aufhörst!«

»Aber du lachst doch auch.«

»Nur, weil du lachst«, entgegnete ich. »Also hör auf damit!«

Ihre Augen trafen meine, und wir erinnerten uns beide an unsere gemeinsame Nacht. Trotz der unzähligen Pitcher voller Bier kam mir nun jedes Detail wieder ins Bewusstsein. Und ich glaube, ihr ging es genauso, denn eine zarte Röte kroch über ihre grauen Wangen. Sie hörte auf zu lachen und schaute etwas beschämt zur Seite.

»Hopsheer?«, erklang Mgurns Stimme über das Com-System. »Wir kommen gleich an. Dein Schiff ist wieder voll aufgeladen und hat jetzt genug Energie, um eine Landung auf Bax zu überstehen. Das ist nämlich gar nicht so einfach, aufgrund der hohen Feuchtigkeit in der Atmosphäre.«

»Natürlich ist da viel Feuchtigkeit«, sagte ich. »Bax ist ein Sumpfplanet mit Dauerregen. Es ist fast immer bewölkt. Einmal habe ich von einem Geburtstag zum nächsten keinen einzigen Tag die Sonne gesehen!«

»Oha«, meinte Hopsheer. »Das klingt ja eher deprimierend als heilsam.«

Ich nickte. »Absolut. Also falls One keinen wundersamen Zaubertrank als Ass im Ärmel hat, muss ich ihm wohl als erste Amtshandlung, nachdem ich diese Röhre verlassen habe, eins auf die Fresse geben.«

»Dir ist schon klar, dass ich dich hören kann?«, fragte One in meinem Kopf.

»Verschwinde aus meinen Gedanken, Arschnase!«, schrie ich.

Davon taten mir sofort die Kiefer weh und was noch schlimmer war, Hopsheer sprang vor Schreck auf.

»Tut mir leid«, sagte ich und tippte mir auf die Stirn. »One kommuniziert telepathisch mit mir und hat heimlich zugehört. Das ist echt nicht in Ordnung, Kumpel!«

»Also kann er hören, was du denkst?«, fragte sie, wobei dieses wunderschöne Lächeln über ihr Gesicht huschte.

»Nein, nein«, sagte ich, wobei ich versuchte, so cool und desinteressiert wie möglich zu klingen. »Du brauchst gar nicht zu ihm gehen, um ihm irgendwelche persönlichen Fragen über mich zu stellen. Er wird sie dir nicht beantworten können.«

Jetzt wurde das Lächeln noch ausgeprägter und Hopsheer hauchte mir einen Kuss zu, bevor sie sich umdrehte und ging.

»Hopsheer? Hey! Komm zurück! Denk nicht mal im Traum daran, ihm irgendwelche Fragen zu stellen! Ich gebe dazu keine Einwilligung! Es besteht keinerlei Einwilligung zur Freigabe meines Gehirninhaltes! Alles privat! Eltern haften für ihre Kinder! Draußen bleiben! Hopsheer? Hoppy? HOPSHEER!!!«

NEUNZEHN

Bax.

Juchhu.

Der Planet, auf dem meine Eltern niedergemetzelt wurden, und ihre Körper zum Verrotten im Dreck abgeladen wurden.

Schön war die Zeit.

One musste wirklich tief in meinen Erinnerungen gegraben haben, denn er hatte nicht nur beschlossen, mich auf den Planeten zu bringen, auf dem ich aufgewachsen war – nein, er landete das Schiff auch nur wenige Kilometer von der Stelle entfernt, wo unser Haus damals gestanden hatte. Ich spreche bewusst in der Vergangenheit, denn Bax hat mehr jährlichen Niederschlag als fast alle bewohnten Planeten zusammengerechnet. Und damit meine ich die Planeten der Galaxis, nicht nur dieses Sonnensystems.

Das ist eine Menge Regen.

Von daher sind alle Bewohner von Bax es gewohnt, ständig ihre Habseligkeiten vor Überflutungen zu retten. Es wurde schon oft versucht, die Wassermassen und Sümpfe mit Kanälen und Trockenlegungen im Zaum zu halten, aber nichts davon hat auf Dauer funktioniert. Angesichts der Wirbelstürme, die schon mal drei Monate in einem Gebiet wüten, ohne nachzulassen oder weiterzuziehen, gab man Bauvorhaben auch gern auf und ließ die Natur einfach walten.

Bax.

Ernsthaft?

Wir waren schon eine Woche auf dem Planeten, bis ich auf der Krankenstation grünes Licht bekam, die Röhre und auch das Schiff zu verlassen. Inzwischen war One fleißig gewesen und hatte eine stabil wirkende Unterkunft gebaut, in der wir alle wohnen konnten. Sein ursprünglicher Plan war gewesen, die Schiffe als Basis für die Unterkunft zu nehmen, indem man die Tragflächen der Schiffe von Hopsheer, Ig und Tarr als Dächer benutzt. Das habe ich aber gleich zunichtegemacht, indem ich ihnen von dem großen Sturm im Jahre ,03 erzählte, bei dem der halbe Planet für sechs Monate evakuiert werden musste, weil die Mini-Hurrikanes genug Sumpfgas aufgewühlt hatten, dass die Atmosphäre hätte explodieren können, wenn sich nur jemand eine Zigarette angezündet hätte.

Ich muss zugeben, dass ich dabei übertrieben habe. Es waren nur drei Monate, nicht sechs. Aber es war wichtig, One von dem grundlegenden Fehler abzubringen, unsere einzige Fluchtmöglichkeit mit unserem Wohnraum zu verknüpfen. In dem Fall, dass wir schnell abhauen mussten, wäre es wirklich ungünstig, erst noch irgendwelche Campingklos von den Schiffshüllen abschrauben zu müssen.

Ich stand auf der Rampe zum Lagerbereich von Ones Schiff und starrte hinaus in die Landschaft, in der ich den größten Teil meiner Jugend verbracht hatte. Die kräftigen Bäume standen dicht beisammen und formten Inseln aus Erde, an denen sie sich verankern konnten. Ihre Wipfel bildeten dichte Decken, die sich ineinander verflochten und meilenweit in alle Richtungen erstreckten. Wahrscheinlich fanden die Äste der Bäume mehr Halt in ihren Nachbarn, als ihre Wurzeln unter der Erde. Denn der nirgends endende Sumpf sorgte dafür, dass sich unter seiner Oberfläche nichts mit irgendwas verbinden konnte.

Wir waren auf einer ordentlich großen Insel gelandet, die etwa vier Quadratkilometer maß, und One hatte unsere Behausung so angelegt, dass sie drei dicke Baumstämme als stützende Elemente nutzte und sich an diesen in die Höhe schraubte, damit genug Platz für uns sechs entstand.

Ich begann meinen Weg die Rampe hinunter, im Begriff, zum ersten Mal einen Fuß auf Bax zu setzen, nachdem ich den Planeten vor Jahrzehnten verlassen hatte – doch das musste wohl noch warten, denn Mgurn steckte seinen Kopf durch die Tür zum Lagerraum.

»Crawford will dich sprechen«, sagte er. »Es ist nicht dringend, aber vielleicht redest du mit ihm, bevor du nach draußen gehst.«

»Gut, mache ich. Schicke mir bitte den Link auf mein Holo, okay?«

»Habe ich schon«, sagte Mgurn, Er lächelte kurz und duckte sich dann weg. Anschließend war ich wieder allein mit meiner Aussicht auf die eine Vergangenheit, während eine andere Vergangenheit gleich aus meinem Handgelenk herausploppen würde.

»Wie geht's?«, fragte ich, nachdem ich mein Holo aktiviert hatte und ein kleines Bild von Crawford vor mir in der Luft schwebte. »Mgurn hat zwar gesagt, dass es nicht dringend sei, aber ich denke, wenn es das nicht wäre, hättest du dich gar nicht gemeldet.«

»Es ist wirklich nicht so wichtig«, sagte er, immer noch von Kopf bis Fuß in Bandagen gehüllt. »Es ist eher eigennützig.«

Er deutete mit einer Handbewegung auf seine Verbände und blinzelte mir zu. »Hast du irgendeine Ahnung, wann ich zum SMC-Hauptquartier fliegen kann, um meine neue Haut zu bekommen?«, fragte er. »Das war schließlich ein Teil des Deals, den dein Boss mit uns geschlossen hat.«

»Da fragst du aber den falschen Salvage Merc«, entgegnete ich. »Ich war die ganze Zeit ausgeknockt, weil mein eigener Körper auch nicht mehr so richtig fit war. Außerdem hat Midnight dir ja sicher gesagt, dass wir die Aktion ziemlich verbockt haben.«

»Das hat sie. Aber anscheinend macht das nichts. Alle unsere Quellen sagen, dass die Skrang keinerlei Vorbereitungen treffen, sich an der SMC zu rächen. Zumindest im Moment noch nicht. Anscheinend haben sie noch nicht begriffen, dass ein Team von Edgern mit der SMC zusammengearbeitet hat, um dich und One von dem Planeten zu retten. In ihren Augen gehören alle Beteiligten zur SMC.«

»Aber dass sie sich nicht rächen wollen, ist trotzdem überhaupt nicht skrang-mäßig.«

»Da hast du recht«, stimmte Crawford mir zu. »Es scheint so, als hätten sie etwas weitaus Wichtigeres zu tun und keine Zeit für Rache.«

»Skrang, die keine Zeit für Rache haben? Das gibt es doch nicht!«, sagte ich. »Immerhin hat diese Rasse mal den kompletten Waisenhaus-Planeten abgefackelt, weil einer ihrer Generäle seine Eltern in der Schlacht um Cvet verloren hat. Sie rächen sich ja schon, wenn sie einen lauen Wind für einen Furz halten.«

»Das ist nicht die beste Analogie, Bruder, aber du hast auf jeden Fall recht. Mach dir trotzdem keine Sorgen, ich halte einfach die Füße still, bis wir ins SMC-Hauptquartier eingeladen werden.«

»Ich kann Mgurn bitten, Nachforschungen anzustellen. Er besitzt ein paar leforianische Kontakte, die äußerst verschwiegen sind.«

»Willst du mich verarschen?« Crawford lachte. »Es gibt im ganzen Universum keinen Leforianer, der ein Geheimnis für sich behalten kann!«

»Wenn die Ehre seiner Nummer auf dem Spiel steht, geht das«, sagte ich. »Vertrau mir. Ich würde es sonst nicht riskieren.«

»Okay, dann mach das. Ach warte kurz, Midnight will noch mit dir reden.«

Er sah etwas nervös aus, zumindest um die Augen. Ich schaute ihn fragend an, doch er seufzte nur und trat dann beiseite.

Seine wunderschöne Frau erschien vor mir und ich grinste sie verlegen an. »Sorry, dass deine Leute gestorben sind«, sagte ich. »Das habe ich nicht gewollt.«

Sie erwiderte mein Grinsen nicht. Um ehrlich zu sein, sah sie ziemlich verstört aus. »Sie kannten das Risiko«, sagte Midnight schulterzuckend. »Es ist traurig und unschön, aber so ist es eben, wenn man sich für die Separatisten einsetzt. Jeder von uns rechnet damit, eines Tages im Kampf zu fallen.«

»Du meinst es ernst, oder? Also, worüber möchtest du mit mir reden?«

»Über Salvage Merc One.« Sie sah sich nervös um, also machte ich das auch.

»Wir sind alleine«, erwiderte ich und ging ein paar Schritte tiefer ins Schiff. »Was ist los?«

»Als wir den Palast angegriffen haben, sind ein paar von uns erst einmal in den Kontrollraum des Sicherheitsapparates eingedrungen, da wir hofften, dich auf den Holo-Displays finden zu können«, sagte sie. »Das ist uns auch gelungen, du wurdest in dem Moment gerade zum Bruttümpel gebracht, aber wir haben auch One gefunden.«

»Er war auch am Pool. Dadurch konnten Mgurn und ich fliehen.«

»Das haben wir gesehen«, sagte sie. »Aber das war danach. Zuerst haben wir ihn mit Lord Messermeen reden sehen. Sie haben regelrecht getuschelt und schienen sehr vertraut miteinander umzugehen. Ich weiß, dass er von den Skrang kontrolliert wurde, aber in diesem Moment sah das alles gar nicht danach aus.«

»Wie sah es denn aus?«, fragte ich, gelangweilt von dem Gespräch. Ich hatte mich gerade soweit gebracht, einen Fuß auf den Planeten zu setzen, an den ich so schrecklicher Erinnerungen hatte, und das wollte ich nun hinter mich bringen. »Spuck es aus, Midnight!«

»Ich habe die Aufnahmen kopiert und durch ein paar Filter laufen lassen«, sagte Midnight. »So konnten wir seine Lippen lesen.«

»Und…?«

»One arbeitet mit den Skrang zusammen«, sagte Midnight. »Das Gespräch war bruchstückhaft und gehetzt, aber anscheinend hat er einen Deal mit Lord Messermeen gemacht, alle zu hintergehen. Vor allem die B'clo'nos.«

»Die B'clo'nos?«, echote ich.

»Genau«, sagte Midnight. »Ich glaube, die Flucht war von vorneherein so geplant, und du solltest den B'clo'no geopfert werden, statt den Skrang.«

»Was soll das denn heißen?«, herrschte ich sie an. »Wieso sollte ich den B'clo'nos geopfert werden? Das macht doch überhaupt keinen Sinn!«

»Ich weiß es doch auch nicht«, motzte sie zurück. »Aber ich habe es nun mal gesehen. Ich schicke dir die Aufnahmen. Analysiere sie eben selbst und sage mir, was du herausbekommst.«

»Okay, okay, sorry«, beschwichtigte ich. »Danke für die Warnung. Ich wollte dich nicht anmeckern.«

»Ich glaube, ich weiß jetzt, warum dein Boss wollte, dass meine Leute und ich dir helfen«, sagte sie. »Sie können Salvage Merc One nicht mehr vertrauen.«

»Ich weiß nicht. Das kann ich kaum glauben. Aber ich schaue mir alles noch einmal genau an. Vielen Dank für alles, was du getan hast, Midnight. Ich schulde dir was.«

»Nein, das tust du nicht«, sagte Midnight. »Wir haben dich gefangen genommen, um dich für unsere eigenen Zwecke zu missbrauchen. Das hat uns einen Riesenhaufen Karma gekostet. Von daher sind wir meiner Meinung nach jetzt quitt.«

»Nein, ich schulde dir etwas.«

»Wie du meinst«, sagte sie schulterzuckend. »Crawford will dir noch was sagen. Pass auf dich auf Joe.«

»Das mache ich, danke.«

Crawford erschien wieder und er sah ein wenig schuldbewusst aus.

»Du hast gar nicht wegen deiner Haut angerufen, oder?«, fragte ich.

»Sorry für das Täuschungsmanöver. Wir mussten erst einmal auf Zeit spielen, bis wir das Übertragungssignal untersucht hatten, um sicher zu sein, dass wir nicht abgehört werden.«

»Kein Problem, Bruder«, sagte ich. »Das gehört alles zum glamourösen Leben eines Salvage Mercs.«

»Und dem von Edger-Separatisten«, lachte er. »Wir müssen los. Die SMC hat den Orbit verlassen und wir können hier nicht bleiben. Ich melde mich, wenn wir einen neuen Unterschlupf gefunden haben.«

»Mach das«, sagte ich. »Und bitte tu mir einen Gefallen!«

»Klar, was denn?«

»Lass dir nie wieder die Haut abziehen, um deinen Tod vorzutäuschen, okay? Spreng einfach irgend ein Schiff mit einer Leiche an Bord in die Luft, so wie es alle anderen auch machen.«

»Das mache ich«, sagte er. »Bis später!«

Die Holo-Anzeige erlosch und ich starrte noch für ein paar Sekunden auf mein Handgelenk, um meine Gedanken zu sammeln.

Ich stand vor einem Dilemma: Sollte ich One mit den Anschuldigungen konfrontieren, oder warten, was passieren würde. Sollte ich Hopsheer einweihen? Oder Mgurn? Und was war mit Ig und Tarr?

Es stellte sich heraus, dass ich diese Entscheidung gar nicht fällen musste.

»Du bist jetzt sicher ein bisschen verwirrt«, erklang Ones Stimme hinter mir.

Ich wirbelte herum und griff nach meiner Pistole, doch ich hatte gar keine umgeschnallt. Also klatschte ich stattdessen ein paar Mal auf meinen Oberschenkel und grunzte frustriert.

»Hast du mir nachspioniert?«, knurrte ich. »Hörst du etwa die Holo-Kommunikation ab?«

Er tippte sich auf die Stirn. »Das brauche ich gar nicht, ich kann doch alles hier oben hören.«

»Das ist wirklich eine ziemlich unhöfliche Gabe, die du hast«, herrschte ich ihn an. »Halte dich gefälligst aus meinen Gedanken fern!«

»Das würde ich wirklich gerne tun, Joe, aber seit du aus der Behandlungsröhre raus bist, ist das nicht mehr möglich«, seufzte er. »Dort drin waren deine Gedanken einigermaßen abgeschirmt, wenn auch nicht vollständig. Aber jetzt, wo du wieder draußen bist?« Er schüttelte den Kopf. »Ich kann gar nicht aufhören, zuzuhören – selbst wenn ich es wollte. Und glaube mir, Joe, das würde ich wirklich liebend gern.«

»Warum sollte ich dir glauben? Du willst uns verraten und an die B'clo'nos ausliefern. Ich weiß noch nicht alle Details, aber …«

»Du weißt gar nichts.« One lachte. »Nichts über mich, nichts über meine Pläne, nichts über deine Zukunft, nicht mal, warum wir hier sind, gar nichts. Im Moment bist du ein Bauer, der nur einen Zug davon entfernt ist, sich in eine Königin zu verwandeln.«

»Du meinst, in einen König«, berichtigte ich ihn. »Ich bin schließlich ein Kerl, und untenrum gar nicht mal so schlecht ausgestattet!«

»Schön für dich, aber ich rede hier vom Schachspiel. Wenn man es schafft, einen Bauern bis zum Ende des Feldes ziehen zu lassen, wird er zur Königin«, erklärte One. »Das einzige Problem ist, dass wir nur eine Königin haben können und nicht zwei.«

»Wir? Wen meinst du mit *wir*?«, fragte ich. »Denn ich fühle mich im Moment nicht besonders nach *wir*.«

»Die SMC du Trottel«, grummelte One. Dann deutete er auf eine Kiste, die an der Wand stand. »Setz dich.«

»Ich stehe lieber.«

»Jetzt stell dich nicht so an, setz dich hin!«, herrschte er mich an. »Du bist nur noch einen Zug entfernt, aber noch bin ich die Königin in dieser Partie. Ich kann dich auch zwingen, dich hinzusetzen, wenn es sein muss.«

»Wenn das so ist, Eure Hoheit, will ich die Königin natürlich nicht verärgern«, säuselte ich und setzte mich.

Er ging ein paar Schritte auf und ab und schaute sich um, ob wir auch wirklich allein waren. Als er sich mir wieder zuwandte, hatte er einen todernsten Gesichtsausdruck.

»Denkst du eigentlich, das wäre vorher noch nie passiert?«, fragte er.

Ich dachte, es wäre eine rein rhetorische Frage, also wartete ich.

»Das war keine rhetorische Frage.«

»Oh, sorry. Also … öhm, nein? Ja? Ich weiß nicht?«, riet ich. »Worüber reden wir überhaupt?«

»Über alles. Darüber, dass die Flotte einen Krieg starten will. Darüber, dass die Skrang das auch wollen. Dass eine Seite außenstehende Kräfte aufstacheln will, damit sie mit ihnen kämpfen. Die Skrang und die B‘clo‘nos haben jedoch ihre Differenzen und werden sich früher oder später gegenseitig in die Pfanne hauen. Dazu noch du, ich und alles andere, was mit Salvage Merc One zu tun hat. Darüber reden wir.«

»Dann ist meine Antwort, dass ich nicht mal die leiseste Ahnung habe«, entgegnete ich. »Du kannst doch meine Gedanken lesen. Dann weißt du auch, dass ich Hundertprozent ehrlich bin: Ich habe nicht den blassesten Schimmer, was hier los ist.«

»Lass mich eine Geschichte erzählen«, sagte er und setzte sich neben mich. »Sie handelt vom allerersten Salvage Merc One – dem Mann, der unsere Organisation gegründet hat und damit nicht nur den Verlauf des Krieges, sondern die Ordnung in der gesamten Galaxis verändert hat.«

»Ist das eine lange Geschichte? Sollte ich erst noch pinkeln gehen?«, fragte ich.

»Sein nicht so zickig, sondern höre einfach zu«, forderte One.

Er erzählte mir alles über die Anfänge der Salvage Merc Corporation. Wie Bon Chattslan eine Marktlücke fand, die er schließen wollte, und das auch erfolgreich tat. Wie er die SMC aus dem Nichts erschuf und sie von einem Ein-Mann-Betrieb zu dem machte, was sie heute war. Eigentlich wusste ich vieles schon, bis auf kleine Details und genauere Daten. Aber das Meiste klang wie direkt aus dem SMC-Handbuch kopiert.

Bis er zu dem Teil kam, in dem es um Bon Chattslans Tod ging. Ich hörte aufmerksam zu, denn das, was One mir anvertraute, stand definitiv in keinem Handbuch. Ich bezweifelte sogar, dass man es überhaupt irgendwo niedergeschrieben vorfinden konnte, in der ganzen Galaxis nicht. Nicht mal die Bosse würden es wagen, eine dauerhafte Aufzeichnung dieser Informationen aufzubewahren.

Die Geschichte brachte beinahe mein Gehirn zum Implodieren, und das ließ auch One das Gesicht vor Schmerzen verziehen, da er nichts mehr gegen unsere starke Verbindung machen konnte. Ich versuchte so gut es ging, meine Überraschung unter Kontrolle zu bekommen, und er bedankte sich dafür, bevor er fortfuhr.

Von Bon ging es dann weiter bis in die Gegenwart, und One ließ kein gruseliges Detail aus. Er beschönigte nichts aus Rücksicht auf meine zarte Seele. Also, nicht dass ich eine zarte Seele hätte, aber bei den heftigen Sachen, die One mir erzählte, wurde man ziemlich schnell ziemlich zart.

»Verstehst du es jetzt?«, fragte er, als er fertig war.

»Besser als vorher«, antwortete ich. »Aber es ist immer noch verwirrend. Ich glaube, ich muss das erst mal verdauen.«

»Es wird klarer, sobald du kein Bauer mehr bist«, sagte er. »Vor allem in deinem Fall – dank deiner Gabe. Klarheit hast du bald im Überfluss. Mehr, als du jemals brauchen wirst.«

Ich tippte mir an die Stirn. »Also ist es das? Meine Gedanken zu lesen war deine natürliche Gabe?«

»So ist es«, antwortete One. »Ich war nicht komplett telepathisch, aber ich konnte kurze Ausschnitte von Gedanken und Gefühlen anderer Leute erhaschen, wenn ich mich darauf konzentrierte. Dann wurde ich One und diese Fähigkeiten verbesserten sich exponentiell.«

»Aber warum kannst du meine Gedanken jetzt nicht mehr ausblenden?«

»Weil wir uns dem Übergang nähern«, sagte One. »Die Grenze zwischen uns wird immer dünner – und wird bald komplett verschwunden sein. Wenn ich mich wirklich anstrenge, kann ich deine Gedanken abdämpfen, aber das verbraucht mehr Energie als wenn ich sie einfach ignoriere.«

»Mir wurde schon öfter gesagt, dass man mich schlecht ignorieren kann.« Ich grinste. »Sorry.«

»Das gehört zu meinem Job.« One stand auf. »Meinst du, dass du mit all dem klarkommst? Wenn nicht, dann sag es mir bitte gleich, damit wir das Ganze abbrechen können. Dann müsste ich zu den Bossen gehen, damit wir eine andere Lösung finden. Das wäre zwar möglicherweise das Ende für die SMC, aber wenn du nicht bereit bist, bleibt uns keine andere Wahl. Aber das, was du tun musst, ist nicht verhandelbar. Beim kleinsten Schluckauf wird alles in sich zusammenfallen.«

»Ich fühle mich überhaupt nicht unter Druck gesetzt.«

»Natürlich fühlst du den Druck, Joe«, sagte One. »Du machst Witze darüber, denn das ist deine Art, mit den Dingen umzugehen, aber sage mir bitte, ob du es verstehst? Druck hin oder her.«

Überraschenderweise, vor allem zu meiner eigenen Überraschung, zögerte ich keine Sekunde mit meiner Antwort.

»Ich verstehe«, sagte ich. »Und ich bin dabei. Aber musst du wirklich …?«

»Ja.«

»Und es gibt keine Möglichkeit, wie wir …?«

»Nein, Joe. Das wurde alles schon ausprobiert, glaube mir. Boss Vier hat jahrzehntelang immer neue Dinge ausprobiert, und nichts hat funktioniert.«

»Okay«, sagte ich und stand ebenfalls auf. »Wir sollten es den anderen sagen.«

»Das ist keine gute Idee«, meinte One. »Je weniger sie wissen, desto besser.«

»Das sehe ich anders. Diesen Leuten vertraue ich, und sie vertrauen mir. Hopsheer und Mgurn werden es mir sofort ansehen, wenn ich ihnen etwas vormache. Tarr und Ig sind auch nicht auf den Kopf gefallen. Und wie du selbst sagtest, es ist auch egal, was wir ihnen sagen. Sie werden sich an nichts erinnern können.«

»Höchstwahrscheinlich nicht«, sagte One. »Aber es ist ein Risiko. Falls sich jemand von ihnen erinnert, werden sie in großer Gefahr sein. Denn wenn sie die Wahrheit verraten, wird die halbe Galaxis hinter ihnen her sein, und die SMC wird nichts dagegen tun können.«

»Wir sind stärker, als sie wissen«, entgegnete ich. »Aber die Gefahr besteht, dass einer von ihnen wegen uns stirbt, und wir wissen beide, dass das Risiko sehr hoch ist. In dem Fall sollen sie wenigstens wissen, *wofür* sie sterben.«

Er atmete ein paarmal tief durch, dann drückte er die Ballen seiner Hände gegen die Stirn. »Schon gut! Hör auf zu schreien! Foh!«

»Sorry.« Ich atmete selbst betont langsam ein und aus, um mein Gehirn zu beruhigen.

»Danke«, sagte er nach ein paar Sekunden. »Bei den acht Millionen Göttern, ich frage mich, was dein Nachfolger mit dir anstellen wird. Wie könnte deine Klarheit sich gegen dich auswirken?«

»Wer weiß, vielleicht erfahre ich am Ende die Geheimnisse des Universums«, mutmaßte ich.

»Joe?«, rief Hopsheer vom unteren Ende der Rampe. »Oh, One. Ich wusste nicht, dass du auch hier drin bist. Ich wollte gerade Joe holen, um ihm zu zeigen, was wir gebaut haben.«

Ich schaute One fragend an. Er nickte.

»Ich wollte dich sowieso gerade aufsuchen«, sagte ich. »Die anderen auch. Wir müssen euch etwas Wichtiges sagen.«

»Das klingt irgendwie nicht gut«, meinte Hopsheer.

»Ist es wahrscheinlich auch nicht. Aber eine absolut verheerende Schlacht ist immer noch besser, als die Auslöschung aller unserer Spezies.«

»Das klingt wirklich gar nicht gut.«

»Hilf mir doch bitte, alle zusammenzurufen«, sagte ich. »Dann erkläre ich es euch, soweit ich kann. One wird auch noch seinen Teil beitragen, und dann können wir alle gemeinsam überlegen, ob es gut ist oder nicht.«

Sie warf mir einen sorgenvollen Blick zu, der mir beinahe das Herz brach.

»Ruhig bleiben«, dachte One. »Du darfst deine Gefühle nicht in Konflikt mit dem bringen, was wir tun müssen.«

Ich antwortete nicht. Das war auch nicht nötig. Er wusste ja, was ich dachte.

ZWANZIG

Wir verbrachten die nächsten zwei Wochen mit unseren Vorbereitungen für das Unvermeidliche. Wenn wir nicht gerade dabei waren, an den Plänen zu feilen, zogen Hopsheer und ich uns in unser Zimmer zurück, um übereinander herzufallen. Die Zeit für unauffällige Flirts und schüchternes Anschmachten hatten wir nicht mehr. Im besten Falle blieben uns noch einige Tage, bis Bax zum Ground Zero werden würde.

Also fohten wir wie die Gumps und zogen uns sämtliche Stimmungsmacher rein, die die Galaxis zu bieten hatte.

Den anderen ging das ziemlich auf den Geist, Tarr würdigte uns irgendwann keines Blickes mehr, aber uns war das egal. Jede Sekunde unserer Freizeit investierten wir in unsere Eskapaden. Und ich musste zugeben, es war wirklich sehr, sehr schön. Bax war auf einmal ein doch gar nicht so übler Ort.

Dann kamen die ersten Warnmeldungen herein und wir wussten, dass unsere gemeinsame Zeit sich dem Ende zuneigte.

»Gibt es wirklich keine andere Möglichkeit?«, fragte sie, als wir nebeneinander in unserer Koje lagen, die, um genau zu sein, aus zwei zusammengeschobenen Kojen bestand. Unsere Gliedmaßen waren noch ineinander verflochten, der Schweiß auf unserer Haut ganz frisch. »Man könnte doch …«

»Ist alles schon probiert worden«, unterbrach ich sie.

»Du weißt doch gar nicht, was ich sagen wollte«, grummelte sie.

»Doch, das weiß ich.«

Und das war nicht mal gelogen. Während die Tage dahingingen, bemerkten One und ich immer stärker werdende Zeichen des Übergangs. Ich für meinen Teil begann, die Gedanken der anderen wahrzunehmen. Am Anfang war es nur ein leises Flüstern in den entlegensten Winkeln meines Bewusstseins. Doch bis zu dem Tag, an dem ich mit Hopsheer eng verschlungen im Bett lag, konnte ich so ziemlich jeden Gedanken hören, wenn ich mich darauf konzentrierte. Wobei ich direkt sagen musste: Mgurn war in Wahrheit ein ziemlich perverser Leforianer. Aber Details würde ich nicht preisgeben.

»Ich verstehe es immer noch nicht«, sagte Hopsheer. »Warum hier? Warum auf Bax?«

»Weil es meine Heimat ist. Egal, wie abgefoht es auch sein mag, hier bin ich aufgewachsen, bis meine Eltern ermordet wurden. Es muss dabei eine Ordnung herrschen, eine gewisse Symmetrie. Das ist so ziemlich das Erste, was die Bosse herausgefunden haben. Die Symmetrie hilft, den Übergang leichter zu machen und die Verbindung zu den B'clo'nos zu brechen.«

»B'clo'nos«, seufzte sie. »Diese glibberigen Bastarde. Die sind wie Junkies; immer auf der Jagd nach dem nächsten Schuss.«

»So sieht es aus. Aber wenn wir es richtig machen, dann haben wir erst einmal ziemlich lange Ruhe. Wenn sie dann irgendwann wiederkommen, und genauso hinter mir her sind, wie sie jetzt hinter One her sind, dann weiß ich, dass es Zeit wird, meinen Nachfolger zu finden. Genau, wie er es getan hat.«

»Was der Grund ist, warum die Bosse mir das Ticket gegeben haben, dich zu finden«, sagte Hopsheer. »Der Grund, warum sie mir extra deutlich eingeschärft haben, dass ich dich unbedingt heil und unversehrt zur SMC bringen muss. Also, zumindest glaube ich, dass sie das getan haben. Ich kann mich nicht an Details erinnern.«

»Ja, so ist das mit den Bossen«, stimmte ich zu. »Ich glaube, das liegt an Boss One.«

Wir lagen einfach nur da und hielten uns gegenseitig fest. Ich streichelte ihre Haare, während ihre raue, steinerne Wange auf meiner Brust ruhte.

:

»Hops?«, fragte ich. Denn Hoppy schien zu kumpelhaft, Hopsheer zu förmlich. Deswegen war sie für mich jetzt Hops. »Du hast mal gesagt, es wäre eine Last, Salvage Merc Acht zu sein. Wieso?«

»Was? Nein, keine Last, nur eine schwerwiegende Verantwortung«, berichtigte sie mich.

»Aber angeblich haben die Nummern doch nichts zu bedeuten. Wenn ein Merc stirbt, wird die Nummer an den nächsten neuen Rekruten weitergegeben.«

»Das gilt aber nicht für die Nummern zwei bis zehn«, sagte sie. »Wir werden gezielt für unsere Positionen ausgewählt, basierend auf unseren Fähigkeiten.«

»Dann seid ihr so etwas wie die Elite–Mercs oder was?« Ich lachte, sie lachte aber nicht mit. Und ich hatte mir vorgenommen, nicht mehr in ihren Gedanken zu wildern, während wir uns unserer Zweisamkeit hingaben. In diesem Moment konnte ich aber nicht widerstehen. »Ach so …«

»Hey!«, bellte sie und drehte ihren Kopf, um mir in die Brustwarze zu beißen. Und zwar ziemlich doll. »Au!«, schrie ich und sprang auf. Oder zumindest versuchte ich es, aber sie hielt mich fest. Ich würde zwar der neue Salvage Merc One sein, aber sie war zur Hälfte Gwreq und viel stärker als ich, wenn sie es sein wollte. »Tut mir leid, dass ich geschummelt habe.«

»Natürlich sind Salvage Merc Zwei bis Zehn die Elite«, sagte sie. »Wir haben alle ganz spezielle Fähigkeiten, die mit extrem fokussiertem Training herausgearbeitet wurden. Wenn die Bosse ein besonders wichtiges Ticket haben, schicken sie uns.«

»Die anderen Nummern kenne ich nicht«, sagte ich. »Also, ich meine zwei bis sieben oder neun und zehn.«

»Das wirst du bald«, sagte sie. »Denn du bist dann die Nummer Eins.«

»Aber One hat nicht viel mit den anderen Nummern zu tun, das hat er selbst gesagt.«

»Nein, aber man spürt seine Präsenz«, sagte Hopsheer. »Einige von uns haben ihn getroffen, andere konnten nur einen kurzen Blick erhaschen und wiederum andere nicht einmal das. Aber er ist immer da. Immer im Hintergrund.«

»Hm«, sagte ich. »Das ist interessant. Dann wirst du also vielleicht doch nicht vergessen …«

Ich hielt sofort die Klappe, als ich merkte, was ich im Begriff war zu sagen, doch ihr gesamter Körper verkrampfte sich augenblicklich.

»Was vergesse ich nicht?«, fragte sie.

»Öhm, was? Nichts!«, stammelte ich.

Ihre beiden Hände schnellten an meine Nippel und sie hatte mich im Griff. Sie rollte sich auf mich und drückte ein Knie vorsichtig, aber doch deutlich bedrohlich gegen meine Kronjuwelen.

»Nichts?«, wiederholte sie. »Ist das wirklich die Wahrheit, bei der du bleiben willst?«

»Ja?«, antwortete ich unsicher.

Der Druck gegen meine Weichteile erhöhte sich. Und an meinen Nippeln drehte sie auch.

»Okay, okay, du gemeine Folterexpertin.« Ich richtete mich auf und küsste sie. Doch sie ließ nicht locker.

Also erzählte ich es ihr.

Ich spürte, wie One mir eine mentale Backpfeife verpasste, und ich klatschte zurück. Er zog sich zurück, aber ich wusste genau, dass er immer noch in meinen Gedanken herumhing, als würde er an einer fremden Tür lauschen.

Hopsheer verließ unsere Schlafstätte und begann auf und ab zu gehen. Das war alles andere als ein unattraktiver Anblick. Eine nackte Hopsheer war sogar höchst unterhaltsam. Sie warf mir einen Blick zu, sah ganz genau, wie gut ich mich unterhalten fühlte, und schüttelte den Kopf.

»Das kannst du voll vergessen«, sagte sie. »Wir spielen jetzt keine Freunde mit Anfassen mehr. Ich muss mich konzentrieren. Wenn das stimmt, was du mir gerade gesagt hast, dann kann das so nicht weiter gehen. Dann muss ich Salvage Merc Acht sein, nicht Hopsheer Balai. Du bist Salvage Merc Einsvierundachtzig, und nicht der Mann, den ich ...«

Sie musste den Satz nicht beenden. Selbst wenn man keine Gedanken lesen konnte, prangte das Wort wie eine Neonreklame auf ihrer Stirn. Ich konnte in ihrem Gesicht sehen, wie ihr klar wurde, dass ich vorher wissen würde, was sie sagen wollte, und dann wurde mir klar, dass sie in meinem Gesicht lesen konnte, dass mir klar wurde, dass es ihr klar wurde.

Sie zeigte drohend mit dem Finger auf mich und fing an, sich komplett in Stein zu verhärten. Sie musste wirklich aufgeregt sein, wenn sie schon ihre Kampfhaut anlegte.

Woraufhin ich an meine Cyborg-Beine denken musste. Ich fragte mich, ob die auch Teil des neuen One werden würden, wenn sich die Verschmelzung vollziehen würde.

»Steh auf«, bellte Hopsheer, wobei ihr steinerner Finger die Luft durchbohrte. »Steh auf! Du wirst das jetzt sofort den anderen sagen! JETZT SOFORT!!!«

»Ich glaube, es ist ungefähr vier Uhr morgens, Hops«, sagte ich.

»Schluss mit Hops«, knurrte sie. »Schluss mit uns! Wir sind Salvage Mercs, und das wird von jetzt ab alles sein!«

»Du weißt, dass das nicht wahr ist«, sagte ich und schwang meine Beine aus der Koje. Dann stand ich auf und grinste, als ihre Augen in tiefere Regionen abdrifteten. »Ich bin hier, Hops! Augen nach oben.«

Sie rammte ihren Finger voll in meinen Brustkorb und ich musste all meine Kraft aufbringen, um nicht zurück in die Koje zu fallen, und all meine Willenskraft, um nicht wie ein kleines

Mädchen aufzuheulen. Okay, das mit dem Aufheulen habe ich vielleicht nicht so ganz hinbekommen.

»Wir sagen es jetzt den anderen«, forderte sie. »Vor allem Mgurn! Bei den acht Millionen Göttern, Joe! Er wird seinen Salvage Merc verlieren! Das wird ihm das Herz brechen!«

»Aber er wird sich nicht daran erinnern«, beschwichtigte ich.

»Darum geht es nicht.« Der Finger traf mich noch einmal. Und diesmal fiel ich um.

»Zieh dich an, während ich die anderen zusammentrommele«, befahl sie und warf mir meine Klamotten zu. »Du hast fünf Minuten!«

»Zu Befehl, Madam!«, sagte ich und wartete, bis sie aus dem Zimmer gestürmt war, bevor ich mir die Hose anzog.

One war überhaupt nicht begeistert von meiner Fehlleistung.

»Was denkst du dir bloß«, knurrte seine Stimme in meinem Kopf. »Jetzt wird alles unglaublich kompliziert!«

»Halt die Klappe«, schnauzte ich zurück und drängte ihn aus meinen Gedanken. Das fiel mir inzwischen schon recht leicht, und ich spürte eine Überraschung bei ihm, als er sich zurückzog.

Als ich unsere improvisierte Kantine erreichte, wurde ich mit müden und genervten Blicken begrüßt. Nicht einmal Mgurn schien froh, mich zu sehen, obwohl er sonst sogar um vier Uhr morgens relativ höflich war.

Ich sorgte dafür, dass jeder einen Kaffee in der Hand hatte und ein paar Schlucke nehmen konnte, bevor ich anfing.

»Ihr werdet euch schon bald nicht mehr an mich erinnern können«, sagte ich. »Sobald diese Schlacht vorbei ist, sofern wir sie überleben, wird keiner von euch mehr wissen, wer ich bin.«

»Und?«, fragte Tarr. »Hast du uns wirklich mitten in der Nacht an der Arschfalte der Hölle aufgeweckt, um uns das zu sagen? Mann, ich würde dich am liebsten jetzt sofort vergessen.«

»Er macht keine Witze«, sagte Ig. »Er meint es ernst.«

»Richtig. Sobald die Schlacht beginnt – was morgen passieren könnte, aber vielleicht auch übermorgen oder in drei Wochen – werde ich anfangen, mich zu verändern. Ich werde nicht mehr einfach nur Joe sein.«

»Ja, ja, du wirst One sein«, rief Tarr. »Genau wie der andere Typ hier. Was hat das damit zu tun, dass wir dich vergessen werden?«

»Das hier«, sagte One.

Er stellte sich vor die Gruppe und seine Augen wurden pechschwarz. Genau wie damals, als ich ihn im Café der Caga-Station sah. Der einzige Grund, warum ich mich an ihn erinnern konnte, war, dass ich mich damals auch schon auf dem Pfad befand, One zu werden. Nach ein paar Sekunden wurden seine Augen wieder normal und alle schüttelten die Köpfe, als wären sie gerade aufgewacht.

»Was zum Foh, Joe«, bellte Tarr. »Es ist vier Uhr morgens! Warum sind wir alle hier?«

»Hops?«, fragte ich und räusperte mich dann. »Hopsheer? Weißt du noch, warum wir alle hier sind?«

»Ja …«, antwortete sie zögerlich. »Du wirst ihnen etwas sagen … etwas über dich …«

Ich fing noch mal von vorn an. Tarr war genauso wenig überzeugt wie vorher. Also zeigte ich ihnen einen Videofeed von unserem Gespräch, schließlich hatten wir den gesamten Komplex mit Überwachungskameras ausgestattet. Denn falls unser Plan nicht aufgehen würde, bräuchte die SMC Beweise für die Ursachen des Konflikts, um ihren Status in der Galaxis beibehalten zu können. Videos der Flotte, der Skrang und des B'clo'no-Angriffs auf fünf Mercs würden in der Öffentlichkeit sicherlich starke Reaktionen hervorrufen.

»Verdammt, Mann!«, sagte Tarr, nachdem das Video durchgelaufen war.

»Das ist beunruhigend«, fügte Ig hinzu.

»Ich werde mich nicht an dich erinnern? Alle unsere gemeinsamen Erlebnisse werden ausgelöscht?«, fragte Mgurn.

»Was? Nein. Du wirst noch wissen, dass es einen Joe Laribeau gab und dass du sein Assistent warst«, antwortete ich, dann schaute ich One an, der bestätigend nickte. Also fuhr ich fort: »Aber wenn das hier alles vorbei ist, wirst du mich nicht mehr als Joe wahrnehmen. Du wirst in mir Salvage Merc One sehen, eine komplett andere Person.«

»Also bist du ein Jirk?«, fragte Tarr. »Du wirst dir die Haut von One überziehen?«

»Nein, meine Haut behalte ich, aber ihr werdet einfach nicht wissen, wer ich bin.«

»Aber wir werden uns an Joe Laribeau erinnern? Also … an alles … bis auf diesen letzten Kampf?«

»Nein, nein, an den Kampf werdet ihr euch auch erinnern. Aber ihr werdet nicht mehr wissen, warum ihr gekämpft habt, außer um euer eigenes Leben zu retten. Nach dem Kampf wird Joe Laribeau nach eurem Verständnis tot sein. Ihr werdet ihn betrauern und euch dann anderen Dingen zuwenden. Oder so ähnlich.«

»Damit One existieren kann, muss Joe sterben«, sagte One. »Nicht im wörtlichen Sinne, dieses Schicksal blüht nur mir, er hingegen wird nur noch als warme Erinnerung in euren Köpfen herumspuken. Er wird keine lebende Person mehr in der Galaxis sein.«

»Für *euch* bleibt das vielleicht eine warme Erinnerung, ich werde nur an einen Typen denken, der die ganze Zeit Bier gesoffen hat«, meinte Tarr und sah sich in der Kantine um. »Wo wir gerade bei dem Thema sind, hat jemand die Kiste Bier gesehen, die ich in meinem Schiff hatte? Soweit ich mich erinnere, habe ich die irgendwo hier abgestellt.«

»Ich habe schon danach gesucht, aber nichts gefunden«, sagte Ig.

»Dann suchen wir noch mal«, sagte Tarr und stand auf. »Denn ich brauche einen Drink. Oder auch sechs. Mir egal, wie früh es ist. Definitiv Zeit für Alkohol!«

Tarr nickte mir genervt zu und Ig bedachte mich mit ihrem bizarren Groshnel-Lächeln, dann gingen sie beide.

»Es tut ihnen mehr weh, als sie erkennen lassen«, sagte Hopsheer.

»Nein, tut es nicht«, erwiderte ich und deutete auf meinen Kopf. »Sie finden es hart, aber sie sind Profis. Sie nehmen es hin wie den Verlust einer beliebigen anderen Nummer.«

Ich wandte mich Mgurn zu. Seine Hundekäferaugen schauten mich fest an und ich wusste, dass er eine Menge zu sagen hatte. Ich blieb seinen Gedanken fern, damit er die Worte in seinem eigenen Tempo sagen konnte. Er stand auf und streckte mir eine Hand entgegen.

»Es war eine Ehre, mit dir gearbeitet zu haben, Joe Laribeau«, sagte er. »Ich werde versuchen, dich nicht zu vergessen, doch da das unmöglich scheint, möchte ich dich wissen lassen, dass ich unsere gemeinsame Zeit genossen habe und sie in freudiger Erinnerung behalten werde.«

»Ganz meinerseits, Kumpel«, sagte ich und schüttelte seine Hand. Dann zog ich ihn für eine feste Umarmung an mich heran, wobei er ein wenig zappelte.

»Das ist mir etwas unangenehm«, stammelte er.

»Sei ruhig«, entgegnete ich. »Du wirst es sowieso bald vergessen haben.«

Er ließ es für ein paar weitere Sekunden über sich ergehen und sah mich traurig an, als wir uns trennten. Er deutete gegenüber jedem von uns eine kurze Verbeugung an und verließ die Kantine dann fluchtartig.

»Das ist ein wirklich treu ergebener Leforianer«, meinte One. Dann schaute er Hopsheer und mich an. »Braucht ihr zwei einen Moment allein?«

»Wir hatten schon reichlich Momente.«

»Gut.« Er verzog das Gesicht. »Denn es geht bald los.«

»Was geht los?«, fragte Hopsheer.

One tippte sich auf die Stirn. »Alles«, seufzte er. »Sie sind da. Also, die B'clo'nos zumindest. Die Skrang und die Flotte werden bald folgen.«

»Was?«, rief ich aus. »Woher weißt du das? Ich höre gar nichts!«

»Du bist ein klein wenig abgelenkt«, sagte One. »Konzentriere dich!«

Das tat ich und das daraus resultierende Gefühl war alles andere als angenehm. Niemand, und damit meinte ich wirklich *Niemand*, sollte jemals in den Kopf eines B'clo'no eintauchen müssen. Diese Schleimklumpen waren echt versaute Wesen. Einfach nur versaut.

»Ich schätze mal, das war es dann«, sagte ich und schenkte One und Hopsheer mein breitestes, stärkstes Lächeln.

Beide zuckten zusammen und ich schloss meinen Mund schnell wieder.

»Wir haben noch etwa dreißig Minuten Zeit«, sagte One. »Zeit, unsere Plätze einzunehmen!«

EINUNDZWANZIG

One und ich sahen zu, wie Hopsheer, Ig und Tarr in ihren Schiffen abhoben. Ihre Aufgabe war es, sofort anzugreifen, wenn die Party losging, um die Beteiligung der SMC deutlich zu machen. Wir hofften, dass sich dann wenigstens die galaktische Flotte zurückziehen würde, um nicht gegen das Neutralitätsabkommen zu verstoßen.

Den verdammten Skrang würde das egal sein, aber die Flotte war nun einmal eine bürokratische Organisation. Jedenfalls in Zeiten, wo sie nicht gerade mit den Skrang zusammenarbeiteten, um ihren eigenen Flottenadmiral zu ermorden.

Die B‘clo‘nos auf der anderen Seite würden sich auf gar keinen Fall zurückziehen. Das war sicher. Ich hätte die Möglichkeit zwar in Betracht gezogen, aber One flutete meinen Kopf mit Bildern, die eindeutig das Gegenteil bewiesen. Wenn man telepathisch jedes unangenehme Zusammentreffen einer Person mit B‘clo‘nos um die Ohren gehauen bekam, wurde man ganz schnell kleinlaut.

Mgurn stand auf der Rampe unseres Schiffes. Eigentlich hatte er offiziell gar nichts mehr mit der Sache zu tun, weil er kein Salvage Merc war. Die Identität der drei anderen konnten sich alle ankommenden Schiffe im Handumdrehen bestätigen lassen, aber niemand würde einen Assistenten für voll nehmen. Eher würden sie ihn in Stücke schießen, weil er mutmaßlich unberechtigt ein SMC-Schiff flog.

Also bestand seine Aufgabe darin, sich zu verstecken. Er sollte in dem Schiff warten, bis wir ihn am brauchen würden. Dazu musste er nicht einmal den Planeten verlassen, er konnte einfach unter der dichten Decke aus Baumkronen ausharren, bis sein Einsatz nötig wurde. Auf sein Timing würde es ankommen, denn sein Spezialauftrag würde über Sieg oder Niederlage entscheiden. Doch ich war mir sicher, dass er es schaffen konnte. Wenn irgendetwas mit höchster Präzision ausgeführt werden musste, war Mgurn der Richtige für den Job.

Ich winkte ihm zu, bevor er im Inneren des Schiffes verschwand und kurz darauf abhob. Wir sahen ihm hinterher, bis er aus unserem Sichtfeld verschwunden war. Er flog dicht über dem Sumpf, um nicht von den ankommenden Schiffen entdeckt zu werden. Denn One hatte Bax wirklich nicht ohne Grund als Schauplatz für unser letztes Gefecht ausgewählt: Die üppige Flora und Fauna würde die Sensoren der B'clo'no verwirren und verhindern, dass sie uns sofort leersaugten.

Die überbordende Lebensenergie des Planeten war die perfekte Tarnung.

Sobald Mgurns Schiff außer Sichtweite war, wandte sich One mir zu und hielt mir seine Hand entgegen. »Es war mir eine Ehre«, sagte er. »Tut mir leid, dass wir nicht öfter miteinander arbeiten konnten. Du bist mir ehrlich gesagt von allen bisherigen Ones am ähnlichsten.«

»Danke.« Ich schüttelte seine Hand. »Sorry für all die schlechten Witze und die Klugscheißerei in meinem Kopf, die du durchleiden musstest.«

»Immer noch besser als die perversen Gedanken der meisten anderen Leute«, sagte One. Er klopfte mir auf die Schulter und ließ dann die landschaftliche Aussicht auf sich wirken. »Eigentlich ist der Planet gar nicht so übel. Er wird sich auch viel schneller erholen, als die anderen Schauplätze, die infrage gekommen waren. Auf jeden Fall besser als Hepnug.«

»Hepnug? Hat da auch schon mal einer der Kämpfe von One stattgefunden?«, fragte ich.

»Ja, das war beim vierten Salvage Merc One«, sagte er. »Ein brutaler, grausamer Kampf. An diesem Tag hätten wir beinahe alles verloren. Es war weit vor meiner Zeit, aber ich habe mir die Erinnerungen immer wieder angesehen, m nicht die gleichen Fehler zu machen. Wirst du dann ja sehen.«

»Na hoffentlich.«

Wir standen noch ein Weilchen so da, atmeten die frische, feuchte Luft ein und beobachteten die dunklen Wolken, die sich uns näherten.

»Wir können es nicht länger hinauszögern«, sagte er.

»Und es gibt wirklich keine andere Möglichkeit?«, fragte ich. »Also für dich, meine ich?«

»Leider nein. Bist du bereit?«

»Ich fühle mich irgendwie nackt ohne mein H16.«

»Wenn wir uns verbinden, darf keine Technik in der Nähe sein«, sagte er. »Das verdirbt die Reinheit des Transfers.«

»Und was ist mit meinen Cyborg-Beinen?«

»Kein Problem.« Er lächelte. »Die sind ein Teil von dir, und das Artefakt erkennt den Unterschied.«

»Das ist irgendwie unheimlich«, entgegnete ich.

»Da gebe ich dir recht«, sagte er. »Aber jetzt dürfen wir es nicht weiter aufschieben, Joe. Sage deinem alten Leben Adieu und mache dich bereit für ein neues!«

»Adieu, altes Leben. Es war schön mit dir, auf eine brutale und tränenreiche Art.«

One packte meine Schläfen und drückte seine Stirn an meine.

»Wenn du mich küsst, haue ich dich«, sage ich.

»Joe!«, ermahnte er mich.

»Sorry, sorry. Jetzt ist Schluss mit Witzen. Der alte Joe ist fort, der neue Joe ist hier.«

»Joe ist nicht mehr«, entgegnete One. »Du wirst jetzt der einzige und echte One sein.«

:

Ich kam gar nicht mehr dazu, einen Witz darüber zu reißen, wie albern das klang. Denn die Zeit für Witze war tatsächlich endgültig vorbei. Und die Zeit für Joe auch.

Wir verschmolzen miteinander.

Es war nicht schön.

Vielleicht kennt ihr das Gefühl, wenn der Kopf so voll mit Informationen und Erinnerungen und Sorgen zu sein scheint, dass man befürchtet, er würde gleich explodieren und die grauen Zellen würden zusammen mit einer Menge Blut im Raum verteilt. Mental mit One zu verschmelzen fühlte sich nicht so an. Es fühlte sich vielmehr an wie der Moment, wo das Gehirn schon explodiert war und man sich entsetzt die ganze graue Masse und das Blut an den Wänden ansah. Es tat höllisch weh und war generell keine Freizeitbeschäftigung, die ich empfehlen könnte.

»Acht Millionen Gumps!«, schrie ich.

Aber nicht laut. Laut war out. Alles spielte sich jetzt nur noch im Inneren ab, für mich sowie für One. Denn es bestand kein Unterschied mehr zwischen uns.

»Festhalten«, sagten wir. »Lass die Woge über dich hinwegfließen. Lass zu, dass das Artefakt in alle deine Poren einzieht. Es kann deine Seele nicht auslöschen, auch wenn es sich so anfühlt. Lass es einfach machen, wehre dich nicht dagegen, sonst verlängerst du nur die Schmerzen, die Desorientierung und die Hilflosigkeit. Und Hilflosigkeit können wir uns nicht erlauben. Nicht jetzt. Jetzt müssen wir alles sein!«

Und das waren wir.

Es war Wahnsinn. Und zwar buchstäblich.

Im einen Moment war ich Joe Laribeau, ein Ex-Marine der galaktischen Flotte, Salvage Merc Einsvierundachtzig. Im nächsten Moment war ich nicht mehr diese Person. Ich war aber auch nicht One. Noch nicht. Stattdessen war ich alles. Das gesamte

Universum. Einfach alles wurde in meinen Kopf geschossen. Genauer gesagt, in den gemeinsamen Kopf von One und mir. Aber ich schätze, ob man das gesamte Universum nun in einen Schuhkarton oder zwei zwängte, machte auch keinen riesigen Unterschied. Es war so oder so zu wenig Platz.

»Kämpfe nicht dagegen an«, sagten wir wieder. »Berühre alles. Lass deinen Verstand über jedes Objekt im Universum gleiten. Befühle es, dann ziehe weiter. Du musst dich an nichts erinnern. Das sollst du nicht einmal. Die Objekte werden trotzdem da sein. Sie waren es und sie werden es weiter sein.«

Ich tat, was wir wollten. Ich berührte sanft jeden Gegenstand im gesamten Universum, ich ließ mein Bewusstsein darübergleiten. Nichts konnte sich meinem spukhaften Betatschen entziehen. Und das Ganze dauerte nicht einmal 0,00001 Sekunden.

»Jetzt sind wir bereit«, sagten wir. »Sollen die B'clo'nos doch kommen!«

Da unser Bewusstsein sich aus der Unendlichkeit zurückgezogen hatte, waren wir in der Lage, uns auf die näherkommenden Schlachtschiffe zu fokussieren, die gerade im Orbit von Bax angekommen waren. Es waren verdammt viele, und sobald sie die Wurmlöcher verlassen hatten, dockten sie aneinander an, um ihre Energie und Feuerkraft zu kombinieren.

Wir wussten zwar, dass es nicht reichen würde. Alle Feuerkraft der Galaxis konnte nicht ausreichen. Trotzdem waren wir vorsichtig, denn ein großes Ego war nicht die beste Waffe in diesem Kampf. Eher das Gegenteil.

»Sie schicken ihre Kundschafter«, sagten wir. »Sie werden überall auf dem Planeten die Atmosphäre durchstoßen und die Energie von Bäumen und Tieren aussaugen, um ihre volle Stärke zu erreichen. Dann werden sie angreifen. Und damit werden sie nicht zögern. Sie wissen, was wir sind und dass sie uns haben müssen. So war es immer, und so wird es immer sein.«

»Wir sind wirklich verdammt gefragt«, sagten wir.

»Das sind wir«, lautete unsere Antwort.

Könnt ihr euch denken, wer was gesagt hat? Ist eigentlich leicht zu erraten.

Wir konnten spüren, wie Bäume und Pflanzen und Tiere ihrer Lebensenergie beraubt wurden. Sie fingen nicht an zu schreien oder in Panik zu geraten, es war eher wie Pixel auf einem Bildschirm, die ausgeblendet wurden und schließlich verschwanden, einer nach dem anderen. Am Anfang war dieses Gefühl beunruhigend, doch wir gewöhnten uns schnell daran. Bis es anfing, sich exponentiell zu verstärken.

»Das stimmt etwas nicht«, sagten wir. »Der Energieverlust ist viel zu stark für diese Anzahl von B'clo'nos. Das ist absolut unmöglich, es sei denn … oh nein, wir sind am Arsch.«

Die Bilder von dem, was auf uns zuraste, knallten in unser Bewusstsein. Es waren keine B'clo'no Späherschiffe, sondern etwas weitaus Schlimmeres: B'flo'dos.

Eine ganze Legion von den Biestern. Tausende von B'flo'dos wurden in den Sümpfen abgeworfen und begannen, alles leerzusaugen. Sie ließen nichts als totes Ödland zurück.

»Das haben sie noch nie gemacht«, sagten wir. »In der ganzen Geschichte von Salvage Merc One nicht. Diese schummelnden Gump-Hirten! Das ist überhaupt nicht cool.«

»Konzentriere dich!«, schrien wir. »Wir müssen uns um die B'flo'dos kümmern. Die B'clo'nos sollen ruhig kommen, die erledigen wir später, aber wir müssen verhindern, dass die B'flo'dos uns erreichen!«

B'flo'dos waren wilde, unkontrollierbare Kreaturen, selbst im Vergleich zu den nah verwandten B'clo'nos. Sie kannten nur Fressen, Fressen und Fressen und sonst nichts. Wenn die B'clo'nos nicht auf sie aufpassen würden, wären sie wahrscheinlich schon vor Jahrtausenden ausgestorben. Doch das ließen die B'clo'nos nicht zu, da sie sie als Waffe einsetzen konnten.

In diesem Moment wurde uns so einiges klar. Zum Beispiel, wie die B'clo'nos so viele Schlachten gewinnen konnten, ohne dass irgendjemand, nicht einmal die Skrang, hinter ihr Erfolgsrezept kamen. Sie kamen, sie sahen und sie siegten so oft, dass die galaktische Flotte sie noch mehr fürchtete als die Skrang.

Und das Geheimnis dieser verdammten Schleimmonster war einfach, dass sie B'flo'dos einsetzten. Das ließ sich perfekt verschleiern, weil keine Zeugen zurückblieben und sogar alle Aufzeichnungsgeräte leergesaugt wurden.

Und niemand hatte etwas geahnt.

Jetzt fegten sie über Bax wie ein riesiger Radierer und löschten alles Leben aus, das sie berührten.

»Wieso können sie sich so schnell bewegen?«, fragten wir.

»Ihnen wurden Fahrzeuge gegeben«, antworteten wir.

Und genau so war es. In unseren Gedanken konnten wir sie sehen. Es waren riesige, rollende Dinger mit riesigen Rädern, aus krudem Metall und noch viel mehr Kunststoff. B'flo'dos waren nicht gerade für ihren Sinn für Feinheiten bekannt, sie verschlangen einfach alles und machten sich erst später darüber Gedanken. Nur, dass sie keine Gedanken hatten, denn dazu fehlte ihnen schlicht die Intelligenz.

»Es sind Hybriden«, sagten wir, als die Bilder in unserem Geiste klarer wurden, weil die B'flo'dos näher kamen. »Sie sind selbst Teil der Maschinen, die sie fahren. Deswegen saugen sie ihnen nicht einfach die Energie aus. Sie sehen sie als Teil von sich selbst.«

»Das ist ja abartig«, sagten wir.

»Absolut«, antworten wir.

Sie waren vielleicht noch ein paar dutzend Inseln entfernt. Der Sumpf machte ihren Vehikeln überhaupt nichts aus –

die Räder waren so groß, dass sie maximal bis zur Hälfte im Wasser standen. Alles, was sie nicht aussaugten, walzten sie platt. Ganze Baumdecken fielen, zerstört und getötet von der puren Bösartigkeit, die die B‘flo‘dos verkörperten.

»Das wird wehtun, oder?«, fragten wir.

»Sehr sogar«, lautete unsere Antwort.

»Foh.«

ZWEIUNDZWANZIG

Wenn man One ist, kann man seine superempfindliche Sinneswahrnehmung niemals ganz ausblenden. Man lernt nur, Prioritäten zu setzen und unwichtigere Informationen an den Rand des Bewusstseins zu verschieben. Und das taten wir, als wir uns auf die B'flo'dos konzentrierten.

Doch hoch über uns flogen Freunde von uns durch den Weltraum – Hopsheer, Ig und Tarr.

Egal, wie sehr wir versuchten, alles außer den B'flo'dos auszublenden, spukten diese drei in unserem Kopf herum. Das fühlte sich so ähnlich an, wie wenn ein Song kaum wahrnehmbar im Hintergrund lief, den man aber so gut kannte, dass man ganz genau wusste, welcher Teil als Nächstes kam – welche Textzeile, welche Melodie, welcher Akkord und welcher Beat. Es war einfach ein unbewusster Teil der Psyche.

Deswegen warteten wir nicht nur darauf, dass die B'flo'dos vor uns auftauchen würden, wir beobachteten gleichzeitig, wie sich Hopsheer, Ig und Tarr den Neuankömmlingen unseres Kleinkrieges näherten.

Die Skrang waren angekommen und wenig später folgte ihnen die galaktische Flotte. Dabei musste man sagen, dass die Skrang wesentlich zivilisierter waren. Sie kamen nur mit einer kleinen Armada aus Kreuzern und Zerstörern.

Die galaktische Flotte hatte hingegen ganz offensichtlich jedes Schiff mitgebracht, das sie besaßen – inklusive einiger, die nach dem Krieg offiziell ausgemustert worden waren.

Natürlich waren wir von den B'flo'dos und ihren Monstertrucks etwas abgelenkt, deswegen konnten wir uns nicht auf jedes klitzekleine Detail der Raumschlacht über uns konzentrieren, zum

Beispiel den Funkverkehr, doch wir bekamen mit, was im Großen und Ganzen passierte.

Und das war in etwa wie folgt:

Hopsheer war gerade im Begriff gewesen, den B'clo'no Kampfschiffverbund anzugreifen, in der Hoffnung, sie auseinanderzusprengen und so ihre Angriffsstärke zu verringern, doch genau in diesem Moment kamen die Skrang aus dem Wurmloch-Portal. Da machte es nicht mehr viel Sinn, auf die B'clo'no zu feuern und damit ihre Position und Absichten offenzulegen. Stattdessen wechselte sie ihren Kurs in Richtung der Skrang. Dann tauchte sie ab, um ihr Schiff unter die näherkommenden Gegner zu bringen. Der Gedanke dahinter war offensichtlich. Sie wollte die Skrang von unten angreifen, um die schwächer gepanzerten Bäuche der Schiffe treffen zu können. Und selbst, falls die Panzerung genauso stark sein sollte wie überall sonst, wirkten so ein paar schöne Bauchtreffer doch immer noch ordentlich demoralisierend.

Sie zog wieder nach oben und jagte dann direkt auf die Skrang zu. Die wussten, dass sie sich im Anflug befand, schließlich hatten sie ja die gleichen Scanner und Sensoren wie alle anderen auch. Aber Hopsheer war nur ein klitzekleiner Punkt auf den Displays, im Gegensatz zu den riesengroßen B'clo'no-Verbänden. Außerdem hatte sie die Signatur eines SMC-Schiffes, sodass sie sich eigentlich neutral verhalten musste. Zumindest bis zu dem Punkt, wo sie die Skrang anfunkte und ihnen befahl, sofort das System zu verlassen, weil sie andernfalls alle Vereinbarungen mit der SMC zunichtemachen würden.

Es gab nur eine Sache, welche die Skrang mehr hassten als Bier, und das war ein Ultimatum. Natürlich liebten sie es, ein Ultimatum auszusprechen, aber selbst eines gestellt zu bekommen, ging gar nicht. Deswegen antworteten sie mit einer Barrage aus Torpedofeuer und einer ordentlichen Plasmasalve. Es war wirklich ziemlich beeindruckend, was die Skrang ihr alles entgegenschleuderten.

Aber wir reden hier über Hopsheer – und diese Dame konnte verdammt noch mal fliegen! Sie umtänzelte die Torpedos im Slalom und warf dabei Täuschkörper ab, um die feindlichen Zielsuchsysteme zu verwirren. Das war faszinierend mitanzusehen, auch wenn es sich nur als kleine Randnotiz in den entlegenen Winkeln unseres Bewusstseins abspielte.

Bei den Plasmaschüssen gab sie sich weitaus weniger Mühe, diese abzuwehren, sondern ließ die meisten von ihren Schilden absorbieren. Natürlich schwächte das ihre Verteidigungsressourcen, aber ein Torpedotreffer würde sie sofort töten, deshalb war es ein wohlüberlegtes Abwägen.

Dann fing sie an zu feuern. Wie gesagt, die Bäuche der Skrang-Schiffe waren nur unwesentlich schwächer gepanzert als der Rest, doch im Gegensatz zur galaktischen Flotte befanden sich dort die Startschotten für die Jäger. Die Flotte fuhr zu diesem Zweck seitliche Rampen aus, bei den Skrang wurde einfach untenrum aufgemacht, damit die Jäger bei ausreichender Schwerkraft einfach herausfallen konnten.

Dies war also ihre Achillesferse, und Hopsheer wusste das. In der Sekunde, als die ersten Skrang-Jäger starteten, begann sie aus allen Rohren zu feuern.

Sie erledigte ein gutes Dutzend, bevor den feindlichen Piloten überhaupt klar war, dass sie von einem kleinen SMC-Schiff angegriffen wurden, nicht von den B'clo'no Kriegsschiffverbänden. Doch bis es zu dieser Erkenntnis kam und die Jäger Kurs auf Hopsheer nahmen, hatte sie bereits Torpedos auf alle drei Skrang-Kreuzer abgefeuert.

Die Explosionen waren spektakulär. Die drei Kreuzer verglühten in einem Feuerwerk aus Flammen und Trümmerteilen, das selbst den acht Millionen Göttern gefallen haben dürfte.

Die Skrang-Jäger mussten ordentlich Gas geben, um nicht von den Überbleibseln ihrer eigenen Kreuzer getroffen zu werden, was Hopsheer genug Zeit gab, sich aus dem Staub zu machen und in den Orbit von Bax zurückzukehren.

Dort waren Tarr und Ig fleißig dabei, B'clo'no-Kriegsschiffverbände in Stücke zu schießen. Und zwar im buchstäblichen Sinne, denn sie konzentrierten sich auf die Andockpunkte zwischen den einzelnen Schiffen, sodass diese wieder getrennt wurden.

Ig führte den ersten Angriff aus und schwächte den Verbund, drehte aber ab, bevor das Abwehrfeuer einsetzte. In diesem Moment führte Tarr die Attacke an anderer Stelle fort, um die Aufmerksamkeit der Verteidiger umzulenken. Das war nicht mal eine besonders originelle Strategie – um genau zu sein, wurden die B'clo'no im gesamten Krieg so angegriffen. Doch sie schafften es nie, eine wirksame Verteidigung dagegen auszutüfteln. Vermutlich hielten sie das nicht für nötig, da die Angriffe die Schlachtschiffe selbst nicht zerstörten, sondern nur ihre Bindeglieder. Doch wenn zwei von ihnen getroffen auseinanderdrifteten, war das nächste Schwesterschiff nicht weit weg, sodass eine neue, anderer Verbindung aufgebaut werden konnte.

Tarr fluchte im Kampf sowieso immer wüst, Ig riss sich üblicherweise etwas mehr zusammen, aber selbst sie konnte sich einen Schwall Kraftausdrücke nicht verkneifen, als die B'clo'nos sich sofort zu einer neuen Formation zusammenschlossen. Zu zweit konnten sie einfach nicht genug Schaden anrichten, um sie dauerhaft davon abzuhalten.

Zum Glück kam Hopsheer genau rechtzeitig, um sie zu unterstützen.

Sie rauschte mitten in die Kampfzone hinein und feuerte alles, was sie hatte, auf die in der Neuformierung begriffenen B'clo'nos. So konnten sich Tarr und Ig auf die anderen Verbände konzentrieren und gemeinsam schafften sie es, sechs Schiffe zu zerstören, bevor die Skrang den Orbit von Bax erreichten.

In der Zwischenzeit war auch die galaktische Flotte im System angekommen und stieg in das Gefecht ein. Das entlastete Hopsheer, Ig und Tarr ungemein, da vollkommen klar war, auf welcher Seite die Flotte stand. Oder besser gesagt, auf welcher Seite sie nicht stand. Und das war die Seite der Skrang und B'clo'nos.

Das stellte für Hopsheer allerdings ein gewisses Problem dar. Sie musste der Flotte das gleiche Ultimatum stellen wie den Skrang und ihnen befehlen, sich sofort von Bax zu entfernen, um nicht die Neutralitätsvereinbarungen mit der SMC zu verletzen. Natürlich ignorierte die Flotte das, und dadurch mussten Hopsheer, Ig und Tarr nun gegen drei schlagkräftige Parteien gleichzeitig kämpfen.

Trotz dieser schlechten Aussichten konnten wir deutlich spüren, dass diese drei Mercs so viel Spaß hatten wie selten zuvor. So viel Aufregung und Action konnte man schließlich für Geld nicht kaufen. Doch es gab natürlich auch Risiken. Tödliche Risiken. Wir wussten alle, dass unser Plan scheitern konnte, und dass die Aussichten, zu überleben, nicht gut standen.

Tarr war der Erste, der dies unter Beweis stellte.

Er wich einem zerbrechenden B'clo'no-Kriegsschiffverbund aus, indem er zwischen den beiden Schiffen hindurchflog, die sich gerade getrennt hatten. Auf der anderen Seite traf er leider auf eine komplette Schwadron Skrang-Jäger. Dutzende Schiffe steuerten auf ihn zu, und er hatte keine Chance, auszuweichen. Hätte er kehrtgemacht, wäre er in die B'clo'no-Trümmer geflogen. Abtauchen konnte er nicht, sonst wäre er in die Atmosphäre von Bax geraten, die seine elektrischen Systeme gestört und ihn damit verteidigungslos gemacht hätte. Und über ihm warteten die Jäger der galaktischen Flotte.

Also tat er das Undenkbare und hielt direkt auf die Skrang-Jäger zu, mit voller Geschwindigkeit und den Waffen auf Dauerfeuer. Er wich nicht von seiner Route ab, machte keine Rollen und zuckte nicht einmal. Stattdessen lenkte er sein Schiff direkt in die Mitte der Schwadron, bis seine Kanonen rot glühten und seine Torpedos alle waren.

Dreiviertel der Gegner fielen seinen Waffen zum Opfer, bis Tarrs Schiff in einer gleißenden Stichflamme verging, die seinem Kampfgeist alle Ehre machte. Wenn er nicht den Heldentod gewählt und stattdessen versucht hätte, seine Haut zu retten, hätte er nicht einmal annähernd so viele Skrang mitnehmen können. Doch gegen eine Kamikaze-Strategie konnte man sich kaum verteidigen, und seine erbarmungslose Attacke endete nur dadurch, dass seine Waffen leer waren und seine Schilde keine Energie mehr hatten.

Wir spürten und hörten die Verzweiflung von Ig und Hopsheer. Es wäre unmöglich gewesen, sie zu ignorieren. Wir teilten diese Trauer, denn wir wussten, dass Tarr leben wollte. Er war keinesfalls mit Selbstmordgedanken in diesen Kampf eingestiegen. Im Gegenteil; er war hundertprozentig überzeugt gewesen, dass er überleben würde. Das machte den Verlust umso schmerzhafter.

Tarrs Tod und die Explosion seines Schiffes rissen unsere Aufmerksamkeit von den B'flo'dos weg, obwohl diese bereits in Reichweite kamen. Das setzte uns der tödlichen Gefahr aus, besiegt zu werden, bevor der Kampf überhaupt begonnen hatte. Doch dann passierte in letzter Sekunde etwas, das uns den Mut gab, den Weltraumkampf gedanklich beiseitezuschieben und uns voll und ganz den Geschehnissen auf der Planetenoberfläche zu widmen.

Midnights Schiff sprang aus dem Wurmloch-Portal, begleitet von mehreren Dutzend Edger-Schiffen sämtlicher Größen, Kämpfstärken und Fähigkeiten. Wir wussten, auf welcher Seite sie standen, und mit einem Mal waren die Kräfteverhältnisse … nun ja, immer noch nicht ausgeglichen, aber zumindest fairer verteilt.

Also verdrängten wir das kalte Weltall in die entlegensten Winkel unseres Bewusstseins und richteten alle unsere Energie auf die Armee aus B'flo'do-Monstertrucks, die gerade dabei waren, die letzte Insel vor uns platt zu walzen.

Es war Zeit, die Show zu starten.

DREIUNDZWANZIG

Sie waren ekelerregend. Mit ihren Verbrennungsmotoren verpesteten die Monstertrucks die Luft, die riesigen Reifen walzten alles platt. Selbst mit ihrem primitiven Design sahen sie viel zu kompliziert aus, um von einem B'flo'do bedient zu werden. Sie hatten eine Gangschaltung, Lenkräder und Knöpfe, und dabei waren doch B'flo'dos so simpel gestrickt, dass sie kaum einen Hebelmechanismus begreifen konnten.

Doch das, was wir sahen, überzeugte uns vom Gegenteil. Denn wir sahen tausende dieser Vehikel auf uns zurasen.

»Was machen wir jetzt?«, fragten wir.

»Wir fokussieren unseren Geist auf diese widerlichen Dinger und schalten sie aus«, antworteten wir.

»Wir müssen sie mit unseren Gedanken angreifen?«

»So ist es. Wir müssen sie mit unseren Gedanken angreifen und ihnen ein Ende setzen, sie in nutzlose Schrotthaufen verwandeln. Und zwar so gründlich, als könnten die B'flo'dos mit Werkzeug umgehen.«

»Und wie machen wir das?«

»Wir schlagen mit unserem Verstand Löcher. Wir schlagen Löcher in alles, womit unser Geist in Kontakt kommt. Wir dürfen nicht zögern, nicht denken, nur zerstören. Darüber nachdenken können wir später noch, ganz im Unterschied zu diesen ekelhaften Kreaturen.«

»Nach uns«, sagten wir, um nicht den Anfang machen zu müssen.

»Nein, nach *uns*«, antworteten wir.

Also fingen wir gleichzeitig mit dem Löchern an.

Es war nicht viel anders, als mit den Fäusten Löcher zu schlagen. Nur, dass wir unsere Gedanken benutzten. Wir schlugen zwar keine Menschen oder Aliens, sondern Monster-Trucks, aber im Endeffekt war schlagen eben schlagen. Die B'flo'dos selbst konnten wir nicht verletzen, da sie lebendige, empfindsame Wesen waren und wir nicht die Macht der acht Millionen Götter hatten. Sie direkt anzugreifen war in dem Füllhorn unserer Möglichkeiten leider nicht enthalten.

Doch wir taten, was wir konnten, und tatsächlich zerlegten wir diese fiesen Monster-Trucks in sämtliche Einzelteile.

Die zweite Welle der Angreifer ließ sich davon gar nicht beirren. Sie walzte einfach über die erste Welle hinweg, die zertrümmert im Sumpf lag, und hielt weiter auf uns zu. Die erste Baumreihe auf der anderen Seite unserer kleinen Insel fiel bereits dem Ansturm der B'flo'dos zum Opfer. Der Lärm des brechenden und zerreißenden Holzes war schwer zu ertragen, denn wir konnten tatsächlich in unserem Geiste hören, wie die Bäume vor Schmerzen aufschrien. Wir waren immer noch nicht darauf vorbereitet, uns so fein in alles Lebendige einfühlen zu können, dabei sollten wir doch auf alles vorbereitet sein.

Also machten wir weiter, auch wenn unser Schädel schon gewaltig brummte.

Wir konzentrierten uns auf die zweite Welle der Fahrzeuge, doch statt sie komplett in Stücke zu hauen, wählten wir diesmal ein raffinierteres Vorgehen. Denn der erste Angriff hatte uns eine Menge darüber gelehrt, wie diese Vehikel funktionierten. Sie basierten auf einer altertümlichen Technologie, einer, die in den Ödländern, aus denen sie entsprungen war, hätte verloren gehen müssen. Denn sie kam von der Erde. Von der dummen, ekelhaften Erde.

Wir tauchten mit unseren Gedanken in den dreckigen Treibstoff, der den Monstern ihre Bewegung ermöglichte. Wir bewegten es, schüttelten es, rieben die einzelnen Teilchen aneinander, bis die Hitze groß genug war, dass es sich schon weit vor der dafür angedachten Stelle entzündete. Es brannte in den Tanks, nicht in den Zylindern, in deren Richtung es gepumpt wurde.

Gut tausend Fahrzeuge explodierten auf einmal. Das sah zwar bei Weitem nicht so spektakulär aus wie das Feuerwerk der Skrang-Schiffe im All, dennoch war es furchteinflößend und albtraumhaft. Die Hitze des Feuers erreichte sogar unsere physischen Körper und wir zuckten vor Schmerzen zusammen. Es war kein schlimmer Schmerz, doch er reichte aus, um unsere Gedanken in unsere Körper zurückzuholen, obwohl sie doch an ganz anderer Stelle gebraucht wurden.

Das gab der dritten Welle genug Zeit, um über die brennenden Wracks hinwegzurollen und uns so nahe zu kommen, dass wir schon Angst hatten, es nicht mehr schaffen zu können. Die absolute Niederlage – und mit ihr unser Tod – schien nur noch einen Wimpernschlag entfernt.

Doch wir hatten ja noch ein Ass im Ärmel – einen Verbündeten, der im Verborgenen wartete. Einen Leforianer, der seine Aufgabe äußerst ernst nahm.

Und da kam Mgurn, der sein Plasmafeuer auf die dritte Welle der Trucks niederprasseln ließ. Er schaltete die Hälfte von ihnen aus, bis er wieder an Höhe gewinnen musste, um ihren energiesaugenden Kräften aus dem Weg zu gehen. Aber die Hälfte reichte vollkommen. Den Rest würden wir selbst schaffen.

Schließlich hatten wir aus unserem letzten Angriff weiter gelernt und zündeten nun nicht mehr den Treibstoff an, sondern schlugen nur Löcher in die Tanks und zertrümmerten alle Schläuche und Verbindungen, welche die Flüssigkeit zu den Zylindern transportierten.

Die Luft begann nach Benzin und Feuer und toten B'flo'dos zu riechen, natürlich auch nach der Erde und den Bäumen und den Pflanzen, die gar nicht mehr aufhörten zu brennen. Dann kam die vierte Welle und wir zerlegten auch diese Fahrzeuge. Es folgten der fünfte und der sechste Angriff. Wir verwandelten die Sümpfe vor uns in einen Friedhof der Monster-Trucks und verteilten tausende von Gallonen dieses ekelhaften Benzins in die wertvollen Gewässer unseres Heimatplaneten.

Meines Heimatplaneten.

Dieser kurze Gedanke hätte mich fast von One getrennt, denn sofort brach in mir Panik aus – wegen dem, was wir getan hatten.

Bax brannte. Ich hatte die Sümpfe meines Heimatplaneten mit Gift geflutet, und es würde sich über den ganzen Planeten verteilen. Klar, ich hatte nicht gerade die schönsten Erinnerungen an Bax, doch damals hatte ich es mein Zuhause genannt. Und abgesehen von ihrem grauenhaften Ende war es auch die letzte Ruhestätte meiner Eltern. Und ich zerstörte alles, ich zerstörte Bax.

»Konzentriere dich!«, schrien wir. »Wir haben es fast geschafft!«

Ich riss mich zusammen und wir wurden wieder eins.

Da die B'flo'dos nun in ihren unbeweglichen Vehikeln gefangen waren, kehrten wir zu unserer ursprünglichen Strategie zurück und schlugen die Überreste der Monster-Trucks mit unseren Gedanken zu Klump. Mögen die acht Millionen Götter uns verdammen! Krach, Wumm, Peng, Bang, Quetsch, Matsch! Mit der Wucht gigantischer Müllpressen verwandelten wir die metallenen Hüllen in überdimensionierte Briefbeschwerer und ihre Besatzungen in leblosen Glibber.

Die Überbleibsel der B'flo'dos flossen ebenfalls in die Sümpfe, doch das machte uns keine Sorgen. Im Gegenteil, ihre Biomasse würde sogar ein Gegengewicht zu dem Gift der Brennstoffe liefern. Zumindest hofften wir das.

Die B'flo'dos hätten uns allerdings um ein Haar erwischt und damit fast das Vermächtnis von Salvage Merc One zerstört. Doch nun standen wir hier, immer noch in der gleichen Pose wie zu Beginn der Schlacht – die Köpfe aneinandergepresst. Die B'flo'dos hatten wir erfolgreich erledigt, blieben also noch die B'clo'nos.

Hoch über unseren Köpfen tobte der Kampf zwischen den Skrang, den B'clo'nos, der galaktischen Flotte und den Edgern. Hopsheer und Ig hatten sich von der Kampfzone entfernt und flogen jetzt in unsere Richtung, da sie beobachtet hatten, wie die B'clo'nos eine ganze Schwadron schwerer Jäger in unsere Richtung geschickt hatten.

Wir hätten ihnen gern gesagt, dass sie im Orbit bleiben und dort ihren Kampf fortführen sollten, doch es gab keine Möglichkeit, ihnen eine Nachricht zu schicken, ohne dass unsere Aufmerksamkeit für das Geschehen am Boden darunter leiden würde. Also ließen wir sie tun, was sie wollten, und konzentrierten uns weiter auf die näherkommenden B'clo'no-Jäger.

Und die hatten keinerlei freundliche Absichten, ihr Ziel war ganz einfach unsere Vernichtung. Sie stürzten auf unser kleines Camp zu, alle Waffensysteme feuerbereit. Die Zeit, die wir dort verbracht haben, in der wir Pläne geschmiedet, uns erholt und besser kennengelernt haben, in der One uns so viel beigebracht hat, ist etwas, dass wir niemals vergessen werden.

Egal was die B'clo'nos tun würden, diese Erinnerungen konnten sie uns nicht nehmen.

Also warteten wir. Verbunden im Geiste und in dem Wissen, dass der Angriff erfolgen würde, bevor Hopsheer und Ig uns erreichen konnten. Mgurn hätte uns helfen können, aber seine Anweisung lautete, das nicht zu tun. Er hatte die Aufgabe, hinterher klar Schiff zu machen und sicherzustellen, dass die einzige Geschichte, die von dieser Schlacht erzählt werden würde, die Geschichte war, die wir erzählen wollten.

Es war wirklich kaum zu glauben, dass die Ones vor uns es auch ohne so viele Freunde und Kameraden geschafft hatten, ihren eigenen Tod vorzutäuschen. Wie sie das hinbekommen haben, wollte mir nicht in den Kopf.

Das waren die letzten Gedanken, die mir durch den Kopf gingen, bevor die B'clo'nos uns erreichten. Ihre schweren Jäger eröffneten das Feuer und wir sandten ihnen eine letzte Welle unserer Gedankenkraft entgegen. Wir rissen die Schiffe am Himmel in Fetzen, während die Plasmageschosse um uns herum einschlugen.

Nun ja, nicht nur um uns herum.

Wir spürten, wie das Plasma unsere Körper versengte und zerschnitt, und wir wussten, dass es nun Zeit war.

Ich hatte es nicht glauben wollen, was One mir erzählt hatte, aber es passierte wirklich. Das Verschmelzen unseres Verstandes war dagegen Kinderkram, und das, obwohl wir seit Tagen oder sogar Wochen die Gedanken des anderen hören konnten. Aber ich fand es nicht tragisch, es machte ja soweit Sinn. Im Gegensatz zu dem Teil mit dem Sterben. Denn es war völlig ausgeschlossen, dass eine Person, oder in diesem Fall zwei Personen, direkte Treffer aus Plasmakanonen überleben konnten. Einen Schuss aus einem H16 konnte man mit viel Glück überstehen, aber nicht dutzende Schüsse von einem schweren B'clo'no-Jäger.

Und doch überlebten wir. Also ich zumindest. Das mit dem *wir* hörte auf, als ich spürte, wie Ones Lebenskraft seinen verkohlten Körper verließ und ins All raste. Das konnte ich wirklich fühlen. Er verließ Bax und sein toter Körper fiel auf den Boden – ein brennendes, blutiges Häufchen Elend.

Mein Körper sah hingegen kein bisschen wie seiner aus. Klar, ich bekam einen direkten Treffer nach dem anderen ab, doch die Verletzungen heilten sofort, denn One hatte das, was sich in seinem Körper befunden hatte, in meinen übertragen. Ich spürte, wie das Artefakt von jeder Zelle meines Wesens aufgesaugt wurde. Dann war die Welt pechschwarz.

Doch ich konnte in der Dunkelheit sehen. Und zwar alles. Es war noch einmal eine kleinere Ausgabe von dem Gefühl, das ich hatte, als One und ich verschmolzen waren. Ich wusste, wo sich jedes einzelne Objekt in der gesamten Galaxis befand. Nichts konnte sich meinem Blick entziehen oder vor mir versteckt werden. Wenn es existierte, konnte ich es finden. Damit war ich der perfekte Ressourcenjäger.

In diesem Moment hörte Joe Laribeau auf zu existieren und es gab nur noch Salvage Merc One.

Da war nur ein klitzekleines Problem: Ich verfügte nun nicht mehr über die destruktive Kraft, die ich besaß, als One und ich uns verbunden hatten. Ich konnte nichts dagegen unternehmen, dass die B'clo'nos mich erreichen und meinen neuen Körper zerstören würden. Ich hatte mich zwar von der ersten Attacke komplett erholt, aber das lag daran, dass das Artefakt Besitz von mir ergriffen hatte, in jede meiner Zellen eingedrungen war und damit eine permanente Verbindung mit meiner Seele hergestellt hatte.

Und das ging nur genau einmal.

Trotzdem hatte ich noch ein letztes Ass im Ärmel. Einen Trick, auf den ich mich verlassen konnte, und dieser Trick würde alles ändern. Wirklich alles.

Meine Klarheit traf mich mit solch ungeahnter Wucht, dass die Zeit für mich nicht nur langsamer wurde, sie blieb komplett stehen. Ich schaute in den Himmel hinauf und sah, dass die B'clo'no-Jäger nur noch eine halbe Meile von mir entfernt waren. Sie steuerten alle genau auf mich zu, im Begriff, ihre Waffen ein letztes Mal abzufeuern.

Die Klarheit half mir dabei, mich zu konzentrieren und die letzte Option zu nutzen, die der Übergang mir ermöglichte. Die Kraft des Vergessens. Und das war in diesem Fall eine universelle Kraft. Jedes Wesen, das die Fähigkeit besaß, sich an Dinge zu erinnern, würde betroffen sein. Es gab keinen Quadratzentimeter im ganzen Universum, an dem man davor geschützt sein würde.

Ich tat genau das, was One mir eingetrichtert hatte: Ich atmete tief durch, ließ in Gedanken alles los und sprach die Worte: »Jetzt beginnen wir von Neuem, so wie wir es zuvor getan haben, und wie wir es in Ewigkeit tun werden.«

Die Welt sprang zurück in Echtzeit und die B'clo'no-Jäger feuerten nicht. Meine telepathischen Fähigkeiten waren zwar bei Weitem nicht mehr so mächtig wie zuvor, doch ich konnte Verwirrung unter den Piloten wahrnehmen. Sie wussten nicht, warum sie gegen einen einzelnen Menschen kämpften, der inmitten eines qualmenden Sumpfes stand. Sie wussten noch, dass sie sich in einer Schlacht befanden, aber die Gründe waren in ihren schleimigen Gehirnen nicht mehr aufzufinden.

Trotzdem behielten sie ihren Kurs bei. Klar, sie feuerten nicht auf mich, aber ihre Instinkte sagten ihnen, dass sie eigentlich nur aus einem Grund hier sein konnten: weil sie kämpfen sollten.

»B'clo'no-Jäger!«, rief Mgurn auf allen Frequenzen und sogar über die Lautsprecher an seinem Schiff. »Sie verletzen die Grenzen souveräner Staatsgebiete und beteiligen sich an illegalen Kampfhandlungen! Dadurch brechen Sie die Friedensvereinbarungen und Neutralitätsabkommen mit der galaktischen Flotte und der Salvage Merc Corporation. Wenn Sie diese Aktivitäten nicht augenblicklich einstellen, werden Sie mit sofortiger Wirkung sämtliche Rechte verlieren, die Sie als unabhängige Rasse innehaben!«

Die Jäger hielten immer noch Kurs.

»Das bedeutet, ihr werdet dann eine Rasse aus Sklaven sein, ihr Idioten!«, schrie Mgurn. »Also dreht sofort um und fliegt nach Hause, bevor die SMC und jede andere Organisation in der Galaxis Jagd auf euch macht!«

Damit hatte er ihre Aufmerksamkeit. In Kombination mit ihrer Verwirrung, wo sie überhaupt waren und warum, wirkte diese Drohung Wunder und sie hetzten davon, bevor Mgurn auch nur Luft holen konnte, um weiter zu schreien.

Innerhalb von Sekunden hatten sie Bax verlassen und ich stand allein neben dem Schiff von Salvage Merc One, das nun mein

Schiff war, und sah zu, wie sie jenseits der dunstigen Atmosphäre verschwanden.

Anschließend gingen Berichte der Edger ein, dass die Skrang sowie die galaktische Flotte ihre Schiffe beidrehten und in Richtung des Wurmloch-Portals flogen. Sobald alle das System verlassen hatten, räusperte ich mich und öffnete einen Funkkanal zu meinen Verbündeten.

»Im Namen der SMC möchte ich den Edgern für ihre Unterstützung in diesem Konflikt danken. Midnight, wir stehen tief in eurer Schuld. Und das nehmen wir überaus ernst. Zwar wird die SMC ihre Neutralität nicht gefährden, doch wann immer sich eine Kräftebalance zu euren Ungunsten verschieben sollte, wird die SMC helfen, diese wieder auszutarieren.«

»Öhm … danke?«, antwortete Midnight. »Es war uns ein Vergnügen.«

Ich konnte hören, wie sie sich flüsternd mit ihrer Crew darüber austauschte, was sie überhaupt getan hatten und warum. Niemand wusste etwas Genaues, doch die Tatsache, dass die SMC nun in ihrer Schuld stand, schien alles zu rechtfertigen. »Okay, dann verschwinden wir mal wieder … aber bevor wir das tun, wollte ich noch schnell fragen … mit wem spreche ich überhaupt?«

»Du sprichst mit Salvage Merc One«, antwortete ich.

»Ach du Scheiße«, rutschte es ihr heraus und sie räusperte sich. »In diesem Fall ist es mir eine Ehre, Ihnen zu Diensten gewesen zu sein, Salvage Merc One!«

»*Mir* ist es eine Ehre, dass Ihr für mich gekämpft habt. Kommt gut nach Hause. Ach, und Midnight?«

»Ja, Salvage Merc One?«

»Bestelle Crawford schöne Grüße von mir«, bat ich. »Und erinnere ihn daran, dass wir ihm eine neue Haut schulden. Er soll einfach im SMC Hauptquartier vorbeikommen, die werden ihn dort schon erwarten und es wird euch eine sichere Passage garantiert.«

»Okay«, antwortete sie etwas verwirrt. Dann erstarb die Verbindung.

Ich sah zu, wie Mgurn sein Schiff neben meinem landete und herauskam. Er schaute mich eine Weile mit großen Augen an und wollte gerade etwas sagen, als Hopsheer und Ig ebenfalls landeten.

Als sie ausstiegen, sahen sie aus, als wären sie von einem ganzen Planeten voller Gumps durchgefoht worden. Ihre Pupillen waren weit aufgerissen und ich konnte fast das Adrenalin sehen, das durch ihre Adern gepumpt wurde. Nicht, dass Groshnels Adrenalin produzieren konnten. Bei denen ist das ja eher so eine Art Ahornsirup, aber trotzdem drehen sie davon total durch.

»Salvage Merc One!« Hopsheer schrie fast, als sie mir salutierte. »Danke für die Ehre, dass wir Ihnen helfen konnten, die ... das ... ähm ... was auch immer wir getan haben, zu machen!«

Den Satz hatte sie schön beendet. Ich musste grinsen.

»Wer sind Sie?«

Hopsheer wurde rot und nahm ihre Hand von der Stirn.

»Ich bin Salvage Merc Acht. Das hier ist Salvage Merc Einhundertfünfzehn«, antwortete Hopsheer. »Ich glaube, wir sind hier, um ... ich vermute, wir sind hier um ...«

»Ihr seid hier, um Salvage Merc One zurück zum SMC-Hauptquartier zu eskortieren, da es eine erhöhte Aggression sowohl vonseiten der Skrang-Allianz als auch der galaktischen Flotte gegen uns gegeben hat«, erklärte Mgurn. »Kehrt bitte in eure Schiffe zurück und wartet im Orbit. Wir werden bald zu euch stoßen.«

»Mgurn? Was machst du denn hier?«, fragte Hopsheer. »Warum bist du nicht bei ... äh ...?«

»Ja, du bist doch der Assistent von diesem Typen! Wie hieß der doch gleich ...« Ig legte vier ihrer Hände auf ihr Gesicht, während sie versuchte, auf den Namen zu kommen. »Du weißt schon. Der Typ, halt. Salvage Merc Einsvierundachtzig.«

»Leider musste Einsvierundachtzig in dieser Schlacht heldenhaft sein Leben lassen«, sagte ich. »Mgurn wird nun vorerst mir assistieren, bis er einem neuen Rekruten zugeteilt wird.«

»Tatsächlich?«, fragte Mgurn mit großen Augen.

»Allerdings!«, bestätigte ich.

»Na, wenn das so ist«, meinte Ig und zuckte mit ihren acht Schultern. »Hoppy? Kommst du? Wir sollten tun, was Salvage Merc One möchte, auch wenn ich mich nicht erinnern kann, was das ist.«

»Stimmt«, sagte Hopsheer und schaute mich kritisch an. Für den Bruchteil einer Sekunde sah ich so etwas wie ein Erkennen in ihren Augen aufblitzen, doch sie wischte es beiseite, salutierte erneut und folgte dann Ig in Richtung der Schiffe.

Mgurn und ich warteten, bis sie verschwunden waren, bevor wir uns einander zuwandten.

»Tja, Mgurn, sieht so aus, als wärst du jetzt offiziell mein Assistent, bis wir …«

»Ich erinnere mich, Joe«, sagte Mgurn.

Na huch, das kam unerwartet.

»Äh … was?«, fragte ich. »Das soll doch angeblich nicht möglich sein.«

»Ich erinnere mich an alles«, sagte Mgurn. »Für eine Weile war alles weg, aber als ich dir Angesicht zu Angesicht gegenüberstand, wusste ich es wieder. Du bist Joe Laribeau, jetzt Salvage Merc One, und du bist ein beschissener Chef!«

»Wow, dreimal richtig!«, rief ich begeistert. »Wahnsinn, das ist echt mal was Neues.«

»Wirklich?«, fragte Mgurn.

Ich zog mich für einen Moment in meine Gedanken zurück und untersuchte diesbezüglich alle Erinnerungen der Ones, die vor mir existiert hatten.

»Ja, ist es wirklich«, sagte ich schließlich. »In der gesamten Geschichte von One konnte sich noch nie jemand an dessen ursprüngliche Identität erinnern!«

»Das heißt dann wohl, dass ich wirklich ein ganz besonderer Assistent bin«, schlussfolgerte Mgurn.

»Bei den acht Millionen Göttern, absolut!« Ich lachte und schlug ihm auf den Rücken. »Das ist fantastisch! Ich bin nicht allein!«

»Wieso solltest du allein sein?«, fragte Mgurn. »Du hast doch noch die SMC-Bosse. Die wissen, wer du bist, wer du warst und auch sonst alles über Salvage Merc One … oder?«

»Ach ja, die Typen gibt's ja auch noch«, sagte ich. »Vermutlich sollten wir ins Hauptquartier zurückkehren, damit ich ihnen Bericht erstatten und meinen neuen Job offiziell beginnen kann.«

»Exzellente Idee«, meinte Mgurn und fing an, auf mein Schiff zuzugehen.

»Hey, wo willst du hin?«

»Zum Schiff«, antwortete Mgurn knapp.

»Das ist aber mein Schiff, Kumpel!«, sagte ich und deutete dann auf mein altes Schiff, mit dem Mgurn gerade angekommen war. »Ich bin mir ziemlich sicher, dass der Assistent von Salvage Merc One ein eigenes Schiff verdient. Hey, schau mal! Da steht zufällig eines herum!«

Mgurns Kiefer öffneten und schlossen sich ein paarmal hintereinander. Dann sammelte sich Wasser in seinen Augen und keine meiner Kräfte konnte ausreichen, um die folgende Umarmung abzuwehren. Sein eigenes Schiff zu bekommen, ließ den Leforianer seine angeborene Abneigung gegen Umarmungen vergessen.

»Oh danke, Joe!«, schrie er. »Mein eigenes Schiff! Ein Assistent mit einem eigenen Schiff! Was für ein denkwürdiger, wundervoller Tag!«

»Auf jeden Fall, Kumpel«, murmelte ich und klopfte ihm auf den Rücken.

Die Umarmung dauerte sehr, sehr lange.

VIERUNDZWANZIG

Die Sieben Bosse saßen vor mir und sahen höchst gelangweilt aus, während ich die gesamte Schlacht akribisch nacherzählte. Dafür, dass sie meine Ausführungen nicht besonders spannend fanden, gab es einen guten Grund: Sie hatten es alle aus der Ferne beobachtet. Boss Sieben war sogar selbst vor Ort gewesen.

»Das war ein toller Bericht, One«, sagte Boss Vier lakonisch. »Voller beschreibender Adjektive und Piu-Piu-Schussgeräuschen.«

»Mir hat vor allem der Teil gefallen, wo du mit den Händen die B'clo'no-Jäger pantomimisch nachgestellt hast«, meinte Boss Sechs.

»Nein, am besten war doch eindeutig der Teil, wo er uns alle mit Spucke vollgespritzt hat, während er diese Explosionsgeräusche gemacht hat«, sagte Boss Zwei.

»Was ist los?«, fragte Boss Eins. »Ich muss für einen Augenblick weggedöst sein. Oh, One, du bist ja noch hier. Hast du uns schon den Bericht geliefert?«

»Ja!«, schrien die übrigen Bosse einstimmig.

Bis auf Boss Sieben. Der lächelte mich nur an und zwinkerte mir zu.

»Wie fühlt es sich an, der neue Salvage Merc One zu sein?«, fragte er. »Denn ich muss sagen, es fühlt sich noch echt komisch an, der neue Boss Sieben zu sein, wenn man davor noch du war. Also damit meine ich, dein vorheriges Ich, was mein vorheriges Ich war. Na, du weißt schon, was ich meine.«

»Klar«, sagte ich lachend. »Aber es fühlt sich gut an. Nicht so viel anders, als Joe Laribeau zu sein.«

»Apropos«, klinkte sich Boss Vier ein, »du musst darauf achten, dass dein Assistent dich nur noch One oder Salvage Merc

One nennt. Er darf dich auf keinen Fall Joe nennen, am allerwenigsten im SMC-Hauptquartier! Joe Laribeau ist auf Bax gestorben, ist das klar?«

»Natürlich«, sagte ich. »Ich erinnere ihn schon ständig daran.«

»Dann erinnere ihn nachdrücklicher!«, befahl Boss Fünf.

»Das mache ich. Versprochen.«

»Damit wäre dieses Thema erledigt«, sagte Boss Eins und klatschte in die Hände. »Gibt es jetzt Essen? Ich habe riesigen Hunger!«

»Kann ich noch eine Frage stellen, bevor ich gehe?«, wollte ich wissen.

»Nur eine, One?«, entgegnete Boss Drei. »Wir haben hier nämlich manchmal echt tierische Langeweile. Also, wenn du uns eine Liste machen würdest, könnten wir die beim Essen durchgehen. Was gibt es heute eigentlich?«

»Spaghetti«, sagte Boss Zwei.

»Oh«, sagte Boss Drei.

»Klatu-Spaghetti«, ergänzte Boss Zwei.

»Wahnsinn«, sagte Boss Drei. »Diabolische Pasta, lecker!«

»Was wolltest du denn wissen, One?«, fragte Boss Sieben.

»Ihr Jungs seid doch eigentlich alle tot, oder?«, fragte ich.

»Jawoll«, sagte Boss Sieben.

»Jeder von Euch ist bei seinem Übergang gestorben, richtig?«

»Natürlich«, sagte Boss Sieben. »Du warst bei meinem Tod doch dabei.«

»Aber wie zum Foh kommt es, dass ihr jetzt hier sitzt?«, fragte ich. »Ihr seid alle am Leben und atmet und werdet gleich zu Mittag essen, auch wenn Klatu-Spaghetti technisch gesehen giftig sind, aber wie könnt ihr hier sein, wenn ihr gestorben seid?«

»Weil wir *nur hier* sind«, sagte Boss Drei.

»Nein, Boss Vier hat mich auf dem Planeten C besucht«, konterte ich. »Dort war er auch lebendig.«

»Ja, das stimmt«, sagte Boss Vier. »Gutes Argument.«

»Das bedeutet…?«, setzte ich an und wartete. Die Bosse schauten mich an.

»Wie war noch mal die Frage?«, wollte Boss Eins wissen.

»Schon gut. Wahrscheinlich ist das einfach eines der großen Rätsel des Universums.«

»War das eine rhetorische Frage?«, fragte Boss Fünf. »Ich bin nämlich echt nicht gut darin, die zu beantworten.«

»Weil man sie auch nicht beantworten soll«, sagte Boss Sechs. »Sie sind ja rhetorisch.«

»Dann ist ja gut«, meinte Boss Fünf.

»Ich weiß immer die richtige Antwort auf rhetorische Fragen«, sagte Boss Vier.

»Hör mal, One«, sagte Boss Sieben. »Jetzt, wo du der bist, der du bist, wirst du noch öfter enttäuscht werden, nicht so viele Antworten zu erhalten, wie du Fragen hast. Wir haben alle mit dem Artefakt in unseren Körpern gelebt, trotzdem weiß niemand von uns, was es eigentlich ist.«

»Ich weiß es«, sagte Boss Zwei. »So eine Art Fernbedienung.«

»Nein, es ist ein Nuft«, sagte Boss Drei.

»Ein spezielles, magisches Nuft?«, fragte Boss Sechs. »Denn … das würde Sinn machen.«

»Nein, es ist nur ein normales Nuft«, antwortete Boss Drei.

»Oh«, sagte Boss Sechs. »Das macht dann aber keinen Sinn.«

»Siehst du?«, kicherte Boss Sieben. »Entspanne dich einfach und gewöhne dich an dein neues Ich. Stell' nicht alles infrage. Die Antworten kommen schon von selbst, wenn du sie brauchst. So lief das bei jedem von uns.«

»Gilt das auch für die Frage, wann ich mein nächstes Ticket bekomme?«, wollte ich wissen. »Oder wisst ihr das vorher selbst nicht und teilt es mir dann spontan zu?«

»Mal so, mal so«, sagte Boss Vier.

»Essen ist fertig!«, kündigte Boss Zwei an und es erschienen dampfend heiße Teller mit gruselig aussehender Pasta vor ihnen.

»Dann lasse ich euch mal in Ruhe futtern«, sagte ich und wandte mich ab.

Anscheinend hatten sie auch schon vergessen, dass ich da war, und machten sich über ihr Essen her.

Also lief ich in Richtung meiner neuen Wohnung, die übrigens ziemlich spektakulär war. Salvage Merc One lebte wirklich in Saus und Braus. Mgurn war zwar immer noch mein Mitbewohner, aber immerhin hatte er sein eigenes Zimmer. Und es gab einen Billardtisch!

Doch dann kam mir eine Idee und ich steuerte stattdessen die Kantine an, um mir einen oder zwei Pitcher Bier zu genehmigen. Vielleicht könnte ich da mit einigen anderen Nummern quatschen und herausfinden, was es Neues an Klatsch und Tratsch gab.

Auf dem Weg dorthin kamen Dutzende von Nummern an mir vorbei. Sie nickten mir zu, verzogen dann aber das Gesicht, als ob sie frustriert über das Gefühl waren, mich kennen zu müssen, aber nicht auf den Namen kamen. Ich wusste; in dem Moment, wo sie mich passiert hatten, würden sie unsere Begegnung auch schon vergessen haben. Ich hatte in meiner neuen Position wirklich ein paar coole neue Fähigkeiten bekommen, aber dieses Merkmal sah ich als ziemlichen Nachteil an.

Abgesehen von Mgurn und den Bossen konnte sich niemand an meine Existenz erinnern. Ich war Salvage Merc One. Ein Mann, um den sich nur Mythen und Legenden rankten. Ich war keine echte Person, die einsam die Korridore der SMC hinunterspazierte. Das schien einfach unmöglich.

Es war aber möglich, denn ich machte es ja gerade und schleppte meinen müden Körper in die Kantine. Dort füllte ich mir einen Pitcher, schnappte mir ein Glas und setzte mich an meinen Stammplatz an der Wand. Ich sah, wir Mercs mich anschauten, den Kopf schüttelten und sich dann wieder um ihr eigenes Zeug kümmerten. Und dabei hatte ich nicht mal die schwarzen Augen am Start. Mit denen konnte ich Leute noch einmal deutlich krasser durcheinanderbringen, wenn ich wollte.

Jetzt drehte eine Merc-Frau ihren Kopf und schaute nicht weg. Im Gegenteil; sie starrte mich für einige lange Sekunden an. Lange genug, dass ich mir Hoffnungen machte und mein Herz anfing, schneller zu schlagen. Ich winkte ihr zu und sie zuckte zusammen, als ob sie aus einem Traum aufgewacht war. Doch dann schüttelte sie den Kopf und kehrte zu ihrem Gespräch mit Ig und ein paar anderen Nummern zurück, die ich nicht kannte.

Ich konnte wirklich nicht sagen, ob sie sich an mich erinnern konnte, aber Hopsheer blieb zumindest länger dran als alle anderen. Natürlich hatte ich es versemmelt, indem ich ihr zugewunken hatte. In solchen Situation ruinierte ich immer alles.

Dann kam mir ein Gedanke, und ich dachte, probiere ich es doch einfach mal aus.

Ich stand auf, holte zwei Pitcher und ging dann zu Hopsheers Tisch.

»Hey«, sagte ich.

»Hey«, antwortete sie und musterte mich von oben bis unten.

Die anderen Mercs sahen mich kurz an, schauten aber sofort weg. Ich konnte direkt beobachten, wie ihre Erinnerung an mich in dem Moment erlosch, wo sie ihre Augen abwandten. Aber Hopsheer starrte mich weiter an.

»Bist du neu hier?«, fragte sie.

»Nicht wirklich. Ich arbeite für eine Spezialabteilung.«

»Was ist denn deine Nummer?«

»Hoppy? Mit wem redest du?«, fragte Ig, schaute leicht in meine Richtung und dann ganz schnell zu Boden. Hopsheer verzog das Gesicht, schaute mich aber weiter an.

»Du hast mir deine Nummer noch nicht gesagt.«

»Eins«, antwortete ich, nachdem ich mich entschieden hatte, ehrlich zu sein. »Ich bin Salvage Merc One.«

»Natürlich bist du das.« Sie lachte. Dann nickte sie in Richtung der Pitcher. »Ist einer von denen für mich?«

»So ist es«, bestätigte ich. »Kann ich mich zu dir setzen?«

»Warum nicht, Salvage Merc One. Ich komme ja nicht jeden Tag dazu, mit einer Legende zu trinken.«

Sie formte mit den Fingern Anführungszeichen in der Luft, als sie »Legende« sagte. Das brachte mich zum Lächeln.

»Nein, nicht jeden Tag«, sagte ich. »Nur manchmal.«

Jetzt gingen ihre Mundwinkel wieder nach unten, aber trotzdem stand sie auf und nahm mir einen Pitcher ab.

»Wo sitzt du denn, Salvage Merc One?«

»Ich saß vorher da drüben«, sagte ich und deutete in Richtung meines Stammplatzes, der inzwischen von ein paar Neuankömmlingen besetzt worden war. »Aber jetzt nicht mehr, schätze ich.«

»Dann setzen wir uns eben irgendwo anders hin.«

»Ich habe eine bessere Idee. Magst du Billard?«

»Klar«, entgegnete sie. »Ich habe aber schon lange nicht mehr gespielt.«

»Ich auch nicht, aber ich habe einen Billardtisch in meinem Quartier.«

»Hast du nicht!« Sie lachte. »Kein Merc hat genug Platz für einen Billardtisch!«

»Ich schon. Willst du ihn mal sehen?«

Für einen Moment bemerkte ich, wie sie Bedenken bekam. Doch dann richtete sie sich auf, schaute mich kritisch an und machte sich klar, dass sie mich jederzeit ohne mit der Wimper zu zucken K.O. schlagen konnte.

Sie nickte in Richtung des Ausgangs. »Geh voran, Salvage Merc One.«

Und das tat ich.

ENDE

LUZIFER
VERLAG